LA JEUNE FILLE AU PIANO

DE LA MÊME AUTEURE

La Saline, tome 3 – *Impératifs*, Libre Expression, 2013.
La Saline, tome 2 – *Impasse*, Libre Expression, 2012.
La Saline, tome 1 – *Imposture*, Libre Expression, 2012 ; collection « 10 sur 10 », 2015.
Lunes bleues, Libre Expression, 2008.
Roland Leclerc – Par-delà l'image, Médiaspaul, 2007.
Anne Stillman – Les carnets de Cora, Libre Expression, 2004.
Anne Stillman – De New York à Grande-Anse, Libre Expression, 2002 ; collection « 10 sur 10 », 2012.
Anne Stillman – Le procès, Libre Expression, 1999 ; collection « 10 sur 10 », 2012.

LOUISE LACOURSIÈRE

LA JEUNE FILLE AU PIANO

DANS L'UNIVERS DE *La Saline*

Libre Expression
Une société de Québecor Média

Catalogage avant publication de Bibliothèque et Archives nationales du Québec et Bibliothèque et Archives Canada

Lacoursière, Louise, 1949-

La jeune fille au piano : dans l'univers de La Saline
ISBN 978-2-7648-1055-2
I. Titre.
PS8573.A277J48 2015 C843'.54 C2015-941268-4
PS9573.A277J48 2015

Édition : Nadine Lauzon
Révision et correction : Sabine Cerboni et Isabelle Lalonde
Couverture et mise en pages : Chantal Boyer
Illustration de la couverture : Xin Ran Liu
Photo de l'auteure : Michel Paquet

Cet ouvrage est une œuvre de fiction ; toute ressemblance avec des personnes ou des faits réels n'est que pure coïncidence.

Remerciements
Nous reconnaissons l'aide financière du gouvernement du Canada par l'entremise du Fonds du livre du Canada pour nos activités d'édition.
Nous remercions le Conseil des Arts du Canada et la Société de développement des entreprises culturelles du Québec (SODEC) du soutien accordé à notre programme de publication.
Gouvernement du Québec – Programme de crédit d'impôt pour l'édition de livres – gestion SODEC.

Les Éditions Libre Expression
Groupe Librex inc.
Une société de Québecor Média
La Tourelle
1055, boul. René-Lévesque Est
Bureau 300
Montréal (Québec) H2L 4S5
Tél. : 514 849-5259
Téléc. : 514 849-1388
www.edlibreexpression.com

Dépôt légal – Bibliothèque et Archives nationales du Québec et Bibliothèque et Archives Canada, 2015

ISBN : 978-2-7648-1055-2

Distribution au Canada
Messageries ADP inc.
2315, rue de la Province
Longueuil (Québec) J4G 1G4
Tél. : 450 640-1234
Sans frais : 1 800 771-3022
www.messageries-adp.com

Diffusion hors Canada
Interforum
Immeuble Paryseine
3, allée de la Seine
F-94854 Ivry-sur-Seine Cedex
Tél. : 33 (0)1 49 59 10 10
www.interforum.fr

À Monique H. Messier,
bougie d'allumage de ce projet.

1

Montréal, 2 septembre 1894

En ce jour de seizième anniversaire, Anne Alarie accumulait les premières. Jamais auparavant elle n'avait quitté son village de Saint-Léon-le-Grand, pas plus qu'elle n'avait pris le train. Quelle aventure ! Dorénavant, elle irait dans une vraie école, partagerait son quotidien avec des filles de son âge, s'instruirait auprès de religieuses enseignantes, comme toutes les filles de son village. Que de discussions avait-elle engagées pour convaincre ses parents, son père surtout, de la laisser partir ! La seule ombre au tableau : devoir abandonner Minou-Grisou, son précieux compagnon depuis sa petite enfance, son indéfectible allié.

Le tangage du wagon la berçait, les explications de son père, également. Son cher papa.

— Là, Anne, on traverse un corridor de roseaux, je devrais plutôt dire une mer de roseaux.

— Des roseaux… comme à Saint-Léon ?

— Mais oui ! Tu te souviens, on les retrouve en bordure des rangs, si c'est humide, dans les fossés et les marais aussi. Ils aiment l'eau… Mais ici, il y en a beaucoup plus.

Aveugle depuis l'âge de trois ans, Anne ne franchissait pas seule les limites de la cour, à l'arrière de la maison paternelle. « Pour ton bien », lui avaient répété ses parents. « Pour te protéger », lui avaient-ils chanté sur tous les tons. Pourquoi n'assistait-elle pas à la messe comme ses frères et sœurs, ne recevait-elle pas le sacrement de l'Eucharistie à l'église plutôt que d'obliger le curé à venir chez elle lui donner la communion, pourquoi l'empêchait-on d'aller à l'école, de jouer dehors, de se promener dans le village ? En réponse à ses insistants « pourquoi », sa mère, à bout de nerfs, lui avait un jour crié : « Un aveugle dans une famille, c'est une punition du Bon Dieu. Tu ne veux quand même pas que, en plus, on s'humilie devant tout le monde ? Et puis, s'il fallait qu'une femme en famille te regarde et qu'après elle mette au monde un bébé qui ne voit pas clair, ce serait de ta faute, de notre faute. Imagines-tu notre honte ? Plus personne ne nous parlerait ! C'est ça que tu cherches ? »

Ce troublant aveu l'avait habitée des jours durant. Incapable de partager sa détresse, au bord de la neurasthénie, Anne avait pour ainsi dire perdu le goût de vivre. Même si sa mère avait redoublé d'attentions, son attitude compatissante n'avait en rien atténué ses blessantes paroles. Le mal était fait. À tout moment, ce douloureux épisode reprenait vie et l'oppressait. Heureusement, son père était là ! Un jour, sans un mot, il lui avait pris la main et l'avait posée sur un livre rempli de petits points embossés. Son père, son héros, sauf quand il la couvait comme une enfant, venait de changer sa vie. Avec une infinie patience, jour après jour, il lui avait enseigné l'alphabet braille. Comment l'avait-il appris ?

Napoléon Alarie, un autodidacte né, agriculteur de métier, avait gagné l'estime et le respect de son entourage en mettant ses dons de ramancheur au service de tous ceux qui le sollicitaient. De plus, l'homme le plus important du village après le curé, le Dr Antoine Peltier, l'honorait de son amitié et lui référait parfois certains de ses patients.

C'était d'ailleurs en grande partie grâce à cet ami que, à compter de ce jour, Anne fréquenterait l'Institut Nazareth de Montréal, un établissement spécialisé dans l'éducation des aveugles. À force de persévérance, le Dr Peltier avait convaincu son père qu'elle y serait plus heureuse là, que confinée à la maison. En plus de se familiariser avec les tâches ménagères, elle approfondirait les notions scolaires déjà acquises et s'initierait à de nouvelles connaissances.

— Je vous aime, papa, j'aime notre famille, vous allez me manquer, mais, aujourd'hui, j'ai l'impression de commencer à vivre.

— Parlons d'autre chose, tu le veux bien ?

Cette séparation lui crevait le cœur. Depuis sa naissance, Anne ne les avait pas quittés. Sans lui laisser le temps de répliquer, il poursuivit ses commentaires, en espérant que ses mots deviendraient des images dans l'esprit de sa fille.

— Si l'on ouvrait la fenêtre, tu pourrais caresser ces roseaux. Comme des géants dociles, ils se balancent au gré du vent.

— Donc, ils sont très hauts...

— Oh oui. Entre neuf et quinze pieds.

— Bien plus haut que vous, alors ? Impressionnant !

Anne n'avait jamais touché ces graminées pourtant si communes. Il lui restait encore tant à apprendre...

— Les feuilles sont effilées et pointues. Par contre, les fleurs ressemblent à de soyeux plumeaux, agréables à flatter et à voir, je t'assure. À la prochaine occasion, je t'en apporterai. En plus, ils sont utiles.

Loin de l'importuner, les explications de son père la ravissaient... la plupart du temps. Comme il en savait des choses ! Elle l'écouta deviser sur les bienfaits des roseaux dans la fixation des berges, leur usage en pharmacologie et en médecine, dans la construction des toitures et dans la confection de litières pour animaux.

La voie ferrée longeait maintenant un massif de quenouilles. Napoléon s'appliqua à les détailler, des rhizomes aux parties aériennes. Attentive, Anne ne manquait pas un mot de la description.

— La fleur est-elle aussi douce que celle du roseau ?

— Pas du tout, Anne. Pense à un épi marron recouvert de poils. La forme rappelle celle des saucisses de lard. Pour ma part, quand j'en ai sous la main, j'enlève la portion velue et je m'en sers pour allumer des feux. Ça s'enflamme rapidement.

— Et j'aime mieux manger les racines des quenouilles que les asperges.

Anne avait boudé les légumes jusqu'au jour où, trois ans auparavant, le Dr Antoine Peltier avait diagnostiqué l'origine de sa cécité. La xérophtalmie dont elle souffrait provoquait l'opacité de la cornée, l'atrophie et la sécheresse de la conjonctive, et était fort probablement causée par une carence en vitamine C. L'inflammation des membranes oculaires était à craindre, mais, selon les recherches du Dr Peltier, l'ingestion de légumes colorés aiderait à stopper le processus dégénératif, ou du moins à le ralentir. La peur d'un évidement de l'œil tout autant que la promesse de recevoir en cadeau des livres en braille avaient convaincu la jeune fille de modifier son régime alimentaire.

Assis côte à côte, sans personne sur la banquette devant eux pour les distraire, le père et la fille bavardaient comme si souvent par le passé. Curieuse de nature, Anne était son meilleur public. Napoléon ne se lassait pas de décrire les lieux et les objets au bénéfice d'Anne, bien sûr, mais aussi pour satisfaire son plaisir de partager ses découvertes.

Les religieuses de Nazareth auraient-elles sa patience ? Peut-être, mais leur attention serait inévitablement divisée entre tous les aveugles ou demi-voyants du pensionnat.

À maintes reprises, Anne s'était interrogée sur la pertinence des images qui surgissaient. Étaient-elles conformes à la réalité ? En y réfléchissant, elle se rappela à quel point chaque voyant lui rapportait des détails différents en dépeignant un objet. Au point de se demander s'ils regardaient le même. Combien de fois avait-elle entendu : « Ah ! Je n'avais pas vu ça ! »

Napoléon se racla la gorge et murmura :

— Ta mère va s'ennuyer...

Montréal. La gare Windsor. La Salle des pas perdus.

— Ne bouge pas d'ici, Anne. Avec ta grosse malle, mieux vaut héler une voiture. Assieds-toi dessus et ne parle à personne, promis ?

— Ne t'inquiète pas, papa.

De fait, son pouls venait de s'accélérer, et elle avait du mal à contrôler sa respiration. D'innombrables sons nouveaux se mêlaient et s'entrechoquaient. Aux claquements des talons, Anne devinait la proximité des voyageurs contraints de se hâter pour d'énigmatiques raisons.

Désireuse de calmer sa nervosité, elle pianota une mélodie sur sa cuisse. Depuis deux ans, elle étudiait le piano avec Yvonne Vallée, la femme du notaire de Saint-Léon-le-Grand. Tous les jours, le dimanche y compris, elle profitait du piano du Dr Peltier et y travaillait sa technique et les pièces de son répertoire. Son cœur se serra au souvenir d'Arthur, le cadet des Peltier... Lui qui habitait au fond du rang Saint-Charles, par quel hasard s'était-il retrouvé tout l'été chez le docteur quand elle s'exerçait ? Elle avait rêvé de s'asseoir à ses côtés, de causer avec lui, mais il s'était borné à de brèves salutations, sauf à une occasion qu'Anne n'était pas près d'oublier. Peu avant son entrée à Nazareth, ils s'étaient confié leur projet d'avenir respectif avec une déconcertante aisance.

Arthur aurait seize ans en janvier prochain, ce qui ne l'empêchait pas d'être très mature. Ses manières étaient si raffinées ! La veille, il avait regagné le séminaire de Trois-Rivières. Comme elle, il reviendrait à Saint-Léon pour le temps des fêtes. Arthur... Pourquoi ce jeune homme estimé de tous, frère d'un médecin en plus, s'intéresserait-il à une pauvre aveugle ? On le disait beau garçon. Que de fois Anne avait espéré explorer son visage du bout des doigts ! Elle l'aimait, mais nul ne le soupçonnait. C'était son secret.

Une bouffée de fierté l'envahit à la pensée qu'elle aussi étudierait dans une vraie école et non plus attablée dans une cuisine. L'Institut Nazareth ! Comme elle en avait rêvé ! À compter de maintenant, elle ne serait plus une exception, un embarras.

Une voix éraillée d'adolescent interrompit sa réflexion.

— T'es pas lette, toi ! Qu'est-ce que tu fais là, sur une valise ?

Inquiète, elle leva la tête.

— Pas lette... Euh, erreur. Avec les yeux croches de même, t'as intérêt à regarder à terre ! ajouta le malotru.

Bouche bée, Anne sentit son cœur s'arrêter. Elle avait les yeux croches ? Jamais on ne lui en avait parlé auparavant. Son père et sa mère lui répétaient à l'envi qu'elle était jolie. Peut-on être jolie avec les yeux croches ? Le gars avait prononcé ces mots avec tant de dédain ! Désemparée, perdue au milieu de cette tempête de bruits, elle retenait ses larmes. Être confrontée à la malveillance et aux moqueries, voilà une première dont elle se serait passée. Les paroles de son père alors qu'il s'opposait fermement à son projet s'imposèrent avec force : « Qui te protégera ? »

Une poignante angoisse se substitua à son euphorie. Elle qui avait tant souhaité partir, acquérir un peu d'indépendance, discuter avec des gens de son âge, découvrir de nouveaux horizons, avait-elle pris la bonne décision ? À présent, elle se sentait seule et démunie.

Une main se posa sur son épaule. Elle la repoussa, apeurée.

— Hé, ma fille ! Que se passe-t-il ?

— Papa ? Ah ! C'est vous ? Avez-vous trouvé une voiture ?

Un inconnu intervint.

— Il a trouvé une voiture et un bon conducteur. Votre père et moi transporterons cette malle. Et vous, mademoiselle, êtes-vous capable d'apporter votre sac de voyage ?

Anne répondit d'un signe de la tête, les yeux mi-clos.

Des yeux croches... Comme elle en voulait à son père de lui avoir caché cette tare, cette autre tare.

Avec le chauffeur, Napoléon hissa la malle à l'arrière de la voiture, puis aida sa fille à grimper sur le siège avant. Il se plaça derrière elle, prêt à intervenir.

— Combien de temps nous faudra-t-il pour atteindre le 95 de la rue Sainte-Catherine ?

— Sans trop d'encombrement, moins d'une heure. C'est à peu près à trois milles et demi.

Se tournant vers Anne, le conducteur ajouta :

— Ainsi, mademoiselle deviendra sous peu l'une des pupilles des bonnes sœurs à Nazareth ?

Anne se contenta de hocher la tête.

Tracassé, Napoléon s'étonnait de l'apathie de sa fille, elle d'ordinaire si enthousiaste, surtout depuis qu'elle avait appris son entrée à Nazareth. Mesurait-elle déjà le fossé qui la séparait de son douillet cocon ? Les sens en alerte, Napoléon tentait de calmer son inquiétude.

Encouragé par son ami, le Dr Antoine Peltier, il s'était abondamment documenté sur cette institution à laquelle il confierait sa chère Anne. Modelé sur l'Institut des jeunes aveugles de Paris, l'établissement de Montréal avait été fondé par l'abbé Benjamin-Victor Rousselot, lui-même atteint de troubles visuels. Les Sulpiciens avaient toujours agi comme directeurs spirituels des Sœurs grises. Quand l'abbé avait conçu son projet, il était tout naturel qu'il se tourne vers cette communauté de femmes pour en assurer la gestion et la bonne marche. Lors de son ouverture en 1861, Nazareth hébergeait des centaines d'enfants à la journée, en plus d'aveugles sans logis, de vieillards dans le besoin et d'orphelins. Puis, à la fin de 1869, bâtiments et chapelle furent réservés exclusivement aux aveugles, les plus infortunés des infortunés selon la croyance populaire.

En plus de leur apprendre différents travaux manuels, comme la fabrication de corbeilles, le rempaillage des chaises, le tissage des nattes ou la couture pour les filles, on accordait un soin particulier à l'enseignement de la lecture et de l'écriture en braille, de l'alphabet traditionnel, de la grammaire, de l'histoire et de la géographie. Les religieuses avaient innové en créant un département de musique avec des partitions en braille, une première en Amérique du Nord. Bien avant toutes les institutions spécialisées dans l'éducation des aveugles aux États-Unis et au Canada anglais, Nazareth avait adopté le braille dès la fin des années 1860.

Napoléon connaissait la passion d'Anne pour le piano. Depuis deux ans, elle y consacrait une quinzaine d'heures chaque semaine, et son ardeur, loin de s'amoindrir, avait grandi avec le temps. La réputation de Nazareth en matière de musique n'était plus à faire. Ses élèves donnaient même des concerts *extra-muros*.

Comme il n'avait pas les moyens de payer une pension, Napoléon croyait détenir là une objection majeure, mais tout était gratuit pour les aveugles à Nazareth, scolarité et pension. Les parents n'avaient qu'à fournir l'habillement et à défrayer le coût du transport. À la gare de Louiseville, Napoléon avait eu la surprise de se voir offrir une réduction sur le prix du billet d'Anne. « C'est comme ça pour tous les aveugles qui voyagent avec le Canadien Pacifique, monsieur », lui avait expliqué le préposé.

Lors de l'inscription d'Anne, en juillet dernier, Napoléon s'était enquis auprès de la sœur économe du couvent de la manière dont l'institution subvenait à ses besoins. Loin d'être incommodée par la curiosité de son visiteur, habituée aux interrogations des parents, elle lui avait précisé la provenance de leurs revenus. Quelques femmes d'un rang social enviable, souvent veuves ou filles de bonne famille, demeuraient à Nazareth et payaient une substantielle pension. En outre, la Société des Sulpiciens possédait les ressources financières capables de soutenir l'œuvre de leur confrère, l'abbé Rousselot. À l'occasion, des religieuses recevaient des legs qu'elles mettaient en commun, puisqu'elles avaient prononcé le vœu de pauvreté, suivant les règles de la communauté. Les gouvernements provincial et municipal octroyaient de modestes sommes annuellement et, enfin, une équipe de dames patronnesses organisait des activités et cédait les profits à l'Institut. La religieuse avait insisté sur l'importance de ces collectes.

Au cours de cette visite, Napoléon avait constaté avec étonnement que l'éducation des aveugles avait été confiée à des religieuses dont la mission première était de secourir les pauvres. « Dans l'esprit de l'abbé Rousselot, le fondateur tant aimé de notre établissement, lui avait expliqué son informatrice, il importe d'accueillir les aveugles et de les instruire. » Elle tenta de le rassurer en insistant sur le fait que quelques enseignantes possédaient toutes les compétences requises pour bien former leurs élèves.

En bifurquant dans la rue Sainte-Catherine, Anne n'avait toujours pas ouvert la bouche. Napoléon allait intervenir quand le conducteur ralentit son percheron.

— Voyez-vous ces bâtisses, monsieur ? demanda-t-il, accompagnant sa question d'un geste large de la main. De la rue Saint-Urbain jusqu'à Jeanne-Mance, que nous empruntons en ce moment, elles appartiennent toutes aux bonnes sœurs de la Charité. On les appelle aussi Sœurs grises.

L'homme poursuivit sur le ton de la confidence.

— Il paraît que le mari de leur fondatrice, Marguerite d'Youville, faisait de son vivant le trafic de l'eau-de-vie, entre autres avec les Indiens. Lors du premier incendie de l'hôpital général, en voyant des flammes bleues s'échapper du brasier, les gens criaient pour se moquer : « Tiens ! C'est l'alcool des sœurs qui brûlent. Elles sont grises ! » Marguerite d'Youville aurait décidé de conserver cette appellation par humilité. Par chez vous, on dit ça aussi « être gris » pour « être ivre » ?

Napoléon acquiesça.

— Les railleries ont vite fait place à l'admiration. Les sœurs se sont tant dévouées auprès des pauvres et des malades qu'il aurait été malvenu de continuer à les ridiculiser.

Des arbres, presque une forêt, étaient visibles de la rue.

— On ne se croirait pas dans la grande ville, ici.

— Vous avez raison, monsieur. Derrière ces bâtiments, il y a d'abord un terrain plat où les sœurs ont créé des jardins de fleurs. Sur le coteau, elles ont cultivé des arbres fruitiers et, au sommet, elles ont aménagé un potager.

Cet environnement champêtre plaisait à Napoléon. Humer les bonnes odeurs de la terre aiderait Anne à mieux apprivoiser son nouveau milieu de vie. Oui, sa fille serait bien nourrie. Une remarque de la religieuse à l'accueil lui revint en mémoire et, aussitôt, un sentiment de panique le gagna. Ne l'avait-elle pas informé que l'Institut était doté d'une grande cour où les élèves se promenaient, jouaient et se balançaient ?

Jouer dehors ! Se balancer ! Ces perspectives oppressèrent Napoléon. Exposée à tous ces dangers, se blesserait-elle, se sentirait-elle abandonnée ? Il dut se faire violence pour ne pas exiger du cocher qu'il les ramène à la gare sur-le-champ.

Et puis non, il ne reviendrait pas sur sa parole, à moins qu'Anne n'en manifeste le désir. Après des nuits d'insomnie et des jours à s'entretenir de la situation avec sa femme, Pierrette, talonné par le Dr Peltier, qui n'avait de cesse que de lui faire miroiter l'importance d'une bonne éducation pour sa fille, il avait rendu sa décision. Mais était-ce la meilleure ? Le mutisme d'Anne ne lui disait rien qui vaille.

Si l'abandon de ce projet venait d'elle ?

— Anne, il est encore temps de revenir à la maison, si c'est ce que tu veux.

— Non, papa, plus vite nous serons arrivés à Nazareth, mieux ce sera.

Ce ton résolu ne laissait place à aucune alternative. Tout de même, l'attitude butée d'Anne le laissait perplexe.

La voiture s'arrêta au 95 de la rue Sainte-Catherine. La grande bâtisse en pierre grise comptait deux ailes de trois étages avec sous-sol et mansardes de part et d'autre d'une chapelle dotée d'un imposant clocher. L'institution des aveugles occupait tout l'immeuble, puisque l'aile de gauche, une salle d'asile ayant déjà accueilli plus de quatre cents enfants, abritait dorénavant divers ateliers pour l'usage exclusif des résidents.

Aidé du chauffeur, Napoléon déposa la malle sur la petite plateforme devant la porte du vestibule, puis régla la course. Anne les avait suivis d'un pas décidé.

Une fois seul avec sa fille, Napoléon lui saisit les épaules.

— C'est la dernière fois avant longtemps que nous avons la chance de nous retrouver en tête-à-tête. Me diras-tu enfin pourquoi tu portes ton masque des mauvais jours ?

La mine renfrognée, Anne garda le silence.

— Anne, ne me laisse pas repartir ainsi !

— Pourquoi ne m'avez-vous jamais parlé de mes yeux croches ? Vous me mentiez quand vous affirmiez que j'étais jolie.

Avec peine, elle réprima un sanglot.

— Qui t'a mis ça dans la tête ? répliqua Napoléon, irrité, puis ému.

Si elle lui narrait sa rencontre avec le garçon de la gare, elle ne pourrait retenir ses larmes. Elle lui répondit sèchement :

— Peu importe qui. Est-ce que j'ai les yeux croches ?

Au supplice, Napoléon opta pour la vérité.

— Oui, ma fille, tu souffres de strabisme, mais ça ne t'empêche pas d'être jolie !

— Vous me dites ça pour me faire plaisir ! De toute façon, moi, je ne serai plus capable de lever les yeux sans penser à cette horreur.

— Anne, je t'en prie, assez de bêtises. Je ne t'ai pas menti. Tu es jolie. Mais, si ça peut te rassurer, je demanderai conseil aux religieuses. On m'a appris que, voilà deux ans, une clinique d'ophtalmologie avait été inaugurée sur les terrains de Nazareth et sa réputation dépasse les frontières. Des Anglais de l'Ontario et même des Américains viennent s'y faire traiter.

— Oui, mais ces médecins sauront-ils redresser mes yeux ?

— Je le pense. En plus…

De nouveaux arrivants les forcèrent à abandonner leur discussion.

À peine entrée, Anne fut submergée par une plaisante odeur d'encaustique, identique à celle du presbytère de Saint-Léon-le-Grand où, pourtant, elle n'était allée qu'une seule fois. Cette sensation la calma.

Une pression de main sur son bras attira son attention. Ce n'était pas son père. Elle se raidit. Anne touchait les gens le moins possible. Ses parents lui avaient expliqué que cela ne se faisait pas, c'était souvent mal vu, mal interprété. Quand elle se sentait en confiance, elle devait tout de même demander la permission avant de le faire. Néanmoins, elle éprouvait une envie folle d'entrer en contact avec autrui de cette manière, de les atteindre. Sans les mains, comment connaître la nature des objets, comment découvrir ceux qui l'entouraient ?

— Je suis sœur Clémentine Lemieux, votre hospitalière.

— Pardon, ma sœur, votre quoi ?

La religieuse tapota l'épaule de sa recrue.

— Hospitalière. En dehors de votre classe, de vos cours musicaux et autres, je serai responsable de votre confort, de votre éducation.

« Dotée d'une voix aussi mélodieuse, aussi douce, cette femme doit avoir des traits harmonieux et un agréable caractère », songea Anne, habituée à imaginer les physionomies d'après les intonations. À l'occasion, elle validait ses impressions auprès de son père. Parfois, elle était dans l'erreur, mais, la plupart du temps, sa description correspondait à sa perception.

— Vous pourrez tout me dire, y compris l'indicible, ajouta sœur Lemieux en riant. Quel est votre nom ?

— Anne Alarie, ma sœur.

Sa mère lui avait fait répéter les formules de politesse les plus susceptibles d'être utilisées, mais elle n'avait pas prévu qu'en deux phrases cette religieuse lui servirait deux mots inconnus. Hospitalière... indicible...

Non loin d'elle, quelques filles sanglotaient. Inquiète, elle pressa le bras de son père, qui s'enquit de la cause de ces pleurs.

— Monsieur Alarie, ces pensionnaires viennent de recevoir une très mauvaise nouvelle. Notre supérieure bien-aimée a été terrassée par une syncope voilà un mois presque jour pour jour. Heureusement, notre chapelain a eu le temps de lui administrer l'extrême-onction. Il s'agit d'une bien triste rentrée, car nous avons eu à déplorer un second décès au cours de l'été.

Paul Letondal, pianiste et violoncelliste parmi les plus talentueux de Montréal, avait rendu l'âme en juillet. Dès 1876, en collaboration avec Rosalie Euvrard, il avait contribué à asseoir la notoriété de Nazareth dans le monde musical. En plus d'en faire la première école de musique de la province, l'équivalent d'un conservatoire, cet ancien élève de l'Institution des jeunes aveugles de Paris avait lui-même appris le braille aux religieuses dès l'ouverture du pavillon dédié aux aveugles.

Déstabilisée par ce triste accueil, Anne se tordait les mains. Devinant son trouble, Napoléon allait intervenir quand sœur Lemieux s'empressa de leur présenter Philomène Marquis.

— Mademoiselle Alarie, Mlle Marquis sera votre guide au cours des deux prochaines semaines. Elle sera votre « ange », vous fera visiter les lieux et vous aidera à vous familiariser avec les aires de votre nouveau foyer. Mlle Marquis fréquente notre institution depuis 1888. Elle a commencé à onze ans... l'âge moyen de nos protégés à leur début. Quel est le vôtre, mademoiselle Alarie ?

— Seize ans, ma sœur, répondit-elle, ennuyée d'apprendre que, déjà, elle faisait figure d'exception.

« Pourvu qu'on ne me prenne pas pour une attardée », songea-t-elle avec un brin d'amertume.

— On m'a informée que vous saviez lire et écrire en braille, en plus de maîtriser l'écriture au noir ?

— Qu'entendez-vous par écriture au noir, ma sœur ?

— Celle que tous les voyants instruits utilisent. Les livres traditionnels sont imprimés à l'encre noire. Alors, c'est vrai ? Vous avez toutes ces habiletés ?

Anne Alarie n'était pas de celles à simuler l'humilité.

— Oui, ma sœur, affirma-t-elle sans hésitation.

— Parfait. Il est temps maintenant de saluer votre père, mademoiselle Alarie.

— C'est l'anniversaire d'Anne aujourd'hui, bredouilla Napoléon, ébranlé à la pensée de se séparer de sa fille aussi abruptement.

— J'en prends bonne note, ne vous inquiétez pas.

— Euh... J'aimerais aider Anne à défaire sa valise, à s'installer...

— Cessez de vous tracasser. Nous avons un engagé qui ne fait que ça, transporter les malles de nos élèves dans les dortoirs. Quelqu'un d'autre l'aidera à tout ranger. Ainsi, elle retrouvera aisément ses affaires par la suite.

La religieuse savait à quel point la séparation était pénible autant pour les parents que pour les enfants, même s'ils étaient à l'aube de leur maturité. Mieux valait ne pas prolonger les adieux.

Napoléon saisit la main d'Anne et la pressa entre les siennes.

— Ta mère m'a fait promettre de te rappeler de nous envoyer une lettre chaque semaine. Assure-toi que l'enveloppe est écrite « en noir », comme on dit ici, pour que les gens de la poste s'y retrouvent. On attendra avec impatience de tes nouvelles. Je reviendrai te chercher à Noël, conclut-il, la gorge sèche.

À cet instant, un doute secoua Anne. Pourquoi s'exposer à tous ces inconnus, pourquoi remettre sa vie entre les mains de ces étrangères ? Au moins, chez elle, elle était aimée et entourée de petites attentions.

Sœur Lemieux lisait-elle dans ses pensées ? D'une voix enjouée, elle lui proposa :

— Mademoiselle Alarie, allez explorer votre nouvel environnement. Prête, mademoiselle Marquis ?

Cette grande fille était présente à leurs côtés depuis leur arrivée.

— Oui, ma sœur. Quelles sont ses places ?

La religieuse consulta un registre.

— B6 et E7.

Sans plus attendre, Philomène Marquis saisit le bras d'Anne et l'entraîna dans un escalier.

2

Tel un somnambule, Napoléon descendit la rue Saint-Laurent. Une infinie tristesse l'accablait. Il consulta sa montre de poche en fer-blanc. Deux heures à tuer avant le départ du train à destination de Louiseville. Plutôt que de héler un voiturier, il poursuivit jusqu'à la rue Notre-Dame. Il hésitait. Suivrait-il le conseil de son ami Antoine, qui lui avait suggéré de se rendre dans la rue Saint-Vincent et d'y saluer sa tante Elizabeth et son oncle Barnabé, pour ainsi dire ses parents adoptifs ? À n'en pas douter, il serait reçu à bras ouverts. Le couple avait hébergé Antoine pendant treize ans, soit toute la durée de son cours classique et de ses études en médecine. Mais Napoléon n'avait qu'un désir : se retrouver seul dans un endroit tranquille.

Visibles de loin, les tours jumelles de la basilique Notre-Dame l'attiraient. Lui, l'agnostique, sentit le besoin de s'y réfugier. Il pénétra dans l'église par l'entrée voisine de la tour ouest, baptisée La Persévérance. Dès qu'il eut poussé la lourde porte, une agréable odeur d'encens et de cierge le rasséréna quelque peu. Plusieurs fidèles se recueillaient en silence. Il prit place sur un banc de la dernière rangée.

Indifférent à toutes les beautés de ce lieu saint, il ferma les yeux. Comment se débrouillait sa petite fille toute seule… enfin, sans lui ? Il se tança. « Petite fille ! Elle a seize ans, Napoléon Alarie ! Raisonne-toi ! Elle n'est plus une enfant ! » Mais elle avait tant besoin de lui ! Il avait le cœur en miettes. Avait-il le droit de l'abandonner ? « Aller à Nazareth, c'est ce qu'elle voulait depuis si longtemps, tu le sais bien », se répétait-il dans l'espoir de calmer son sentiment de culpabilité. Avant d'inscrire Anne, il avait visité les lieux. Le modernisme des équipements, la qualité des instruments de musique, des installations et de l'aménagement l'avaient impressionné, la gentillesse des religieuses plus que tout. En définitive, Anne vivrait dans un milieu bien plus stimulant là-bas que dans leur modeste demeure.

Nazareth possédait même un téléphone depuis 1889 ! Dommage qu'il ne dispose pas d'un tel appareil à Saint-Léon. Quelques intonations suffiraient à lui révéler les états d'âme de sa fille.

Le chagrin d'Anne le tourmentait. Son strabisme s'était accentué au cours des dernières années. Qu'elle l'apprenne juste au moment où ils se quittaient l'avait mis au supplice. Il avait cru bien faire en le lui dissimulant. Il aurait dû suivre le conseil d'Antoine. « Tu ne seras plus là pour lui faire un rempart. » Son ami l'avait exhorté à lui dire la vérité avant son entrée à Nazareth, mais il avait choisi la voie facile du silence. *La vérité te rendra libre.* Il aurait dû faire siens ces mots de Jésus rapportés par l'évangéliste saint Jean, qu'il avait répétés à ses enfants tel un dicton.

« Venez à mon secours ! Y a-t-il quelqu'un, quelque part, capable de m'écouter ? » Parfois, il enviait les croyants, si convaincus d'être entendus de Dieu ! Dieu… Une étiquette vide servant à représenter un Être imaginé pour soutenir les faibles et les naïfs ? En ce moment, il aurait tout donné pour avoir la foi et partager sa souffrance. À Saint-Léon, pour protéger sa famille de l'ostracisme, il se comportait comme un fidèle. Seul Antoine connaissait ses doutes, et peut-être Anne aussi. Elle l'avait tant interrogé au sujet de Dieu qu'il n'avait pas su lui cacher son incroyance. À quelques reprises, il avait tenté d'en discuter avec sa femme, mais sa réaction scandalisée, voire apeurée, l'en avait dissuadé.

Sans préavis, l'orgue retentit. Médusé, Napoléon se leva et s'avança dans l'allée centrale. Toutes les têtes se tournaient vers le jubé. Courbé sur son instrument, le musicien s'exécutait avec passion. Napoléon se rassit et ferma les yeux. Sa fille rêvait de jouer de l'orgue à l'église. Parviendrait-elle à réaliser son désir ? Sa fille, encore sa fille…

L'orgue se tut. Une scène vieille de treize ans revint hanter Napoléon. Sa femme et lui attendaient leur fille dans la salle voisine du cabinet du Dr Lebel, l'unique médecin de Saint-Léon-le-Grand avant l'arrivée de son ami Antoine. La mine défaite, l'homme les avait conviés dans son bureau. Assise sagement sur la table d'examen, Anne regardait droit devant elle. Déjà, elle peinait à reconnaître les objets. De toute sa vie, jamais Lebel n'avait rencontré un cas semblable. Il se disait impuissant et n'avait d'autre suggestion que de prescrire des gouttes afin d'éviter que la cornée ne s'assèche encore plus. Anéantis, Napoléon et Pierrette avaient ramené leur fille à la maison. Six mois plus tard, l'enfant était complètement aveugle. Dans l'intervalle, toute une gamme d'émotions les avait bousculés, allant de la panique au repli sur soi en passant par l'angoisse, le déni, la culpabilité, l'isolement, la honte, le secret, sans compter les conflits de couple. Pendant des mois, Pierrette avait répété telle une litanie : « Mais qu'est-ce qu'on a fait au Bon Dieu ? »

À compter de ce moment, Napoléon s'était mis à douter de la bonté de Dieu. Puis de son existence.

Les pleurs des élèves restés au vestibule s'estompèrent au fur et à mesure que les filles gravissaient les marches. L'assurance de Philomène déconcerta Anne.

— Mademoiselle Marquis…

Cette dernière s'arrêta net, lâcha son bras et la prit par les épaules.

— On met les choses au clair en partant, Anne. Mon nom c'est Philomène et on se tutoie, d'accord ?

Soulagée par ce ton amical et bon enfant, Anne opina de la tête en souriant.

— Tu es d'accord ou pas, Anne ?

— Mais je viens de te faire signe que oui. Bien sûr que je suis d'accord, s'étonna Anne.

— Tu sauras qu'il me faut plus que des signes pour comprendre.

— Que veux-tu dire ?

— Je suis presque aveugle aussi ! Je devine à peine ta silhouette et un peu le pourtour de ta chevelure. On dit que je suis demi-voyante, mais je n'aperçois que des ombres. Et encore ! J'ai besoin de beaucoup de lumière.

Philomène avait été l'une des premières demi-voyantes acceptées à Nazareth. On incluait dans cette catégorie les enfants atteints d'une forte myopie, d'albinisme, de rétinite pigmentaire ou de toute autre amblyopie.

— Dès que l'éclairage faiblit, reprit Philomène, je suis quasiment dans le noir, comme les aveugles. Mais n'en parle pas ! Les demi-voyants ont des privilèges que je tiens à conserver. Quand je pense que je n'ai jamais distingué les traits de mon visage, même à deux pouces d'un miroir !

« Au moins, elle ne me verra pas loucher », songea Anne avec soulagement.

— T'as toujours été comme ça, Anne ?

— Non. Jusqu'à l'âge de deux ans et demi, j'ai vu… mais je m'en souviens très peu. Par contre, la figure de mes parents est gravée dans ma mémoire. À la blague, mon père rabâche à qui veut l'entendre que, grâce à moi, il restera jeune pour l'éternité.

Anne sentait les choses, les touchait, les pressentait. De fait, elle avait l'impression de voir, mais différemment de son entourage. Ici, à Nazareth, elle comparerait ses perceptions, en débattrait.

— Quand je rêve, Philomène, je vois ! Et toi ?

— C'est fou, moi, je ne me rappelle pas mes rêves.

— Dommage ! Quand je me réveille, je reste dans mon lit quelques minutes sans bouger et des scènes défilent dans ma tête. Essaye ça, prendre un petit moment d'arrêt avant de te lancer en bas du lit ! Dès que mon père est disponible, je lui décris mes rêves, et c'est lui qui trouve les mots pour nommer les choses que je vois.

— Donne-moi un exemple.

— Un exemple... Imagine que je suis assise près d'un ruisseau. Ce mot et ce qu'il représente, je les connais, parce que parfois je m'approche de la Chacoura, en bordure de mon village, pas toute seule, évidemment. Dans mon rêve, au-dessus de l'eau, flotte comme du tissu blanc, mais je vois au travers. Alors mon père m'explique qu'il s'agit de la brume. À partir de ce moment, « brume » signifie quelque chose pour moi. Tu comprends ?

Arrêtées au milieu de l'escalier, les deux filles s'étaient appuyées à la rampe. Des élèves montaient et descendaient derrière elles. Anne se délecta à la pensée des multiples occasions de conversation avec Philomène. Elle souhaita de tout cœur s'en faire une amie. Une amie ! Quel doux mot !

— T'es chanceuse d'avoir un père qui prend la peine de t'écouter, comme ça. Le mien, il a disparu quand il a appris que je n'étais pas normale... Il m'a abandonnée, laissant ma mère seule avec mon frère et moi.

— Pauvre toi... mais, au moins, tu vois un peu !

— Pour combien de temps ? « Quelques années tout au plus », m'a prévenue le médecin lors de mon dernier examen. Après, ce sera la nuit, vingt-quatre heures sur vingt-quatre... Déjà, je suis incapable de lire l'écriture en noir.

Philomène poussa un soupir. Anne flaira une brèche dans l'assurance de sa guide. Désireuse d'alléger l'atmosphère, elle prit un ton quelque peu désinvolte.

— Mais comment peux-tu circuler avec autant d'aisance si tu ne vois pas plus que cela ?

— Dans quelques jours, quelques semaines au plus tard, tu sauras le faire. Méfie-toi en permanence des chenapans qui glissent sur la rampe ! Si tu empruntes les escaliers en même temps qu'eux, t'as intérêt à longer le mur pour ne pas être bousculée !

Anne allait de surprise en surprise.

— Tu as une canne ou un bâton, alors... s'enquit-elle en arrivant à l'étage.

— Pour rien au monde à l'intérieur des bâtisses, exceptionnellement dans la cour, toujours si j'ai à marcher sur le trottoir, une rareté, puisque les filles d'ici ne sortent pas toutes seules.

Anne appréciait la débrouillardise de sa compagne. Elle osa lui demander :

— As-tu pleuré, toi, lorsqu'on a annoncé la mort de la mère supérieure ?

— Non, Anne. J'ignore pourquoi, mais je sens que je peux te faire confiance. La vérité vraie ? Je n'aimais pas cette sœur-là. J'en ai arraché avec elle. Elle devait savoir que je ne la portais pas dans mon cœur. Elle était dure avec moi, trop sévère. Tout le contraire de sœur Lemieux. Elle est si gentille ! C'est presque une mère pour nous.

Anne apprit que dans les crèches, les œuvres de charité ou les hospices, les hospitalières avaient la tâche de protéger, de prendre soin, de réconforter. Avec les pensionnaires de Nazareth, elles jouaient aussi le rôle d'éducatrice. Responsables de l'ordre et de la propreté, elles se faisaient un point d'honneur de prêcher l'harmonie et la paix, tout en assurant la surveillance des élèves dans les salles de récréation, au réfectoire et au dortoir. Certains enfants entraient à Nazareth et ne s'étaient jamais habillés sans aide ou ne savaient pas manger seuls. Faciliter ces apprentissages incombait aux hospitalières. L'absence des parents les incitait à adopter un comportement maternel.

— Ludovic, mon frère, souffre de la même maladie que moi. Il a fréquenté Nazareth jusqu'à l'année dernière. Il m'a promis de venir tous les dimanches, que ma mère y soit ou pas. Si tu veux, je te les présenterai.

— Avec plaisir ! répondit Anne, avec plus de précipitation qu'elle ne l'aurait désiré.

La perspective de recevoir quelques visiteurs la soulagea et la tourmenta tout à la fois. Mis à part Ludovic, on verrait ses yeux...

Philomène la tenait par la main. Au haut de l'escalier, une légère pression incita Anne à tourner à gauche.

— Ici, à l'étage, chaque religieuse gardienne d'un dortoir occupe tout au fond une chambrette, appelée « cellule ». À la place des murs et de la porte, un rideau de coton blanc glisse sur une tringle arrondie fixée au plafond. On ira tantôt. Je t'amène d'abord dans ta future salle de classe.

Philomène guida Anne jusqu'au premier pupitre le long du mur.

— Une fois que tu as repéré ce pupitre-ci, sache qu'il y en a cinq ou six par rangée, et qu'il y a trois rangées au total. Demain matin, on t'assignera le tien.

Philomène encouragea Anne à s'avancer dans la première rangée et l'arrêta au moment où elle allait buter contre une table haute et étroite. Un minuscule espace la séparait des pupitres. Anne la contourna.

— Touche cette machine, Anne. As-tu déjà vu ça ?

Voir cela. Que de fois Anne pensait ou disait « j'ai vu ou j'aimerais voir », signifiant, par cette expression incompatible avec sa situation, qu'elle avait découvert ou désirait découvrir telle ou telle chose.

Anne palpa un objet dur, froid, doté de plusieurs étranges composantes sur deux hauteurs distantes d'environ vingt centimètres. La plus basse comptait quatre rangées de petits ronds mobiles disposées sur un plan légèrement incliné. Quant à la partie supérieure, on y retrouvait des leviers et un cylindre fabriqué dans un matériau semblable à du caoutchouc.

— Mais qu'est-ce que c'est ? demanda Anne, intriguée.

— Ma chère Anne, il s'agit d'un *typewriter*. Nous en avons deux dans cette classe.

En 1888, l'abbé Rousselot avait rapporté de France deux machines à écrire et les avait offertes aux élèves de Nazareth. Le dactylographe s'avérait un moyen privilégié pour l'aveugle de communiquer avec les voyants.

— Tu apprendras à t'en servir cette année.

Devant l'étonnement de sa compagne, Philomène se fit un plaisir de lui décrire le fonctionnement et l'utilité de l'appareil.

— Bien entendu, on doit connaître l'alphabet traditionnel pour s'en servir. Ubald Fortin, un demi-voyant de ma classe, de notre classe, devrais-je dire maintenant, écrit quatre-vingts mots à la minute, sans fautes.

— C'est beaucoup, ça ?

— Un record à Nazareth ! Et, selon les sœurs, une excellente performance même chez les voyants. Dans une page, tu as en moyenne trois cents mots. Ubald tape donc une page en moins de quatre minutes. Il a une dextérité comparable à celle d'un grand musicien sans l'être.

— Et toi, tu es musicienne ?

— J'aurais aimé jouer du piano et encore plus de l'orgue, mais je n'ai pas de talent pour ça. Sœur Angéline Beauchemin, une des meilleures enseignantes en musique de l'avis de toutes, n'a jamais réussi à me faire mémoriser et jouer sur un piano une page de partition. Pourtant, en géographie, je retiens tout du premier coup. Je me contente donc de la chorale. J'adore chanter et toi ?

— Moi aussi !

Anne tut sa passion pour le piano de peur de blesser sa nouvelle amie. Chanter ! Jouer... Mais également monter et descendre de longs escaliers, circuler d'une salle à l'autre, faire la connaissance de dizaines de jeunes, que de plaisirs en perspective !

Un vacarme attira leur attention.

— Les chenapans dont je t'ai parlé ! Ces garçons se poursuivent dans l'escalier. Qu'ils en profitent, parce que, demain, le règlement et la surveillance se resserrent. Ce sera silencieux partout, sauf dans la cour de récréation.

— Même à la salle à manger ? s'étonna Anne, pour qui l'heure des repas avait toujours été une occasion de retrouvailles et de discussions animées avec son père, ses frères et ses sœurs. Occupée à les servir, sa mère se mêlait peu aux conversations.

— Tu veux parler du réfectoire. Les chuchotements y sont tolérés à la condition qu'il n'y ait pas de perte de temps. Dans les corridors, on l'exige pour éviter que les élèves butent les uns contre les autres et sur les obstacles. Les sœurs pensent que les aveugles sont incapables de se concentrer dans l'agitation. C'est bien sûr que dans les salles de cours et les dortoirs, on garde le silence. Parlant de dortoir, suis-moi.

Au milieu du second escalier, on les stoppa.

— J'ai reconnu ta voix, Philomène Marquis ! On dirait que tu as trouvé un autre souffre-douleur ? Si oui, tu m'en vois soulagée !

Le ton badin de la fille laissa deviner qu'elle plaisantait.

— Tiens ! Florida Jasmin ! Je suis contente que tu sois revenue ! Qui accompagnes-tu aujourd'hui ?

— Je te présente ma protégée, Emma Blais. Elle a dix ans.

Philomène posa la main sur la tête de l'enfant.

— Bonjour, Emma. Bienvenue à Nazareth. J'espère que tu t'y plairas.

— Je l'espère aussi, murmura la petite, intimidée.

Une fois les bruits de pas hors de portée, Philomène souffla à l'oreille d'Anne :

— Tu verras, Florida essaie de jouer à la dure, mais c'est une fille sensible et généreuse. Je l'aime bien. C'est une albinos.

— De quelle nationalité, dis-tu ?

— Albinos n'est pas une nationalité, répondit Philomène en s'efforçant de ne pas s'esclaffer. C'est une maladie, Anne. Elle a la peau très très blanche et les cheveux pratiquement de la même couleur. Elle ne sort pas à l'extérieur quand il fait soleil, ça lui fait trop mal aux yeux. À Nazareth, on a deux garçons comme ça.

— Remarque que, parmi les aveugles, c'est plus facile de passer inaperçue, nota Anne avec justesse.

— Florida n'est pas à Nazareth pour passer inaperçue. Sa vue est faible, mais elle voit un peu mieux que moi. On dit que ses sourcils et ses cils sont tout blancs aussi.

Un silence eut à peine le temps de s'installer qu'elles perçurent les voix d'un petit groupe de filles.

— Où sommes-nous rendues, Philomène ?

— Au dortoir. Viens.

Quelque soixante-dix élèves entre cinq et vingt ans étudiaient à Nazareth, presque deux fois plus de filles que de garçons. Sauf pour la formation scolaire, ils vivaient séparés. Chacun avait son dortoir, son espace pour les jeux extérieurs et sa salle de récréation. La chair était faible, et il importait tant de toucher pour les non-voyants ! Les religieuses surveillaient avec autant d'attention les rapports fréquents entre les pensionnaires de même sexe, leur trop grande proximité encore plus. « Jamais deux, toujours trois », répétait-on à satiété. Par-dessus tout, l'on redoutait les amitiés particulières.

Philomène posa la main d'Anne sur le cadre de la porte.

— Repère l'entrée du dortoir. Elle donne sur le centre de la pièce. Les lits sont répartis en quatre rangées, deux de chaque côté de l'allée centrale. Des bureaux étroits séparent les allées latérales. Tu auras un de ces meubles pour toi toute seule, et c'est là que tu placeras une partie de tes affaires et de tes vêtements. Le reste ira dans une penderie. Une hospitalière t'y conduira tantôt.

— Comment reconnaître mon bureau ? demanda Anne avec une pointe d'inquiétude.

— Suis-moi. Tu te souviens des lettres et des chiffres donnés par sœur Lemieux quand nous l'avons quittée ?

— Non ! J'étais tellement énervée…

— Ne t'en fais pas. B6 et E7. B6 pour le dortoir et E7 pour le réfectoire. Ici, tu occuperas le sixième et dernier lit de la deuxième rangée. Viens.

Suivant les conseils de Philomène, Anne localisa le premier lit à sa gauche. Elle promena la main sur les fines arabesques de métal au pied et à la tête du lit. Sur chacun d'eux, on avait gravé des caractères braille. B1, ici.

— Oh ! Comme ça me semble joli !

En cinq pas, Anne atteignit le lit suivant, puis le suivant, tous pareils, espacés d'un pas, tout au plus, tous recouverts d'une catalogne identique au toucher. Pas un pli, pas une bosse n'étaient perceptibles. Le matelas lui parut épais et si large !

— J'aurai un grand lit comme ça à moi toute seule ? ajouta-t-elle, ravie.

— Hé oui ! Et tu as intérêt à ne pas le partager. Sœur Lemieux surveille ça de près. On l'entend circuler plusieurs fois pendant la soirée, même la nuit !

— Chez moi, je dors avec mes sœurs Èva et Sarah dans un lit bien plus petit.

— Fais-tu ton lit chez toi ?

— Euh… non. C'est Èva, ma sœur aînée, qui s'en occupe.

— Tu laves ou tu essuies la vaisselle, alors ?

— Pourquoi tu me demandes ça ? laissa tomber Anne, contrariée.

Elle n'aimerait pas avouer à Philomène que, chez elle, on ne lui permettait d'accomplir aucune tâche ménagère. Convaincue qu'elle ne saurait rien faire comme il se doit, sa mère refusait son aide. Un autre objet de frustration, une autre raison de se sentir différente, exclue.

— Ici, tous les jours tu auras une petite corvée de nettoyage le matin, en plus de remettre à plat les draps et les couvertures de ton lit et de laver ton couvert après les repas.

— Je ne sais pas si je pourrai bien faire, mais ça me plaît.

— Tant mieux. Anne... j'aimerais qu'on soit amies, il me semble qu'on s'entendrait bien.

Philomène exprimait tout haut ce qu'Anne désirait tout bas. Jusqu'à ce jour, elle n'avait jamais eu d'amie. Mis à part Arthur, Anne n'avait pas eu l'occasion de côtoyer d'autres jeunes que ses frères et sœurs. Son père disait souvent: « Ce qu'on ne connaît pas, ça ne peut pas nous manquer. » Sentence fausse à l'égard de l'amitié. Anne en rêvait depuis si longtemps ! Sa sœur Èva avait eu une grande amie. Anne l'avait tant enviée, y compris dans son chagrin lorsque Mathilde était morte. Mathilde... La femme du Dr Antoine Peltier, l'ami de son père.

— Qu'on soit amies ? Je n'en pense que du bien. Tu es si gentille !

Le rire de Philomène se perdit en écho.

— Attends de voir mes colères, mes caprices, mes sautes d'humeur ! dit-elle en gloussant. Voilà, on est arrivées au fond du dortoir. Sœur Lemieux occupe la chambrette à ta droite.

— Tu as mentionné tantôt « des » dortoirs. Il y en a plusieurs ?

— Deux pour les filles et un troisième pour les garçons à l'opposé de la bâtisse. Ainsi, on ne peut invoquer qu'on s'est trompée de dortoir si on a la curiosité de passer par là. Je te dis qu'on nous surveille ! Viens maintenant. On va au sous-sol.

Une agréable odeur émanait de chaque pièce. Plus Anne circulait dans l'établissement, plus l'endroit lui plaisait. Malgré tout, son ambivalence ne la quittait pas. Avide d'apprendre les matières scolaires tout autant que la musique, enchantée de sa nouvelle complicité avec Philomène, déconcertée à la pensée de se mesurer à des Florida Jasmin et inquiète face à cette marée d'étrangers, saurait-elle s'adapter à ce lieu, si différent de tout ce qu'elle avait connu jusqu'à présent ?

Ses doigts couraient sur la rampe. Anne avait délaissé le bras de Philomène et descendait sans aide le deuxième escalier.

— Nous voilà rendues au sous-sol. Au début, on s'oriente en effleurant les murs, mais tu verras, tu te déplaceras bientôt comme chez toi. L'entrée du réfectoire est à douze pas de l'escalier, à ta droite.

Le cœur battant, Anne força Philomène à s'arrêter.

— J'entends des voix au loin. Penses-tu qu'on est toutes seules ici ?

— Oui, mais pas pour longtemps. Pourquoi ?

Anne porta les mains à son cou dans l'espoir de juguler l'affolement qui la gagnait.

— Parce que… Faut que je te dise, Philomène… J'ai peur ! Chez moi, ça n'a rien à voir avec cette immense bâtisse. On n'a pas d'escalier et, dans notre chambre, il n'y a qu'un lit ! J'ai peur de ne pas me souvenir du nombre de pas pour ci ou pour ça, j'ai peur de me tromper de lit, j'ai peur de tomber dans les escaliers, j'ai peur de ne pas savoir quoi dire à des filles comme Florida Jasmin. J'ai peur aussi d'être ridiculisée parce que je dois bien être la plus vieille nouvelle. Je n'avais pas prévu ça…

Se voulant rassurante, Philomène lui serra le bras.

— Je serai à tes côtés tout le temps qu'il te faudra pour t'acclimater. Je te prédis que d'ici deux semaines, c'est toi qui me demanderas de te laisser faire toute seule !

Un carillon interrompit Philomène.

— Trois heures, déjà ! On doit continuer notre visite. On a intérêt à ne pas être en retard à la cérémonie de bienvenue. Ça commence dans quinze minutes à la chapelle. Oh ! Il faut que je te mette en garde ! Ne va jamais dans la pièce à gauche au bout de ce corridor.

— Pourquoi ? Le diable s'y cache ?

— C'est toi qui aurais l'air d'un diable en sortant de là si tu t'y aventures ! C'est la réserve à charbon et y en a jusqu'à la porte. Maintenant, viens voir où on va manger !

Napoléon quitta la basilique. Il ne lui restait plus qu'une heure avant l'embarquement.

Juste en face, de nombreux fiacres à l'arrêt encadraient la place d'Armes. Tous étaient garés à reculons. Juchés sur un siège surélevé, les cochers coiffés de haut-de-forme attendaient d'éventuels clients. Napoléon s'installa sur un banc de l'autre côté du square et observa la fontaine entourée d'une pelouse rase et de quelques arbres prisonniers derrière une clôture en fer forgé. Selon un récent article lu dans *La Minerve*, ces arbres seraient bientôt abattus afin de permettre l'érection d'un monument honorant le fondateur de Montréal. Le sculpteur Louis-Philippe Hébert serait sur le point de terminer le bronze de Paul de Chomedey, sieur de Maisonneuve. L'inauguration avait été planifiée pour célébrer le deux cent cinquantième anniversaire de création de la ville, deux ans auparavant, mais, submergé de commandes, l'artiste n'avait pu respecter cet échéancier. Aux dernières nouvelles, avec trois ans de retard, 1895 verrait la réalisation de ce projet.

Et lui, Napoléon Alarie, viendrait-il contempler ce grand ouvrage ? Sûrement, si Anne persévérait à Nazareth.

Un homme de haute taille s'assit à sa gauche. Le col amidonné de sa chemise d'un blanc éclatant attira l'attention de Napoléon.

— Ici même, demain matin, ce sera pas mal plus animé, commenta son voisin d'une voix avenante. Y serez-vous ?

— Je n'habite pas Montréal. Je m'en vais dans moins d'une heure. Qu'y aura-t-il, ici, demain matin ?

— Les chefs ouvriers catholiques se sont entendus avec le curé de l'église Notre-Dame pour que la partie religieuse de la fête du Travail commence par une messe à sept heures. C'est de bonne heure, mais ça permettra aux catholiques de se joindre aux non-catholiques pour le départ de la procession à neuf heures, au Champ-de-Mars.

Napoléon hocha la tête. Comment avait-il pu oublier cet événement ? Il avait fait les manchettes de *La Minerve* le samedi précédent. Le lieutenant-gouverneur de la province de Québec avait proclamé récemment que le premier lundi de septembre serait dorénavant jour de fête légale. La première « fête du Travail » serait donc soulignée en grande pompe le lendemain dans la métropole. Se basant sur la Constitution, de nombreux avocats niaient le pouvoir du lieutenant-gouverneur de lancer une telle proclamation. Selon eux, le représentant de la reine d'Angleterre à Québec pouvait décréter des jours de jeûne et d'action de grâces, mais non des « jours non juridiques », obligeant les bureaux publics à fermer leurs portes.

— Au début, le congé ne devait être pris que par les employés du gouvernement, mais ça n'a pas été long que la plupart des associations d'ouvriers et de professionnels ont revendiqué le droit de chômer pour l'occasion. Je les approuve. Et vous ?

L'homme ne lui laissa pas le temps de répondre.

— Étrange ! On a une fête du Travail et on ne travaille pas ! On aurait dû appeler cela « la fête des Travailleurs », pas vrai ?

Napoléon se contenta de hocher la tête.

— Je participe à la procession demain, et j'en suis très fier.

— Ah oui ? À quel titre ?

— Je fais partie de l'Union typographique de Montréal.

— Vous êtes typographe ?

— Oui, monsieur. Au journal *La Presse*, et depuis son ouverture en 1884. Mais je ne me suis pas présenté ! Zéphirin Lavergne, et vous ?

Lavergne afficha un sourire engageant. Il lui tendit la main.

— Napoléon Alarie, cultivateur. Je vis à Saint-Léon-le-Grand, près de Trois-Rivières.

Napoléon se retint de mentionner qu'il était également ramancheur et encore plus de lui révéler qu'il possédait un don. Il craignait d'être qualifié de charlatan ou, pire, d'illuminé. D'aussi loin qu'il se souvienne, dès qu'il touchait une partie d'un corps, sauf le sien, il « voyait » les muscles, les tendons et les os sous ses doigts avec autant de clarté que si la peau avait été transparente. Depuis qu'il avait hérité des affaires de son oncle médecin, décédé quelques années auparavant, parmi lesquelles il avait découvert un traité médical, il était maintenant capable d'identifier chacune des composantes de l'articulation malade. Même si tout le voisinage le consultait, personne, mis à part son ami le Dr Antoine Peltier, ne connaissait ce secret.

— Je ne veux pas être indiscret, mais que faites-vous ici, en plein cœur de l'après-midi ?

Napoléon leva un sourcil étonné. Était-ce une coutume de la grande ville d'aborder un pur étranger de la sorte ? Voyant son hésitation, le typographe sentit le besoin d'expliquer sa curiosité.

— Ce n'est pas dans mes habitudes d'accoster les gens ainsi, mais je suis veuf depuis la mi-mai et, pour tout vous dire, je trouve le temps bien long.

Napoléon observa son voisin. Il devait avoir une soixantaine d'années. Le visage ouvert, le front dégarni, une chevelure grise clairsemée, les sourcils très noirs et épais, Zéphirin Lavergne lui portait un regard franc.

Après quelques secondes d'hésitation, Napoléon lui répondit avec la même franchise. Il lui parla du handicap de sa fille, de son désir de devenir musicienne et de fréquenter l'Institut Nazareth. Partager son poids l'allégea.

— Les bonnes Sœurs grises ! Vous n'avez pas à vous inquiéter ! Elles réussissent des miracles avec les jeunes aveugles ! En avril, j'ai assisté à un concert donné par les élèves de Nazareth. Au Monument-National, s'il vous plaît ! Violon, violoncelle, piano, chant... J'ai été ravi de ma soirée, et ma femme aussi d'ailleurs. Ce fut sa dernière sortie. Elle est tombée malade peu après. Consomption, selon le médecin. Ça a été foudroyant...

Ses yeux se voilèrent. Napoléon respecta son chagrin.

— Je me suis isolé pendant des semaines, mais c'est fini ! J'ai décidé de revenir parmi les vivants.

Après un long silence, Napoléon orienta la conversation sur un sujet plus neutre.

— Comme ça, vous défilerez demain ?

L'attitude de son voisin se métamorphosa d'un coup. Son visage s'illumina.

— Oui, monsieur Alarie. Je paraderai dans la sixième et avant-dernière division. Dans chacune d'elles, on retrouve des membres d'associations regroupant différents corps de métiers.

— Qui accompagnera les typographes ? demanda Napoléon, d'abord par politesse, puis par intérêt, dut-il s'avouer.

À Saint-Léon-le-Grand, seules les fêtes religieuses donnaient lieu à des processions.

— Selon le plan que j'ai consulté hier, déclara Lavergne, après le commandant en chef de notre division et les porteurs de bannières, marcheront les membres de l'Union des carrossiers, celle des tonneliers, puis défileront des représentants de l'Union internationale des travailleurs du bois à la machine, puis ceux de l'Union des mouleurs, de l'Union des tailleurs de cuir, de l'Union des pressiers et finalement nous, de l'Union des typographes de Montréal.

De toute évidence, Zéphirin Lavergne se régalait à l'avance à la pensée de participer à ce grand rassemblement clôturé par des délégations venant d'aussi loin que des États du Vermont ou de New York, de l'Ontario et de différentes villes de la province de Québec, incluant Saint-Hyacinthe, Québec et Trois-Rivières. Que des hommes, bien sûr, défileraient. Les femmes et les enfants se masseraient le long du parcours avec les mâles qui n'adhéraient à aucune association.

— À la fin de la procession, on se séparera en trois groupes pour un pique-nique et des jeux où les familles sont conviées. Ça se passe à trois endroits différents : au parc Sohmer, à l'île Grosbois et sur les terrains de l'Exposition. C'est là que je m'y retrouverai. Je siège également au comité organisateur de la partie récréative.

Napoléon voulut en savoir plus sur les responsabilités de Lavergne.

— Je supervise la course d'un quart de mille ouverte à tous, une seconde de soixante-quinze verges réservée aux jeunes filles de douze ans et moins et une dernière dédiée aux veuves des membres des sociétés ouvrières. De beaux prix seront remis aux gagnants.

Napoléon n'eut aucun mal à concevoir la popularité de ces jeux. Dans un monde où le travail occupait les gens du matin au soir, ce genre d'activités exceptionnelles ne pouvait que plaire. Il consulta sa montre. Il avait encore le temps de satisfaire sa curiosité.

— De beaux prix, dites-vous ?

— On en a des centaines en réserve, des premières aux troisièmes ou quatrièmes places. Tiens, un aperçu… Le vainqueur de la course ouverte à tous aura droit à une tonne de charbon, on donnera une corde de bois à celui qui gagnera la suivante et une boîte de cigares au lauréat de la troisième. Des récompenses fort appréciées.

La discussion se poursuivit, facile, intéressante. Pourquoi Napoléon ressentait-il un tel bien-être à bavarder avec cet inconnu ? Mal à l'aise à son arrivée à Montréal, perdu dans la grande ville, le voilà avec l'impression de participer par anticipation à une première dans l'histoire du pays avec cette fête du Travail.

— Quand reviendrez-vous à Montréal, lui demanda Lavergne à brûle-pourpoint.

Quand reverrait-il Anne ? Quel plaisir il avait eu à l'instruire, à lui offrir en mots des paysages, des fleurs, des physionomies, des expressions de visage, des objets de toutes sortes ! Que ferait-il de tout ce temps ? Elle lui manquait déjà. Peut-être qu'elle aussi ressentait ce grand vide.

L'incertitude d'Anne persistait. Ses peurs allaient et venaient, mais, tout compte fait, Nazareth lui plaisait de plus en plus. Si Philomène tenait promesse, elle apprivoiserait son nouveau milieu de vie en douceur.

Trois réfectoires distincts logeaient au sous-sol. Le plus éloigné était réservé aux religieuses, celui de gauche aux garçons et celui de droite aux filles.

— Dès que tu entres, Anne, dirige-toi vers notre section. Es-tu capable de lire cette lettre ? demanda Philomène en glissant le doigt d'Anne sur le coin droit de la table.

— A ?

— Exact. Nous, on nous a assigné la table E, immédiatement derrière la A, donc la première à gauche, deuxième rangée.

Anne repéra leur table sans mal. Chacune d'elles comptait huit places.

— Toi, tu auras la chaise numéro sept et moi, j'aurai la numéro huit. Nous serons voisines, sœur Lemieux me l'a confirmé. Une chance que t'es sympathique. J'aurais été malheureuse de me retrouver avec une gribiche.

— Gribiche ? Non ! Mais je ne suis pas parfaite, non plus. Parfois, j'ai mauvais caractère moi aussi… mais pas trop souvent.

— Tant mieux, Anne. La perfection et les « je-sais-tout », ça m'énerve !

Huit tiroirs dissimulés en cercle sous la table contenaient chacun des ustensiles enroulés dans une serviette de table et une grande assiette peu profonde destinée à recevoir la soupe, le mets principal et le dessert. De la mie de pain suffisait à la nettoyer entre chaque service. Les pensionnaires devaient laver leur vaisselle après les repas, puis tout replacer dans le tiroir selon un ordre impeccable. Les plats et outils communs étaient récurés à la cuisine par le personnel attitré à cette tâche.

Un bourdonnement de voix emplit soudain la pièce. Une douzaine de nouveaux pensionnaires accompagnés d'un ancien achevaient au réfectoire la visite de l'Institut. Aucune trace de chagrin n'était perceptible. Aurait-on oublié le décès de la mère supérieure ?

Anne était si concentrée sur les explications de Philomène qu'elle avait presque occulté la présence des autres élèves. Cette amitié naissante lui était déjà si chère !

Sans crier gare, une fille s'interposa.

— Philomène Marquis ! Je me demandais où tu étais passée ! Je te cherche depuis mon arrivée !

— Azilda ? Azilda, je te présente Anne Alarie, la nouvelle que je guiderai pendant les deux prochaines semaines.

Anne salua l'intruse sans enthousiasme. Qu'on s'adresse à Philomène avec cet air de propriétaire l'irrita.

— Une nouvelle ? Tu me parais de la même grandeur que Philomène, je me trompe ? Quel âge as-tu ?

Anne eut du mal à calmer son exaspération.

— Seize ans.

— Et c'est son anniversaire, aujourd'hui ! précisa Philomène.

Plutôt que de lui transmettre des vœux, Azilda Labelle rétorqua avec dédain :

— Seize ans ? Elle doit bien être la plus vieille nouvelle de toute l'histoire de Nazareth ! Tu vas en avoir du retard à rattraper !

Pourquoi cette fille tenait-elle tant à être désagréable ? Anne se retint de la traiter d'insolente.

— Peut-être, Azilda, vaudrait-il mieux que tu attendes les évaluations pour porter un jugement de la sorte ? répliqua Philomène, soucieuse de protéger Anne.

— Ouin. Attendons la première évaluation, et on en reparlera. On se retrouve au souper comme d'habitude, Philomène ?

Azilda s'éloigna sans plus de façon. Une sensation de panique gagna Anne.

— Nous sommes bien voisines de table, hein, Philomène ?

— Mais oui ! Azilda occupe la chaise numéro six. Tu seras entre elle et moi.

3

— *Benedicamus Domino,* proclama une voix forte et mélodieuse après un bref son de cloche.

— *Deo Gratias,* répondirent en chœur les élèves, d'une voix endormie.

Anne mit un certain temps à prendre conscience qu'elle s'éveillait dans le dortoir des grandes de l'Institut Nazareth. Tout près, le froissement des draps l'informa que ses voisines se levaient à la hâte. Que faire ? Où aller ? Son questionnement fut de courte durée. Une voix familière l'interpella.

— Anne, murmura Philomène. Grouille-toi. Il est cinq heures et demie. Je ne peux te dire que le strict minimum, sinon on va se faire gronder. En temps normal, on ne parle pas au dortoir. Là, on tolère les chuchotements. Viens, il faut que tu fasses tes ablutions.

— Hein ? Mes ablutions ?

— Ta toilette.

Anne s'énerva. Où avait-elle mis sa petite serviette, sa débarbouillette et son savon ? Elle ne se rappelait rien. Perdue dans cet environnement inconnu, elle ne savait où donner de la tête. Sa main buta contre un meuble. Mais oui, elle avait placé son nécessaire de toilette dans l'unique tiroir de son bureau.

— Tu as le dernier lit de la deuxième rangée, tu te souviens ?

Là, elle se souvenait. L'allée centrale se trouvait à sa droite. Prenant appui sur les matelas au passage, elle effleura une cuisse. La réaction ne se fit pas attendre.

— Ôte tes mains, espèce de vicieuse, murmura une voix dure qu'Anne reconnut aussitôt.

Azilda Labelle savait-elle à qui elle s'adressait ? Philomène tira Anne par le bras. Cette dernière comprit qu'il valait mieux ne pas riposter. « Ce n'est que partie remise », se dit-elle. Même déstabilisée, Anne était résolue à ne pas se laisser intimider par cette chipie.

Philomène conduisit Anne à la penderie et s'assura qu'elle sache s'orienter jusqu'aux lavabos puis à son lit. Pendant qu'elle se lavait le visage et les mains, Philomène s'empressa d'aller faire le lit d'Anne et le sien.

Anne n'eut aucun mal à localiser de nouveau la penderie. Son uniforme tout neuf était suspendu au cintre marqué d'un B6 en braille. Sa mère l'avait confectionné dans une robe noire ayant appartenu à sa sœur Èva. La couturière avait pris la précaution de tourner le tissu à l'envers pour minimiser l'usure. Une collerette blanche fabriquée dans une pièce de coton achetée spécialement pour elle au magasin général de M. Fortin ornait l'encolure.

Anne retrouva Philomène occupée à « faire son lit ». Elle devait mettre ses sous-vêtements et son uniforme sous sa jaquette, sans l'enlever.

— Pourquoi toutes ces simagrées ? murmura-t-elle en se contorsionnant. Personne ne voit ici !

— Tu oublies les religieuses et les demi-voyantes ! Allez, tu t'en sors bien. Vite ! À la chapelle maintenant.

Comme la plupart des élèves, Anne ne pouvait admirer la décoration intérieure de ce bijou artistique construit par Victor Bourgeau, l'un des architectes de la basilique Notre-Dame. Pour une insignifiante rémunération, Napoléon Bourassa, aidé de plusieurs apprentis, avait accepté de peindre les nombreuses fresques des murs et de la voûte autour du thème de la charité.

— Je t'amène parmi les membres de ma chorale, Anne.

Quelque peu affolée, la nouvelle s'opposa.

— Je ne peux pas ! Je ne connais rien à votre répertoire.

Philomène eut du mal à contenir un rire.

— Pas grave, qui se rendra compte que tu ne chantes pas, si ce n'est notre directrice de chorale ? À part les religieuses et quelques pensionnaires, elle sera la seule à y voir dans cette pénombre et elle sait bien que tu es nouvelle ! Tu dois rester avec moi.

Les filles se faufilèrent jusqu'à l'avant du groupe déjà en place dans le jubé. Quelques minutes plus tard, quatre notes à l'orgue et un énergique « deux » suffirent à lancer l'introït. Anne éprouva une vive émotion. Toutes ces voix en harmonie lui donnèrent le frisson. Comme c'était bouleversant ! À l'encontre de son père qui n'abordait jamais le sujet de la religion, sa mère lui avait souvent décrit la beauté des chants à l'église et lui en avait même appris quelques-uns. Elle reconnut la deuxième mélodie au premier son, le *Kyrie eleison*. Elle osa joindre sa voix à celles de ses compagnes. Elle fit pareil lorsque la chorale entonna le *Gloria in excelsis Deo*.

La musicienne en elle goûta l'habileté de l'organiste. Une fois de plus, Anne s'imagina à la place de Mme Vallée à l'harmonium de l'église de Saint-Léon-le-Grand. Une rumeur voulait que l'instrument vétuste soit remplacé dans un avenir prochain par un orgue de qualité. Peut-être serait-elle celle qui l'inaugurerait ?

Anne aimait les odeurs d'encens qui parfumaient la chapelle. Elle s'y sentait bien, en sécurité, dans un coin de paradis. Tous ses sens en alerte lui procuraient plus que du plaisir. Une joie profonde l'habitait. Dorénavant, elle appartiendrait à une majorité plutôt que de faire exception. Ici, elle n'était plus une punition du Bon Dieu, mais un être à part entière qui aurait droit à l'instruction, à l'apprentissage de la musique, voire à des loisirs, lui avait fait miroiter Philomène avant de la quitter la veille au soir.

Après son prône, le chapelain de Nazareth souhaita la bienvenue aux nouveaux élèves et la meilleure des chances dans leurs études.

— Je vous rappelle, chers frères et sœurs, que notre retraite automnale aura lieu le vendredi 21 septembre. Vous n'aurez pas de cours afin d'écouter quelques directives qui vous aideront à réfléchir sur votre vie chrétienne. Aujourd'hui, c'est au tour des travailleurs de prendre congé. En ce moment même, nombre d'entre eux sont réunis à la basilique Notre-Dame pour entendre la messe. Prions pour tous ceux qui, par leur travail, permettent à notre communauté de mieux vivre.

À la communion, Philomène suggéra à Anne de se tenir derrière elle, de mettre la main sur son épaule et de la suivre. Rendue à la sainte table, Philomène s'écarta et incita Anne à s'agenouiller. Inquiète, cette dernière se demandait quand ouvrir la bouche, mais le chapelain, habitué à œuvrer parmi les aveugles, effleura sa tête de la main.

« Encore des premières, se dit Anne, ravie. Des préoccupations, oui, mais que de belles découvertes ! »

Concentrée à l'extrême sur son action de grâces, Anne fut stupéfaite d'entendre l'*Ite missa est.* Le temps avait passé si vite !

Avec soulagement, elle suivit Philomène au réfectoire. Chez elle, Anne avait l'habitude de se lever une heure plus tard et de se mettre à table peu après. Son ventre criait famine.

La veille, au souper, les recrues et leurs « anges » avaient été regroupés immédiatement après le dessert et avaient eu droit à un traitement spécial. Menu identique pour tous, mais congé de vaisselle et de rangement afin de permettre à l'une des trois hospitalières de leur lire les règlements. Comme les guides s'efforçaient d'inculquer aux nouveaux le code de conduite, ils avaient été tenus d'assister à la présentation. « Un rafraîchissement des règlements à observer ne vous fera pas de tort », avait précisé de sa voix pointue sœur Sainte-Judith.

Les corvées domestiques étaient partagées entre les religieuses et les pensionnaires, sans égard pour le sexe. Tous les matins, chacun devait faire son lit. Aidés de quelques filles données à la communauté par leur famille, ils avaient également la responsabilité d'effectuer l'entretien de la bâtisse, des combles au sous-sol. Une tâche spécifique leur incombait chaque jour pendant une semaine, sauf le dimanche. Tous les lundis, une nouvelle besogne leur était assignée, telle qu'épousseter les dortoirs, les pupitres des classes, les rampes d'escalier, les meubles et les instruments de musique, nettoyer les salles de bains et les lavabos, balayer et cirer les planchers, en plus de laver leur vaisselle. Que l'élève fût aveugle ou demi-voyant ne changeait rien aux exigences. Anne aimerait cette façon d'être traitée... sans pitié.

Pour sa part, elle se réjouissait de faire enfin œuvre utile. Elle se remémora les récriminations de ses sœurs, obligées d'accomplir des travaux similaires. Il lui parut impensable qu'un jour elle émette comme elles pareilles critiques. Comme elle les avait enviées ! Même à sept ans, la petite Sarah avait des responsabilités ménagères. Ses frères, quant à eux, se voyaient confier la maintenance de l'étable et de l'écurie, le soin aux animaux et le ramassage du foin l'été.

Le bruit des chaises tirées avec énergie se répercutait dans tout le réfectoire. Anne n'était pas la seule à avoir faim.

— Conduis-nous à notre table et trouve ta place, Anne. Tu es capable !

Avec un brin d'appréhension, Anne s'exécuta. Arrivée à la E, elle glissait la main de dossier en dossier quand ses doigts frôlèrent une abondante chevelure bouclée. Un mouvement brusque l'alarma. À mi-voix, on l'interpella.

— Tu le fais exprès ? Tu m'en veux, ou quoi ?

Anne reconnut immédiatement Azilda Labelle et sut qu'elle avait atteint sa place. N'y tenant plus, elle se pencha à son oreille.

— Je ne te connais pas et je ne t'ai rien fait, pourquoi es-tu si désagréable avec moi ?

— Tu me pognes les cuisses, tu m'arraches les cheveux et tu dis que tu ne m'as rien fait ?

Toute proche, la voix de sœur Sainte-Judith s'éleva, menaçante :

— Silence, mademoiselle Labelle ! Vous qui commencez votre sixième année ici, vous n'avez pas l'excuse d'ignorer nos règlements ! Donnez l'exemple, pardieu ! Vous n'êtes l'ange de personne cette année. Vous demandez-vous pourquoi ?

Azilda ne put retenir un grognement d'exaspération. Un coup sec sur le dossier de sa chaise la fit sursauter, son entourage également.

— J'ai dit silence ! Ça compte aussi pour les onomatopées disgracieuses !

La religieuse s'éloigna. Quand le froufroutement de son épaisse robe de camelot devint imperceptible, Azilda marmonna sans broncher :

— En plus, je me fais chicaner à cause de toi. Je te revaudrai ça.

Philomène, qui n'avait rien perdu de la scène, choisit de l'ignorer. Elle s'empressa d'ouvrir son tiroir, de sortir les ustensiles enroulés dans une serviette de table et de demander à Anne de l'imiter. Peu après, le roulement des chariots se fit entendre. L'un d'eux s'arrêta à proximité. On apportait les chaudrons fumants.

— Bonjour. Mon nom est Octavie Dionne. Exceptionnellement, je vous servirai ce matin, en remplacement de sœur Eugénie Jobin. Et non, les nouvelles, je ne suis ni aveugle ni religieuse.

Spontanément, Anne se tourna vers elle et lui adressa un sourire qui se flétrit aussitôt à la pensée de son strabisme. Elle baissa la tête.

— Attention, Anne, c'est très chaud, la mit en garde Philomène.

La sollicitude de sa guide la réconforta et atténuait quelque peu l'effet des propos acides d'Azilda Labelle. Mlle Dionne les informa qu'elle reviendrait dans une dizaine de minutes pour le deuxième service.

— C'est quoi ? demanda Anne, incapable de deviner le plat par l'odeur.

— Les sœurs disent que c'est du gruau. Ça doit être parce que c'est préparé en grande quantité qu'on y retrouve autant de grumeaux. Oublie la texture à laquelle tu es habituée et goûte !

Par chance, des morceaux de pommes et de la cassonade conféraient au mets une agréable saveur. Une fois ce service terminé, Anne fut invitée à placer son plat creux devant elle.

Octavie Dionne se présenta de nouveau et, cette fois, fit glisser dans l'assiette deux tranches de pain rôties et beurrées.

— Ce matin, vous avez droit à du caramel ou à de la confiture de fraises. Levez un doigt pour le caramel et deux pour la confiture.

De la confiture, Anne en mangeait presque toute l'année chez elle. Sa mère et sa sœur Èva en préparaient avec des fraises, des framboises, des bleuets et des mûres cueillis par la fratrie. Anne opta donc pour le caramel. Autant cet accompagnement la ravit, autant la texture spongieuse du pain lui déplut.

En quelques heures, elle avait constaté à quel point Nazareth était un monde de contrastes. Des mets délicieux, certains difficiles à avaler. Des personnes gentilles, d'autres exécrables, en fait, une seule autre, mais elle hantait ses pensées. Heureusement, l'amabilité de Philomène ne se démentait pas. Pourvu qu'elle l'honore de sa présence bienveillante longtemps !

Chacune devait laver et essuyer sa vaisselle. Octavie Dionne apporta une chaudière pleine d'eau savonneuse et la posa sur la table, du côté opposé à celui où Anne et Philomène prenaient place. Au déjeuner et au dîner, l'élève à l'emplacement numéro un commençait, le soir, ce serait au tour du numéro huit.

Philomène invita Anne à plonger son couvert dans l'eau où flottaient des restes de nourriture. Anne frissonna. Son cœur se souleva. Ces tâches qu'elle avait tant désiré accomplir lui parurent à l'instant dégoûtantes.

Philomène entendit la surveillante gronder une pensionnaire à l'autre bout de la salle. Elle en profita pour glisser à l'oreille d'Anne :

— Allez, du nerf ! Ce soir, tu seras la deuxième à faire la vaisselle et l'eau sera encore bien propre, l'encouragea-t-elle.

À peine avaient-elles rangé leur couvert que sœur Sainte-Judith leur assigna leurs besognes de la semaine.

Philomène prit Anne par le bras et lui confia :

— Épousseter dans les salles de musique, c'est ce que je préfère. On est chanceuses de débuter par ça.

— Oui, chanceuses, va, souffla Florida Jasmin au passage. Emma et moi, on se ramasse au dortoir. Les lavabos. J'ai le dédain de ça, moi. La plupart des filles ne les rincent pas après s'être lavées. Imaginez la croûte que ça laisse.

— Console-toi, rétorqua Philomène. Notre tour viendra, à un moment donné.

« Pauvre petite Emma », songea Anne. À table, Florida avait dû intervenir à maintes reprises afin d'expliquer à sa protégée comment s'asseoir convenablement, comment tenir sa cuiller et la porter à sa bouche sans faire de dégât. Selon Florida, l'enfant n'avait jamais mangé seule, ne s'était jamais lavée ou habillée sans aide. Croyant bien faire, sa mère l'avait couvée à tous les points de vue, de sorte qu'Emma éprouvait même de la difficulté à marcher droit.

Plumeaux et chiffons à la main, Philomène entraîna Anne dans le corridor de gauche et poussa une porte qu'elle referma aussitôt.

— Comme tu le sais maintenant, le silence est de rigueur la plupart du temps, sauf aux récréations. Mais ici, dans les salles de pratique, c'est insonorisé, alors on peut en profiter. Avance, ce n'est pas grand. Laisse tes doigts te guider. Ne crains rien.

La voix enjouée de Philomène la rassura. La main gauche sur le mur, Anne tâta de la droite un meuble haut et doux, probablement recouvert de nombreuses couches de vernis.

— Un piano ! Tu crois que je peux…

— L'époussetage d'abord. Ce matin, nous avons trois salles à nettoyer. Dépêchons-nous et tu auras peut-être le temps de me jouer un petit quelque chose avant l'instruction religieuse. On doit être en classe à huit heures.

Curieuse, Anne explora la pièce de deux mètres sur trois, tout au plus. Une étagère aux tablettes remplies de textes en braille jouxtait le piano. Elle découvrit un métronome identique à celui de Mme Vallée.

— Y a-t-il beaucoup de salles comme celle-ci ?

— Une vingtaine, je crois. Trois un peu plus grandes servent à l'enseignement. La plupart sont réservées aux répétitions de piano, et quelques-unes sont dédiées au violon et au violoncelle.

Nazareth mettait à la disposition de ses élèves et de ses professeurs vingt-cinq pianos, deux harmoniums, un orgue, des violons et des instruments à vent destinés pour la plupart à la fanfare.

— Pas mal pour une école d'aveugles, pas vrai ?

— Je suis impressionnée, Philomène.

— Peu de gens savent à quel point on est bien équipé, ici, et pas seulement en musique. Allons ! Il faut commencer. Je m'occupe des deux autres salles pendant que tu dépoussières celle-ci. Ainsi, on gagnera du temps.

— Misère, je n'ai jamais fait ça, moi. Comment je me rendrai compte si c'est bien fait ou pas ?

— T'es habituée de tâter ? Alors, tâte, passe partout et tu peux être assurée que ce sera correct. Ne t'inquiète pas, je reviens bientôt, et si tu finis avant moi, profite du piano...

Anne la retint par le bras.

— Attends ! On ne sera pas seules à la récréation, et je veux que tu me dises maintenant pourquoi Azilda Labelle est si méchante. Il n'y a qu'avec moi qu'elle est bête comme ça. Pourquoi, Philomène ? implora-t-elle, la voix chevrotante.

D'aucune façon Anne ne s'était attiré l'hostilité de qui que ce soit, à part celle de sa mère, de temps à autre, et voilà qu'en deux jours il y avait eu ce garçon à la gare et Azilda dans ce lieu où elle avait mis tous ses espoirs. Son paradis se transformait en purgatoire à cause de cette fille.

— Tu sais, on est ensemble depuis quatre ans. Elle a été ma meilleure et ma seule amie pendant mes trois premières années ici. Mais elle a changé, l'année dernière.

— Quoi ? Elle a déjà été gentille ?

— Ça, oui ! Sinon, je ne l'aurais pas accueillie en amie. Azilda est devenue détestable et méchante à l'occasion. À vrai dire, elle te provoquait. Tu avais intérêt à ne pas répliquer. Tout ça parce qu'elle n'accepte plus sa condition.

— Philomène, moi non plus je n'accepte pas ma condition. J'apprends à faire du mieux que je peux, mais me résoudre à être différente, j'en suis bien incapable, tu comprends ?

— Vu sous cet angle, je pense comme toi. Mais ici, à Nazareth, tu es comme tout le monde. Pour en revenir à Azilda, elle traite de cette manière les quelques filles avec qui j'ai développé une belle amitié.

Sans qu'elle sache pourquoi, le cœur d'Anne se serra.

— Et tu as beaucoup d'amies ?

— Les véritables amies devraient se compter sur les doigts d'une main. Pour ma part, deux doigts suffisent : le premier pour Azilda et le deuxième pour Florida… mais attends ! Grâce à toi, je dois en ajouter un troisième ! conclut-elle en riant. Chance inouïe, on est toutes les quatre dans la même classe. Allez, au travail, maintenant. On n'a plus de temps à perdre.

Armée de son plumeau, Anne se mit à l'œuvre, plus détendue. Elle se guidait d'une main et maniait son ustensile de l'autre. La tâche s'avéra plus facile que prévu. Il lui fallut moins de dix minutes pour faire le tour de la pièce. La prochaine fois, elle aurait encore davantage d'assurance.

Émue, Anne tira le banc et souleva le couvercle du clavier. Elle repéra le *mi* de la quatrième octave, en face de la minuscule serrure sur le devant de l'instrument, puis déplaça la main à droite vers le *mi* de la cinquième octave. Anne prit une profonde inspiration et entama son *Für Elise*. *Mi ré mi ré mi si ré do la…*

Une douce euphorie la gagna. Synonyme de répit, de halte, de découverte, jouer du piano lui procurait son plus agréable divertissement, sa plus grande satisfaction. Laisser courir ses doigts sur un clavier lui donnait une impression de liberté.

Elle rendit avec une étonnante aisance toute la première partie en *la* mineur.

Remuée, sœur Beauchemin s'arrêta net et croisa les mains sur sa poitrine. Ludwig van Beethoven ! Son compositeur préféré. Qui jouait de la sorte cette pièce dont les notes répétitives l'émouvaient tant ? Aucun de ses élèves n'avait ce toucher, précis, mais un peu trop frappé. À n'en pas douter, il s'agissait d'une fille. La main droite de la pianiste exécutait une série de broderies alors que la gauche s'activait en arpèges pour soutenir la ligne mélodique, chantante et à la fois lancinante. Ce contraste dans *Für Elise* l'avait toujours ravie.

Beethoven. Quatre ans auparavant, elle avait assisté avec son frère Cyrille, un prêtre de Saint-Sulpice, mélomane comme elle, à un concert de la Montreal Philharmonic Society. Elle sourit. Pour obtenir cette exceptionnelle permission de la supérieure, Cyrille avait déployé avec succès ses charmes. Si elle-même l'avait demandée, elle aurait à coup sûr essuyé un refus.

Pour la première fois au Canada, un orchestre avait interprété, ce soir-là, la *Neuvième Symphonie* de Beethoven, soixante-six ans après sa création à Vienne. Ce concert resterait à jamais gravé dans sa mémoire.

Depuis sa prime jeunesse, Angéline Beauchemin savait qu'elle entrerait en communauté. Décédée en mettant au monde son neuvième enfant, sa mère n'avait pas eu la vie facile, et elle ne s'était pas gênée pour se confier à son aînée. « La musique, c'était ma vie, Angéline. Mais avec ma trâlée d'enfants… Toi, tu es encore plus douée que moi. Je n'ai qu'un conseil à te donner, ma fille : ne te marie pas ! »

Sa décision fut aisée à prendre. Aucun garçon de son village ne l'intéressait. Toutefois, son beau visage, sa gracieuse silhouette, son expérience dans la tenue d'une maison et son savoir-faire avec les enfants lui avaient attiré plusieurs prétendants. « J'ai pris soin de mes frères et sœurs pendant dix ans. Ils sont mes enfants et je n'en veux pas d'autres », se plaisait-elle à dire.

Dès que sa sœur Estelle eut atteint l'âge de la remplacer, Angéline endossa l'habit des Sœurs grises de Montréal. Si Angéline avait choisi une autre communauté religieuse, elle se serait appelée Sainte-Cécile-de-Rome, patronne des musiciens, dans le but d'honorer sa mère.

En entrant chez les Sœurs de la Charité de Montréal, communauté vouée aux services des démunis, Angéline Beauchemin avait espéré devenir infirmière ou, mieux, se dévouer auprès des pauvres et des handicapés. Elle désirait tant aider, se consacrer à son prochain !

Sa mère supérieure générale, responsable des obédiences aux religieuses après la profession de leurs vœux, lui avait plutôt confié l'enseignement de la musique aux enfants aveugles du cours primaire, au nom de la sainte obéissance qu'elle avait promise à Dieu. Pourtant, elle n'avait aucune qualification légale pour assumer cette tâche. Ses connaissances en musique lui venaient de sa mère et, après son décès, d'une amie de cette dernière. Le mardi 3 août 1886, elle s'installa à l'Institut, un souvenir impérissable. À ce moment, Angéline Beauchemin ignorait tout du braille et plus encore des partitions en braille. Ses élèves entreprendraient leur nouvelle année scolaire cinq semaines plus tard.

Avec quelle ardeur s'était-elle mise à l'ouvrage, toute empreinte de la ferveur de son don de vie à Dieu ! Elle devait tout apprendre en à peine un mois et, pour atteindre ses objectifs, elle avait écourté ses prières, ses heures de repas et de sommeil. À plus d'une reprise, elle avait douté de ses capacités et cru impossible de réussir dans le temps imparti, mais, au moment où elle était tentée de jeter l'éponge, un ange intervenait, rôle souvent tenu par sœur Sophie Laviolette, la directrice de l'école de musique.

Depuis huit ans, elle enseignait donc le chant et le piano aux enfants aveugles. Pendant trois ans, elle avait eu l'insigne honneur de parfaire ses connaissances musicales avec l'inégalable Paul Letondal. Elle était comblée, et il était hors de question de remettre en cause sa vocation.

L'interprète de *Für Elise* rata lamentablement l'amorce de la troisième partie, alors que le caractère dramatique de la mélodie s'accentuait avec l'utilisation persistante de la pédale en *fortissimo*. Après deux ou trois tentatives, toutes infructueuses, la musicienne s'entêta à poursuivre. Cette persévérance plut à sœur Beauchemin, d'autant que la transition sur des arpèges montants en triolets de doubles croches fut bien rendue tout comme la fameuse gamme chromatique descendante précédant le retour du thème.

La finale résonna à la perfection, un ravissement pour l'enseignante aux aguets.

Trop concentrée, la religieuse n'entendit pas arriver Philomène, qui la percuta de plein fouet. L'épaule de sœur Beauchemin heurta la porte avec force.

— Mon Dieu ! Philomène ! Mais que faites-vous ici ?

— Ma sœur ! Excusez-moi ! Je ne pouvais me douter de votre présence et je me hâtais de revenir dans cette salle avant qu'Anne ait terminé son morceau.

— Anne ?

— Mais oui, ma sœur ! Anne Alarie, la nouvelle dont j'ai la charge.

— Si vous en avez la charge, comment se fait-il qu'elle soit seule dans cette pièce ?

Philomène connaissait la gentillesse de cette enseignante, adorée de tous ses élèves. Elle n'hésita pas à lui faire part du désir d'Anne de jouer avant les classes et du plan qu'elles avaient élaboré afin que leur tâche n'en souffre pas.

Interdite, Anne s'interrogeait sur la cause de ces bruits insolites. L'explication ne tarda pas. La porte s'ouvrit et une voix qui se voulait sentencieuse retentit :

— Mademoiselle Alarie, dorénavant, vous utiliserez la salle de pratique aux heures qui vous seront assignées, compris ?

— Euh… oui, mais qui êtes-vous ?

La religieuse contint un sourire. En plus de jouer du Beethoven, cette élève ne se laissait pas facilement désarçonner.

Sœur Beauchemin eut à peine le temps de lui rappeler sa première leçon à huit heures trente que le carillon annonçant le début des classes résonna.

— N'oubliez pas votre plumeau sur le piano, jeune fille. Vous avez cinq minutes pour regagner votre salle de cours.

La religieuse quitta les deux amies. Philomène chuchota à l'oreille d'Anne :

— Tu n'as pas à la craindre, mais tu dois lui obéir. Hé ! Je t'ai écoutée tantôt. T'es bonne ! s'exclama Philomène. C'est rare que quelqu'un entre à Nazareth et qu'il sache déjà jouer d'un instrument comme ça. Je t'envie !

— Ce piano a un son incroyable !

Anne jubilait. Ses appréhensions et ses frayeurs s'étaient évanouies d'un coup. Un piano à portée de main. Un piano dans sa demeure. Quel bonheur ! Des horaires à respecter ? Un bien petit prix à payer en contrepartie de tous les avantages.

— Tu n'entendras jamais de piano sonner faux à Nazareth ! Dans l'aile voisine, on a un atelier d'accordage. Il est réservé aux garçons. C'est nouveau et très populaire. Viens vite maintenant. On a intérêt à ne pas être en retard. Sœur Lumina Poirier est gentille, à sa manière, mais pas mal moins accommodante que sœur Beauchemin.

Deux vastes cours de récréation, l'une réservée aux garçons et l'autre aux filles, avaient été aménagées derrière la bâtisse jusqu'au coteau dont le haut, converti en potager, alimentait les cuisines. À l'automne, à Nazareth, les élèves consommaient des légumes frais cueillis et, le reste de l'année, les pommes de terre, les carottes, les choux, les rutabagas et les navets gardés, comme chez les Alarie, dans des caveaux. Au cours des prochaines semaines, on mettrait en conserve les tomates, les carottes et le maïs qui s'ajouteraient aux fèves, aux concombres, aux courgettes et aux poivrons déjà récoltés. Le personnel et les pensionnaires seraient appelés à partager cette grande corvée.

Cette première partie de la journée avait filé à la vitesse de l'éclair.

— Viens, Anne, on n'a pas de temps à perdre. On a tout juste une dizaine de minutes à nous.

Philomène entraîna sa protégée au pied du coteau et la fit asseoir dans l'une des balançoires à deux bancs séparés par une plateforme en planches de pruche. Les utilisateurs n'avaient qu'à pousser avec leurs pieds pour déclencher le mécanisme et provoquer le mouvement.

— Par la suite, on devra se joindre au groupe pour une ronde. Bon, au début, je trouvais l'activité divertissante, mais là, je m'en passerais bien. On fait ça surtout pour amuser les petites.

Anne l'écoutait d'une oreille distraite. Attirée par la chaleur du soleil, elle leva la tête et respira un grand coup.

— Quand je sens le soleil sur mon visage, comme en ce moment, j'ai moins l'impression que le monde se termine au bout de mes doigts, tu comprends ?

Philomène lui tapota le bras et attendit quelques secondes avant d'intervenir à nouveau.

— Comment a été ton avant-midi, Anne ? Tu me sembles soucieuse, là.

Encore sous le choc de son entretien avec sœur Beauchemin, Anne préféra faire diversion.

— Dis donc, est-ce qu'on aura un cours d'instruction religieuse tous les matins ?

— Tous les matins. Une chance que sœur Poirier a un peu le sens de l'humour…

— Je suis bien d'accord avec toi !

La balançoire fut immobilisée avec impétuosité.

— On peut aller avec vous, les filles ? demanda Azilda d'une voix traînante.

— Qui est avec toi ? s'enquit Philomène.

— Philou, c'est moi, Florida.

Pourquoi l'appelait-elle Philou et pourquoi le cœur d'Anne réagissait-il de la sorte ? Elle ne comprenait pas cette douleur subite. Serait-elle jalouse de Florida Jasmin ? Jalouse de partager Philomène ? L'évidence la frappa de plein fouet. La réponse était OUI ! Un gros oui ! Pourtant, cette dernière ne lui avait rien caché de ses amitiés. Anne tenta de se ressaisir. Philou…

— Qui est Octavie Dionne ? demanda Anne, avec un peu trop d'empressement. Je croyais que, à part les élèves, bien sûr, toutes étaient religieuses ici.

Florida prit les devants. Elle lui expliqua que des filles données résidaient à Nazareth, en plus des sœurs et des veuves. Pour payer le gîte et le couvert, ces dernières travaillaient comme employées aux cuisines ou au gros entretien. Octavie Dionne appartenait à cette catégorie.

— Juste avant ton arrivée, hier, ajouta Philomène, sœur Lemieux nous a informées qu'en ce moment il y avait vingt-quatre filles données ou domestiques et vingt religieuses, enseignantes ou hospitalières. Elles sont peu nombreuses pour s'occuper de tous les pensionnaires. Leurs responsabilités et leurs tâches sont énormes.

— La Sainte-Judith n'a pas assez d'endurance, intervint Azilda. L'avez-vous remarquée au déjeuner ? Elle a toujours été impatiente, mais là, torvis, on dirait qu'elle est pire que l'année dernière ! Et elle est encore sur mon dos !

Comme personne ne la voyait, Anne n'eut pas à réprimer le sourire narquois qui traduisait si bien sa pensée. « Cette réprimande, tu l'as bien méritée, torvis. »

— Entre nous, Azilda, cet avertissement, tu l'as cherché.

— Coudonc, Philomène Marquis, es-tu rendue contre moi ?

— Ne pas être d'accord avec toi ne veut pas dire être contre toi, Azilda.

La voix posée de Philomène calma le jeu.

Avant même que la conversation reprenne, la balançoire fut stoppée par une religieuse.

— Mademoiselle Jasmin, je vous amène Emma Blais. Vous assumez toujours votre rôle de guide ?

— Bien sûr, ma sœur.

Florida salua ses compagnes et s'éloigna, la petite à la main.

Si Anne désirait voir s'épanouir l'amitié que Philomène lui avait proposée la veille, elle devrait apprivoiser ses amies, à tout le moins, s'efforcer de ne pas attiser leur animosité. « Pour Azilda, je suis peut-être une intruse. » Ce constat la rasséréna et, du coup, la harpie lui parut moins monstrueuse.

— Azilda, avant que vous arriviez, Florida et toi, je demandais à Anne comment ça s'était passé pour elle ce matin, et elle n'a pas eu le temps de répondre. Alors, Anne ? As-tu apprécié ton premier cours de musique ?

— J'aimerais mieux attendre pour en parler. Je dois digérer certaines choses avant...

Anne retenait ses larmes à grand-peine.

4

Anne accomplissait ses tâches du matin sans entrain. Il lui tardait d'assister au cours de musique tout en craignant cette autre rencontre avec sœur Beauchemin. Obsédée par son évaluation de la veille, elle avait à peine fermé l'œil cette nuit.

Étonnée par le mutisme de sa nouvelle amie, Philomène tenta à nouveau de lui tirer les vers du nez dès que les deux filles se retrouvèrent derrière les portes de la salle d'exercices à épousseter.

— Qu'est-ce qui se passe, Anne ? Je t'ai fait quelque chose ?

— T'es pas en cause, Philomène.

— C'est qui, alors ? C'est quoi ?

— Je ne peux t'en dire plus pour l'instant.

— Je croyais qu'on était amies, Anne Alarie ! Azilda a-t-elle encore fait des siennes ?

— Non, même si Azilda n'est pas très gentille avec moi, elle non plus n'est pas en cause. Je t'en prie, n'insiste pas.

— En amitié, c'est un peu comme dans le mariage, pour le meilleur et pour le pire. Tu peux tout me dire.

— Merci, Philomène. Ton amitié m'est précieuse ! Mais, quand je suis revirée à l'envers, comme là, je ne me sens pas capable de parler.

— Bon, d'accord. Mais tu sais que tu peux compter sur moi, hein ?

— Dès que j'aurai un début de solution, tu seras la première à qui je vais me confier. Je te le promets.

La porte s'ouvrit avec tant de brusquerie qu'Anne faillit être frappée.

— Mesdemoiselles, que signifient ces bavardages ?

Seule sœur Sainte-Judith manifestait cette rudesse envers les pensionnaires.

— Ne niez pas, je vous ai entendues ! Que je ne vous reprenne pas à enfreindre ainsi le règlement, sinon...

Agacée, Philomène dut faire preuve d'une impassibilité feinte pour ne pas répliquer : « Sinon, quoi ? »

— De toute manière, la semaine prochaine, vous nettoierez les toilettes, conclut sœur Sainte-Judith avant de refermer la porte.

Bouillante de colère, Philomène reprit son plumeau et, comme Anne, poursuivit son ménage en silence. Les toilettes. Tous y passeraient un jour, mais imposer cette corvée à Anne si peu de temps après son arrivée lui parut sadique.

Sœur Sainte-Judith effrayait Anne, même en rêve. Celui de la nuit précédente la hantait encore. Mécontente à cause d'une tâche mal faite, la religieuse avait poussé Anne dans la salle à charbon puis en avait verrouillé la porte. Quand un rat avait frôlé sa jambe, horrifiée, Anne s'était réveillée en sursaut.

Comme elle aimerait raconter son cauchemar à Philomène !

Décidément, la vie à l'Institut Nazareth n'était pas de tout repos. Dès le premier cours de musique, la patience d'Anne avait été mise à rude épreuve. Sœur Beauchemin lui avait alors laissé entendre que, pour suivre les leçons de piano, Anne était tenue au préalable de s'approprier la notation musicale en braille, les notions de solfège, de dictée musicale, en plus de la théorie. Selon la religieuse, on ne touchait pas à un instrument avant de savoir lire la musique, lire avec les doigts, bien entendu. Toute une année devrait être consacrée à la maîtrise de ces apprentissages, une attente inconcevable pour l'adolescente.

À Saint-Léon-le-Grand, Mme Vallée lui avait montré ce qu'elle savait du mieux qu'elle le pouvait étant donné qu'Anne était incapable de lire les partitions en noir. Anne avait donc appris à l'oreille les pièces de son répertoire en répétant, à la suite de Mme Vallée, les phrases musicales à mémoriser. Elle eut à dresser l'inventaire de ses connaissances. Oui, elle était en mesure d'identifier les sept notes de la gamme et de les repérer sur les quelque huit octaves du clavier. Oui, elle travaillait les gammes avec assiduité et égrenait les arpèges avec aisance, dans toutes les tonalités, mais en plaçant les dièses et les bémols d'instinct.

Perdues dans leur réflexion, les deux filles remontèrent en classe.

Pendant toute la durée de l'instruction religieuse, Anne repassait les arguments qu'elle désirait servir à sœur Beauchemin pour lui permettre de commencer ses leçons de piano dans les plus brefs délais. Sans le piano, Nazareth n'avait plus aucun attrait. La théorie ne la rebutait pas à la condition de continuer sa formation pratique. Le piano, c'était sa lumière, sa raison d'être.

Accompagnée de Philomène, Anne se hâta de la classe à la salle d'exercices. L'obligation au silence dans les corridors lui apparut comme une bénédiction. Anne tapota le bras de son amie pour lui signifier qu'elle n'avait plus besoin d'elle, puis, étreinte par l'angoisse, pénétra dans son sanctuaire.

— Mademoiselle Alarie ! Comment allez-vous ce matin ?

— Pas bien du tout, ma sœur.

Anne avait choisi d'aborder avec franchise le sujet qui la tourmentait.

— Dites-m'en un peu plus.

— Je suis venue ici expressément pour progresser au piano et je ne peux concevoir…

La religieuse l'interrompit avec douceur.

— Assoyez-vous, mademoiselle Alarie. J'ai longuement réfléchi à votre problème. J'en ai discuté avec sœur Laviolette, et voici ce que nous avons à vous suggérer.

Plus l'enseignante expliquait, plus Anne sentait renaître son enthousiasme. On lui proposait ni plus ni moins que des cours individuels accélérés de formation auditive, soit le solfège, la dictée musicale et la théorie correspondante, en plus de la notation musicale en braille. Ici, on ne reproduisait ni les portées ni les clés de *sol* ou de *fa*, même en relief. Tous les signes musicaux, noms et valeurs des notes, altérations, hauteur des sons, expressions pour les nuances, etc., étaient identiques aux lettres de l'alphabet braille, selon une convention unanimement acceptée en France dans les institutions d'enseignement dédiées aux aveugles. Cette méthode avait été transmise aux religieuses par Paul Letondal dès son arrivée à Nazareth vingt-cinq ans auparavant. Les enseignantes en musique avaient acquis une expertise inégalée au Canada en ce domaine.

— Nous ne vous aurions jamais suggéré une telle méthodologie si vous n'aviez pas maîtrisé l'alphabet braille.

Anne eut un élan de reconnaissance envers son père. Avec quelle patience il avait d'abord assimilé ce langage écrit dans le seul but de la sortir de son isolement et de lui donner accès à la connaissance. Puis, jour après jour, il s'était attablé avec elle et lui avait transmis son savoir. En son for intérieur, elle exultait. « Merci, papa ! Merci, papa ! Merci, papa ! »

— Tout compte fait, quand on maîtrise l'utilisation de ces signes, tant lus qu'écrits, l'exécution des partitions musicales se fait sans trop de mal. Il vous faudra toutefois mettre les bouchées doubles. Êtes-vous prête à vous investir ?

— Oh ! Oui, ma sœur !

Le travail ne l'apeurait pas. Au contraire ! Par le passé, elle avait tant souffert d'oisiveté. La perspective d'avoir à sa disposition des pièces de répertoire dont lui avait tant parlé Mme Vallée l'euphorisait.

— Dites-moi, ma sœur, les œuvres des grands compositeurs ont-elles toutes été transcrites en braille ?

— À qui pensez-vous ?

— Bien... à Haydn, à Liszt et à Mozart, bien sûr.

Anne avait glissé Liszt entre les deux autres classiques de crainte de rebuter sœur Beauchemin. Liszt... Si Anne avait poursuivi ses leçons à Saint-Léon, Mme Vallée l'aurait initiée à ce merveilleux romantique.

— Sachez qu'une ancienne élève devenue officiellement notre copiste musicale se consacre exclusivement à la transcription, sous la dictée d'une religieuse voyante, des partitions du noir au braille.

Au cours des cinquante dernières années, l'édition musicale en feuilles avait proliféré dans la province de Québec. Le développement des cours de musique par les communautés religieuses, la naissance de sociétés musicales et la venue de musiciens européens avaient favorisé l'apparition d'éditeurs locaux.

Depuis la fondation de son école de musique, Nazareth s'approvisionnait au magasin d'Adélard-Joseph Boucher de la rue Notre-Dame. Les vieilles religieuses parlaient encore des premières mesures ajoutées au texte des chansons populaires publiées dans certains journaux. En ces temps-là, on importait de Boston, de Paris ou de Londres la musique en feuilles instrumentale et vocale. Dans ces conditions, peu avaient les moyens de se payer ce luxe.

— Liszt... Connaissez-vous son répertoire ? demanda sœur Angéline Beauchemin, songeuse.

— Un peu, répondit Anne, sur ses gardes.

— Une œuvre en particulier ?

— Pour être franche, je rêve de jouer *Rêve d'amour*.

— Pour le concert de fin d'année, par exemple ?

Anne n'en croyait pas ses oreilles. Elle qui avait craint de ne retoucher le piano que l'année suivante ! *Rêve d'amour* sous ses doigts ! Mme Vallée avait justement interprété cette magnifique mélodie lors de son dernier cours et lui avait promis de la mettre au programme de leur prochaine saison. Saison qui ne verrait jamais le jour, mais Anne n'avait aucun regret. Pourquoi avait-elle imaginé qu'à Nazareth on ne lui enseignerait que la musique sacrée ?

— Cette pièce présente d'énormes difficultés, vous savez. Vous êtes prête à travailler fort ?

— Oh oui ! Jour et nuit s'il le faut.

Philomène attendait Anne à la porte de la salle d'exercices pour la conduire en classe. Au premier contact, elle devina la métamorphose de son amie.

— J'ai des ailes, Philomène ! Mon cauchemar est fini.

— Cauchemar ? répéta-t-elle, étonnée.

Anne lui avait semblé contrariée, mais pas à ce point-là.

— À la récréation, si l'occasion est favorable, je te raconte tout !

— Tu me raconteras tout, on s'organisera.

Sans aide, Anne gravit les escaliers, trouva sans mal l'entrée de la classe et se dirigea à son pupitre, l'avant-dernier de la deuxième rangée, voisin de celui de Philomène à sa droite. Quelle ne fut pas sa stupéfaction de sentir un souffle chaud dans son cou et d'entendre une voix de garçon lui chuchoter :

— Tu sens si bon !

Sous le coup de l'émotion, ses jambes flageolèrent. Sidérée, Anne tira sa chaise et s'y laissa tomber. On aurait dit Arthur Peltier. La même voix. Les mêmes intonations. Sauf qu'Arthur ne se serait jamais permis de lui parler de cette façon. Qui avait osé ? Ubald Fortin, le virtuose de la machine à écrire, son voisin de gauche ? Non. Impossible. Il était plus petit qu'elle et les sons lui étaient parvenus de haut. Elle imaginait mal Ubald monté sur une chaise pour lui souffler ces mots. S'agissait-il de Mathias Vézina derrière elle ? Une réflexion de Philomène lui revint à l'esprit : « Mathias, le plus grand de la classe et le plus indiscipliné aussi, mesure plus de six pieds. » Heureusement, dans le brouhaha de la rentrée des élèves, sœur Poirier n'avait pas relevé l'audace de ce jeune homme.

Si garçons et filles suivaient leurs cours ensemble, il leur était formellement interdit de s'adresser la parole en tout temps, sauf à l'occasion de quelques fêtes. Chose certaine, ce mercredi 5 septembre était un jour ordinaire. À la messe du matin, le chapelain avait mentionné Raïssa, la sainte du jour, mais cette dernière ne comptait pas parmi ceux qu'on honorait par des festivités. Il faudrait attendre le 24 octobre, fête de saint Raphaël, patron des aveugles, ou le 22 novembre, lors de l'anniversaire de sainte Cécile, patronne des musiciens.

En état de choc, Anne n'entendit pas sœur Poirier demander à ses élèves de sortir leur tablette de calcul.

Elle ne bougeait pas. « Tu sens si bon ! » L'effet fulgurant de ces simples mots l'habitait encore. Au souvenir de l'haleine chaude caressant son cou, son ventre se contracta. Était-ce mal ? Elle prit une profonde respiration dans l'espoir d'échapper à l'emprise de cette troublante sensation.

La voix forte de sœur Poirier retentit.

— Hé bien, mademoiselle Alarie ! Vous faites la grève ce matin ?

Le claquement insistant des pièces de métal en provenance du bureau de Philomène la rappela à l'ordre. Anne reconnut au premier son l'objet entre les mains de son amie.

Plus inquiète qu'elle voulait le laisser paraître, Anne s'excusa, souleva le couvercle de son pupitre, déplaça dans un coin sa tablette d'écriture et le poinçon, puis s'empressa de sortir la plaque perforée et les caractères mobiles représentant les chiffres, qu'elle déposa dans le petit cabaret fixé à la plaque. Sœur Poirier amorçait l'avant-midi avec un cours de calcul, le cauchemar d'Anne puisqu'elle ignorait tout de ces objets encore une semaine auparavant. Heureusement, son père lui avait appris les chiffres jusqu'à mille, en plus des quatre opérations mathématiques et de la table de multiplication, qu'elle maîtrisait à merveille.

— Pardonnez-moi, ma sœur. Voilà, je suis prête.

— Il est grand temps !

Dès le premier jour de classe, le lundi précédent, Anne avait eu à manipuler cette tablette, qui lui parut d'abord inintelligible. Puis, petit à petit, elle repéra les colonnes et les rangées dans les perforations de la plaque, une invention d'un Anglo-Saxon du nom de Taylor. Les orifices en forme d'étoiles à huit branches servaient à y insérer les petits parallélépipèdes dont chacune des bases possédait un signe particulier. Les pièces mobiles pouvaient occuper huit emplacements différents. Quand elle réussit à identifier les huit premiers chiffres, un sentiment de soulagement la gagna.

S'adressant plus particulièrement aux quelques nouveaux de la classe et à ses élèves les moins doués, sœur Poirier expliqua :

— Il est possible de générer huit cent soixante-quatre positions, alors ne vous attendez pas à tout savoir en une semaine. Vous devrez faire preuve de patience et de persévérance. Réfléchissez avant de parler. Voyons voir qui pourra me donner le résultat de cette opération le premier : 479 plus 228.

Les élèves n'avaient pas encore eu le temps d'insérer la première pièce dans une ouverture de leur tablette que retentit la voix assurée d'Anne Alarie.

— Ça donne 707, ma sœur !

Interloquée, sœur Poirier réprima son envie de relever l'impertinence. Elle demanda plutôt :

— Exact, mademoiselle Alarie, mais vous auriez dû lever la main avant de livrer votre réponse. À l'intention de vos compagnes et de vos compagnons, décrivez-nous la manière dont vous avez résolu le problème à cette vitesse.

Fière de sa performance, Anne révéla la recette que son père lui avait transmise en prenant bien soin de répéter et de répéter les opérations afin qu'elle en appréhende toutes les facettes.

— L'un des chiffres se rapprochait de la cinquième centaine. J'ai donc additionné 500 et 228, et comme j'avais ajouté 21 à 479 pour travailler avec 500, je l'ai soustrait du résultat et j'ai obtenu 707 !

Philomène s'impatienta.

— Pourquoi 500 et pourquoi en soustraire 21 ?

« Pauvre Philomène », songea Anne. Si dégourdie dans tant de domaines, son amie n'avait nullement saisi la subtilité de l'opération. Les exclamations de certains lui indiquèrent qu'eux avaient compris la procédure.

Surtout pour ses élèves au front soucieux, l'enseignante décortiqua le raisonnement d'Anne et donna quelques autres exemples afin de renforcer ce nouvel apprentissage.

— Préparez-vous à un deuxième problème : 2214 divisés par 18.

Stupéfiée, Anne ne vit pas le sourire de sœur Poirier, qui ne la quittait pas des yeux. Le chiffre 144 représentait le plus élevé des tables de multiplication qu'elle connaissait, mais, au-delà, elle n'avait aucune idée de la solution par cœur. Elle devina la fébrilité des élèves autour d'elle au bruit des petits objets qui entraient et sortaient des orifices de la tablette.

L'enseignante donna la parole à Mathias, qui avait dû lever la main.

— Cent vingt-trois, ma sœur.

— Exact. Pour ceux et celles qui n'ont pas encore trouvé, étayez votre démonstration, monsieur Vézina.

Le son de cette voix empêchait Anne de se concentrer. Son ventre se crispa à nouveau.

— Avez-vous bien saisi, mademoiselle Alarie ?

Incapable de dissimuler son embarras autant que son ignorance, Anne faisait pitié à voir. Plutôt que de rabattre le caquet de sa nouvelle élève, l'enseignante éprouva un élan de sympathie.

— Ne vous en faites pas. Avec de la ténacité et quelques éclaircissements, vous y parviendrez, mademoiselle Alarie. Mademoiselle Jasmin, à l'heure de l'étude vous montrerez à votre compagne comment l'on multiplie et l'on divise à l'aide de votre tablette. Pas d'objection ?

— Non, ma sœur !

La voix enjouée de Florida agaça Anne au plus haut point.

— Je justifierai votre situation à la surveillante. Vous parlerez à voix basse afin de ne pas perturber le groupe, conclut la religieuse.

Le Dr Antoine Peltier se leva et accueillit son ami avec une poignée de main. Les traits tirés de Napoléon l'alarmèrent.

— Qu'est-ce qui t'arrive, mon vieux ?

— Ça fait quatre jours que je ne digère rien. On dirait que je suis en train de me vider. J'ai de la misère à me traîner. Peux-tu m'aider ?

— Ça fait quatre jours que tu ne digères rien ? Et ça fait quatre jours qu'Anne est partie. Drôle de coïncidence…

Antoine Peltier connaissait depuis des années les difficultés qu'éprouvait Napoléon à l'idée de se séparer de sa fille. Du mieux qu'il le pouvait, il avait tenté de le soutenir dans son combat des dernières semaines alors que le départ d'Anne devenait inéluctable.

— Quand j'ai vu hier que tu n'étais pas au magasin général, je me suis bien douté qu'il se passait quelque chose.

Tous les mercredis soir, l'hiver à la forge d'Hector Simard et le reste de l'année au magasin général de Paul Fortin, une douzaine d'hommes du village et des rangs de Saint-Léon-le-Grand se réunissaient pour discuter de l'actualité, de la politique ou tout simplement pour partager leur quotidien. Le Dr Peltier était le seul notable à participer à ces rencontres, ce qui le rendait encore plus sympathique et accessible à tous.

En vérité, Antoine était très inquiet. Depuis le départ d'Anne le dimanche précédent, il avait l'impression que Napoléon le fuyait.

— Assieds-toi sur la table, je vais d'abord te faire un examen de routine.

Bien qu'un peu rapide, le pouls était bien audible, la pression normale pour un homme de quarante-cinq ans et la respiration également.

— Ouvre grand la bouche.

Les vomissements répétés avaient irrité sa gorge. Ces muqueuses blanchâtres annonçaient souvent de la fièvre. Antoine glissa un thermomètre sous la langue de son patient. À la palpation, il nota une légère enflure des ganglions cervicaux, signe presque assuré d'une infection. Il observa la colonne de mercure.

— Ta température est de 99,5. Ce n'est pas beaucoup, mais chez un adulte c'est un symptôme à ne pas négliger. Tu souffres peut-être d'un ulcère.

— Si tu pouvais me donner quelque chose pour que j'arrête de vomir !

— J'ai de quoi te soulager. Attends-moi, je te reviens tout de suite.

Antoine gagna la cuisine. L'une des armoires contenait les substances médicamenteuses et les médicaments classés par ordre alphabétique. Sa femme, Michelle, s'approcha. Elle tenait la pharmacie avec méticulosité.

— Trouvez-vous ce qu'il vous faut, mon cher ?

— Même un élève de première année s'y retrouverait, ma chère. Merci.

Il saisit la fiole et la lui présenta.

— Papa ! Papa ! Regardez ! C'est haut, hein ?

Sa petite Loulou, mieux, leur petite Loulou, puisque Michelle lui était si dévouée, jouait avec des blocs de bois qu'elle lui avait peints. L'enfant leva la tête et lui sourit. Plus sa fille grandissait, plus elle ressemblait à sa véritable maman. « Chère Mathilde, songea-t-il avec un pincement. Morte en couches... Par ma faute ? » Il ne s'était jamais tout à fait libéré de ce sentiment de culpabilité. Cependant, il devait bien se l'avouer, cette pensée l'habitait de moins en moins depuis que Michelle partageait son quotidien.

— Tu es habile, Loulou ! Papa est fier de toi !

— Antoine, est-il vrai qu'Emmelie Bélair est encore enceinte ?

— Oui, mais excusez-moi, Michelle, Napoléon m'espère dans mon cabinet.

Oui, Napoléon l'attendait, mais, par son départ précipité, il voulait à tout prix éviter une autre discussion qui ne mènerait à rien. Si seulement Michelle pouvait lui donner un enfant ! À dire vrai, elle le désirait bien plus que lui. Après quasi deux ans de vie commune et de multiples essais, son ventre restait dramatiquement plat. Ironie du sort, la plupart des femmes en âge d'enfanter à Saint-Léon étaient en famille. Et toutes choisissaient le Dr Antoine Peltier pour les délivrer. De toute sa carrière, Antoine avait perdu une femme en couches, la sienne, et un mâle mort-né, tant espéré après la venue des cinq filles de Bernadette et d'Eusèbe Adam. Ces deux malheurs n'avaient nullement entaché sa réputation d'accoucheur, tant et si bien que le vieux Dr Lebel n'en avait pratiqué aucun au cours de la dernière année.

Les bras croisés, le teint cireux, Napoléon faisait peine à voir.

— Je crois que j'ai ce qu'il te faut.

— Qu'est-ce que c'est ?

En dépit de son piteux état, Napoléon manifestait son habituelle curiosité. Cet autodidacte ne cessait d'étonner Antoine par ses connaissances et sa mémoire phénoménale. Combien de fois avait-il constaté que Napoléon en savait presque autant que lui en anatomie et en physiologie ? Le médecin vouait au ramancheur une confiance telle que si un de ses patients souffrait d'une luxation ou d'une fracture, il n'hésitait pas à le référer en douce à Napoléon. En douce, car, si on le dénonçait au Collège des médecins, on le sanctionnerait, à n'en pas douter.

— De la teinture d'iode. Ça combat les vomissements. Cet antiémétique testé depuis peu s'avère drôlement efficace. En plus, ce n'est pas désagréable au goût. Tu ressentiras une sensation de chaleur à l'estomac pendant cinq à vingt minutes. Aucun effet secondaire à craindre. Je t'inscris la posologie sur ce papier.

— Ne te donne pas cette peine.

Compte tenu de sa capacité à tout mémoriser, Napoléon n'avait sans doute nul besoin de référence écrite.

— Bon, d'accord. Tu mélanges dix gouttes de ce liquide dans trois quarts de tasse d'eau et, après chaque repas, tu bois la mixture en trois fois. D'ici quelques jours, tu constateras une amélioration notable.

— Et si ce n'est pas le cas ?

— Nous prendrons les grands moyens.

— C'est-à-dire ?

— Je te prescrirai du cannabis.

Napoléon leva un sourcil incrédule.

— Tu as ça ici ?

— C'est le meilleur sédatif de l'estomac. Il ne s'agit pas de le fumer, mais de l'ingurgiter en potion en prenant bien soin de ne pas dépasser la dose de cinq centigrammes journellement. Au-delà de ça, le produit devient toxique.

— Toxique ? À quel point ?

— Ça se manifeste par de l'ébriété.

Antoine tut une réaction souvent constatée chez le patient ayant quelque peu abusé de cette substance, qui se traduit par une envie irrésistible de rire. Le cannabis s'était avéré aussi efficace dans le traitement des inflammations stomacales que les narcotiques comme l'opium ou le chloral, sans aucun de leurs inconvénients. Antoine le préférait aux absorbants, comme le bismuth, aux effets secondaires dommageables pour le système digestif.

— Pas de danger d'accoutumance ?

Le regard de Napoléon effleura la machine de Robertson, bien à l'abri dans l'armoire vitrée. Il n'en fallut pas plus à Antoine pour se revoir, deux ans auparavant, alors qu'il avait éprouvé les affres de la dépendance en s'adonnant à l'inhalation de l'éther. À tort, il avait cru par ce moyen atténuer sa souffrance à la suite du décès de Mathilde. Napoléon avait joué un rôle clé dans sa libération, sa Loulou et ses patients également.

— Aucun, Napoléon, si on respecte les doses prescrites et si on l'ingère sous forme de potion. Je veux te revoir lundi matin ou avant si tu en ressens le besoin, mais la teinture d'iode devrait calmer tes vomissements d'ici peu. As-tu de la quinine chez toi ?

— Oui. J'en ai en permanence.

— Prends-en tant que tu te sentiras fiévreux. Je soupçonne une bonne gastrite.

Napoléon ne bougeait pas, signe qu'il souhaitait poursuivre l'entretien. Antoine demeura silencieux, espérant ainsi que son ami lui livrerait le fond de sa pensée. Sa patience porta ses fruits.

— Antoine, tu te souviens de ma réaction quand Anne m'a manifesté le désir d'aller à l'Institut Nazareth ?

Comment oublier ? Sa prise de position au profit d'Anne avait même menacé leur précieuse amitié. Il se contenta de hocher la tête.

— Je m'étais imaginé notre séparation difficile, Antoine, mais je dois t'avouer que ça a été un vrai cauchemar.

Submergé par l'émotion, Napoléon ne lui cacha rien de l'agressivité d'Anne, de sa détresse et de ses reproches. Non, il n'avait pas eu le courage de lui dire avant son départ qu'elle souffrait de strabisme, comme le lui avait suggéré Antoine. Quelqu'un avait dû lui en faire la remarque, mais où et quand ? Napoléon avait repassé en boucle leur voyage à Montréal et à aucun moment ils n'avaient été séparés, sauf les quelques minutes où il était allé chercher le voiturier.

— À bien y penser, elle avait changé d'attitude à mon retour, mais j'étais trop occupé à déménager les bagages pour y être attentif. Autant Anne était volubile jusqu'alors, autant elle m'a semblé butée par la suite. Muette comme une carpe. On était rendus à la porte de Nazareth, Antoine, et elle ne m'avait toujours rien dit. Je l'ai suppliée de m'expliquer.

Napoléon ne lui cacha pas la colère de sa fille, voire sa fureur, associée à un désespoir qui l'avait bouleversé.

— Tu connais la clinique d'ophtalmologie de Nazareth ?

— Oui. On n'en dit que du bien.

— J'ai laissé entendre à Anne que, peut-être là, on pourrait corriger son strabisme. Je voulais prendre des informations auprès des religieuses avant de repartir, mais, crois-le ou non, elles m'ont presque mis à la porte.

— Tu pourrais leur écrire, suggéra Antoine.

— C'est en plein ça que j'ai fait dès lundi matin. Pour gagner du temps, j'ai fourni l'autorisation de consulter et, si on jugeait l'opération nécessaire, j'ai même donné mon consentement. Dans l'état où je l'ai laissée, je me suis dit qu'il valait mieux éviter les allers et retours de courrier.

— Tu me tiens au courant, Napoléon ?

Le ramancheur acquiesça, pensif. Une vive douleur irradia dans sa poitrine. D'une voix saccadée, il débita :

— Si tu savais comme j'ai peur, Antoine ! Peur qu'Anne se perde, peur qu'elle ne mange pas à sa faim, peur qu'elle n'ait personne à qui confier ses chagrins, peur… qu'elle se trouve si bien là-bas qu'elle ne veuille plus nous revenir…

Voilà, le gros morceau était craché.

5

Pendant que Philomène recevait sa mère et son frère au parloir, Anne fulminait, confinée dans la salle de classe. Sœur Sainte-Judith avait refusé qu'elle se joigne à la famille de son amie et l'obligeait à écrire à ses parents. Pourquoi à cette heure et non pendant une période d'étude ? Elle terminait toujours avant les autres de toute manière. « Tel est le règlement quand on ne reçoit pas de visite le dimanche », lui avait assené la religieuse.

Une vingtaine de pensionnaires l'entouraient. Elle ouvrit le rabat de sa tablette d'écriture et y inséra une feuille. Poinçon à la main, elle ruminait sa déception en silence sous l'œil acéré de l'hospitalière qu'elle prisait de moins en moins.

Incapable de composer avant d'avoir mis de l'ordre dans ses idées, Anne s'efforçait de trouver à son texte une introduction qui ne soit pas trop négative.

Son père et Sarah lui manquaient plus que tout le reste de sa famille. Âgée de sept ans, sa sœur cadette paraissait ignorer son handicap et, de ce fait, du plus loin qu'Anne se souvienne, elle avait toujours eu une attitude sans indulgence à son égard. Avec Sarah, Anne se sentait normale, une impression qu'elle éprouvait avec bonheur à Nazareth.

Vous souvenez-vous, papa, de Philomène Marquis ? Elle était près de nous lors de notre arrivée dimanche dernier. C'est à elle que sœur Clémentine Lemieux a confié la tâche de m'initier aux lieux et à la vie du pensionnat. Elle est devenue mon amie. Elle est si gentille !

Pour ne pas les inquiéter, Anne passa sous silence les désagréments que lui avait causés et que lui causait encore Azilda Labelle. Si l'occasion se présentait, elle leur en parlerait de vive voix. D'ici là, peut-être qu'elle apprivoiserait cette désagréable compagne. Elle ne la tolérait que par amitié pour Philomène, à qui elle vouait une admiration grandissante.

Chaque jour, Philomène m'aide à devenir plus autonome. Après une semaine, je peux presque me conduire d'une pièce à l'autre, d'un étage à l'autre. Dans la cour de récréation, par contre, je n'ose pas encore m'aventurer seule, mais ça viendra, ne vous en faites pas.

Papa, je dois apprendre à calculer avec un instrument dont je ne soupçonnais pas l'existence. Il s'agit d'une tablette percée de trous à huit côtés dans lesquels on rentre des bâtonnets qui, selon la position qu'on leur donne, représentent les chiffres, et on résout des problèmes avec ça. Il paraît qu'au prochain cours d'arithmétique on s'initiera aux états des revenus et des dépenses avec comme résultats des pertes ou des profits. Pour l'instant, c'est du chinois pour moi. La première fois qu'on a utilisé la tablette Taylor, qu'on appelle comme ça à cause de son inventeur, j'avais l'air d'une vraie niaiseuse. Par chance, sœur Lumina Poirier, notre maîtresse d'école, a permis à une de mes compagnes de me montrer comment m'en servir. Elle se nomme Florida. Elle est albinos. Je ne savais rien de cette maladie, et vous ?

Anne avait craint l'attitude de Florida, toujours un peu brusque avec elle, parfois malicieuse. Quel ne fut pas son étonnement de la voir attentive, patiente et désireuse de lui transmettre ses connaissances ! Toutes deux avaient mis les bouchées doubles, de sorte qu'avant la fin de l'heure d'étude Anne manipulait avec assurance les pièces, tant que l'opération ne dépassait pas le nombre 1000. Anne dut avouer à Florida ses limitations, mais plutôt que de se moquer, elle lui avait dit : « Si tu peux compter jusqu'à mille, tu peux compter jusqu'à un million et bien au-delà, si tu le veux. Regarde. »

Très souvent, les aveugles disaient entre eux « Regarde », ou « Vois-tu ceci ou cela ». Jamais les religieuses n'intervenaient pour les reprendre, sachant que ces expressions se référaient bien plus à une perception qu'à l'organe de la vue.

Florida lui fit une démonstration éclairante. Anne comprit et même extrapola avec des chiffres contenant sept zéros et plus.

La charge émotionnelle provoquée par ce bouleversant « Philou » adressé à Philomène quelques jours auparavant s'était amenuisée à la suite de cette rencontre d'aide. Son estomac se nouait à la pensée de partager l'amitié de Philomène avec Florida, pire, avec Azilda Labelle, mais elle n'allait pas semer la zizanie.

Maman, je m'ennuie de votre cuisine, surtout au déjeuner, où on nous sert une étrange bouillie en guise de gruau. Je vous assure qu'on est loin de votre délicieuse recette ! Mais je dois vous avouer que, la plupart du temps, surtout pour les desserts, c'est bon. Pas meilleur que chez nous, là, maman.

Désormais, ses leçons de musique l'emballaient. Le bruit du poinçon perforant la feuille s'accéléra au fur et à mesure qu'Anne revivait cet événement heureux.

Si vous saviez comme j'aime mes cours de piano… mais seulement depuis vendredi, jour où j'ai commencé à m'initier à la lecture des partitions en braille. C'est facile, papa ! Les sept notes d'une gamme sont identifiées par une lettre en braille. Il faut s'imaginer qu'on ne lit pas des lettres, mais des notes. Je vous explique. Les trois points de la lettre D représentent un do, *les deux en diagonale du E un* ré, *F désigne un* mi, *G un* fa, *H un* sol, *I un* la *et J un* si. *Pas de portées, pas de clés de* sol *ou de* fa.

Sœur Beauchemin lui avait raconté qu'aux premiers temps de l'Institut, quelque trente années auparavant, on avait tenté d'enseigner aux élèves aveugles des partitions écrites avec des portées traditionnelles mises en relief, mais l'expérience s'était avérée bien trop ardue. Dès que les religieuses avaient fait l'essai de la notation musicale en braille, une manière intelligente et aisément compréhensible pour ceux qui connaissaient déjà l'écriture braille, elles l'avaient adoptée.

Avec Mme Vallée, je devais retenir par cœur la durée de chaque note, comme les rondes, les croches, les doubles croches, sans référence autre que ma mémoire quand je me retrouvais seule à m'exercer. Mais, en braille, il existe une convention pour les reconnaître et c'est si simple. Par exemple, si la note n'est représentée que par la lettre braille, comme D pour do, il s'agit d'une croche. Si on veut représenter une noire ou des quadruples croches, on aura un Ô pour le do, *Û pour le* ré, *Ë pour* mi, *etc. Tout est prévu, tant la durée de la note, sa hauteur ou les altérations à la baisse ou à la hausse, j'entends par là les dièses et les bémols. Ça me fascine ! C'est pas compliqué de lire les notes, mais les transposer sur un clavier, c'est plus difficile. Mais j'y arriverai, ne vous inquiétez pas. Je continue mon apprentissage avec plus que de l'intérêt, j'oserais dire avec passion. La musique…*

— Il vous reste dix minutes. Il faut conclure.

« Quelle voix désagréable », songea Anne pour la énième fois.

Sœur Sainte-Judith aurait à transcrire en caractères noirs toutes les lettres rédigées en ce dimanche, sauf la sienne vu que son père savait lire et écrire le braille. Une petite enquête avait permis à Anne de constater que, parmi les parents du groupe, il était le seul à posséder cette habileté.

Anne poursuivit sa composition avec plus d'empressement.

La musique me comble.

Toutes les religieuses à qui j'ai affaire sont gentilles, à l'exception de sœur Sainte-Judith. Elle guette chacun de nos pas et, à ses yeux, on dirait que ce ne sont que de faux pas. Rien ne la satisfait, et elle ne se gêne pas pour nous rabrouer. Je ne suis pas la seule à penser cela. Elle est bête avec toutes les filles et, en plus, elle sent le dessous de bras. Elle a la même voix haut perchée que la grand-mère d'Arthur Peltier, vous savez, la femme du cordonnier décédée il y a quelques années.

Arthur Peltier… juste écrire « Arthur » la bouleversait. Peut-être qu'en le voyant nommé, ses parents lui donneraient de ses nouvelles… mais non, Arthur séjournerait au séminaire de Trois-Rivières jusqu'à Noël. Tant aimer ce jeune homme et éprouver une telle antipathie pour sa grand-mère ! Cette vieille marâtre avait bien mérité son mépris.

Vous rappelez-vous, papa, lorsque vous m'aviez amenée au magasin général de M. Fortin ? Elle était là. Elle avait été si méchante avec nous ! Comme c'est l'une des rares fois où j'y suis allée, je m'en souviens très bien. Elle vous avait apostrophé. « Comment osez-vous parader en public avec votre aveugle ? » Je ressens encore ma peine. Vous, papa, vous étiez en colère. Mais peut-être aviez-vous aussi du chagrin ?

Voilà. Je suis obligée de vous quitter. J'ai tellement hâte de vous revoir ! Noël me semble bien loin… mais ne vous inquiétez pas ! Ici, il y a bien plus de bons moments que de mauvais.

M'écrirez-vous ?

Votre fille reconnaissante, Anne.

Anne entendit les pas de sœur Sainte-Judith à proximité.

— Vous en aviez des choses à raconter à vos parents, mademoiselle Alarie ! Donnez-moi votre copie.

— Euh… non, ma sœur.

— Comment ça, non ?

— Mon père lit bien en braille. C'est lui qui me l'a enseigné.

— Et votre mère, elle lit en braille ?

— Non, mais mon père lui fera la lecture avec plaisir.

— On dit : « Non, ma sœur », répliqua la religieuse d'une voix sèche. Veuillez vous exprimer avec respect.

— Bien, ma sœur, mais vous n'aurez qu'à adresser l'enveloppe en noir.

— Je traduirai tout en noir, y compris votre copie.

À peine Anne avait-elle soulevé le rabat de sa tablette braille que sœur Sainte-Judith lui arracha ses feuilles.

— Allez, sortez !

Aussitôt l'heure du parloir terminée, Philomène s'était présentée à la salle d'étude pour conduire Anne à l'extérieur. Elle avait dû faire le pied de grue dans le corridor, car sœur Sainte-Judith lui refusait l'entrée.

— Ne venez pas perturber le groupe. Attendez ici.

Même après avoir côtoyé cette religieuse pendant six années, Philomène ressentait à son égard une profonde aversion, comme bien d'autres pensionnaires d'ailleurs. Elle avait bien tenté de confier son malaise à sœur Lemieux, si compréhensive d'ordinaire, mais cette dernière lui avait défendu de déblatérer contre sa consœur.

Une quinzaine de minutes plus tard, Anne la retrouva et, avec une brusquerie inhabituelle, lui saisit le bras.

— Vite, conduis-moi loin d'ici ! chuchota-t-elle au bord des larmes.

Philomène s'empressa de l'entraîner à l'extérieur. Des cris et d'intarissables bavardages montaient de la cour de récréation.

— On pourrait se parler seule à seule un moment. Je t'emmène patiner. Assieds-toi sur ce banc.

— Hein ? Ça n'a pas de bon sens ! Je n'ai jamais fait ça de ma vie !

— Il n'est jamais trop tard pour bien faire, ma chère ! Attends-moi ici deux minutes.

Si son père apprenait ce qu'elle s'apprêtait à faire, il en mourrait d'inquiétude !

Avec une étonnante promptitude, Philomène revint et lui présenta une paire de patins qu'il lui fallait fixer sous ses chaussures à l'aide de courroies de cuir. Après avoir promené ses doigts sur l'envers des semelles, Anne constata que deux rangées de roulettes s'alignaient sur un axe longitudinal.

— Pendant que tu attaches tes patins, dis-moi vite ce que t'a fait la Sainte-Judith ! Tu es raide comme une barre.

Anne lui résuma sa lettre et lui cita mot pour mot l'extrait où elle racontait à ses parents son aversion pour sœur Sainte-Judith. Elle n'omit que le passage où il était question d'Arthur. Un sentiment ambivalent l'habitait. Garderait-elle pour elle son doux secret ou le dévoilerait-elle à sa nouvelle amie ? Chose certaine, si elle s'ouvrait, elle attendrait le moment propice afin d'accorder à cette confidence toute l'importance qu'elle méritait.

— Crois-le ou non, mais elle m'a dit qu'elle devait lire toute ma lettre avant que je sorte. Elle voulait s'assurer de bien comprendre mon texte. Pourtant, elle n'a en rien commenté ce que je pensais d'elle.

— Je la connais. Elle sait que tu vas te tourmenter. Elle te laissera mijoter. Au moins, grâce à toi, elle saura ce que nous aussi on pense d'elle.

Anne s'était empêtrée dans les courroies de cuir.

— Permettez-moi de vous aider, mademoiselle Alarie.

Ainsi, c'était au tour de sœur Lemieux de surveiller la cour de récréation. Quelle femme attentive ! Pas une fois au cours de cette première semaine cette religieuse n'avait élevé le ton. Toutes lui obéissaient sans regimber, comme si ça allait de soi.

Contrairement à de nombreuses communautés responsables d'enfants et d'adolescents dans les institutions scolaires de la province, les Sœurs grises de Nazareth avaient élaboré un programme d'éducation physique visant à combattre l'immobilité de leurs élèves, souvent frêles à leur arrivée à cause du manque d'exercice. À l'évidence, cette initiative contribuait à contrer la mélancolie observée en particulier chez les filles. En plus de les délasser, ces activités favorisaient une meilleure santé et permettaient d'acquérir un meilleur sens de l'orientation.

La plupart des pensionnaires aveugles adoraient courir, grimper, patiner et glisser l'hiver. Philomène lui avait raconté que, lors des longues récréations en début d'après-midi, les petits et les plus grands se lançaient du haut de la pente enneigée derrière l'établissement dans des traîneaux poussés par les religieuses. Les cris de joie et les bruyantes exclamations ne laissaient aucun doute sur leur appréciation. Sœur Lemieux avait souvent entassé une douzaine d'enfants dans une traîne sauvage et dévalé la côte avec eux, dans les éclats de rire. Les entendre exprimer leur gaieté la comblait.

L'opinion publique associait la vie de l'aveugle à la tristesse et à l'ennui. À Nazareth, on n'avait qu'à se pointer dans la cour arrière à l'heure de la récréation pour constater la turbulence des enfants et leur joie de vivre.

Une fois les lanières nouées autour des chevilles et au-dessus des pieds, sœur Clémentine Lemieux aida Anne à se lever.

— Voyez-vous assez clair pour la guider, Philomène ?

— Ne vous inquiétez pas, ma sœur. Quand je suis à la lumière du jour, et encore mieux à l'extérieur, je distingue très bien ce qui m'entoure. Ce qui importe aujourd'hui, c'est le contour du sentier où nous irons patiner.

— Amusez-vous bien.

Philomène se plaça à côté d'Anne et, même si son amie lui agrippait la main, elle avait du mal à garder l'équilibre.

— « Amusez-vous bien », qu'elle disait ? Misère ! J'ai peur, Philomène Marquis, tu ne peux pas savoir comment !

Les légères saillies dans l'allée de terre battue augmentaient les risques de chute, mais Philomène la tenait ferme.

— Tu vas t'y faire, Anne. Dans un premier temps, pense à marcher. Je te montrerai à glisser plus tard.

Joignant le geste à la parole, Philomène marquait une cadence rassurante. Elle attendit qu'Anne ait atteint une certaine aisance avant de lui faire part de son désir.

— Si tu te pratiques souvent, tu pourras chausser des lames cet hiver. Ce sera amusant. Dès que le froid s'installe, les sœurs aménagent une patinoire au pied de la colline.

— Es-tu en train de me dire que les aveugles de Nazareth patinent sur la glace ? Sur la terre, c'est presque...

Anne laissa échapper un cri apeuré. Philomène rattrapa sa protégée de justesse. Elle avait buté contre une légère aspérité.

— J'allais préciser... presque impossible sur la terre, reprit Anne, tout essoufflée.

— Arrêtons-nous un peu. Il y a un banc juste ici.

— Oh oui ! approuva Anne avec soulagement.

La difficulté de l'exercice la rebutait, mais le défi à relever la grisait. Abattre des barrières, connaître de nouveaux horizons que les murs de la maison ou de sa cour clôturée lui procuraient tant de satisfaction. Malgré l'inconfort de l'inédit, vaincre ses peurs représentait à ses yeux d'exaltantes victoires. Vivre, enfin !

On circulait près d'elles. Anne entendait la voix d'autres patineurs.

— Chez nous, à Saint-Léon, les gens vont patiner sur la rivière du Loup dès que la glace épaissit de manière sécuritaire. Ma sœur et son cavalier s'y rendent chaque dimanche, quand le temps le permet.

— As-tu un cavalier, Anne ?

— Non.

Sa réponse précipitée surprit Philomène.

— As-tu déjà eu un cavalier ?

— Non, mais...

Philomène haussa le ton.

— Mais quoi ? Mais quoi ?

Une silhouette se dessina devant Philomène.

— Tiens ! Mademoiselle Marquis en personne ! J'ai reconnu ta voix ! Je peux me joindre à vous ?

— Mais oui, Florida, viens t'asseoir.

Cette arrivée impromptue contraria Anne et la soulagea tout autant. Était-elle prête à se confier ? Son désir avait-il plus de chances de se matérialiser si elle le gardait secret ?

— Comment ça s'est passé avec ta mère et ton frère, Philomène ?

Anne se mordit la lèvre. Concentrée sur sa frustration, elle n'avait pas pensé à s'enquérir de la famille de Philomène. Florida faisait preuve d'un intérêt digne d'une vraie amie.

— Ma mère va bien, même si son travail l'occupe beaucoup, sauf le dimanche. Une chance, sinon je ne la verrais pas !

Bien décidée à se montrer plus attentive, Anne intervint.

— Ta mère travaille où ?

— Chez nous. Elle est coiffeuse. Elle m'a coupé les cheveux tantôt, en plein parloir. J'ai eu peur qu'on se fasse chicaner. Mais non ! Sœur Jobin supervisait les visites cet après-midi. S'il avait fallu que ce soit la Sainte-Judith, maman n'aurait pas osé sortir ses ciseaux.

Depuis leur première rencontre, Anne s'interrogeait sur l'apparence de Philomène. Était-elle jolie ? Belle ? À n'en pas douter, elle était grande, élancée aussi puisqu'elle frôlait ses côtes lorsqu'elle lui prenait le bras. À moins qu'elle soit dotée d'un torse menu et de hanches importantes ? Tiens ! Dès demain, elle s'informerait auprès de sœur Beauchemin. Cette religieuse avait gagné sa confiance. Si son courage ne défaillait pas, elle aborderait un autre sujet avec sa professeure de piano, plus délicat celui-là.

— Ludovic a-t-il déniché un emploi ?

— Non, Florida. Il commence à déprimer. Il devra peut-être se résigner à revenir à Nazareth.

Le jeune homme n'était doué ni pour la musique ni pour les matières scolaires. Habile de ses mains, il rivalisait d'adresse dans la confection de balais en paille ou de lavettes en corde.

Toutefois, des préjugés enracinés compliquaient l'intégration des aveugles sur le marché du travail. Mis à part les accordeurs de pianos et les musiciens talentueux, peu de garçons aveugles ou demi-voyants obtenaient un emploi, à moins qu'ils ne fréquentent l'un des ateliers créés par les Sœurs grises. Hélas, il leur était impossible de les garder tous.

— Quel métier aimerais-tu faire, toi, Philomène, quand tu sortiras d'ici ?

— Moi ? Mon avenir, je le vois bien simple. Je veux me marier, Anne, avec un bon gars qui prendra soin de moi et de nos enfants. On habitera un appartement que j'arrangerai à mon goût ! Je serai la meilleure cuisinière au monde !

— Es-tu sûre que tu trouveras un homme qui voudra de toi, Philou ?

D'instinct, Anne porta la main à sa poitrine. Encore une fois, ce diminutif dans la bouche de Florida l'avait blessée, mais moins que la première fois, dut-elle s'avouer. Ses compagnes ignoraient son trouble, et c'était bien ainsi. Sa jalousie lui faisait honte.

— Quelqu'un quelque part voudra de moi ! Je ne suis pas obligée de faire la difficile.

— C'est un point de vue, laissa tomber Florida.

Anne demeurait silencieuse. Pour sa part, plutôt rester vieille fille que de se marier par dépit ou avec un quelconque.

— Mais n'oublie pas ce que les sœurs nous répètent, poursuivit Florida. Pas toutes, mais plusieurs. Je ne pense pas, Anne, que tu aies eu l'occasion de les entendre sur cette question depuis ton arrivée.

La plupart des religieuses tentaient de dissuader les filles aveugles de se marier. Leur discours portait ses fruits puisqu'une grande majorité d'entre elles demeuraient célibataires. Selon plusieurs témoignages, les unions entre un voyant et une non-voyante étaient rares et pas très heureuses. Pourtant, l'inverse allait de soi. La femme n'était-elle pas conçue pour se dévouer à son époux, qu'il voie ou non ?

À Nazareth, les filles recevaient une formation musicale identique à celle des garçons et on les préparait, comme eux, à subvenir à leurs besoins, alors que, dans la plupart des pensionnats, on enseignait la musique aux filles au même titre qu'on les initiait aux autres arts. En aucun cas, on les encourageait à en faire une profession. Les religieuses rompaient donc avec une tradition bien ancrée voulant que le droit au travail et à la vie publique soit réservé en exclusivité aux hommes.

— Euh, les filles... Savez-vous comment ça se fait des bébés ?

Gênée, Anne n'osait répondre. Maintes fois, elle avait interrogé sa mère à ce sujet, et la réponse fusait, toujours aussi vexante : « Tu n'as pas besoin de savoir ça, parce que dans ta condition... »

— Pourquoi nous demander cela, Florida ?

— Parce que, Philou, moi, quand j'ai appris comment ça se faisait et qu'en plus on ne pouvait refuser l'acte à son mari à cause du devoir conjugal, je vous le dis, les filles, ça m'a répugnée.

— Il paraît que ce n'est pas si pire et que, si tu tombes sur un homme doux, ça peut même être agréable.

— Comment ça se fait que tu sais ça ? s'indigna Florida.

Mystérieuse, Philomène se contenta de répondre que son petit doigt le lui avait dit. Heureuse que personne ne lui demande son avis, Anne se promit d'explorer le sujet avec son amie dès qu'elles auraient un moment d'intimité.

— Pour ma part, je ne sens aucune urgence de me trouver un mari. Ma tante m'a dit que je pourrais rester chez elle tant que je le désirerais.

Orpheline de père et de mère, Florida avait la chance de bénéficier de la protection de sa tante, sa marraine de surcroît. Chaque fois qu'il était permis de visiter les pensionnaires de Nazareth, soit trois dimanches sur quatre, elle y venait en tramway.

— Florida, pourquoi gardes-tu les mains dans ton dos ?

— Tu es capable de voir ça, toi, Philomène Marquis ?

— Je ne dis pas tout, ajouta-t-elle, rieuse.

— Tends les mains, Anne.

Florida y déposa une boîte de métal.

— Ouvre-la, tâte, choisis et goûte !

Anne s'exécuta. Enrobée de papier ciré, une rangée de gâteaux coiffait tout un assortiment de friandises à la texture gélatineuse.

— C'est recouvert de sucre ? Qu'est-ce que c'est ?

— Des jujubes, ma chère, la spécialité de ma tante !

Les trois filles se délectèrent et personne ne les vit se lécher les doigts. La générosité de Florida remua Anne. Elle aurait pu attendre d'être seule avec Philomène. Mais non ! Anne avait eu droit à la première part. N'éprouvait-elle pas, comme elle, de la difficulté à partager son amie ? « J'aurais intérêt à la prendre en exemple », pensa Anne.

— Tu dois nous excuser, Florida, mais on doit se hâter ! Pour l'instant, Anne va moins vite en patins qu'en marchant, mais bientôt tu la verras dépasser tout le monde juchée sur ses roulettes !

Florida leur tourna le dos avec empressement.

— Oh ! Une percée de soleil ! Je dois rentrer tout de suite sinon j'aurai mal à la tête le reste de la journée.

Anne avait presque oublié l'albinisme de Florida. Elle attendit de ne plus entendre ses pas pour interroger Philomène.

— « Notre amie », osa-t-elle préciser, elle a vraiment les cheveux blancs ?

— Il paraît que oui, mais je ne vois que son ombre. Sœur Lemieux m'a déjà dit que ses iris étaient rouges et que le blanc de ses yeux était rosé… Allez, Anne, viens, on risque d'être en retard à l'atelier !

À Nazareth, chaque heure était affectée à une tâche ou à une occupation précise, sans liberté d'improvisation. Pour éviter la mélancolie et l'ennui, les religieuses avaient calqué la vie des pensionnaires sur la leur en alternant les exercices pieux, la musique et les travaux pratiques, sans oublier les devoirs et les leçons. Même aux récréations, tous avaient intérêt à se trouver une activité ou un sport auquel s'adonner. Après une semaine à Nazareth, Anne constata que tout y était réglé au quart de tour.

Sœur Lemieux les accueillit avec sa bonhomie habituelle.

— Bonjour, mesdemoiselles. Attention aux petites, je vous prie.

Au grand soulagement d'Anne, sœur Lemieux surveillait l'atelier. Ce ne pouvait être la Sainte-Judith puisqu'elle avait la tâche de recopier du braille en noir les lettres écrites aux parents. À cette pensée, Anne frissonna. Serait-elle punie ? Deviendrait-elle son bouc émissaire ? Ce questionnement lui parut pire qu'un châtiment.

Philomène entraîna Anne à l'arrière et la fit asseoir devant une magnifique Singer, leur dernière acquisition.

— Je ne connais rien à ça, moi !

— Tu vas l'apprendre, ne t'inquiète pas, mais pas aujourd'hui vu qu'on est dimanche.

À voix basse, il était au moins permis de parler dans ce local.

— Explique-moi, Philomène, qui nous entoure et ce qu'elles font.

Attablées autour ou au centre de la pièce, une vingtaine de pensionnaires participaient à cet atelier récréatif dominical. Comme Anne, certaines ne savaient trop que faire. Sœur Clémentine Lemieux requit les services de Florida pour remettre une poupée aux fillettes déjà installées dans des berceuses miniatures alignées à l'avant. Aidée de quelques autres demi-voyantes, elle distribua aussi aux anciennes broches et balles de laine, casse-tête et jeux en relief.

Pendant des siècles, on avait cru que les aveugles avaient naturellement l'ouïe ou le toucher plus développés que ceux des voyants. Ce mythe avait la vie dure. La véritable cause de cette supériorité de perceptions résidait dans le fait que ces sens étaient beaucoup plus sollicités chez les enfants atteints de cécité. Ainsi, les religieuses de Nazareth s'efforçaient d'exposer leurs protégés à des expériences tactiles variées en leur fournissant une panoplie d'objets à manipuler. La formation musicale contribuait grandement à développer la sensibilité auditive.

Florida remit une boîte remplie de clous à une fille d'une dizaine d'années. Cette dernière avait accepté de relever le défi de les trier selon leur longueur.

L'éducation sensorielle reposait sur la substitution des sens. Lors des leçons de modelage, on invitait les élèves à découper et à plier papier et cartons dans le but de confectionner tel ou tel objet. En plus d'accroître l'acuité tactile, ces exercices favorisaient l'esprit de déduction et d'analyse afin de mieux appréhender la réalité par le toucher.

Les religieuses avaient reconstitué, dans cette pièce, un véritable musée. Exposés sur des tablettes fixées aux murs, jouets, matériaux hétéroclites, maquettes, miniatures, ustensiles et animaux empaillés permettaient aux enfants non voyants d'explorer et de comprendre davantage le monde.

Anxieuse et curieuse devant tous ces inconnus, Anne palpa la machine à portée de main, se piqua le doigt et laissa échapper un cri. Sœur Lemieux accourut et couvrit la blessure de son mouchoir.

— Rangez tout ça et suivez-moi, ordonna-t-elle avec douceur.

Anne tremblait de tous ses membres. En une semaine, elle avait été confrontée à tant de nouveaux apprentissages et à une telle gamme d'émotions qu'elle douta de sa capacité à s'adapter à un environnement aussi exigeant. Comble d'infortune, elle aurait à nettoyer les toilettes à compter du lendemain matin. Juste à y penser, elle réprima un haut-le-cœur.

Elle n'en pouvait plus. « Je veux retourner chez moi. Je ne veux plus de tous ces tracas ! Je veux retrouver ma petite vie tranquille », aurait-elle eu envie de hurler. Une petite voix intérieure domina aussitôt son désespoir. « Retrouver ta petite vie tranquille ? Ta vie plate, tu veux dire. Cette vie à laquelle tu as tant espéré tourner le dos ! Tu veux revivre ça ? »

La religieuse devinait-elle sa détresse ? Désirant la rassurer, elle posa la main dans le dos d'Anne et y appliqua un léger mouvement de va-et-vient.

— Tout va bien, tout va bien. Assoyez-vous là, dit-elle en la conduisant vers une chaise droite. Je vous fais un petit pansement.

Combien d'enfants sœur Lemieux avait-elle vus sombrer dans la dépression après quelques jours ou quelques semaines à Nazareth ? De toute évidence, Anne Alarie avait besoin d'un répit.

— Je vous propose de découvrir les trésors de cette pièce. Vous en ferez l'inventaire avec votre guide attitrée. Par la suite, si le cœur vous en dit, vous pratiquerez l'activité de votre choix. Ça vous plaît ?

La gentillesse de sœur Lemieux réussissait presque à lui faire oublier la Sainte-Judith, qu'elle imaginait penchée sur sa lettre. Elle refusa d'en anticiper les conséquences et secoua la tête.

— Ma suggestion ne vous convient pas ? s'étonna Clémentine Lemieux.

— Non, non, ma sœur. Ça me va. J'étais perdue dans mes pensées. Je vous remercie de votre compréhension.

— Vous verrez, mademoiselle Alarie, tout ira de mieux en mieux. N'oubliez pas que vous êtes en période d'adaptation. Donnez-vous une chance !

Sœur Lemieux appela ensuite Philomène.

— On a besoin de vous à l'avant de l'atelier, mademoiselle Marquis. Venez, je vous prie.

6

Anne peinait à se concentrer sur les directives de sœur Beauchemin. Elle s'était laissé distraire par la bonne odeur de lavande des habits de la religieuse, contraste saisissant avec le relent de la salle des toilettes qu'elle avait récurées quelques minutes auparavant. « Une semaine, c'est vite passé, tu verras », lui avait glissé Philomène quand elle avait constaté à quel point son amie était incommodée par les émanations. Trop de filles ne tiraient pas à fond la corde du réservoir. « Quand tu t'occupes des toilettes, lui avait conseillé son amie en début de semaine, tu actives toutes les chasses d'eau dès que tu arrives. » Ce qu'elle faisait maintenant avec empressement. Par chance, le produit nettoyant utilisé masquait presque tout en un rien de temps. Pourvu qu'on lui assigne une autre tâche la semaine suivante.

Anne n'avait jamais lavé de plancher auparavant, à quatre pattes, qui plus est. Sa frustration s'était quelque peu atténuée à la pensée de sa mère et de sa sœur Èva, qui accomplissaient souvent semblables corvées. Ne les avaient-elles pas implorées de lui en confier à elle aussi ?

— Allez, concentrez-vous ! Reprenez les arpèges, mademoiselle Alarie.

— Avant, ma sœur, accepteriez-vous de répondre à une question ?

La veille, au réfectoire des religieuses, sœur Clémentine Lemieux avait parlé de l'extrême nervosité de la demoiselle Alarie. L'hospitalière avait d'ailleurs convaincu leur supérieure, sœur Éloïse Boulanger, d'informer toutes les intervenantes auprès d'Anne Alarie de la surveiller de près au cours des prochains jours. Sa vive réaction à l'atelier l'avait inquiétée au point de craindre un abandon imminent. Sœur Beauchemin accepta donc de consacrer quelques minutes du cours pour permettre à Anne de s'exprimer.

— Posez-la, on verra bien !

— Quand j'étais chez moi, à Saint-Léon-le-Grand, il y avait toujours quelqu'un, dans ma famille, qui me renseignait sur la physionomie des gens...

— Et puis ?

Depuis son entrée à Nazareth, aucune information de ce genre ne lui avait été fournie par qui que ce soit. Son imagination suppléait, mais à quel point était-elle conforme à la réalité ? Anne tenta tant bien que mal d'expliquer la situation à la religieuse.

— Allons droit au but. Qui aimeriez-vous voir à travers mes yeux ?

— Ma guide, Philomène Marquis.

— Livrez-moi d'abord votre perception.

— J'entends de la bonne humeur dans sa voix. À cause de ses intonations chantantes, la plupart du temps, je suppose un regard bienveillant. En lui donnant la main, j'ai cru deviner qu'elle souffrait d'eczéma. Est-elle grande et mince ?

— Oui. Toutes vos déductions sont exactes. Vous voulez savoir si elle est jolie ?

— Bien... oui.

— Malgré un nez presque aquilin, oui, Mlle Marquis est jolie.

— Ses cheveux ?

— Bouclés, d'un blond vénitien. Bon, assez digressé. Au travail maintenant. Mais qu'avez-vous au doigt, mademoiselle Alarie ?

— Je me suis piquée, hier, avec l'aiguille de la machine à coudre. C'est encore sensible, alors je dois garder le pansement.

— Attention à votre passage du pouce lors du changement d'octave.

Anne buta précisément là où son enseignante l'avait arrêtée quelques instants auparavant. Déçue, elle soupira bruyamment.

— Allons, allons, courage ! Sentez plutôt le mouvement de mes doigts. La technique ne s'acquiert pas en une journée !

Sœur Beauchemin s'assit, mit la main de son élève sur la sienne et reprit l'exercice. De tels gestes n'embarrassaient plus la religieuse depuis belle lurette. Pourtant, on lui avait chanté sur tous les tons qu'il n'était pas convenable de toucher autrui, des occasions de péché, même en pensée.

Par chance, sœur Beauchemin avait bien intégré les conseils de sa maîtresse de novices. Cette dernière l'avait encouragée à donner à ses élèves une petite tape dans le dos pour les rassurer, à les prendre dans ses bras pour les consoler, en plus de favoriser l'acquisition de certaines notions par des interventions appropriées.

— Vous avez bien compris ? s'enquit la religieuse en se levant.

— Je l'espère bien !

— Exécution.

Le visage déformé par l'effort, Anne réussit enfin sa montée.

— Bien. Vous allez recommencer, mais sans grimacer, cette fois, et sans vous balancer d'avant en arrière.

Trop souvent, les enfants aveugles arboraient des rictus résultant d'un manque de stimulation visuelle. Ainsi, sœur Beauchemin eut fréquemment à défendre à des élèves énucléés de s'enfoncer les doigts dans les orbites. Combien d'autres se tordaient le cou jusqu'à appuyer la tête sur l'épaule ? Ces tics particuliers aux non-voyants se devaient d'être corrigés si l'on voulait favoriser leur intégration dans la société. Ce matin, Angéline Beauchemin observait le premier tic d'Anne Alarie. Ses parents avaient dû faire preuve de vigilance à cet égard.

Plus Anne s'efforçait de contrôler les muscles de son visage, plus ceux de ses doigts se révoltaient. Sœur Beauchemin éclata de rire.

— Mieux vaut grimacer que d'enfiler toutes ces fausses notes.

Anne ravalait ses larmes.

— Les grimaces en plus des yeux croches, ça doit être beau à voir, ma sœur...

Incapable de maîtriser son désarroi, Anne pleura sans retenue.

Prise au dépourvu, l'enseignante retrouva d'un coup son sérieux et tenta de calmer la situation.

— Voyons, voyons, mademoiselle Alarie, que se passe-t-il ?

À travers les hoquets d'Anne, la religieuse crut déceler la cause de son chagrin.

— Il se passe que j'ai su la semaine dernière... que je louchais beaucoup. Ça me morfond, c'est effrayant...

Clémentine Lemieux avait raison. Cette petite était plus sensible qu'il n'y paraissait.

— Dites-m'en davantage.

— Ça m'obsède, ma sœur. J'y pense chaque fois que je me trouve en présence d'un voyant... Ça me réveille la nuit !

Honte et soulagement bataillaient ferme. Hormis sœur Angéline Beauchemin, à qui pouvait-elle se confier ? À Philomène ? Non. La faible vision de son amie ne lui permettait pas de remarquer son strabisme. Jamais encore elle ne s'était retrouvée seule dans une pièce avec une religieuse, sauf à ses cours de piano.

Un bras réconfortant lui entoura les épaules.

— Je connais quelqu'un qui pourrait vous aider.

— Vraiment ? s'exclama Anne, pleine d'espoir.

— Je crois.

Ce quelqu'un auquel sœur Beauchemin faisait référence, était-ce Dieu ? Sans vouloir dénigrer sa puissance, Anne ressentit une vive déception. Un être en chair et en os conviendrait mieux dans les circonstances.

— Quand cette personne sera-t-elle en mesure de venir à mon secours ?

L'urgence dans la voix d'Anne fit sourire la religieuse.

— Votre impétuosité est légitime, mademoiselle Alarie. Si tout se déroule comme d'habitude, quelques jours suffiront avant d'obtenir un rendez-vous. Nous avons récemment reçu une lettre de votre papa nous autorisant à consulter un spécialiste. Son appui va accélérer les procédures.

Anne poussa un soupir de soulagement. Si son père était en cause, il y avait peu de risques que Dieu le soit en même temps.

Lors de la rencontre hebdomadaire des religieuses le mardi précédent, sœur Éloïse Boulanger leur avait lu la missive de Napoléon Alarie.

— Ce quelqu'un que vous connaissez, ma sœur, est-il docteur ?

— Mais bien sûr ! On ne vous confierait pas à un charlatan.

Charlatan. De mauvaises langues parlaient ainsi de son père alors qu'il avait un don indéniable de guérisseur. Néanmoins, Anne dut admettre qu'elle préférait, cette fois, être examinée par un véritable médecin.

— Votre père me semble très impliqué dans votre éducation.

— Il l'est, ma sœur. J'aimerais tant que vous le rencontriez !

— Si l'occasion se présente…

Dans l'expectative de recevoir des nouvelles de l'Institut Nazareth, Napoléon se présenta au bureau de poste de Saint-Léon pour une troisième journée d'affilée. Une odeur de teinture et de colle imprégnait la pièce située juste au-dessus de la cordonnerie d'Aristide Peltier, grand-père d'Antoine. Deux ans auparavant, le vieillard avait dérouté son entourage en annonçant son remariage à la pétulante Rosanne, postière et chapelière, veuve depuis peu, comme lui.

Une voix enjouée l'accueillit.

— Bonjour, Napoléon ! Devine ce que j'ai pour toi !

Rosanne agitait une enveloppe sous son nez.

— Tu me dis pas ! Enfin !

Le ramancheur voulut s'emparer de la précieuse missive, mais Rosanne la cacha dans son dos.

— Attends, Napoléon, j'aimerais te confier quelque chose, mais ça me gêne…

— Depuis le temps qu'on se connaît, il me semble qu'entre nous la gêne n'a pas sa place.

— Il s'agit de M. Peltier.

Rosanne appelait encore son mari ainsi. Dans l'intimité, nul ne savait ce qui se passait, mais la jovialité du couple laissait supposer une réelle complicité.

— Je suis allé le saluer voilà moins de deux minutes et il m'a paru en grande forme.

— Il était assis ?

— Euh… oui.

— Si tu le voyais quand il se lève, il n'est pas reconnaissable. Il souffre sans bon sens. Napoléon ! Il marche comme un vieux !

Napoléon n'osa pas lui rappeler que son mari avait plus de soixante-dix ans, et que les hommes mouraient en moyenne aux environs de quarante ans. Par conséquent, Aristide Peltier était un vieillard.

— Ça fait longtemps qu'il endure ce mal ?

— Depuis samedi dernier.

— A-t-il forcé ou fait un faux mouvement ?

Rosanne devint écarlate.

— Les deux, Napoléon… Il m'honorait de la belle façon quand il a tenté de me soulever pour me transporter dans le lit.

L'honorer ? Ailleurs que dans le lit ? Doublement étonné, Napoléon s'efforça de demeurer impassible.

— Suggère-lui de venir me voir.

— Ça ne sera pas facile. Il refuse de consulter son propre petit-fils. Je pense qu'il a peur qu'Antoine lui demande comment c'est arrivé… Je suis découragée. C'est plus vivable pour moi, imagine pour lui !

Napoléon mourait d'envie de lire sa lettre, mais il prit le temps de compatir à l'inquiétude de Rosanne.

— Il a dû se faire un bon tour de reins. Parfois, ça revient tout seul, mais c'est plus long. Dis-lui que je suis à la maison pour le reste de la journée au cas où il aimerait venir me voir… Mon enveloppe, Rosanne ?

— En réalité, tu as reçu deux lettres de Montréal, provenant de personnes différentes. Une chance que t'es connu comme Barabbas dans la Passion, parce que celle-ci n'a même pas d'adresse !

S'efforçant de ne pas sortir à la course, Napoléon quitta Rosanne, son courrier à la main. Postée le lundi précédent, la lettre en provenance de l'Institut Nazareth avait été envoyée à M. et Mme Napoléon Alarie. Le second expéditeur n'était nul autre que Zéphirin Lavergne, le typographe de Montréal.

Incapable d'attendre, Napoléon se hâta vers les berges de la Chacoura, là même où il avait souvent amené Anne. Pierrette comprendrait qu'il désire déchiffrer la lettre en braille avant de la lui lire.

Aussitôt hors de vue, il déchira l'enveloppe. L'écriture était identique à celle de l'adresse et non en braille…

Bonjour papa, bonjour maman,
Comment allez-vous ? Comment vont mes frères et mes sœurs ? Sarah aime-t-elle sa nouvelle enseignante ?

Se soucier de sa famille avant toute chose, voilà bien sa fille. Comme elle lui manquait ! Les deux dernières semaines s'étaient écoulées au compte-gouttes. À plus d'une reprise, Pierrette avait été dans l'obligation de lui rappeler qu'il avait à se préoccuper d'une femme et de six autres enfants.

Napoléon remit les précieux feuillets dans l'enveloppe. Les nouvelles étaient encourageantes. Il ne décelait aucune trace d'abattement. Peut-être un peu d'ennui ? Il porta le papier à ses lèvres.

La lettre d'Anne était attendue, mais celle de Zéphirin Lavergne le prit par surprise. Que lui voulait le typographe ?

Cher monsieur Alarie,

Depuis notre rencontre du 2 septembre dernier, vous et votre fille habitez souvent mes pensées. Le départ de ma bien-aimée me tourmente. Je souffre de solitude, ce n'est pas disable. Le dimanche, c'est ma pire journée.

Les pensionnaires de Nazareth ont la permission de recevoir des invités ce jour-là. Croyez-vous que, de temps en temps, ça ferait du bien à votre fille d'avoir du parloir ? On se rendrait mutuellement service. J'aurais des tas d'histoires de journalistes à lui raconter. Si je l'ennuie, ne craignez rien, je cesserai mes visites sur-le-champ. J'ai pris la liberté de m'informer auprès de la religieuse à la réception, juste pour savoir si c'était possible. Elle m'a répondu que je devais avoir un accord écrit de son père.

Pensez-y. Vous retrouverez mon adresse à l'endos de l'enveloppe.

Notre rencontre en face de la basilique Notre-Dame m'apparaît encore providentielle. Ce serait avec joie que je m'entretiendrais de nouveau avec vous. Si l'idée de récidiver se présente, faites-moi signe lors de votre prochain séjour à Montréal. Et n'oubliez pas mon offre en rapport avec votre fille.

Déconcerté par une telle proposition, Napoléon ne s'y opposait pas d'emblée. Cependant, il ne ferait rien avant d'en avoir parlé à Pierrette, encore moins sans l'accord d'Anne.

Quelque chose le chicotait. Il sentit le besoin de relire la conclusion de la lettre d'Anne.

Toutes les religieuses de Nazareth sont très gentilles. Ces femmes si généreuses, si dévouées au nom de Jésus-Christ ne méritent que des éloges.

« Ma parole, après tout juste une semaine de cohabitation, v'là ma petite fille qui parle comme une nonne ! Qu'est-ce que ce sera l'été prochain ? »

Il y a bien plus de bons moments ici que de mauvais.

Plus de bons moments que de mauvais... Les mauvais, quels étaient-ils ? Anne les taisait. Ça ne lui ressemblait pas, elle si ouverte, si transparente. Il y avait anguille sous roche.

Ses brûlements d'estomac recommencèrent avec une soudaineté qui le laissa pantois. Aucun symptôme ne l'avait incommodé depuis sa consultation du jeudi précédent, avant même qu'il entame sa médication. Sa conversation avec Antoine – mieux, son aveu – l'avait libéré de son angoisse. Se pouvait-il qu'une émotion cause de réels problèmes physiques ? Il en avait maintes fois discuté avec Antoine. Pour l'heure, ces constats relevaient de la médecine empirique. Antoine s'était fait traiter d'illuminé lorsqu'il avait abordé le sujet avec le vieux Dr Lebel.

Pas plus tard que dimanche, il se rendrait en personne à Nazareth. Pierrette avait une peur maladive du train, elle refuserait de l'accompagner. Qu'en serait-il d'Antoine ?

Au moins à cinq reprises au cours de la dernière semaine, Mathias Vézina avait réussi, à l'insu de sœur Poirier, à glisser quelques mots tous plus troublants les uns que les autres à l'oreille d'Anne. Elle avait songé à le rabrouer, mais, tout compte fait, elle n'en avait aucune envie. Qu'en serait-il ce matin ?

Philomène connaissait tout des agissements de Mathias, mais peu des sentiments d'Anne à son égard. Assise à ses côtés dans la salle de récréation, Philomène tentait de déculpabiliser son amie.

— L'as-tu déjà encouragé ?

— Non, mais je ne l'ai pas découragé non plus. Ma mère dit toujours : « Qui ne dit mot consent. »

— Je comprends, mais ta mère ne vit pas ici. Toi, tu n'as pas le droit de répondre à Mathias. Ton silence ne signifie donc pas un consentement, il traduit ton obéissance, ce n'est pas pareil, ça.

Philomène… Comme elle lui faisait du bien ! La période d'accompagnement tirait à sa fin. À compter de la semaine suivante, Anne devrait circuler seule. Par la suite, les deux amies auraient peu d'occasions de profiter d'un tête-à-tête, même pendant les tâches du matin. Déjà que Florida et Azilda se joignaient bien trop souvent à elles pendant les récréations.

— Anne, savais-tu que Mathias apprend le piano ?

— Je m'en doutais…

— Après Azilda Labelle et Aurore Lanctôt, je pense qu'il est le plus talentueux.

— Aurore Lanctôt ? C'est rare qu'on l'entend, celle-là, hein, Philomène ?

— Toujours dans son coin ou dans une salle de pratique, elle ne parle à personne, à moins qu'on s'adresse à elle, mais c'est facile d'oublier quelqu'un quand tu ne vois pas clair.

Une cloche les appelait. La géographie, matière qu'Anne aimait en dépit de son sérieux retard, était à l'ordre du jour en ce vendredi avant-midi.

— S'il se produit autre chose concernant Mathias, tu me diras tout, Anne, d'accord ?

— Promis.

Le cœur battant, Anne se dirigea vers l'arrière de la classe. Silence. Pas un souffle dans son cou. Mathias était-il absent ? Mais non, elle l'entendit déposer un livre sur son pupitre. Comme elle ne répondait aucunement à ses petites attentions, il avait peut-être abdiqué. À cette pensée, une vive déception la gagna. Elle dut s'avouer qu'elle avait pris goût aux sensations qu'éveillait Mathias. « Il cesse juste au moment où Philomène me convainc que je ne suis coupable de rien. Par contre, elle ignore ce que je ressens. Je suis toute mêlée ! Hé que je ne suis pas chanceuse ! »

La voix de sœur Poirier la tira de sa réflexion.

— La semaine dernière, nous avons étudié la géographie de l'Aquitaine et, aujourd'hui, nous ferons une petite tournée dans la région voisine, plus à l'est, en Auvergne. Approchez-vous à l'avant pour bien situer ce département sur la carte. On commence par les deux rangées de gauche, mais que tout le monde demeure attentif.

Lors d'un de ses multiples voyages, l'abbé Rousselot avait rapporté de Paris des cartes en relief, confectionnées expressément pour les aveugles. À son décès, le 31 août 1889, les Sœurs grises de Montréal et les enfants de Nazareth avaient perdu leur plus précieux bienfaiteur. Sœur Poirier se souvenait avec émotion des funérailles de cet altruiste de la Compagnie des Prêtres de Saint-Sulpice, un demi-voyant dévoué à de nombreuses œuvres. Les hauts dirigeants des établissements qu'il avait fondés depuis son arrivée à Montréal en 1854, soit le Jardin de l'enfance Saint-Joseph, l'Hôpital Notre-Dame, l'orphelinat catholique de Montréal, l'abbaye d'Oka et, bien entendu, l'Institut Nazareth, lui avaient livré un vibrant hommage.

— En place, comme d'habitude. Vous regagnerez votre pupitre après votre intervention.

Huit des quatorze élèves du groupe des aînés se levèrent dans l'allée et se mirent en file indienne. Anne devina la présence de Mathias tout près. Quel ne fut pas son étonnement quand elle sentit un doigt descendre en douceur dans son dos ! « Jusqu'où osera-t-il aller ? » se demanda-t-elle, sidérée. Il eut la décence de s'arrêter à sa taille, mais l'audace de remonter jusqu'à ses omoplates. Ses jambes flageolaient. Une chaleur intense l'habitait. Cette sensation la troublait au plus haut point. Était-ce un péché ? Impuissante, elle dut s'avouer que, loin de lui déplaire, elle aimerait que l'expérience se répète.

À la pensée que Mathias cesse de s'intéresser à elle, Anne avait ressenti de la tristesse. Était-elle infidèle à Arthur ?

— À vous, mademoiselle Bérubé. Au premier abord, qu'est-ce qui vous frappe ?

Agnès Bérubé occupait le premier bureau en entrant. Malgré ses seize ans, elle était la plus petite, mais aussi la plus talentueuse du groupe. Son attitude peu amène repoussait les autres, sans compter son agaçante manie de croire que l'on parlait sans cesse d'elle dans son dos.

Son doigt suivait le pourtour de la carte, délimitée par une corde trempée dans de la colle.

— L'Auvergne a la forme allongée d'une poire, le nord bien plus mince que le sud.

Agnès connaissait bien la configuration de la poire puisque tous les fruits courants étaient exposés sur les tablettes de l'atelier, véritable musée scolaire que les pensionnaires avaient le loisir d'explorer lors des congés hebdomadaires, les jeudis et les dimanches. La plupart des fruits avaient été façonnés dans de l'argile cuite au four, puis recuite après avoir été recouverte de glaçure afin de leur donner une texture agréable au toucher.

— Bonne description, mademoiselle Bérubé.

Sœur Poirier sourit de contentement. Agnès avait identifié les points cardinaux plutôt que de se référer à la notion de haut et de bas. Cet exercice favorisait l'orientation dans l'espace, aptitude que bien peu d'enfants possédaient avant leur admission à Nazareth.

— À vous, mademoiselle Jasmin. Dites-nous à quel type de relief nous avons affaire.

Florida s'appliqua à promener ses deux mains sur la surface de la carte.

— C'est très montagneux, ma sœur. La ville la plus importante est-elle Clermont-Ferrand ?

Personne ne vit l'ébahissement de l'enseignante.

— Bonne déduction. Tout le monde sait comment Mlle Jasmin y est arrivée ?

Anne connaissait la réponse, mais, encore troublée par le geste de Mathias, elle n'osa intervenir, craignant que les intonations de sa voix ne trahissent son émoi.

De son pupitre, Ubald, le virtuose du *typewriter*, rétorqua aussitôt.

— Clermont-Ferrand doit être écrit en gros caractères.

— Exact, monsieur Fortin.

À l'aide de clous, le concepteur de la carte avait inscrit en braille les noms des plus hautes montagnes, des villes les plus importantes et des principaux cours d'eau. En quelques secondes, Florida avait réussi à déduire que l'appellation la plus imposante se référait au chef-lieu du département.

Anne attendit son tour avec fébrilité. Saurait-elle fournir une bonne réponse comme la plupart de ceux et celles qui l'avaient précédée ?

— Mademoiselle Alarie, nommez-nous trois des cinq fleuves d'Auvergne.

Pourquoi ressentir ce trac ? Ses mains tremblaient.

— Reprenez au nord, mademoiselle. Faites-vous confiance.

Ne plus sentir la présence de Mathias dans son dos aida Anne à retrouver ses esprits. Grâce aux cannelures, elle décela les cours d'eau, puis leur identification en braille à proximité. Hésitante au départ, elle gagna de l'assurance et repéra la Loire et l'Allier. Visiblement incrédule, elle nomma le troisième.

— Le Chéri ?

Un éclat de rire général accueillit sa réponse. La voix de Mathias dominait-elle les autres ? Mortifiée, Anne se tourna vers l'enseignante et lui présenta ses deux mains, paumes vers le haut, en signe d'interrogation. La crispation de son visage trahissait sa détresse.

Consciente de la gravité du moment, sœur Poirier réclama le silence et s'empressa de poursuivre ses explications.

— Vous y étiez presque, mademoiselle Alarie. Il s'agit du Cher, un fleuve long de 230 milles et qui appartient au bassin de la Loire.

Les rougeurs d'Anne s'estompèrent et ses traits se détendirent peu à peu.

— Très bien, vous pouvez regagner votre place. L'année dernière, nous avons parlé d'un château de la Renaissance dont une aile formait un pont sur ce cours d'eau. Qui pourrait le nommer ?

Deux mains se levèrent. Anne n'en avait pas la moindre idée. Sœur Lumina Poirier donna la parole à Agnès Bérubé.

— Chenonceau, ma sœur.

— Bravo. À votre tour, monsieur Vézina.

Le grand gaillard s'avança, puis recula d'un pas.

— Ma sœur, pourquoi nous enseignez-vous la géographie de la France plutôt que celle du Canada ou de la province de Québec ? Ça nous serait bien plus utile…

Anne fut parcourue d'un frisson. La voix de Mathias lui rappelait tant celle d'Arthur ! Arthur… Elle avait rarement pensé à lui ces derniers temps.

— La réponse est simple, monsieur Vézina. Nous n'avons aucun plan en relief de notre pays. Tout nous vient de France. Un jour, ce sera différent, mais, quelle que soit la carte à explorer, vous saurez y transposer les habiletés que vous développez en ce moment.

Il ne restait que deux garçons dans la classe des aînés. Tous les autres avaient abandonné après la quatrième ou la cinquième année. On notait une situation similaire dans le système public. À peine la moitié des enfants d'âge scolaire fréquentaient l'école et la plupart la quittaient vers les dix ou onze ans, peu après leur première communion.

Sœur Poirier observa ses élèves. Combien se rendraient jusqu'à la dixième année ? Il s'agissait du degré le plus élevé du cursus de Nazareth, équivalant à une huitième année. Suivant la norme, il fallait compter quatre ans pour couvrir l'élémentaire, deux pour le niveau modèle et, enfin, deux pour achever le programme.

Une année préparatoire dédiée à l'initiation au braille et à l'enseignement religieux s'imposait. Dans la tradition des

Sœurs grises, le catéchisme représentait la science des sciences. Bien entendu, à Nazareth, en parallèle avec les cours réguliers, un nombre important d'heures chaque jour était consacré à la musique ou à l'acquisition d'un métier. Une année supplémentaire était donc requise pour assurer ces apprentissages. Pour ce faire, deux années avaient été ajoutées au programme officiel adopté par le Conseil de l'instruction publique.

Dès 1868, l'Institut Nazareth avait été subordonné à la juridiction de la Commission des écoles catholiques de Montréal et, depuis ce temps, un inspecteur le visitait deux fois par année. Le personnel enseignant de Nazareth constatait avec fierté que, année après année, non seulement leurs élèves étaient soumis aux mêmes épreuves que ceux du secteur public, mais ils obtenaient des résultats égaux ou supérieurs à la note moyenne de la totalité des écoles de la CÉCM.

La rigueur et l'organisation adaptée à la clientèle aveugle portaient leurs fruits.

— Alors, monsieur Vézina, combien de départements retrouve-t-on en Auvergne ?

7

En ce dimanche 16 septembre, une accumulation de coïncidences avait conduit Napoléon à la résidence du notaire Barnabé Lanthier, l'oncle du Dr Antoine Peltier. Dans moins d'une heure, il retrouverait sa fille bien-aimée.

Le vendredi précédent, il avait confié à Antoine son désir de retourner à Montréal. D'entrée de jeu, son ami avait accepté de l'accompagner. Comme il se rendait justement visiter l'abbé Lachapelle à Louiseville, Antoine lui avait proposé de faire un détour par la gare et de vérifier les horaires du train dominical à destination de la métropole. Du presbytère, Antoine avait fait un appel au cabinet de son oncle Barnabé et l'avait informé de leur projet. Le notaire avait insisté pour aller les chercher à la gare Windsor, les emmener dîner chez lui, puis les conduire à Nazareth.

Tante Elizabeth ne tenait pas en place.

— Je suis si heureuse de te revoir, Antoine. Tu nous manquais tant ! Tu dois venir plus souvent à Montréal. *It's a must*. Deux fois par année, ce n'est pas assez, *so*... Quant à vous, Napoléon, vous serez toujours le bienvenu chez nous, avec ou sans notre Antoine. Ses amis font partie de la famille.

L'accent chantant de l'Irlandaise et son accueil chaleureux ravirent Napoléon. La gentillesse de ses hôtes ne le distrayait pas du désir de retrouver sa fille au plus tôt, le plus tôt étant quatorze heures, à l'ouverture du parloir.

Selon une tradition établie dès le début de son mariage, tante Elizabeth servait un rosbif le dimanche soir. Étant donné qu'il s'agissait du plat préféré d'Antoine, elle avait dérogé à la règle ce midi et présenté à chacun une assiette remplie de viande saignante nappée de sauce brune et accompagnée d'une purée de pommes de terre.

— Que de bons souvenirs, tante Elizabeth. Merci ! Avez-vous des nouvelles de Benjamin ?

Pendant des mois, quelques années auparavant, le couple avait hébergé Benjamin Ricard, le meilleur ami d'enfance d'Antoine.

— Il est venu après la messe, dimanche dernier, avec Célina et leur fils Médéric. On les reçoit toutes les deux ou trois semaines. Il n'y a que le petit qui change. *So...*

— À cet âge-là, les enfants grandissent à vue d'œil. Pas de bébé nouveau à l'horizon ?

— Hé non. Je n'ose pas trop m'informer, *you know...*

L'attitude troublante de Benjamin à l'égard d'Antoine, les quelques fois où Elizabeth les avait vus ensemble, la dérangeait encore. À mots couverts, elle avait interrogé Barnabé, mais elle semblait bien la seule à croire que Benjamin ressentait plus que de l'amitié pour son cher neveu.

— Et toi, tu en as, du nouveau ?

— Bien non ! Je dois vous avouer que Michelle se fait beaucoup de mauvais sang à cause de ça.

Toute sa vie, Elizabeth avait souffert de ne pas avoir d'enfant. Elle était à même de comprendre la déception de la deuxième épouse d'Antoine, aux petits soins avec Loulou, issue de son premier mariage.

— Et vous, Napoléon, avez-vous une grosse famille ?

Napoléon parla brièvement de chacun de ses six autres enfants, mais ne put s'empêcher de revenir à Anne.

— Ça me crève le cœur de la savoir seule le dimanche quand plusieurs de ses compagnes ont du parloir. Moi, je n'ai pas les moyens de me payer le trajet en train chaque semaine, c'est bien évident, et ma femme a une sainte peur des chemins de fer. Juste à penser prendre les gros chars, elle en tremble.

— Mais moi, je pourrais aller la voir, votre fille ! s'exclama Elizabeth. Ça me ferait bien plaisir. Vous viendriez me conduire, pas vrai, Barnabé ?

Dérouté devant l'improvisation de son épouse, le notaire demeura muet. Piqué au vif, Napoléon réagit avec précipitation.

— Je comprends que ça puisse vous déranger.

Barnabé reçut un coup de coude discret.

— Ne vous méprenez pas, ma chère. Je vous y accompagnerais avec empressement ! Ne serait-il pas préférable que votre fille sorte de temps en temps ? Nous pourrions l'amener ici.

— *My God ! What a good idea !* On la prendrait après la messe, puis je lui servirais un bon repas.

Elizabeth s'arrêta net.

— Aurions-nous la permission, Napoléon ?

— Dès cet après-midi, j'en parle avec Anne et, si elle d'accord, ce dont je ne doute pas, je ferai en sorte que vous ayez la permission des religieuses. Ce pourrait être un dimanche sur deux, car un ami m'a aussi offert de la visiter. Je vous écrirai en début de semaine et je vous suggérerai un horaire pour ne pas vous y retrouver tous le même jour.

« Comme les choses s'arrangent », songea Napoléon, délivré d'un poids considérable.

Barnabé se leva et invita les hommes à le suivre au salon.

— J'ai un excellent cigare pour vous. Nous avons le temps d'en déguster au moins un avant notre départ.

Au début de l'été, le notaire avait troqué ses cigarettes françaises Jockey Club à dix cents le paquet pour de savoureux cigares à cinq cents l'unité. Barnabé n'était plus à l'ère des économies, mais bien à celle des petites douceurs qu'il partageait volontiers avec quelques relations triées sur le volet, son neveu Antoine en tête de liste.

Pour la première journée depuis son arrivée à l'Institut Nazareth, Anne se déplaçait seule dans l'immense bâtisse. Sa liberté la grisait. L'euphorie la gagna lorsqu'elle emprunta l'escalier vers le département de musique où elle répéterait *Rêve d'amour*. Dès que ses pensées vagabondaient, cette mélodie l'habitait.

La salle numéro trois lui était réservée à cette heure. Elle se dirigea vers la bibliothèque où s'empilaient les partitions, repéra la sienne et, sans prendre la peine de s'asseoir, laissa courir ses doigts sur les points en saillie qu'elle traduisit mentalement en fredonnant les notes. Puis, au piano, elle joua de la main droite les mesures lues de la gauche.

À l'encontre des voyants capables d'embrasser d'un coup d'œil une phrase musicale sur deux portées, Anne ne disposait que d'une main pour jouer ce que l'autre décodait du bout des doigts. Selon Angéline Beauchemin, les musiciens aveugles devaient développer leur mémoire de façon exceptionnelle s'ils voulaient accéder aux cours avancés et assimiler les pièces en un minimum de temps.

Même si l'apprentissage de la graphie musicale braille s'avérait plus ardu qu'elle ne l'avait pensé, Anne avait réussi à retenir en entier la première section de la partition se référant à la main droite. Elle prolongea son déchiffrage afin de surprendre sœur Beauchemin le lendemain matin.

Tout excitée, Florida fit irruption dans la pièce.

— Vite, Anne ! T'es demandée au parloir.

— Hein ? Il doit y avoir erreur !

— Bien non. La Sainte-Judith m'a ordonné de venir te chercher. Grouille-toi !

Anne se rendait sans problème au dortoir, au réfectoire, en classe, à la salle d'exercices, à la cour de récréation, mais, affolée, elle prit conscience que la localisation du parloir lui était inconnue.

— Mon Dieu, Florida ! Par où on passe ?

— J'y retourne. Suis-moi.

Parfois, Anne ressentait des pointes de jalousie quand Florida s'adressait à Philomène, et ce, au moment où elle s'y attendait le moins. Cependant, elle dut reconnaître qu'elle l'appréciait de plus en plus.

Les filles montèrent jusqu'au premier et bifurquèrent à gauche.

— Je croyais que la Sainte-Judith surveillait celles qui n'avaient pas de visite pendant qu'elles écrivaient une lettre à leurs parents !

— Chut ! Pas si fort ! On est presque arrivées. T'es dans une école d'aveugles, ici, pas de sourds ! Je te rappelle, chuchota-t-elle, que les trois hospitalières font la rotation le dimanche entre le parloir, l'atelier et la salle de classe.

Sœur Sainte-Judith vint à leur rencontre et prit le bras d'Anne.

— Merci, mademoiselle Jasmin. Votre tante retarde. Attendez dans le corridor.

Plusieurs fois, au cours de la dernière semaine, Anne s'était retrouvée en présence de Sainte-Judith et en aucun temps la religieuse n'avait fait allusion au contenu de sa lettre, si irrévérencieux à son égard. Inconfortable à l'extrême, Anne ignorait quelle attitude adopter !

Adossées aux murs, deux rangées de chaises alignées face à face favorisaient la conversation.

— Assoyez-vous, je vais les chercher.

« Les » ? Il y avait donc plusieurs personnes ? Le mystère s'élucida bientôt.

— Bonjour, ma grande, dit Napoléon en déposant une boîte près de sa main.

— Bonjour, Anne.

La jeune fille reconnut aussitôt la voix du meilleur ami de son père.

— Papa ? Docteur Peltier ? Que faites-vous ici ? Avez-vous une mauvaise nouvelle à m'annoncer ?

— Comment ça, une mauvaise nouvelle ? s'étonna Napoléon.

— Bien, vous ne deviez pas revenir avant les fêtes !

— T'es pas contente de nous voir ?

Anne devinait la présence de sœur Sainte-Judith tout près, elle la sentait aussi au sens propre du terme. Pourquoi ne s'éloignait-elle pas ? Elle aurait tant à dire à son père.

— Mais oui, papa, j'en suis très heureuse ! Alors, comment ça va à la maison ?

Chacun des membres de la famille avait préparé un petit mot à l'intention d'Anne, que Napoléon avait pris soin de transcrire en braille afin de permettre à celle-ci de les relire à volonté. Dès que la surveillante le vit remettre un papier à sa fille, elle s'interposa.

— Veuillez me remettre cette feuille, monsieur. Le règlement nous oblige à vérifier toutes les communications, qu'elles entrent ou sortent de la maison. Même mesure pour les paquets apportés à nos élèves.

Contrairement à Napoléon, Antoine ne s'étonna pas de cette directive, appliquée dans presque tous les pensionnats régis par des religieux. Le séminaire de Trois-Rivières que fréquentait son jeune frère Arthur observait une coutume similaire. Pour sa part, comme il était demeuré chez son oncle et sa tante pendant toute la durée de ses études classiques, il n'avait pas eu à subir cette pratique disciplinaire.

La surveillante lut les messages, remit la feuille à Napoléon et hocha la tête en signe d'assentiment. Elle inspecta ensuite le contenu de la boîte et y inscrivit une note d'approbation. Napoléon reconnut aussitôt la calligraphie. À n'en pas douter, la revêche sœur Sainte-Judith avait transcrit la correspondance d'Anne. Ses manières dénotaient autant de mordant que son écriture. Sans plus de façon, elle s'éloigna dans un bruissement de tissu.

— Avez-vous reçu ma lettre, papa ?

D'instinct, Napoléon baissa le ton.

— C'est justement à cause de ça que je suis ici. Plutôt que de te répondre, je suis venu. Dis-moi la vérité, Anne. Es-tu bien, à Nazareth ? Pendant qu'on t'attendait, tantôt, sœur Sainte-Judith nous a raconté que tu éprouvais quelques difficultés.

« Ma seule véritable difficulté, c'est elle », aurait-elle eu envie de hurler. « Faux, s'objecta une autre partie d'elle-même, puisque tes yeux croches te hantent, tu as trop souvent à subir la présence agaçante d'Azilda Labelle, Mathias Vézina te trouble, tu n'as pas encore réussi à patiner à roulettes comme il se doit, tu t'es piqué le doigt et ça nuit à tes répétitions de piano, tu as fait rire de toi au cours de géographie, et j'en passe. » Par contre, elle avait surmonté certaines contrariétés et elle résolut de livrer celles-là.

— J'étais démoralisée la semaine dernière.

— Et là tu ne l'es plus ? Raconte-moi.

— Euh...

Anne ne savait par quel bout commencer sans aviver l'inquiétude de son père ou l'acrimonie de Sainte-Judith, toujours dans les environs.

— Aimerais-tu mieux que j'attende dans le corridor, Anne ?

— Oh ! Non, docteur Peltier. Ça me fait bien plaisir que vous soyez là. Ce que j'ai à dire à mon père aujourd'hui, vous pouvez l'entendre. Bon... mon presque plus grand irritant, je l'ai vécu dans le cadre de mon cours de piano.

— Hein ? Toi qui voulais tant apprendre le piano ici !

— Dans ma lettre, je vous ai précisé : « Si vous saviez comme j'aime mes cours de piano... mais seulement depuis vendredi, jour où j'ai commencé à m'initier à la notation musicale en braille ». Vous en souvenez-vous ?

— Asteure que tu le dis...

— Bien, le lendemain de mon arrivée, lors de mon premier cours de piano, mon enseignante m'a informée que je devais parfaire ma formation auditive et théorique, en plus de lire des partitions en braille avant de poursuivre mes leçons de piano. En temps normal, ça prend toute une année. Vous imaginez mon découragement... et je ne l'ai pas caché à sœur Beauchemin.

— Qu'est-ce qui l'a fait changer d'idée ?

— Mon âge, ma détermination, mais surtout parce que je maîtrisais l'écriture et la lecture braille, ce qui n'est pas le cas des nouveaux venus à Nazareth. Je vous en remercie tellement, papa !

— Tu dois aussi remercier le Dr Peltier, Anne.

— Je me rappelle fort bien les livres en braille que vous m'avez offerts, docteur. Ça a changé ma vie !

Elle ne vit pas le sourire d'Antoine. Oui, il en était persuadé maintenant, sans son insistance, ses interventions et ses encouragements, jamais Napoléon n'aurait laissé Anne fréquenter cet établissement.

— On m'a même permis d'emprunter une copie de la partition sur laquelle je travaille et, chaque fois que j'ai une minute libre, je l'étudie.

L'enthousiasme d'Anne atténua quelque peu les inquiétudes du père.

— Il s'agissait de ton presque plus grand irritant, rappela Napoléon. Mais dis-moi donc quel est ton plus grand.

L'odeur de Sainte-Judith se rapprochait. L'hospitalière contourna Anne et poursuivit sa ronde.

Tout en gardant ses mains sur la table, Anne pointa un doigt en direction de la surveillante.

— Mais, si ça peut vous rassurer, toutes les religieuses sont très gentilles, excepté elle, articula-t-elle à mi-voix. J'ai hâte de vous raconter ce que je vous écrivais à son sujet dans ma lettre en braille pour voir si elle a tout mis ce que je pensais d'elle. Conservez-la. Vous me la lirez quand je reviendrai à la maison, et on comparera avec mes souvenirs, ajouta-t-elle tout bas.

Sa fille avait bel et bien dit : « Quand je reviendrai à la maison. » Le soulagement de Napoléon réjouit Antoine.

— As-tu d'autres irritants ? Étant donné que la correspondance est scrutée et parfois censurée, mieux vaut en discuter de vive voix.

— Mes yeux croches, c'est bien sûr. Merci, papa, pour votre lettre. Sœur Beauchemin m'en a parlé. Ça va faciliter l'obtention d'un rendez-vous, m'a-t-elle assurée.

Napoléon l'écouta avec attention et ne put déceler la moindre intonation de reproche ou d'agressivité. Il profita d'une seconde de silence et l'informa que, selon toute probabilité, il ne reviendrait pas avant Noël, mais que, si elle le désirait, elle aurait des visiteurs chaque dimanche ou presque. Antoine lui vanta la gentillesse de tante Elizabeth et d'oncle Barnabé, mentionnant que, d'eux-mêmes, ils avaient suggéré de venir la voir.

— Mon ami Zéphirin Lavergne m'a fait une proposition semblable. Si cela te convient, je leur préparerais un horaire.

Sans entrer dans les détails, Napoléon lui raconta sa rencontre avec le typographe, son deuil, sa solitude.

— Ça me plairait, papa, mais… Le parloir dure deux heures. Comme je ne les connais pas beaucoup, j'aimerais qu'ils restent une heure seulement et, ainsi, j'aurais le temps pour vous écrire. J'y tiens…

Elle attendit le passage de Sainte-Judith, puis reprit à voix basse.

— … mais je ne pourrai révéler tout ce que je pense. Au moins, vous aurez l'essentiel. Toute lettre appelle une réponse, hein ?

— Évidemment. Je serai lu, là je le sais, mais tu auras du courrier, promis. Zéphirin et Mme Lanthier ont le téléphone. Je te donnerai leur numéro et je m'assurerai avant mon départ que les religieuses leur permettront de te visiter et qu'elles t'autoriseront à communiquer avec eux si tu as d'autres activités prévues. S'ils ont un empêchement, tu en seras avisée également, de sorte que tu ne les attendras pas pour rien. Ça te va ?

— Oui, papa, ça me va…

Elle se tourna vers Antoine.

— Docteur Peltier, comment se porte Loulou ? Je m'ennuie de mon petit bout de chou ! J'avais l'habitude de la voir chaque jour quand j'allais pratiquer mon piano chez vous.

— Elle va très bien, et je crois que tu lui manques aussi. Pas plus tard qu'hier, elle a montré le piano du doigt en disant: « Elle est où, Anne ? »

Émue, Anne balbutia:

— Dites-lui que je pense souvent à elle…

Elle hésitait à s'enquérir d'une autre personne. Oserait-elle LE nommer ? Sinon, elle risquait d'attendre à son retour à Saint-Léon-le-Grand avant d'entendre parler de lui. Trois longs mois. Elle osa.

— Et votre frère Arthur, comment est-il ?

— Bien, pas plus tard que jeudi, j'étais de passage à Trois-Rivières et je me suis rendu au séminaire. Il m'a annoncé toute une nouvelle. Je t'ai vu discuter avec lui à quelques reprises, Anne, lors de tes répétitions. Sais-tu quelle profession il aimerait exercer plus tard ?

— Oui, il veut devenir un médecin, comme vous.

— Bien là, on dirait qu'il a changé d'avis. Il parle de droit pénal. S'il persiste dans ce choix, il devra s'expatrier à Trois-Rivières ou pire, à Montréal ou à Québec.

La voix enrouée, Anne implora son père de transmettre ses salutations à tous les membres de la famille, en particulier sa mère et sa petite sœur Sarah.

Conscient de l'émotion qui étreignait sa fille, Napoléon lui tapota le bras avec affection, mesurant le poids de la séparation, et pour elle, et pour lui.

— Ne t'en fais pas trop, Anne. Tu auras de la visite chaque dimanche, et nous t'écrirons toutes les semaines.

— Merci, papa. Et vous, docteur Peltier, faites un câlin à Loulou et dites-lui qu'il vient de moi, d'accord ?

Que n'aurait-elle donné pour répéter ces paroles en substituant le nom d'Arthur à celui de Loulou ? Espoir inconvenant.

— Papa, j'aimerais tant vous présenter mon professeur de musique ! M'accorderiez-vous quelques minutes ? J'irais la chercher.

— Bien entendu.

Par chance, Anne croisa sœur Beauchemin non loin du parloir. La religieuse accepta avec empressement de lier connaissance avec le cher papa de son élève.

Alors qu'elle croyait rencontrer un campagnard trapu et sans trop d'éducation, elle se retrouva face à un homme au gabarit imposant, au visage expressif et aux manières raffinées. « Quelle charmante personne », songea-t-elle. Impressionnée par Napoléon Alarie, elle tendit une main distraite au Dr Peltier.

Une cloche annonça la fin des visites.

Anne raccompagna son père et son ami jusqu'à la porte du vestibule et attendit leur départ pour ne pas qu'ils la voient tâtonner le mur. Dans quelle direction se trouvait le vestiaire ? Elle s'entêta à avancer et frôla un doux tissu.

— Pardonnez-moi.

Personne ne lui répondit. Contrariée, elle voulut toucher le bras de cette muette pour s'assurer qu'elle avait compris ses excuses, mais elle s'empêtra dans les rideaux d'une fenêtre. Son orgueil en prit un coup. Elle se tourna avec un peu trop de vivacité et buta contre une religieuse.

— Oh ! Mademoiselle Alarie, pardonnez-moi, j'étais distraite.

Anne savait bien que c'était elle, la fautive. Cette délicatesse l'émut.

La voix douce de sœur Lemieux atténua son irritation.

— Où allez-vous ?

— Au vestiaire, ma sœur. J'ai besoin de mon chandail. Ça fraîchit dehors.

À mi-voix, sœur Lemieux l'informa qu'elle avait emprunté la direction opposée à sa destination. Avec discrétion, elle lui suggéra :

— Suivez-moi, je vous conduis. Referez-vous du patin à roulettes cet après-midi ?

— Je ne suis pas très habile, ma sœur. Je ne peux pas me lancer toute seule… pour l'instant.

La religieuse l'aida à retracer son chandail, puis lui dénicha une paire de patins.

— Voyons si quelqu'un pourrait vous accompagner, dit-elle en ouvrant la porte de la cour de récréation des filles.

Anne espéra qu'elle ne trouverait personne. Un impératif besoin de solitude la submergea. Elle désirait marcher, mettre de l'ordre dans ses idées. À moins qu'elle ne partage son lourd secret avec Philomène. Arthur, avocat. Arthur, de plus en plus inaccessible.

— Tiens ! Mlles Marquis et Labelle, justement chaussées de leurs patins. Vous aurez votre escorte, mademoiselle Alarie.

Avant qu'Anne ait le temps de s'opposer, la religieuse appela les filles. Elle se retira quand Philomène s'exclama :

— Je suis contente, Anne, que tu persistes. Plus tu vas en faire, plus ce sera facile. As-tu tes patins aux pieds ?

— Pas encore. Je viens juste de sortir.

— Pas encore… Je viens juste de sortir, répéta Azilda en se moquant. Je ne sais pas pourquoi tu t'entêtes, Anne Alarie. Moi, je pense que tu n'as aucun talent pour ça. Tu te souviens d'Annette Dufour, Philomène ? Elle a fini par se casser une jambe. Y en a, comme ça, qui ne réussissent jamais.

— Arrête, Azilda, t'es méchante, là, s'interposa Philomène.

Une minute auparavant, Azilda discutait, détendue et taquine. En présence d'Anne, son comportement se métamorphosait du tout au tout. Décidément, il était difficile de les faire cohabiter ces deux-là.

— Tu vas voir si je suis une incapable, Azilda Labelle ! Tu m'accompagnes, Philomène ?

— Oui, oui. Et toi, Azilda, ne sois pas désagréable. On forme un trio, et je le veux harmonieux.

Piquée au vif, Anne s'efforça de mettre en pratique les conseils prodigués par Philomène la semaine précédente. Au moment où elle se donnait un nouvel élan, elle trébucha sur un obstacle imprévu et s'affala de tout son long.

Pendant que Philomène se précipitait pour aider Anne à se relever, sœur Lemieux accourut et leur prêta assistance.

— Montrez-moi ce genou, mademoiselle Alarie.

Son bas déchiré laissait voir quelques égratignures et une bonne ecchymose.

— Je ne comprends pas, ma sœur, pour la première fois, ça allait si bien, dit Anne en se frottant le genou.

— Moi, je comprends fort bien, répondit sœur Lemieux sèchement. Regagnez tout de suite le vestiaire, mademoiselle Labelle, et attendez-moi. Ne bougez surtout pas de là.

Le ton acrimonieux si inhabituel chez la religieuse mit la puce à l'oreille d'Anne. Azilda aurait-elle eu l'audace de la faire tomber exprès ? Après tout, elle en était bien capable.

Une fois seule avec Anne, Philomène suggéra d'arrêter l'activité et de se reposer un peu.

— Il n'en est pas question. Je veux continuer, j'y étais quasiment ! Maudite Azilda.

— Crois-tu qu'Azilda y est pour quelque chose ?

— Bien oui ! Tu as vu de quelle manière sœur Lemieux l'a apostrophée ? Philomène, je suis bien décidée à ne plus me laisser intimider par elle. Tu m'as expliqué son problème, mais je n'ai pas à payer pour ça. On a tous nos problèmes. Si tu n'y vois pas d'objection, on continue. Je vais y arriver et pas plus tard qu'aujourd'hui, ne serait-ce que pour lui clouer le bec.

La détermination d'Anne porta ses fruits. Après une demi-heure à répéter les mouvements consistant à glisser un pied et à pousser l'autre en respectant la cadence, Anne se déplaçait presque aussi aisément que son amie. Tant et si bien que Philomène la jugea capable de patiner tout en conversant sans risque.

— J'ai croisé Florida après le parloir. Pour une fois, sa tante ne s'est pas présentée. Je te dis qu'elle était déçue. Mais toi, il paraît que tu as eu de la grande visite ?

Dans le détail, Anne lui raconta l'essentiel de son entretien et comment elle avait réussi à décrire à son père le comportement désagréable de la Sainte-Judith entre ses allées et venues derrière les tables.

— Elle aurait pu rebrousser chemin sur le bout des pieds pour t'espionner ! Elle en est bien capable.

— Tu oublies l'odeur ! Ça, ça ne trompe pas. Tu crois qu'elle se lave ? Elle sent tellement mauvais !

— Je l'ignore. Mais tu as raison, même sans la voir, on sait à peu près à quelle distance elle se trouve de nous. Dis-moi, qui était avec ton père ?

Voilà l'ouverture attendue. Anne résolut de lui confier son grand secret, sa désespérance.

— J'aimerais m'asseoir un peu, tu es d'accord ? J'ai quelque chose d'important à te dire...

Philomène promena son regard et entrevit l'ombre d'un banc au pied d'un gros arbre.

— À partir de maintenant, tu arrêtes de glisser et tu marches. Attention au rebord de l'allée.

Aussitôt installée, Anne ouvrit son cœur comme jamais elle ne l'avait osé auparavant. Philomène retenait son souffle tant les confidences de son amie la captivaient. En plus de Mathias, voilà que se révélait un troublant Arthur. Décidément, Anne Alarie ne cesserait de l'étonner.

— Philomène, c'est bien simple, quand j'ai appris qu'il pensait devenir avocat et qu'il n'habiterait pas Saint-Léon, j'ai senti que je poursuivais un fantôme. Par chance, la visite tirait à sa fin. Si c'était arrivé avant, je n'aurais pas su expliquer mon chagrin.

— Mais ton père a dû se rendre compte qu'il se passait quelque chose.

— Il a cru que j'étais émue parce qu'il repartait et ne reviendrait qu'à Noël. Cette situation me peinait, mais pas au point de pleurer. Ça, je n'étais pas obligée de le dire.

— Penses-tu qu'Arthur a déjà partagé tes sentiments ?

Tentée de susciter l'intérêt en faisant miroiter une histoire plus belle que nature, Anne hésita. Cependant, si Philomène se livrait, elle détesterait entendre un mensonge.

— Au risque de te paraître plate, je te confie la franche vérité. De mon côté, j'aime Arthur, ça, je le sais. Lui, j'en doute fort.

— Tu dis aimer Arthur et tu es virée à l'envers à cause de Mathias Vézina. Je ne comprends pas.

— Ah bien ça, moi non plus je ne le comprends pas. C'est comme si, avec lui, mon cœur et mon corps étaient déconnectés.

— Ou bien, tu te racontes des histoires, et Mathias est plus important que tu ne le crois.

— Peut-être que je vais changer d'idée en vieillissant, Philomène, mais je ne me vois pas sortir avec un aveugle, encore moins en marier un. On est assez à part comme ça.

— Tu risques de rester sur le carreau.

— J'en suis consciente, mais je préfère le carreau à plus d'exclusion. À Nazareth, je me sens comme tout le monde. Mais avant ma venue ici, et ça sera pareil quand je retournerai à Saint-Léon, j'étais et je serai la seule dans ma condition. Arthur était l'unique garçon de mon âge avec qui je me retrouvais de temps en temps... Pour être franche, je devrais préciser: l'unique gars de mon âge sous le même toit que moi, de temps en temps. On ne se parlait pas souvent... Mais si tu savais tout ce que je lui ai dit dans ma tête ! Tu serais capable d'écrire un roman avec ça. Arthur me permet de rêver. Au fil de mes pratiques de piano chez son frère, le Dr Peltier, je me suis éprise de lui sans bon sens.

— Avais-tu des amies à Saint-Léon ?

— Non, Philomène. Ça, ça ne m'a pas aidée, je t'assure. Je me sentais comme une moins que rien.

— Voyons donc ! Tu as tous les talents ! Tu joues si bien du piano ! Et, en classe, je n'en reviens pas comme tu te débrouilles bien, dans les matières que tu ne connaissais pas à ton arrivée aussi.

— Pas en géographie, en tous les cas. Quand je pense à mon fleuve « Chéri » au lieu de Cher…

Les deux filles s'esclaffèrent. Autant Anne s'était sentie mortifiée au moment de son erreur, autant maintenant elle en riait.

Une douleur soudaine la fit sursauter. Elle porta la main à son genou.

— Damnée Azilda ! As-tu vu mes bas ?

— Demande à sœur Lemieux, elle te les reprisera. Concernant Azilda, depuis que tu es là, elle est devenue un mystère pour moi.

— Faut-il qu'elle m'haïsse vraiment pour me faire un coup pareil !

Philomène lui exprima son incompréhension.

— Avec moi, elle est agréable la plupart du temps, et avec toi c'est l'inverse. Pourtant, tu es si gentille !

Une voix sentencieuse retentit tout près.

— Qu'avez-vous tant à vous dire, toutes les deux ? Ne restez pas en retrait comme ça. Mêlez-vous aux autres.

Les deux filles se levèrent d'un bond. Anne oublia qu'elle était chaussée de patins et faillit tomber à la renverse. Philomène la rattrapa de justesse.

— Lâchez-vous, petites vicieuses !

Sœur Sainte-Judith se tenait juste derrière elles. Les avait-elle espionnées ? Avait-elle entendu des bribes de leur conversation ? Révoltées par l'insinuation, elles s'éloignèrent, évitant cette fois de se prendre par la main.

— Ne t'inquiète pas, Philomène. Je me sens plus sûre de moi.

Un lourd silence s'installa pendant qu'elles empruntaient le chemin du retour. Anne grogna, puis réussit à articuler :

— Elle m'énerve, tu ne peux savoir comment.

— Je peux le savoir. On dirait qu'elle empire d'année en année.

— Ça m'étonne qu'on ne l'ait pas sentie arriver…

— La brise soufflait en sens inverse.

— Elle vient de nous traiter de vicieuses, tu t'en rends compte ? Ça me révolte !

— La Sainte-Judith voit le mal partout, ça, ce n'est pas nouveau.

— Ben pas moi. Tu es mon amie, Philomène, et il n'y a rien de mal là-dedans.

Sœur Lemieux demeura invisible tout le reste de la récréation et Azilda aussi.

8

Lors des jours de congé, les jeudis et les dimanches, les pensionnaires de l'Institut Nazareth suivaient un horaire cadencé à peine moins exigeant que celui des autres jours de la semaine. Les exercices de piété, les travaux manuels et la musique les occupaient du matin au soir. Ces jours-là, la classe se transformait en salle d'étude pendant quelques heures.

D'ordinaire, une surveillante et non leur enseignante supervisait l'exécution de leurs devoirs, mais ce troisième jeudi de septembre faisait exception. Sœur Poirier les avait accueillis sur le pas de la porte.

Une effervescence inhabituelle régnait dans la classe. À n'en pas douter, quelque chose de spécial se préparait. La curiosité des élèves fut vite satisfaite.

— Vous vous souvenez toutes et tous du vendredi 17 novembre 1893 ?

— Le tremblement de terre, ma sœur ! s'écria Ubald Fortin.

— On était au réfectoire, on venait d'être servis, renchérit Philomène.

— On mangeait un bouilli de légumes ce midi-là, ajouta Azilda.

Même s'ils s'étaient exprimés avant de lever la main, sœur Poirier ne les gronda pas. Elle savait à quel point cet événement avait été marquant pour tous, y compris pour le personnel de Nazareth. Étrangement, ces détails insignifiants, comme la température, la tâche du moment, le menu, voire une émotion normalement évacuée dans la seconde, demeuraient gravés dans les mémoires. Pour la première fois de leur vie, sauf dans le cas de la responsable de la cuisine, sœur Albina Toupin, originaire de la Côte-Nord, où un phénomène similaire s'était produit en 1880, personne à Nazareth n'avait connu de gros tremblement de terre. Celui de l'année précédente avait causé une réelle panique qui aurait pu engendrer de fâcheuses conséquences.

Les secousses avaient été d'une telle force que le poêle de la cuisine avait bougé, et le tuyau s'était presque décroché du plafond. Le sol avait oscillé sous leurs pieds, plusieurs assiettes et verres s'étaient fracassés, quelques vitres des réfectoires avaient volé en éclats. Au risque de se blesser, des élèves effrayés s'étaient précipités à l'extérieur. La plupart étaient restés cloués sur place.

Par miracle, tous avaient été épargnés.

Anne s'en souvenait fort bien. On en parlait encore à Saint-Léon-le-Grand. Les vibrations, le bruit sourd, les meubles déplacés, un miroir brisé, tous ces détails ressurgissaient. Mais pourquoi raviver pareille tragédie ce matin, jour de congé qui plus est ? Sœur Poirier ne tarda pas à leur apporter la réponse.

— Notre chère mère supérieure a décrété que, en plus de l'exercice annuel d'évacuation en cas d'incendie, nous aurions, dans les minutes qui viennent, une pratique dans l'éventualité d'un autre tremblement de terre afin que vous sachiez tous ce qui doit être fait ou évité.

Les religieuses avaient eu de nombreuses discussions à ce sujet. Invité par la supérieure, le directeur du poste de police non loin de l'Institut avait proposé une méthode adaptée à leur établissement et à la plupart des foyers. Surtout, ne pas sortir. Pendant un séisme, le sol pouvait se crevasser, les pierres se détacher des murs, les fils électriques risquaient de se rompre, autant de menaces pour la sécurité.

— Voici donc comment nous allons procéder. Pour l'instant, ne bougez pas et portez attention.

Avec une énergie décuplée, sœur Poirier frappa une cloche à huit reprises à l'aide d'un bâton de métal.

— Vous venez d'écouter la durée exacte du tremblement de terre de l'année dernière. Huit secondes, huit secondes inoubliables comme vous avez pu le constater il y a quelques minutes. Pour quelle raison ai-je frappé la cloche plutôt que de la secouer ? Tout simplement pour émettre un son différent de celui auquel vous êtes habitués. Dans l'heure qui va suivre, dès que vous entendrez le premier coup sur la cloche, précipitez-vous sous votre bureau et ne bougez pas.

— On va rester là combien de temps, ma sœur ? intervint Mathias Vézina.

« Cette voix, se dit Anne, tracassée, cette voix me transperce. Parce qu'elle est similaire à celle d'Arthur ou parce qu'elle me rappelle d'agréables sensations ? » Confuse, oui, elle l'était.

— Attendez en silence, ordonna sœur Poirier, j'insiste, en silence. Vous vous relèverez à mon signal, pas avant.

En plus d'éviter le désordre, le silence favorisait l'attention, surtout en l'absence de vision. Comment solliciter l'oreille dans le chaos ?

— N'oubliez pas. Lors d'un tremblement de terre, mieux vaut rester à l'abri quelques minutes de trop que de subir les contrecoups. Je vous distribue des livres que vous transcrirez pendant la prochaine heure à compter de la page marquée d'un signet. Grâce à votre application et à votre persévérance, des copies supplémentaires de ces volumes seront bientôt disponibles. Maintenant, concentrez-vous sur votre devoir.

Difficile de se concentrer dans cette atmosphère survoltée. Utiliser la tablette d'écriture demandait déjà un effort considérable. Divisée en rectangles dans lesquels on poinçonnait les lettres en braille de droite à gauche tout en se représentant les points en relief sous les doigts une fois le papier retourné, pour la lecture de gauche à droite, la tablette comprenait également une réglette pour maintenir la feuille en place.

Sœur Poirier déposa sur chacun des bureaux soit une grammaire, soit un catéchisme, soit un manuel d'histoire sainte, seuls livres transcrits en braille en plusieurs exemplaires, grâce au système d'imprimerie qu'avait rapporté de France l'abbé Rousselot une vingtaine d'années auparavant. On reproduisait les textes à l'aide de caractères mobiles en plomb portant les signes braille que l'on disposait dans un cadre. Un papier humide recouvrait le tout et, en le pressant avec un rouleau, les caractères se transposaient sur le papier.

En outre, comme la plupart de ses compagnes, la religieuse enseignante copiait en braille point par point des ouvrages publiés en noir, pendant les périodes de surveillance ou les rares temps libres, afin d'enrichir la bibliothèque. S'ils étaient soumis aux mêmes exigences que ceux du système public, les élèves de Nazareth disposaient de bien moins de matériel pédagogique. Heureusement, les méthodes d'apprentissage et la documentation avaient été adaptées à leurs besoins.

Anne ouvrit son livre et poussa un soupir de soulagement. Mieux valait une grammaire qu'un petit catéchisme, livre qu'elle connaissait par cœur tant sa mère le lui avait fait répéter. Le froissement des pages témoignait de l'ardeur et de l'habileté de ceux qui avaient acquis cette technique dès leur deuxième année du cours primaire. Exception faite de la transcription, de l'anglais et de la géographie, Anne chevauchait les quatre dernières années du programme, soit de la cinquième à la huitième année.

La vingtième page repérée, elle lut les premières lignes de la main gauche. De la droite, elle saisit le poinçon, mais dès qu'elle tenta de perforer un caractère, la tablette glissa, le livre se referma et toute la procédure fut à recommencer. Exaspérée, elle prit une profonde inspiration. « Si tout le monde réussit, pourquoi pas toi ? » se tança-t-elle.

Sœur Lumina Poirier remarqua la maladresse d'Anne. Elle se pencha au-dessus de son ouvrage et intensifia la pression sur la main gauche de son élève.

— Maintenez un poids plus important sur le livre. Persévérez, mademoiselle Alarie, vous y arriverez.

Au moment où Anne trouva enfin la posture lui permettant un meilleur contrôle de la tablette, le signal du début de l'exercice résonna. Un brouhaha s'ensuivit. Comme tout le monde, Anne tira sa chaise à toute vitesse et se précipita sous son pupitre avec une telle vigueur que son genou heurta le montant de métal. Pour atténuer la douleur, elle étendit la jambe et son pied rencontra un obstacle inattendu. Quand sœur Poirier cessa de frapper la cloche, un « Ouch » retentit derrière elle. Mathias. Elle avait dû l'atteindre au visage.

— Mes chers élèves, je vous félicite. En quatre secondes, vous aviez toutes et tous trouvé refuge sous votre bureau. Ne bougez pas. S'il s'agissait d'un véritable tremblement de terre, des morceaux de plâtre ou des objets tomberaient encore.

Anne se morfondait. Mathias serait-il fâché contre elle ? Pourvu qu'elle ne l'ait pas blessé... À peine avait-elle formulé cette pensée qu'une main se posa avec délicatesse sur sa cheville et remonta jusqu'à son mollet.

Cette fois, il dépassait les bornes.

— Ça suffit ! lança-t-elle d'une voix étouffée.

— Que vous arrive-t-il, mademoiselle Alarie ?

Embarrassée, elle répondit par une demi-vérité.

— Rien, ma sœur, je me suis cogné le genou.

— J'exige que vous gardiez le silence jusqu'à nouvel ordre. Demeurez là où vous êtes encore cinq minutes, et l'exercice sera terminé, à ma grande satisfaction.

En général, cinq minutes d'activité passaient à toute vitesse, mais, dans l'immobilité, le sablier se vidait grain après grain. L'impatience gagnait Anne au moment où elle sentit remuer derrière elle. La main de Mathias se posa de nouveau sur sa cheville et amorça un léger mouvement de va-et-vient. De sa place, il était impossible à sœur Poirier de détecter quoi que ce soit.

On lui défendait de bouger et de parler ? Anne sourit et résolut de s'attarder à la chaleur de cette main. Après tout, Mathias ne touchait pas un endroit intime de son corps.

Comme il ne franchissait pas la limite de son mollet, Anne en déduisit qu'il avait compris ses réticences. La pression diminua. Désappointée, elle s'apprêtait à changer sa position quand le bout des doigts de Mathias se mut avec lenteur autour de sa cheville.

Où Mathias avait-il appris à caresser de la sorte ?

Plutôt que de s'accélérer, comme cela s'était produit lors des derniers contacts, la respiration d'Anne devint profonde. Une étonnante chaleur irradiait de son ventre. Cheville reliée à ventre ? Le temps s'était arrêté et l'agréable sensation la ravissait.

Devrait-elle s'en accuser lors du prochain sacrement de pénitence ? Elle avait deux semaines pour y réfléchir. On l'avait informée que, chaque premier vendredi du mois, le chapelain et ses aides recevaient tous les pensionnaires en confession.

— C'est terminé, mes chers enfants. Revenez à vos places, mais pensez qu'en cas de séisme vous auriez à vous méfier du verre cassé avant de prendre appui pour vous relever. C'est avec beaucoup de fierté que je transmettrai les résultats de cet exercice à notre mère supérieure.

Au grand soulagement d'Anne, sœur Poirier annonça la reprise immédiate des activités d'une journée de congé habituelle, mais devança d'une demi-heure la récréation.

Au passage, la religieuse intercepta Anne.

— J'ai à vous parler, mais attendons que tout le monde ait quitté la pièce.

Mon Dieu ! Elle voyait sous les pupitres ! Imaginés à travers la conscience de sœur Poirier, les gestes de Mathias auraient sûrement une connotation négative !

Oppressée, incapable de prononcer un mot, Anne s'affolait. Le silence rétabli, sœur Poirier s'expliqua.

— Quand vous faites de la transcription, mademoiselle Alarie, vous doutez de vos capacités. Je tiens à vous dire que vos progrès sont notables. Je vous garantis qu'en moins de deux semaines vous parviendrez à des résultats qui vous satisferont.

Anne dut faire preuve de maîtrise pour réprimer son soulagement.

— Merci de votre encouragement, ma sœur.

Après une semaine de traitement, Napoléon avait dû se rendre à l'évidence : Aristide Peltier ne souffrait pas que d'un tour de reins. Quand il l'avait entendu se plaindre de palpitations, il l'avait convaincu de consulter Antoine. Le vieil homme craignait de devoir avouer à son petit-fils la cause de son état. Napoléon lui avait alors suggéré non pas de mentir, mais de ne pas tout lui dire. Il avait mal forcé, tout simplement.

En cette fin de jeudi après-midi, Napoléon résolut d'aller aux nouvelles. La salle d'attente du cabinet d'Antoine était vide, la porte de son bureau ouverte. Alerté par la clochette, Antoine vint à sa rencontre.

— Tu tombes bien, mon ami ! J'ai examiné mon grand-père ce matin et je soupçonne qu'il souffre, en plus d'un bon lumbago que tu avais déjà diagnostiqué, d'un rhumatisme aigu au niveau sacro-iliaque. J'aimerais avoir ton avis.

Napoléon ne s'habituait pas à cette déférence d'un médecin à son égard. Jamais le vieux Dr Lebel ne s'était adressé à lui de la sorte ou n'avait reconnu un tant soit peu son talent.

Lorsqu'ils avaient des patients communs, il n'était pas rare que les deux amis échangent leurs points de vue. Désireux de respecter le secret professionnel, ils se gardaient de divulguer des détails d'ordre personnel.

— Dis-moi d'abord ce qu'il en est de ses palpitations.

— Rien de grave. J'ai ausculté son cœur et je ne constate aucune augmentation de volume et aucun bruit anormal n'est perceptible. Je soupçonne que ses palpitations sont la conséquence directe de l'excitation nerveuse causée par la crise de rhumatismes.

Napoléon hocha la tête.

— Des rhumatismes… je n'avais pas pensé à ça. Lui as-tu prescrit quelque chose ?

— Un double traitement. J'ai hâte de voir les résultats. D'abord, je lui ai appliqué une préparation à base de collodion et d'iode dans une solution d'ammoniaque, le tout étalé avec un pinceau en poil de chameau…

— En poil de chameau… Du poil de chameau ? l'interrompit Napoléon.

L'incrédulité et le scepticisme de son ami provoquèrent le rire d'Antoine.

— Si tu te voyais l'air ! Bien oui, du poil de chameau. J'ai trouvé ça à Trois-Rivières ! Tu serais surpris de constater la variété de l'inventaire du pharmacien Williams, dans la rue du Platon.

En plus, Antoine avait prescrit à son grand-père de l'antipyrine, considérée par plusieurs sommités médicales comme étant le plus puissant et le plus inoffensif des antidouleurs. Il vanta ses propriétés sédatives, aussi efficaces que celles de la morphine ou du salicylate de soude, sans leurs effets secondaires pervers.

— Grand-papa est donc reparti avec une bouteille d'antipyrine et un feuillet explicatif à l'intention de Rosanne. Elle devra lui administrer le médicament chaque heure de la première journée, puis toutes les deux heures par la suite. Elle est bien dévouée, la Rosanne…

Quand Antoine avait appris le remariage de son grand-père, moins de deux mois après le décès de sa grand-mère, il avait douté des intentions de Rosanne. Il avait déjà eu à repousser ses avances, ici même, dans son cabinet. *A priori*, Antoine avait cru à une vengeance, mais force lui fut de constater que cette union semblait combler les deux parties.

Napoléon considérait son ami, perplexe.

— T'es-tu demandé si Rosanne était une profiteuse ?

— Oui, mais je dois t'avouer que, de toute ma vie, jamais je n'ai vu mon grand-père aussi heureux. Je m'en tiens à ça. Et toi, tu me parais beaucoup mieux cette semaine, non ?

— Mes maux d'estomac sont presque disparus, mais...

— Qu'y a-t-il, Napoléon ? Tu te fais encore du mauvais sang ?

— Oui, oui et oui. Quand je pense à tout ce qui pourrait arriver à Anne dans cette grande ville...

Montréal, métropole du Canada. Au recensement de 1891, on avait évalué la population à plus de deux cent cinquante mille. Parmi eux, de nombreux brigands, Napoléon en avait bien peur. *La Minerve*, son quotidien préféré, relatait chaque jour leurs méfaits.

— Tu as pu constater, comme moi, qu'elle était en sécurité chez les sœurs.

— En apparence, Antoine, en apparence. Je n'arrête pas de penser à la bombe qui a détruit les locaux du *Witness* en juin dernier. L'hebdomadaire n'a pas paru depuis, c'est dire l'importance des dommages. On n'a toujours pas trouvé le ou les coupables, et personne n'a revendiqué cet attentat. Une bombe, ça peut se poser n'importe où.

— La rumeur veut que ce soit l'œuvre de séparatistes.

Quelques mois auparavant, dans la ville de Québec, Wilfrid Laurier avait dénoncé ces hommes qui rêvaient d'un pays francophone sur les rives du Saint-Laurent. Le chef du parti libéral fédéral avait même nommé Jules-Paul Tardivel comme étant l'une des principales sources d'inspiration de ce mouvement indépendantiste. Le fondateur du journal *La Vérité* utilisait sa plume à satiété pour alimenter chez ses compatriotes l'amour de leur patrie et pour leur rappeler l'importance de protéger la langue française et la religion catholique.

— J'imagine mal que Nazareth serve de cible pour qui que ce soit, poursuivit Antoine.

— Des fous, il y en a partout. Plus la population est considérable, plus on a de risques qu'ils se manifestent.

— Calme-toi, Napoléon, calme-toi. Arrête de ruminer des scénarios de catastrophes. J'ai pu constater de mes yeux à quel point Anne est bien dans cet établissement, et toi aussi, avoue-le.

— Tu as peut-être raison.

— Peut-être ? J'ai raison ! Bon, changeons de sujet. De ton ami Zéphirin Lavergne, par exemple ! Je l'ai trouvé bien sympathique.

À leur départ de Nazareth, les deux hommes s'étaient rendus chez le typographe. Napoléon voulait savoir si Antoine le jugeait digne de confiance.

— Quand je lui ai dit qu'Anne acceptait de le rencontrer, tu as perçu sa joie ?

— Oh oui ! Tu lui aurais donné cent dollars qu'il n'aurait pas réagi avec plus d'enthousiasme. Ça me paraît quelqu'un de bien.

Le lundi précédent, Napoléon avait écrit à Zéphirin et au couple Lanthier. S'ils maintenaient leur décision, sa fille les accueillerait avec grand plaisir au parloir de Nazareth. Il leur avait aménagé un horaire jusqu'au temps des fêtes et avait inclus leurs coordonnées téléphoniques mutuelles.

— Tu peux dormir en paix, Napoléon. Anne va bien et, en plus, elle aura de la visite tous les dimanches. Tu devrais être soulagé.

Napoléon demeura pensif.

— Je me demande si Anne a réussi à consulter à l'Institut ophtalmique de Nazareth.

— En tout cas, pour les problèmes d'yeux, c'est le meilleur endroit au pays.

Antoine vouait une admiration sans bornes au Dr Édouard Desjardins, le premier médecin canadien à s'être doté d'une formation en ophtalmologie. Napoléon eut droit à toute une apologie de ce spécialiste que vénérait Antoine. Peu après son retour de Paris en 1873, Desjardins avait fondé un dispensaire à Nazareth destiné à offrir des soins gratuits aux indigents en plus de traiter les maladies des yeux.

— Lis-tu *L'Union médicale du Canada* que je te prête tous les mois ?

— C'est bien certain. D'un couvert à l'autre.

— Sache que le Dr Desjardins a participé à la naissance de cette revue, la plus importante du genre en Amérique francophone. Il a aussi contribué à la création de la *Gazette médicale de Montréal*, une référence incontournable quand j'étais aux études.

Professeur titulaire à l'École de médecine et de chirurgie de Montréal, le Dr Desjardins avait joué un rôle de premier plan dans la défense de leur autonomie. La Faculté de médecine de l'Université Laval à Montréal avait tenté de la fusionner à la sienne au début des années 1880.

— Imagine-toi, Napoléon, qu'à l'été 1883 l'archevêque Taschereau de Québec a décrété que l'accès aux sacrements serait interdit à tous les enseignants et à tous les étudiants de l'École de médecine et de chirurgie parce que ses dirigeants refusaient cette annexion. Crois-le ou non, il les a excommuniés !

— Je ne comprends pas ! Pourquoi tant s'opposer à ce projet et pourquoi menacer ces gens d'excommunication ?

— Il s'agit sans aucun doute d'une lutte de pouvoir, Napoléon. En tant qu'ancien recteur de l'Université Laval, la première et la seule université francophone au pays, Mgr Taschereau s'acharnait pour que l'Université Laval à Montréal conserve son statut de succursale. Ainsi, il était en mesure de régenter l'enseignement supérieur au Québec. Il ne faut pas perdre de vue que toute l'instruction publique de la province était et est gérée par l'Église catholique romaine, tandis que des laïcs dirigeaient l'École de médecine et de chirurgie à Montréal.

— L'existence de cette école en dehors des murs de la succursale de l'Université Laval à Montréal devait menacer sa suprématie…

— Voilà pourquoi Mgr Taschereau a brandi l'excommunication comme arme ultime ! Il voulait à tout prix voir fléchir les dirigeants de l'École de médecine et de chirurgie.

— Mais comment l'archevêque de Québec peut-il avoir ce pouvoir à Montréal ?

— À ce moment, Mgr Taschereau était le seul archevêque du Canada. À Montréal, Mgr Fabre ne l'est devenu qu'en 1886. Avant cette nomination, le prélat de Québec avait donc préséance.

Mgr Taschereau aurait cessé toute opposition à voir Montréal devenir archevêché au moment où il avait été nommé premier cardinal canadien. Le pape Léon XIII lui aurait laissé entendre qu'il ne fallait pas faire de peine à Mgr Fabre, un modèle de bonté.

— Tu as insinué que le Dr Desjardins a résisté aux manigances ecclésiastiques…

— En août 1883, il s'est rendu à Rome et a plaidé la cause de son établissement devant le pape Léon XIII. Ce dernier a levé l'anathème, et l'École de médecine et de chirurgie de Montréal a conservé son autonomie encore quelques années.

— Comment ça se fait que tu connais tout ça, Antoine Peltier ?

— N'oublie pas que je vivais à Montréal à cette époque. Il y a trois ans, alors que je venais tout juste de commencer ma pratique, l'École de médecine et de chirurgie a finalement été fusionnée à la faculté de médecine de l'Université Laval de Montréal. Le Dr Desjardins a pris une part active aux négociations afin de s'assurer que leur mission ne soit pas dénaturée. Si ça peut te tranquilliser, ce même homme préside la destinée de l'Institut ophtalmique, où on soignera ta fille.

Deux ans auparavant, à proximité de Nazareth, les Sœurs grises avaient fait construire un édifice de cinq étages afin d'y déménager l'Institut ophtalmique, dont les besoins grandissaient sans cesse. Il s'agissait d'un véritable hôpital en miniature doté de salles de consultation, d'un laboratoire muni d'instruments scientifiques à la fine pointe du progrès, d'une imposante pharmacie, en plus de vingt-trois lits. Sous les combles, on y avait aménagé des salles pour le traitement des maladies nerveuses par hydrothérapie.

Au grand soulagement d'Anne, sœur Beauchemin avait obtenu de la supérieure la permission de l'accompagner à l'Institut ophtalmique, rôle qu'assumait d'office l'hospitalière de garde, en l'occurrence ce jour-là sœur Sainte-Judith. Cette initiative de son enseignante lui avait paru providentielle, d'autant qu'elle ne connaissait rien de son aversion, pire de sa répulsion pour sœur Sainte-Judith.

— Je me demandais, sœur Beauchemin, pourquoi sœur Sainte-Judith porte un nom de sainte plutôt que son vrai nom comme la plupart des autres religieuses de Nazareth.

— Sœur Sainte-Judith s'appelle en réalité Malvina Jobin. Elle porte donc le même patronyme que sœur Eugénie Jobin, son aînée. Pour éviter la confusion, la cadette choisit un nom de saint pour se différencier.

Malvina. Malveillante. Malvenue. Anne ne fut pas longue à faire l'association entre le prénom de la déplaisante religieuse et les épithètes qui la caractérisaient si bien. Quant à sœur Poirier, son enseignante bien-aimée, Lumina lui allait aussi bien que *lumière* et *luminescence*. Étrange coïncidence.

— Oui, mais chez nous, au couvent de Saint-Léon, toutes les religieuses ont des noms de saints.

— Notre fondatrice, née Marguerite Dufrost de Lajemmerais, épouse de François d'Youville, a porté, après la mort de ce dernier, le nom de Mme veuve François d'Youville. Elle a adopté celui de Marguerite d'Youville peu après la constitution de la communauté. Nous avons poursuivi cette tradition et conservé notre nom de famille.

À quinze heures trente, soit une demi-heure avant le rendez-vous fixé, toutes deux attendaient dans une salle du rez-de-chaussée avec les patients externes indigents. Au deuxième étage, une salle d'examen et un salon avaient été aménagés pour ceux qui défrayeraient le coût des consultations et des opérations. Ces revenus s'ajoutaient au loyer payé par les médecins et permettaient aux Sœurs grises de financer en partie l'Institut Nazareth. Quatre religieuses travaillaient à temps plein à l'Institut ophtalmique, trois à titre d'infirmières et une comme pharmacienne, toutes sous l'autorité de la supérieure de la maison.

Anne peinait à garder son calme. Mettrait-on enfin un terme à son cauchemar ? Son obsession datait de sa rencontre avec cet inconnu à la gare Windsor. Jusqu'à cet instant, elle s'était crue jolie, aveugle mais jolie. Pour quelles raisons accordait-elle autant d'importance à son apparence ? Était-ce un péché d'orgueil ?

— Vous paraissez nerveuse, mademoiselle Alarie.

— Je le suis, ma sœur. Qu'est-ce qui m'attend ?

— Je l'ignore, mais vous serez en de bonnes mains.

Soucieuse de détendre l'atmosphère, sœur Beauchemin demanda à Anne de lui parler de ses parents, de sa vie dans son village.

— Ma mère... elle est dévouée à sa famille... Elle m'a fait apprendre par cœur le petit catéchisme, mais presque tout ce que je sais d'autre, c'est mon père qui me l'a montré. Grâce à lui, même si je suis arrivée tard à Nazareth, j'ai pu être acceptée dans la classe des grandes, malgré mon retard en géographie, en calcul et en histoire générale. J'aurais été tellement mortifiée de me retrouver avec des fillettes de six ou sept ans.

— Vous semblez très attachée à votre père.

— Je le suis. C'est un homme formidable. Un original dont je suis fière.

— Que voulez-vous dire ?

— Vous savez, quand il le peut, il aide parfois ma mère à la cuisine...

Ce comportement inhabituel estomaqua Angéline Beauchemin.

— Quand mes frères et sœurs s'en vont à l'école le matin et le midi, ma mère lave la vaisselle et ma grande sœur Èva l'essuie. À l'occasion, on lui donne d'autres tâches. Alors mon père met un tablier et prend sa place.

Anne s'esclaffa avant de raconter son anecdote.

— Ça s'est passé un peu avant que je parte. Mon père essuyait les ustensiles quand on a entendu frapper à la porte. Ma mère lui a chuchoté: « Poléon, Poléon, vite, vite! Enlève ton tablier! Mets le linge à vaisselle sur le comptoir. Je vais ouvrir. » Mon père s'est empressé de s'asseoir à la table et il a fait semblant de s'occuper de moi devant la voisine venue nous emprunter du sucre. Elle ne s'est rendu compte de rien. Une chance, parce que si ça s'était su, il aurait été la risée du village.

Anne ne tarissait pas d'éloges envers son père, en apparence sans défaut. Sœur Beauchemin demeura pensive. Si elle avait rencontré quelqu'un de la trempe de Napoléon Alarie dans sa jeunesse, son choix de vie aurait-il été le même?

Un type aux allures juvéniles les convia dans l'une des salles du rez-de-chaussée. Une fois Anne installée sur la table d'examen, l'homme s'approcha d'elle, lui saisit le menton entre les doigts et fit pivoter sa tête de gauche à droite.

— Bonjour. Je suis le docteur Ernest Dubé. Depuis quand êtes-vous atteinte de strabisme, mademoiselle?

Que c'était bête! L'idée d'interroger son père à ce sujet ne l'avait pas effleurée. La colère et le ressentiment l'avaient submergée.

— J'ai appris que j'avais les yeux croches le 2 septembre dernier.

Cette précision étonna l'interne. Seule sœur Beauchemin nota le haussement de sourcils.

— Mais j'ai des problèmes avec ma vue depuis que j'ai deux ans et demi.

Chaque année, sœur Beauchemin consultait le registre des admissions et portait une attention spéciale à la section où était inscrite l'origine de la perte de vision de leurs pensionnaires. La mention « De naissance » apparaissait très souvent. Anne Alarie n'appartenait donc pas à cette catégorie. Dans les faits, l'ophtalmie purulente néonatale constituait l'une des principales causes de cécité chez les enfants en bas âge, tant en Amérique qu'en Europe. Cette infection résultait d'un virus transmis par la mère, le plus souvent à cause d'une gonorrhée ou d'une chlamydia. La majorité des femmes souffrant d'une maladie vénérienne ignoraient tout de leur condition. Dans la plupart des cas, elles avaient été contaminées par leur époux. Lorsqu'elles allaient consulter, le médecin taisait souvent la source réelle de leur problème de santé, se faisant complice du mari.

Quand elle avait appris combien il aurait été facile d'épargner à ces enfants la vie misérable de l'aveugle, sœur Beauchemin avait pleuré. Dès le début des années 1880, en effet, un traitement préventif aussi simple que de verser quelques gouttes de nitrate d'argent dans chaque œil infecté du nouveau-né avait prouvé son efficacité. En 1882, l'usage du nitrate d'argent avait été expliqué dans *L'Union médicale du Canada*, revue à la portée de tous les médecins, même ceux éloignés des grands centres. Pourtant, loin d'abandonner la tradition populaire, on préconisait encore, pour guérir l'infection oculaire, l'utilisation de sucre en poudre, de térébenthine, d'huile de Saint-Jacob, voire de l'urine. Ainsi, les aveugles « de naissance » continuaient d'affluer à Nazareth.

Pendant que le Dr Dubé poursuivait son investigation à l'aide de l'ophtalmoscope, Angéline Beauchemin observait sa protégée se triturer les mains.

— Habituellement, les personnes souffrant de strabisme désirent que l'on corrige la situation à cause d'une vision trouble. Ce qui n'est pas votre cas. Si on opère, votre perception visuelle n'en sera améliorée d'aucune façon. Sachant qu'on ne peut garantir les résultats, pourquoi vous soumettriez-vous à tous les désagréments d'une intervention chirurgicale ?

Décontenancée, Anne hésitait à confier la véritable raison de sa démarche. Mieux paraître n'était-il pas superficiel, anodin ?

— Le fait d'être aveugle, ça me disqualifie ?

Plutôt que de répondre, le docteur l'interrogea de nouveau.

— Vos yeux vous causent-ils de l'inconfort ? Sentez-vous des tiraillements, des douleurs ?

Sœur Beauchemin n'aimait pas la tournure des événements. Elle s'interposa.

— Êtes-vous vraiment médecin, monsieur Dubé ?

Piqué, Dubé pointa du doigt son diplôme accroché au mur.

— Pardonnez-moi, mais vous paraissez si jeune… et je ne m'attendais pas à de telles réticences de votre part. On m'avait dit qu'il s'agissait d'une opération mineure et qu'elle…

— Toute intervention chirurgicale comprend des risques, ma sœur, l'interrompit le Dr Dubé. Nous sommes débordés en ce moment. Il nous faut évaluer la dangerosité des problèmes dont souffrent nos patients et l'urgence de chacun de nos actes. Cela dit, dans votre cas, mademoiselle Alarie, il n'est question ni de l'un ni de l'autre. Est-ce que je me trompe si je vous dis que vous imaginez le regard et le jugement d'autrui ?

Le Dr Dubé mettait fin à ses espoirs. Découragée, Anne baissa la tête, incapable de répondre tant elle avait envie de pleurer.

— Permettez-moi un conseil. Nous expérimentons depuis peu des lunettes à verres teintés pour soulager nos patients atteints d'éblouissement. Pourquoi ne pas vous en procurer une paire ?

Anne réfléchissait. Elle ignorait l'existence de ce genre de lunettes.

— Est-ce que je serais la seule à porter cela dans mon école ?

— Avec vous, vous seriez au moins quatre, répondit Angéline Beauchemin.

— Je vous ferai une ordonnance. Notre pharmacienne fournit les médicaments sans aucuns frais aux élèves de Nazareth. Il pourrait en être de même pour vos lunettes. Qu'en pensez-vous ?

Devant le silence buté d'Anne et la détermination du Dr Dubé, sœur Beauchemin tenta de raisonner Anne.

— Je crois qu'il s'agit d'un bon compromis, mademoiselle Alarie.

— Mais mon père avait consenti à cette opération.

— Une telle décision appartient à un médecin, mademoiselle, et non à votre père, nota le Dr Dubé avec une pointe d'agacement.

Sœur Beauchemin tapota gentiment le bras d'Anne.

— J'écrirai à vos parents et je leur expliquerai ce qu'il en est.

9

Un joyeux tintamarre accueillit Anne et ses amies dans la salle de récréation. Avant son arrivée à Nazareth, elle avait imaginé, comme bien des gens d'ailleurs, le monde des aveugles morose et ennuyeux. Quelques jours suffirent pour constater à quel point ses compagnes aimaient rire et s'amuser.

— Vite, les filles, les pressa Florida. On a juste le temps de se faire un 500.

Azilda proposa avec empressement de faire équipe avec Philomène.

— Je vais chercher les cartes ! s'écria cette dernière.

— Bon… j'espère que tu n'as pas d'objection à être ma partenaire, Anne ?

— Mais non, Florida !

Heureusement que personne ne lisait ses pensées. Une fois de plus, Anne fulminait contre l'esprit d'initiative d'Azilda, contre sa façon de régenter leurs activités, contre… le fait qu'elle accapare encore Philomène.

À l'aide de l'index, elle replaça ses lunettes sur le haut de son nez. Elles avaient tendance à glisser, surtout quand elle avait chaud comme maintenant. La pharmacienne l'avait avisée qu'elle aurait à les faire ajuster à sa prochaine visite à l'Institut ophtalmique. Au premier cours de la journée, sœur Poirier avait informé ses élèves, particulièrement les demi-voyants, que le Dr Dubé avait prescrit des lunettes fumées à Mlle Alarie, qu'elle porterait du matin au soir. Cette mise au point visait à éviter tout commentaire inutile.

De retour à la table, Philomène s'installa et passa à chacune une carte. La plus élevée déterminerait celle qui mêlerait le paquet et commencerait le jeu. Les cartes en braille reproduisaient à la perfection celles d'un jeu traditionnel. Quelques années auparavant, Anne s'était initiée au 500 grâce à son père. Encore son père... À l'occasion, elle avait obtenu la permission de s'asseoir à ses côtés lorsque des voisins se joignaient à eux en soirée pour se livrer à cette populaire activité. Mise. Atout. Sans atout. Contrôle. Tout lui avait été expliqué dans les moindres détails. Ces expériences avaient facilité son adaptation aux cartes en braille, qu'elle manipulait avec autant de dextérité et d'intelligence que ses compagnes, de redoutables adversaires.

Au risque de commettre une erreur fatale, chaque carte en main ou jouée devait être mémorisée. Anne excellait dans le domaine. Quand Azilda annonça un roi de carreau, Anne s'interposa.

— Impossible, je l'ai dans mon jeu. Tu dois te tromper. Tu me permets de vérifier la carte sur la table ?

— Je suis capable de le faire moi-même, tu sauras. Ça m'étonnerait beaucoup que je me sois trompée.

Azilda palpa la carte et, à regret, reconnut son erreur. Elle avait joué un roi de cœur, ce qui faillit lui coûter la partie. Elle et Philomène remportèrent ce tour de justesse.

Désireuse d'alléger l'atmosphère, Philomène demanda :

— Nous sommes à un mois, jour pour jour, d'un grand événement. Vous savez lequel ?

Dans un mois ? Donc le 24 octobre ? Anne n'en avait aucune idée.

— La fête de la Saint-Raphaël, laissa tomber sans entrain Azilda.

— Comment peux-tu te montrer aussi grognonne ? se scandalisa Florida. C'est la plus grande fête de l'année à Nazareth ! Encore plus que Noël !

— Bon, bon ! Avant de poursuivre cet affrontement, dites-moi au moins ce qui se passera ce jour-là, trancha Anne.

— Il faut bien être pensionnaire à l'Institut Nazareth pour ignorer cette évidence.

— Ça suffit, Azilda ! Ça ne fait même pas un mois qu'Anne est avec nous. C'est normal qu'elle ne connaisse pas tous les détails de la vie ici. Anne, le 24 octobre, on fête en grand saint Raphaël, le patron des aveugles.

Florida et Philomène ne tarissaient pas d'éloges à l'endroit des religieuses, qui ne ménageaient aucun effort pour faire de l'anniversaire de l'archange Raphaël un événement. À l'intention d'Anne, Philomène résuma comment, selon l'ancien testament, l'archange avait guéri le vieux Tobit de la cécité.

— Tobit était aveugle de naissance ?

— Pas du tout. Je vais te le dire, moi, comment il a perdu la vue ! Personne ici n'ose parler de cela…

— Bien justement, Azilda, on n'a pas à tout dire quand ce n'est pas nécessaire.

— J'y tiens, Philomène Marquis. Anne veut savoir ? Anne saura. Le vieux Tobit s'est couché sous un arbre, juste en dessous d'un nid d'oiseaux. Il a reçu de la fiente dans les yeux, ça s'est infecté, il a perdu la vue et il est devenu très irritable.

— T'es pas obligée de prendre exemple sur lui, Azilda.

— Tu parles comme une sœur, Florida ! Laisse-moi terminer. Selon la Bible, Tobit aurait demandé à Dieu de le délivrer de son mal ou de mourir, car sa vie était rendue insupportable, et ça, je le comprends tellement bien ! En connaissez-vous d'autres aveugles guéris par saint Raphaël ? Moi, non. Alors, dites-moi, pourquoi devrait-on l'honorer ?

Un silence embarrassé suivit son plaidoyer. Insupportable, voilà comment Azilda considérait sa vie. Anne se surprit à éprouver un soupçon d'empathie pour cette compagne dont l'aigreur la rebutait tant.

L'odeur caractéristique de la Sainte-Judith envahit leur espace et les musela. Les quatre filles replacèrent leurs cartes.

— Mlle Azilda tient encore un discours fielleux ? Mlle Azilda sent même le besoin d'invectiver les morts, qui plus est, le saint patron des gens de son espèce ? Mauvais esprit !

Anne avait été sidérée lorsque la Sainte-Judith lui avait servi cette sentence la première fois. Puis, à force d'être répétée à satiété, pour tout un chacun, elle s'y était habituée et son effet accablant se dissipa tout à fait quand, avec ses compagnes, elle s'en était moquée jusqu'à rire aux larmes.

— Changez de discours, mademoiselle Labelle ! Quand je ne vous entends pas, Dieu, Lui, vous entend !

Toutes s'efforçaient de ne pas s'esclaffer. Dès que l'hospitalière se fut éloignée, Florida réussit à articuler de peine et de misère :

— Tu es un mauvais esprit, Azilda Labelle, mais ne viens pas nous dire que tu lèves le nez sur les surprises qui nous sont offertes du matin au soir à la Saint-Raphaël !

— Bon, bon… j'adore manger des bâtons forts et jouer au drapeau, concéda la révoltée. Hé ! On la finit cette partie de 500 ? Il me semble, Philomène, qu'on est en avance, là…

En gravissant l'escalier menant au bureau de poste, Napoléon croisa un parfait inconnu, fait rarissime à Saint-Léon-le-Grand, où tout le monde connaissait tout le monde. Coiffé d'un chapeau melon rabattu sur l'oreille, l'homme le regarda à peine.

Appuyée au comptoir, Rosanne semblait perdue dans ses pensées, à tel point qu'elle omit de le saluer.

— Qu'est-ce qui se passe ici ? s'étonna le ramancheur. On dirait que tu viens de rencontrer un fantôme !

— C'est quasiment ça, Napoléon ! Je n'en reviens pas ! C'est un agent de la… vois plutôt sa carte, c'est trop dur à prononcer.

— Frank Hastings, agent, Montreal Dress Makers Supply Company, 44, St. Paul Street, Montreal.

— C'est sérieux, son affaire. Il savait que je tenais une boutique de modiste.

— Ça, n'importe qui aurait pu te le dire puisque tu exposes tes nouveautés dans cette fenêtre qui te sert de vitrine.

— Oui, mais lui, je ne l'avais jamais vu à Saint-Léon avant ce matin. Il avait entendu parler de mon commerce depuis Montréal.

Incrédule, Napoléon se contenta de hocher la tête.

— Tu l'as certainement croisé. Tu as vu comme il est beau ?

— Oh ! Oh ! Si ton mari savait cela...

— Ne t'inquiète pas pour ma vertu. Mon mari est vieux, et je l'aime. Mais je ne suis pas devenue aveugle pour autant.

Napoléon tiqua. Rosanne nota sa contrariété et s'empressa de s'excuser.

— Hé que je suis bête, des fois. Ne m'en tiens pas rigueur, Napoléon, mets ça sur le compte de mon étourderie naturelle.

Comment traiter Rosanne avec rigueur ? Étourdie, oui, mais elle ne cachait aucune malice.

— Qu'est-ce qu'il te voulait ?

— Il m'a présenté un catalogue rempli de tout ce dont j'ai besoin, et bien moins cher qu'au magasin général, ajouta-t-elle à mi-voix, comme si Paul Fortin pouvait l'entendre. Si on paye la moitié de la commande à l'avance, il accorde une remise supplémentaire de vingt-cinq pour cent. Tu te rends compte ?

— Qu'est-ce que tu as fait ?

— Bien, je lui en ai passé une grosse.

— Ce serait indiscret de te demander combien tu lui as versé ?

Rosanne fronça les sourcils, s'interrogea sur la pertinence de mettre Napoléon dans le secret, puis lui présenta un formulaire où apparaissait un total de quarante dollars après réduction.

— Rosanne, tu as donné vingt piastres à un parfait inconnu ? Qui te dit que ce n'est pas un arnaqueur ?

— Un quoi ? rétorqua-t-elle avec agacement.

— Un malhonnête, un malfaisant, un voleur !

— Oh toi ! Tu te méfies de tout le monde. Je sais que j'ai fait une bonne affaire. Tu verras, dans deux semaines les sceptiques seront confondus. Au fait, tu as une lettre de Nazareth, mais ce n'est pas la même écriture que l'autre fois.

Au désespoir de certains clients, Rosanne était dotée d'une extraordinaire mémoire visuelle. Napoléon saisit l'enveloppe et la glissa dans une poche de son manteau. Cette fois, aucun doute, la sœur Sainte-Judith n'en était pas l'auteure.

Rosanne l'observait avec un intérêt non dissimulé.

— Ça ne te tente pas de la décacheter tout de suite ?

— La curiosité est un vilain défaut, madame Peltier… au fait, comment va M. Peltier ?

— Tellement mieux, Napoléon ! Antoine et toi, vous avez réalisé un vrai miracle. Je lui ai fait prendre son médicament trois fois par jour, et il n'a presque plus de douleur. Il a presque retrouvé sa forme d'avant.

Son sourire narquois en disait long.

— Tant mieux. Quand le gars de Montréal viendra livrer ta commande, tiens-moi au courant, d'accord ? C'est étrange, mais son nom me dit quelque chose. J'espère me tromper sur son compte. Bon, je dois partir. Pierrette a besoin de farine au magasin général. À la prochaine.

Rosanne contourna le comptoir et lui barra le chemin.

— Tu ne parleras pas de ma transaction à M. Fortin ni à M. Peltier, hein ?

— Je suis ramancheur, Rosanne, pas colporteur.

Elle le dota de son plus beau sourire et recula d'un pas.

Napoléon mourait d'envie de lire sa lettre. Pourtant, il entra dans la cordonnerie. Le vieux Peltier s'affairait à replacer des fausses semelles empilées sur une tablette.

— Si tu n'étais pas venu, je serais allé te voir pour te remercier.

— N'oubliez pas Antoine.

— Lui aussi a eu droit à mes remerciements, tu peux en être assuré.

— Comme ça, ça va bien ?

Aristide Peltier lui adressa un éloquent clin d'œil.

— Encore mieux que tu peux le croire ! J'ai eu assez peur de rester comme ça jusqu'à la fin de mes jours, Napoléon. Mais j'ai un heureux sursis. Je suis même allé à la messe à matin, en pleine semaine, le Bon Dieu n'a pas vu ça souvent dans ma vie !

Le ramancheur sourit à la remarque du cordonnier, mais également à la pensée qui valsait dans sa tête : « Satisfaire votre jeune épouse a dû être toute une motivation pour votre prompt rétablissement. » Il quitta la boutique amusé.

Un des bogheis de Baptiste Philibert était garé devant le magasin général. Quel ne fut pas l'étonnement de Napoléon de croiser Antoine et non le voiturier !

— Bonjour, messieurs. Où est Baptiste ?

— Baptiste n'est pas là, pourquoi ? demanda Paul Fortin, occupé à emballer un paquet de clous pour Antoine. Tu as affaire à lui ?

— Pas du tout ! Mais c'est la voiture de Baptiste en face, pas vrai Antoine ?

— Mais non, Napoléon. C'est la mienne maintenant ! Tiens ! Si tu n'as pas à dévaliser le magasin général, je t'attendrai et j'irai te reconduire. Ainsi, tu la verras de plus près et tu pourras apprécier son confort.

Napoléon réclama un sac de farine, régla la note et s'empressa de retrouver Antoine, posant fièrement à proximité de son rutilant *Jumpseat* muni d'un intérieur capitonné en velours bleu.

— Monte ! Que penses-tu de ma nouvelle acquisition ?

— J'aime bien cette frange autour du toit.

— Ce détail a plu à Michelle au point de m'inciter à choisir ce modèle.

De son fouet, Antoine caressa l'arrière-train de sa jument. Il n'en fallait pas plus à la Grisette pour partir au trot. Antoine avait certes changé de voiture, mais pas de cheval. Le plus souvent, sa fidèle jument le conduisait chez ses patients dans les rangs aux alentours ou, lorsque la présence d'un médecin s'avérait nécessaire, au St. Leon Springs Hotel, que les villageois appelaient La Saline. La raison sociale de l'établissement, réputé pour ses bains et ses massages tant au Canada qu'aux États-Unis, avait été récemment modifiée par le nouveau propriétaire, Charles Édouard Alphonse Langlois, un gentilhomme de Toronto.

— Dis donc, tu me parais soucieux, Napoléon.

Le ramancheur sortit la lettre de sa poche et la secoua sous le nez d'Antoine.

— Pas soucieux, curieux ! Me permets-tu de l'ouvrir ? Elle vient de Nazareth.

— Ta fille t'a écrit ? Je meurs d'envie d'avoir de ses nouvelles, moi aussi. Si le cœur t'en dit, fais-moi la lecture en route.

— Ce n'est pas d'Anne. C'est signé par sœur Angéline Beauchemin et daté de jeudi passé. Écoute ça.

Cher monsieur Alarie,

Nous vous remercions de la confiance que vous nous accordez. Vous nous avez autorisées à consulter les spécialistes de l'Institut ophtalmique, ce que nous avons fait dès cet après-midi.

En ce moment, Anne est bouleversée, car le médecin refuse de corriger son strabisme au moyen d'une intervention. Il faut comprendre qu'aucune urgence ni amélioration de sa vision ou de son confort ne justifient une chirurgie, et que toute opération comporte des risques. J'oserais dire que votre fille souffre quand elle se sait regardée. Le Dr Dubé lui a proposé une solution qui, à mon avis, réglera en partie son problème. La pharmacie lui a prêté sans frais une paire de lunettes fumées qui…

— Des lunettes fumées ? Qu'en penses-tu, Antoine ?

— Cette religieuse a raison. Je n'en ai jamais prescrit, mais elles sont conseillées dans les cas d'hypersensibilité à la lumière et de blépharite, par exemple. Il s'agit d'une suggestion sage et appropriée. Qu'écrit-elle ensuite ?

Napoléon parcourut du regard la fin de la lettre ne contenant plus qu'une brève explication des binoculaires recommandées et une formule de politesse.

— Ça me rassure. On s'occupe bien d'Anne là-bas. Entre nous, Napoléon, tu as choisi la meilleure solution pour ta fille.

— Entre nous, Antoine, je n'ai pas tout à fait choisi cette solution. Disons que j'y ai consenti à mon corps défendant, mais, en toute honnêteté, je dois t'avouer que plus les jours passent, plus je vois des avantages à la situation. Pas pour moi, bien sûr, mais pour Anne. Pourvu qu'elle réussisse à régler son problème avec la religieuse qui lui cause des tracas. Parlant de tracas, tu as l'air préoccupé, Antoine.

D'un mouvement imperceptible de la main, Antoine ordonna à sa jument de s'arrêter devant la maison de Napoléon.

— C'est vrai, mon ami. Tu as vu juste. Mais je ne peux t'en parler en ce moment. Des patients m'attendent.

Qu'ils apprennent la musique ou non, qu'ils aient de la voix ou non, les élèves de Nazareth avaient tous la possibilité de se joindre à la chorale s'ils le désiraient. Tous les jours, en fin d'après-midi, les aînés étaient conviés à la salle de solfège où la directrice de l'école de musique, sœur Laviolette, devenait chef d'une chorale mixte : les garçons, ténors et basses, les filles, sopranos et mezzos. Pendant ce temps, les autres élèves se regroupaient dans leur salle de récréation respective ou dans la cour extérieure sous la surveillance d'une religieuse hospitalière. Tous avaient eu le choix de s'amuser ou de chanter à cette heure, et la plupart avaient sélectionné la seconde option. Ce constat avait d'abord étonné Anne, mais chanter ne donnait-il pas des ailes ?

Surtout guidée par sœur Laviolette ! Anne appréciait cette grande dame pour qui ses élèves musiciens représentaient une richesse, pour ne pas dire un trésor. Cependant, à l'heure de la chorale, instrumentistes ou non, tous revêtaient la même importance. Cette femme aimait la musique vocale, adorait diriger, animer et choisir des pièces de répertoires classiques ou contemporains, en plus des chants sacrés pour les célébrations liturgiques à la chapelle. Elle savait transmettre sa passion de sorte que cette demi-heure quotidienne correspondait à un moment de pur bonheur pour tout le monde.

En début d'année, chacun avait été auditionné afin de déterminer la tessiture de sa voix. Ainsi, avec ses intonations plutôt graves, Anne rejoignait les altos alors que Philomène, vu son registre plus étendu que les sopranos, était classée mezzo-soprano.

Tous avaient une chaise attitrée. En se rendant à la sienne, Anne frôla par inadvertance un veston rugueux. Elle s'excusa.

— Ne t'excuse pas, chuchota un garçon par trop reconnaissable, tu peux recommencer, si tu veux.

Anne secoua la tête et s'empressa d'atteindre sa place, le cœur battant. Comment une voix avait-elle le pouvoir de se connecter à son ventre de la sorte ?

— Hâtez-vous. Nous avons un programme chargé aujourd'hui. Il ne nous reste que quatre semaines avant la Saint-Raphaël et j'ai une surprise pour vous.

Après les vocalises, l'enseignante avait l'habitude de proposer un chant sacré, dans la majeure partie des cas en latin, et un air classique à la fin. Bientôt, les élèves commencèrent à chantonner en solfiant les premières notes de leur partition, puis entonnèrent tous ensemble l'*O Salutaris Hostia* en polyphonie, qu'ils auraient à interpréter dès le dimanche suivant lors de la cérémonie de la bénédiction du Saint-Sacrement.

— Comme vous le savez, au moment où vous sortirez de la chapelle après la messe en l'honneur de l'archange Raphaël, il est de coutume que les élèves dédient une chanson à toutes les religieuses, qu'elles soient enseignantes ou hospitalières, administratrices ou cuisinières, pour les remercier de leur dévouement. Elles s'y attendent certainement cette année encore, mais elles ignorent quelle chanson vous interpréterez. Ce sera la surprise. Que diriez-vous de cet air ?

Plutôt que d'utiliser le piano, sœur Laviolette fit retentir un harmonium, instrument à clavier ressemblant à un petit orgue facile à déplacer sur un chariot. Elle joua les premières notes en chantant « *mi-la-la, mi-la-la-la* ». De joyeuses voix s'écrièrent : « V'là l'bon vent ! »

Une autre, plus grinçante, s'éleva.

— Votre nouvel orgue est réglé un demi-ton plus haut, ma sœur.

— C'est exact, ma sœur, ajouta Mathias Vézina.

— Vérifions cela sur-le-champ.

Tous les proches d'Azilda et de Mathias savaient qu'ils avaient l'oreille absolue, c'est-à-dire qu'ils avaient la capacité d'identifier la note correspondant au son entendu. Sœur Laviolette rejoua la mélodie, cette fois au piano.

— Comme vous pouvez tous le constater, vos compagnons ont raison. Merci de me l'avoir souligné. Je procède immédiatement à l'ajustement.

Même si elle occupait un poste prestigieux, sœur Laviolette demeurait humble et accessible, attitude qui suscitait la sympathie.

Anne leva la main.

— Je suis étonnée, ma sœur, on m'avait dit qu'à la chorale on ne chantait jamais du folklore, seulement du religieux et du classique.

— Ma suggestion ne vous plaît pas, mademoiselle Alarie ?

— Au contraire, j'aime bien cet air. Ça me rappelle nos soirées en famille dans mon village. On chante souvent chez nous !

— Il est bien, parfois, de bousculer les traditions, pas n'importe comment, on s'entend.

Anne devina la jovialité peinte sur le visage de sœur Laviolette.

— Florida, aidez-moi à distribuer ces feuilles. Attention, les choristes, vérifiez si vous recevez la bonne partition selon votre registre. C'est identifié en noir et en braille dans le coin supérieur gauche.

— Vous ne trouvez pas cette chanson un peu bébé, ma sœur ?

— Je vous dirais, au contraire, qu'elle n'a pas d'âge, monsieur Vézina. Il est prévu que les plus jeunes répéteront cette chanson avec la petite chorale. Imaginez les jeunes avec nous : plusieurs timbres, plusieurs tonalités, en canon, ce sera divin, je peux vous l'assurer. Je veux entendre du bonheur dans vos voix.

Lors des répétitions de la chorale, tous les élèves musiciens solfiaient les notes avant de chanter les mots d'une chanson. Sœur Laviolette avait enseigné la musique dans au moins quatre couvents, en plus d'y diriger une chorale. Si elle avait alors connu cette façon de faire, unique à Nazareth, elle aurait procédé de la même façon avec les voyants tant cette méthode s'avérait formatrice et efficace pour tous, qu'ils soient musiciens ou non.

Quel plaisir elle avait de travailler avec ces élèves aveugles ! Non seulement ils étaient calmes en classe, mais ils avaient une mémoire particulièrement développée parce qu'ils devaient beaucoup plus réfléchir pour ne pas s'égarer, dans tous les sens du terme. Ils ne disposaient d'aucun repère visuel, comme un tableau, des codes de couleur ou d'autres moyens mnémoniques. Seules la discipline et la concentration leur permettaient de suivre ses enseignements avec succès.

Une fois la demi-heure terminée, bien trop rapidement de l'avis de tous, Anne se dirigeait vers la sortie quand une main empoigna son bras.

— Je sais que c'est toi, Anne, murmura Mathias. Je te donne rendez-vous dans un mois. Pour une fois dans l'année, gars et filles ont des activités en commun à la Saint-Raphaël. J'aimerais que tu t'assoies à côté de moi pendant le spectacle. Accepte, d'accord ?

Incapable de répondre tant l'émotion l'étreignait, elle se dégagea et quitta la pièce.

10

La vénération du Sacré-Cœur par la confession et la communion chaque premier vendredi du mois, neuf fois d'affilée, procurait aux fidèles respectueux de cette tradition vieille de trois cents ans l'assurance de mourir dans le pardon final de toutes leurs fautes antérieures. Le chapelain de l'Institut Nazareth encourageait pensionnaires et religieuses à pratiquer cette dévotion salvatrice. Si une personne tombait dans le péché après avoir suivi pendant des années ces prescriptions, la promesse de salut agirait-elle à rebours ? Anne se proposa d'éclaircir le sujet.

Agenouillée dans la chapelle en ce 5 octobre, Anne s'interrogeait. Depuis qu'elle avait subi… ou plutôt profité des familiarités de Mathias Vézina, elle redoutait cet instant et, hormis ces situations troubles, elle n'avait pas d'autres fautes à avouer.

Déterminée à se conformer en tous points aux exigences du sacrement de pénitence dans le but d'obtenir l'absolution, Anne se demandait comment formuler sa confession. Le chapelain intervint à ce moment. D'une voix monocorde, il leur rappela les commandements de Dieu et ceux de l'Église, puis les sept péchés capitaux, chacun accompagné de questions et de sous-questions pour les guider dans l'examen général de leur conduite.

La liste d'Anne serait passablement plus importante que prévu. Elle s'identifia à trois des péchés capitaux. « Oui, j'ai été orgueilleuse… Combien de fois ? J'y réfléchis. La colère aussi.

Oh ! Assez souvent. L'envie ? Bien oui ! Pense à Azilda et à Florida, avec qui tu partages l'amitié de Philomène ! Là, ça va être dur de chiffrer. Paresse ? Non. Gourmandise ? Non plus. Avarice, jamais. Impureté ? À cause de Mathias, là je m'interroge. »

Plus le chapelain décortiquait les commandements, plus Anne se sentait oppressée. La situation empira lorsqu'il aborda en même temps le sixième et le neuvième commandement de Dieu. S'il s'en était tenu aux énoncés qu'elle connaissait déjà, soit « Tu ne commettras pas d'adultère » et « Tu ne convoiteras pas la femme de ton prochain », elle n'aurait pas eu à se faire de mauvais sang. « Tu ne feras pas d'impuretés », qui défend tout acte, tout regard, toutes paroles contraires à la chasteté ne l'avait pas touchée puisque, avec Mathias, elle n'avait rien fait. Lorsque le prêtre aborda les pensées coupables, Anne tressaillit. Oui, elle avait revisité les gestes de Mathias et surtout les agréables effets qu'ils avaient suscités. Quand le chapelain éleva la voix et déclara avec conviction que « l'impureté est un péché abominable devant Dieu et devant les hommes et provoque les plus terribles châtiments », Anne faillit éclater en sanglots. « Je me sens troublée, mais pas impure. Comment éclaircir la situation ? *La vérité te rendra libre* », se répéta-t-elle pour se donner du courage.

Le huitième commandement la mit aussi dans l'embarras. Elle avait toujours cru qu'elle respectait en tous points « Tu ne feras pas de faux témoignage », mais le chapelain s'empressa d'ébranler son assurance.

— Ce commandement de Dieu nous interdit la médisance, c'est-à-dire de souligner sans un motif sérieux les défauts ou la malfaisance d'autrui, même si c'est vrai.

Anne hocha la tête. Que de fois elle avait pensé ou dit à quel point Azilda était ceci ou cela ! Misère ! Encore un autre péché à avouer.

— Le huitième commandement nous défend, entre autres, la calomnie, qui consiste à dire du mal de son prochain quand c'est faux. Avez-vous songé à la flatterie lorsque vous parlez en bien d'autrui dans le but de vous attirer un privilège ? Qui n'aura pas une menterie à confesser ?

Jamais auparavant Anne n'avait été informée de ces subtilités. D'après le chapelain, il existait trois types de mensonge : le joyeux, quand il s'agit d'une blague sans que personne n'ait à subir de torts, l'officieux, pour se justifier, mais sans compromettre qui que ce soit, et le pernicieux, lorsque nos paroles trompeuses nuisent à quelqu'un.

La voix du prêtre s'éleva de nouveau.

— Mes chers enfants, il n'est pas permis de mentir, même en farce. En résumé, le huitième commandement nous ordonne de dire la vérité, quand il le faut, et autant que possible de s'abstenir de juger les actions de notre prochain.

Enfin, après un long moment d'énumérations et d'explications, il les invita à dresser mentalement la liste de leurs manquements.

Avant de se soumettre à cet examen de conscience, Anne n'avait presque rien à se reprocher. Maintenant, elle doutait de se souvenir de tous ses péchés.

— Comme vous serez nombreux à vous présenter à moi, récitons tous ensemble le *Confiteor*, décréta le prêtre. Vous n'aurez donc pas à le répéter tantôt. *Je confesse à Dieu tout-puissant, à la bienheureuse Marie toujours vierge, à saint Michel-Archange… et à vous, mon père…*

Puis, dix par dix, les pensionnaires se mirent en file devant le confessionnal. Au bout d'une attente interminable, sœur Lemieux posa la main sur l'épaule d'Anne.

— À votre tour, maintenant.

Comme il s'agissait de son premier sacrement de pénitence à la chapelle de Nazareth, la religieuse la conduisit en lui tenant le coude. Le cœur battant, Anne s'agenouilla sur le prie-Dieu. Elle craignit de défaillir lorsqu'elle entendit glisser le carreau la séparant du prêtre.

Elle demanda sa bénédiction, puis déclama ses « Je m'accuse », commandement par commandement, avec le plus d'honnêteté possible. L'impureté la tracassait.

— Mon père, quelque chose me chicote, mais je ne sais pas si c'est un péché.

— De quoi s'agit-il, mon enfant ? Donnez-moi un peu plus d'explications si vous voulez que je vous aide.

Elle chuchotait ses manquements, et lui les répétait à mi-voix. L'entendait-on dans la chapelle ?

Sans rien omettre, elle lui décrivit les gestes de Mathias.

— Mais vous ne lui avez pas ordonné de s'arrêter ?

— J'étais tenue au silence.

Un soupir agacé la paralysa.

— Qu'avez-vous ressenti ?

— Ça m'a donné mal au ventre. Est-ce un péché ?

— Y avez-vous repensé par la suite ?

— Souvent, mon père.

— Était-ce agréable ?

— Oui, mon père.

« La vérité te rendra libre », se répétait-elle. Pourvu qu'il ne lui demande pas d'autres détails. Avait-elle à lui décrire toutes ses sensations ? Juste à se les remémorer, son mal de ventre la reprit.

Le chapelain aurait aimé pousser plus loin son investigation, mais un nombre impressionnant de pénitents l'attendaient. Entendrait-il la version masculine de ces événements ?

— Pour vous protéger de vos pensées coupables, vous réciterez un rosaire par jour pendant une semaine. Et tâchez de ne plus provoquer ce garçon.

Elle reçut l'absolution avec un soulagement mêlé à un sentiment d'injustice. Elle n'avait en rien provoqué Mathias. Pourquoi cette remarque ? Trois chapelets par jour, quelle lourde pénitence !

Pour la première fois depuis le début de l'année scolaire, les grandes élèves de l'Institut sortaient dans Montréal. Regroupées deux à deux, une demi-voyante jumelée à une aveugle, elles poursuivraient leurs dévotions du premier vendredi du mois à la chapelle Notre-Dame-de-Bon-Secours. On confia Azilda à Philomène. Quelle déception ! Ces dernières suivaient les sœurs Jobin et Lemieux. Accompagnée de Florida, Anne se retrouvait loin derrière son amie. Bras dessus, bras dessous, les deux filles tentaient d'accorder leur pas.

— On va y arriver, Anne, on va y arriver. Détends-toi et tout ira bien.

— Plus facile à dire qu'à faire. Entends-tu toutes ces voitures, si près qu'on les croirait sur le trottoir ?

— Je les vois, je les entends et je les sens. Toi, sens-tu la poussière soulevée par les roues des charrettes et les sabots des chevaux ? Moi, ça me prend à la gorge !

— On a un mille et demi à parcourir, Florida, ça signifie moins d'une demi-heure. Courage.

— Une chance, on revient en tramway. As-tu déjà voyagé en tramway ?

— En train, oui, en tramway, jamais.

— C'est drôle, moi, c'est l'inverse.

Depuis que Florida l'avait initiée à la tablette de Taylor et aux opérations arithmétiques courantes, leur complicité grandissait.

— Je suis contente que la Sainte-Judith soit restée avec les garçons. Il paraît qu'ils passeront l'après-midi à l'atelier d'accord et de réparations des pianos. On va les évaluer et décider qui aura droit à la formation. Comme je ne suis pas très douée pour la musique, j'aurais aimé ça, moi, suivre ce cours-là. Mais non, c'est réservé aux gars.

— De quoi vous plaignez-vous, mademoiselle Jasmin ? Vous excellez en couture et en cuisine. Continuez de développer vos habiletés dans ces domaines, et il vous sera possible de gagner votre vie avec ça.

Aucune d'elles n'avait remarqué la présence de sœur Jobin, arrêtée entre le groupe et la voie de circulation. Le ton bon enfant de la religieuse les réconforta.

— Vous descendrez la rue Saint-Laurent. Attention en traversant ! Cessez votre babillage et suivez vos compagnes. Ouvrez grand vos oreilles. Je ne voudrais pas vous perdre, encore moins vous voir écrasées. À compter de maintenant, je fermerai la marche.

L'achalandage s'intensifia au coin de la rue Notre-Dame.

— Je distingue les clochers de la basilique Notre-Dame à droite, sans discerner les détails. J'aurais mieux aimé visiter cette église que la chapelle Notre-Dame-de-Bon-Secours. C'est gros, Anne, c'est énorme ! Heu… dis-moi, Anne, si tu ne vois rien, pourquoi tu as des lunettes noires au juste ?

Donc, la faible vue de Florida ne lui permettait probablement pas d'observer ses yeux croches. Pourquoi Anne avait-elle si honte de ce défaut, encore plus que de son handicap ?

— Pour protéger mes yeux… mais à mon tour de te demander pourquoi tu n'en portes pas. Le soleil te cause tant de problèmes !

— Je le sais ! Veux-tu bien me dire comment tu as réussi à en avoir aussi vite ? Depuis six mois que j'en réclame…

Le tintement d'une cloche tout près les fit sursauter. La main d'Anne frôla les rayons d'une énorme roue. Apeurées, les filles figèrent sur place.

— Hé ! Les aveugles ! Décampez ou vous risquez d'être aplaties comme des galettes.

Un rire hostile s'éleva. Aussitôt, Florida et Anne furent séparées par une présence bienveillante. Sœur Jobin les prit chacune par le bras et les guida de l'autre côté de la rue encombrée, s'engageant vers l'est dans la rue Notre-Dame.

— Allez, mes enfants. Ne vous attardez pas à cette méchanceté. Concentrez-vous sur votre route et sur la bonté de la majorité des gens que vous côtoyez.

Décontenancée, Anne pressentit d'un coup tous les pièges et tous les dangers potentiels si elles étaient livrées à elles-mêmes. Oserait-elle un jour sortir seule dans Montréal ? Autant elle était en possession de ses moyens entre les murs de Nazareth, autant, dans cette rue, elle se sentait démunie.

Une fois en sécurité sur le trottoir opposé, sœur Jobin se retira tout en leur assurant qu'elle les surveillait de l'arrière du groupe.

— Je n'en reviens pas comme y a du monde méchant, Anne. Bon, il ne faut pas trop y penser si on veut continuer à vivre une vie tolérable... De quoi parlions-nous ? Ah oui ! Tes lunettes...

— C'est grâce à sœur Beauchemin. C'est elle qui m'a accompagnée à l'Institut ophtalmique.

— On sait bien ! Vous autres, les musiciens, vous êtes favorisés par rapport à nous.

Anne aurait aimé lui servir une objection valable, mais il était évident qu'à Nazareth les musiciens bénéficiaient parfois de traitements de faveur. Leurs professeurs étaient d'ailleurs jalousés par leurs pairs. L'attitude de la direction générale était-elle en cause ? Les cuisinières, les préposées à l'accueil, les hospitalières, la plupart du temps les moins scolarisées de la communauté, et même les enseignantes, pourtant instruites, se sentaient un peu dans l'ombre lors des événements importants, notamment à l'occasion d'un concert ou d'une réception en l'honneur d'un visiteur notable.

— À notre retour à Nazareth, pourquoi n'en parlerais-tu pas à sœur Lemieux ? Je suis certaine qu'elle t'aiderait.

— Bof... qu'est-ce que ça donnerait ?

— Essaye, tu verras !

Une voix autoritaire retentit.

— Silence ! Nous arrivons à une intersection. Soyez prudentes, nous tournerons à droite dans la rue Bonsecours.

Florida remarqua qu'elle se trouvait à la place Jacques-Cartier. Elle était donc passée devant l'hôtel de ville sans le repérer. Sa vue baissait de jour en jour. Bientôt, elle perdrait son statut de demi-voyante. On devrait la guider à son tour. Elle déglutit avec difficulté.

Elles empruntèrent la rue Bonsecours, croisèrent la rue Saint-Paul, puis gravirent les marches menant à Notre-Dame-de-Bon-Secours, la plus ancienne chapelle de Montréal. Comme dans toutes les églises, une agréable odeur d'encens et de cierge embaumait l'endroit. Avant leur départ de Nazareth en début d'après-midi, les élèves avaient été réunies pendant plus d'une demi-heure et informées de l'histoire de ce lieu saint. Leur enseignante, sœur Poirier, les avait fait voyager dans le temps jusqu'à l'édification de la chapelle initiale en 1675.

Un détail avait impressionné Anne plus que tous les autres. Marguerite Bourgeoys, première enseignante à Montréal, fondatrice de la congrégation des Sœurs de Notre-Dame et instigatrice de l'érection de ce centre de pèlerinage, avait rapporté de France, deux ans avant l'ouverture de l'édifice, une effigie de Notre-Dame-de-Bon-Secours. La figurine fut déposée dans un reliquaire et exposée dans la première chapelle. En 1754, un incendie détruisit la petite église vénérée de tous. Seuls la statuette et son coffret résistèrent au brasier.

Anne chuchota à l'oreille de Florida :

— Tu la vois, toi, la petite statue sauvée du feu par miracle ? Elle serait logée dans l'autel de gauche.

— Bien non, c'est bien trop sombre ici. Je ne vois même pas l'autel !

— Chut ! Recueillez-vous ! les rappela à l'ordre sœur Jobin.

En chaire, un prêtre à la voix vibrante s'adressa spécifiquement aux élèves de Nazareth. Pourtant, de nombreux fidèles assistaient à l'office de cette fin d'après-midi.

— Mes chères enfants malmenées par la vie. N'oubliez jamais la bonté de Dieu, dans la joie et dans l'épreuve, plus encore lorsque vous croyez être abandonnées de Lui. Considérez le privilège de vous retrouver ici, dans ce lieu de pèlerinage. Vous savez ce que signifie ce mot ?

La perspective d'une randonnée en tramway rendait difficile la concentration. La voix persuasive de cet abbé ne suffisait pas à retenir l'attention d'Anne. Elle n'était pas la seule à utiliser ce moyen de transport pour la première fois. La veille, la rencontre d'information avait été prolongée à l'intention des nouvelles venues dans la métropole. Sœur Poirier leur avait expliqué l'évolution des tramways, non seulement à Montréal, mais dans le monde entier.

Anne adorait cette habitude qu'avaient les religieuses d'explorer, de les renseigner. Le respect et la considération qu'elles accordaient à leurs élèves les amenaient à repousser leurs limites. Ainsi, Anne apprit que, deux ans auparavant, les mille chevaux tracteurs des tramways de Montréal avaient été remplacés par un réseau de fils suspendus au-dessus des rues. Le tout premier tramway électrique, appelé le Rocket, avait été mis en service en septembre 1892. Résultats de cette importante innovation : un système de transport plus fiable, moins d'avoine à distribuer et moins de crottin à ramasser dans les rues de Montréal.

Les élèves de Nazareth n'auraient pas à s'inquiéter du paiement de leur passage puisque les dames patronnesses rattachées à l'Institut avaient amassé l'argent nécessaire à l'occasion de leur récent souper-bénéfice. Leurs accompagnatrices verraient à débourser les cinq sous par billet au chauffeur lors de sa ronde.

L'esprit d'Anne erra de la rue Saint-Paul à la rue Saint-Vincent, où habitaient M. et Mme Lanthier, oncle et tante du Dr Antoine Peltier. On l'avait informée qu'ils la visiteraient au parloir le dimanche suivant. Saurait-elle quoi leur dire ? De toute manière, la perspective de rencontrer des étrangers lui était moins pénible que de se retrouver tout un après-midi surveillée par la Sainte-Judith.

Lorsque la cérémonie prit fin, Anne dut s'avouer qu'elle n'avait été présente que de corps pendant toute la dernière partie de l'office. Par chance, personne ne pouvait s'immiscer dans ses pensées. Dieu ? Elle se plut à imaginer sa miséricorde.

Avec une étonnante rapidité, les pensionnaires avaient regagné la rue Notre-Dame et faisaient la queue à l'arrêt du tramway.

Affolée, sœur Lemieux demandait, en passant de l'une à l'autre :

— Vous n'avez pas vu… Euh, enfin, savez-vous où se trouvent Mlles Marquis et Labelle ?

Après avoir fait l'appel, compté et recompté, on dut admettre que les deux filles avaient disparu ! Sœur Jobin proposa de rester sur place afin de questionner les badauds et d'effectuer une dernière tournée. Sœur Lemieux résolut de ramener ses protégées au plus vite à Nazareth.

Anne et Florida traversèrent l'allée et s'assirent à l'arrière du wagon. Comme prévu, leur hospitalière régla les frais de tramway pour toutes auprès du chauffeur qui circulait de siège en siège. Cette promenade de rêve tournait au cauchemar.

— Veux-tu bien me dire où elles sont, ces deux-là ? vociféra Florida. Quand auraient-elles échappé à la surveillance des sœurs ? Et pourquoi avoir quitté le groupe ?

— Je suis si inquiète ! Comment vont-elles retrouver leur chemin ?

— Bien, moi, je ne suis pas inquiète, Anne, je suis en colère ! Philomène est demi-voyante, alors, elle saura revenir. Tu te rends compte de tout le trouble que leur étourderie va causer ? En plus, elles viennent de nous gâcher notre fin de voyage. Pour une fois qu'on sort de Nazareth… Ah ! Je me demande bien qui a entraîné l'autre dans cette aventure. J'ai mon petit doute là-dessus.

Florida ignorait donc à quel point la vision de Philomène s'était détériorée. Ne lui avait-elle pas confié qu'elle ne voyait presque rien lorsque la luminosité faiblissait ? À ce temps-ci de l'année, la nuit tombait tôt et vite. Par chance, des lampadaires électriques bordaient les principales rues entre Notre-Dame-de-Bon-Secours et l'Institut Nazareth, mais leur clarté permettrait-elle à Philomène de se repérer ? Anne était au supplice.

Prisonnière de son secret, elle ne savait que faire. Sa conscience lui dictait de dévoiler la vérité. La sécurité de

Philomène et d'Azilda en dépendait peut-être. Si, comme Florida, les religieuses ignoraient l'affaiblissement de la vue de Philomène, elles risquaient de prendre de mauvaises décisions.

Anne résolut de tout révéler à Florida, puis s'empressa d'en informer sœur Lemieux. Incapable de cacher son anxiété, l'hospitalière planifia devant elles la suite des événements.

— Je ne vois qu'une solution. Dès notre retour à Nazareth, nous mobiliserons tout le personnel apte à marcher dans l'obscurité et nous organiserons une battue.

À peine avaient-elles franchi le seuil de la porte qu'elles furent enjointes de descendre au réfectoire et de se débrouiller sans la surveillance habituelle. On ne garderait que le minimum d'effectif dans Nazareth tant que les deux pensionnaires manquantes ne seraient pas revenues au bercail. Quelques filles données leur serviraient à manger. Par la suite, les élèves vaqueraient à leurs occupations coutumières, soit l'étude, la toilette, la prière et le coucher.

Incapable de fermer l'œil, Anne imaginait toutes sortes de scénarios, plus alarmants les uns que les autres. Au moment où elle allait sombrer dans le sommeil, des sons inhabituels la firent tressaillir. On circulait dans le dortoir. Elle reconnut la voix étouffée de sœur Lemieux.

— Dormez en paix. Vos compagnes ont été retrouvées saines et sauves.

Napoléon ferma le journal d'un geste rageur. La flamme de la chandelle vacilla. Enfin, il venait de trouver ce qu'il cherchait depuis une heure. Pour y arriver, il avait été dans l'obligation de parcourir *La Minerve* des trois semaines précédentes. Il aurait aimé effectuer cette investigation plus tôt, mais, ces derniers temps, son cabinet n'avait pas dérougi. Foulures, cassures, lumbagos et luxations s'étaient succédé à un rythme effréné.

En première page, le 15 septembre, dans la chronique intitulée « À travers la ville », il retrouva ce qu'il avait pris, à première vue, pour un fait divers négligeable. « Le détective en chef Cullen est à la recherche d'un jeune homme du nom de Frank Hastings qui, depuis quelque temps, parcourt les campagnes avoisinantes se donnant le titre d'agent de la "Montreal Dress Makers Supply Company"... Plusieurs modistes ont déjà été les victimes de ce chevalier d'industrie. » Il s'agissait précisément du nom et du titre apparaissant sur la carte professionnelle que lui avait fait lire Rosanne quelques jours auparavant. Il avait vu juste. La pauvre postière avait été victime d'une fraude à grande échelle. L'adresse de la rue Saint-Paul existait bel et bien, mais nulle trace de la compagnie susnommée. Il était trop tard ce soir pour informer l'infortunée. À quoi bon risquer de troubler son sommeil ? Le moment de vérité viendrait bien assez vite.

Napoléon fut saisi d'une envie irrésistible de partager sa découverte. Il consulta sa montre. Vingt heures quarante. Antoine serait-il encore à son cabinet ? Il avait promis à Rosanne de taire la transaction à son mari, mais pas à Antoine. Glissant l'article de *La Minerve* dans la poche de sa chemise, il sortit de son cagibi et buta contre Pierrette.

— Mon Dieu, Poléon ! T'as l'air bien pressé.

— Je m'en vais chez le Dr Peltier.

— À cette heure-là ? Il fait noir comme chez le loup !

— J'accrocherai le fanal à la voiture.

— Me caches-tu quelque chose, Poléon ? Es-tu malade ?

— Non, ne t'inquiète pas. S'il n'y a pas de lumière au cabinet, je reviens tout de suite, sinon, ça peut me mener tard.

— Bien, moi, je vais me coucher. Sortir à pareille heure, ça n'a pas de bon sens.

Depuis le départ d'Anne à Nazareth, les sources de tension avec Pierrette avaient presque disparu. Elle lui avait tant reproché de trop se consacrer à sa fille au détriment de leurs autres enfants. S'occupait-il plus d'eux maintenant ? Il en doutait.

À la croisée du Grand Rang, du rang de l'Isle et de la rue Principale, Napoléon aperçut la lumière vacillante d'une lampe et la tête d'Antoine penchée au-dessus de son bureau. Aucune voiture dans la cour ou en face de la maison, il était seul. Désireux de ne pas faire retentir la clochette, il ouvrit avec précaution et pénétra dans la salle d'attente. Alerté par le courant d'air, Antoine vint à sa rencontre.

— Ah ! C'est toi, dit-il, visiblement soulagé. Qu'est-ce qui t'amène ? À l'œil, tu me parais en forme.

— Je le suis. Je te dérange ?

— Pas du tout. Assieds-toi.

Napoléon déposa l'article sur la table de travail et invita son ami à en prendre connaissance.

— En quoi cela nous regarde-t-il ? s'étonna Antoine.

— Pas nous, mais Rosanne. Il y a quelques jours, j'ai croisé ce Hastings à la sortie du bureau de poste.

Napoléon lui relata les faits, résolu à rencontrer Rosanne le lendemain. Antoine le conforta dans sa décision et l'assura de sa discrétion.

— J'avais besoin d'en parler à quelqu'un et, d'ordinaire, quand ça m'arrive, c'est vers toi que je me tourne.

— Tu m'en vois honoré, dit le médecin en refermant la revue étalée devant lui.

— Et toi ? Que fais-tu au travail à cette heure ?

— Pour une énième fois, je relis un dossier publié dans la *Gazette médicale de Montréal*. Je me demande si quelque chose m'a échappé.

— De quoi ça traite ? Je suis indiscret ?

Antoine ne voyait personne à qui confier son tourment, sauf à Napoléon. Le Dr Lebel saurait l'écouter, certes, mais il ne désirait pas aborder ce sujet avec lui pour l'instant. Pourquoi ne pas se délester du fardeau qui l'accablait ? Il alla refermer la porte de son bureau.

— Ça traite d'infertilité chez la femme. Je dois t'avouer que ça nous gâche la vie en ce moment.

Napoléon se remémora leur visite aux Lanthier le mois précédent. Antoine avait laissé entendre que Michelle était tourmentée parce qu'elle n'attendait pas encore d'enfant. Comme la première épouse d'Antoine était devenue enceinte peu après leur mariage, il était normal qu'il ne s'interroge pas sur sa propre condition.

— Que dit cet article ?

— Il expose les principaux empêchements à la grossesse.

Bien entendu, Antoine ne divulguerait pas les résultats de l'examen physique approfondi des organes génitaux de Michelle qu'il avait pratiqué quelques semaines auparavant. En premier lieu, il s'était assuré qu'aucun obstacle mécanique n'entravait la course du sperme vers l'ovule, de la vulve aux ovaires, en passant par le vagin, l'utérus et les trompes de Fallope. Il n'avait décelé aucune inflammation, ni lésion, ni dégénérescence fibreuse, cancéreuse, tuberculeuse ou kystique.

Leurs rapports sexuels avaient toujours été satisfaisants bien que, ces derniers temps, il avait l'impression de s'être transformé en une machine à procréer, ce qui aurait comblé d'aise son confesseur s'il l'avait su.

— Qu'est-ce qui t'embête ?

— Je dois t'avouer que j'ai tout examiné, sauf les empêchements chimiques.

— Que veux-tu dire ?

À la suite de sérieuses recherches, il avait été récemment prouvé que l'altération des liquides vaginaux et utérins pouvait diminuer, voire détruire la vitalité des spermatozoïdes. Parfois, pour des raisons inconnues, cet environnement naturellement alcalin s'acidifiait. Était-ce le cas de Michelle ? Si oui, il faudrait à tout prix corriger la situation, car, en milieu acide, les spermatozoïdes ne survivaient pas assez longtemps pour permettre la fécondation. Antoine lui prescrirait des irrigations vaginales alcalines composées d'un mélange de potasse et de sucre dilué dans de l'eau bouillie. Sans fournir de détails personnels à Napoléon, Antoine lui expliqua les grandes lignes du problème et des solutions envisagées.

— Que propose ta revue ?

— Entre autres choses, la fréquentation de sources thermales. On suggère Vichy. Tu comprends bien que, pour ma part, je vais recommander La Saline à Michelle. Sa réputation dépasse nos frontières, il ne faut pas l'oublier.

— C'est bien sûr. Notre eau vaut bien celle de Vichy, même si on la dit plus salée. Ta femme consentira ?

— Elle est prête à tout… enfin, presque à tout pour avoir un enfant.

— Et toi ?

Pensif, Antoine fixait sa revue. Après un moment de réflexion, il murmura :

— Pour être franc, je fais une concession. Ma Loulou me comble. Elle aura trois ans en décembre… déjà. Michelle la considère comme sa fille et Michelle reste mon amoureuse. Je me demande ce que deviendrait notre relation si elle était mère…

Napoléon garda le silence. Pierrette avait tant changé après l'arrivée des enfants. Le souvenir de leurs fréquentations le rendait nostalgique. Leurs fous rires et leur tendre complicité s'étaient estompés au rythme des naissances.

11

La semaine précédente, Anne avait obtenu la permission de prolonger d'une heure son temps d'exercices de piano du lundi au samedi, et de deux heures le dimanche. Parfois, elle avait l'impression d'entendre davantage de notes que de mots dans une journée, constat qui la réjouissait.

Au total, elle disposait désormais de vingt et une heures hebdomadaires au piano, incluant les deux heures de cours. S'ajoutaient à cela une demi-heure quotidienne de formation auditive et une autre à la chorale. Elle se joignait aussi à la fanfare à deux reprises pendant la semaine. Une dizaine de jours auparavant, elle avait adhéré à ce groupe, heureuse de toucher un nouvel instrument. Nullement attirée par les cuivres, elle avait opté pour le xylophone, instrument qu'elle avait quelque peu apprivoisé dans son jeune âge avec un jouet. Une des mailloches se trouvait encore au fond de son coffre aux trésors dans la chambre qu'elle partageait avec ses sœurs. Elle comptait parmi les objets dont Anne était incapable de se départir. Sœur Maria Deslauriers, l'enseignante de piano et responsable de la fanfare, avait corroboré son choix.

En ce premier dimanche d'octobre, elle pénétra dans ce qui était pour elle un lieu béni, débordante de joie. Comme elle était la première de la journée à occuper la salle, elle arrivait souvent en avance. Elle fouilla son sac en vain : sa partition de *Rêve d'amour* n'y était pas. Où l'avait-elle travaillée la dernière fois ?

— Misère de misère, maugréait-elle.

— Qu'y a-t-il de si misérable, mademoiselle Alarie ?

Anne sursauta. Elle se croyait seule.

— Sœur Beauchemin ? Je vous dérange ?

— Mais non, mais non. Cette salle vous est réservée à cette heure, enfin dans quinze minutes. J'étais à mettre de l'ordre dans l'armoire. Alors, qu'est-ce qui vous fait tant grincer ce matin ?

— J'ai oublié ma partition. Ça m'agace de perdre du temps de même !

— Tenez, prenez celle-ci. Nous en avons au moins deux autres copies.

— Je veux la mienne, ma sœur. Je l'ai annotée à plusieurs endroits.

— Où l'avez-vous laissée ?

— Au dortoir ou dans la salle de classe, je ne m'en souviens plus. Misère !

— Ne vous tourmentez pas pour si peu. Si je vous accompagne, vous gagnerez du temps. Commençons par le dortoir.

La voix enjouée de la religieuse la revigora. Ensemble, elles gravirent les longs escaliers jusque sous les combles. Audibles du dernier palier, des pleurs les alarmèrent.

D'un pas décidé, sœur Beauchemin entraîna Anne dans le dortoir des petites. La scène sous ses yeux la choqua au plus haut point. Directement couchée sur les ressorts à lames, un chiffon entre les dents, une enfant hoquetait sous les coups d'une serviette gorgée d'eau, pliée en quatre dans le sens de la longueur. Le fouet de tissu s'abattait avec vigueur sur les fesses nues d'Emma Blais. Appuyé au mur, le matelas avait dû être retiré pour éviter de le mouiller.

— Que faites-vous là, sœur Sainte-Judith ? s'exclama sœur Beauchemin, outrée.

Étonnée, mais aucunement troublée, la Sainte-Judith s'immobilisa et répondit avec assurance :

— Ne vous mêlez pas de ça. Cette petite aveugle méritait une correction. Vous, les musiciennes, ne connaissez rien au dressage des enfants. J'avais terminé de toute façon. Allez, mademoiselle Blais, levez-vous et cessez de pleurnicher. N'oubliez jamais la raison de ce châtiment.

Sœur Beauchemin peinait à conserver son calme. Les punitions corporelles étaient certes admises, mais là, sœur Sainte-Judith dépassait les bornes.

— On ne vous a pas confié le dressage, mais l'éducation de ces pauvres enfants.

Les corrections étaient monnaie courante dans les familles de son village, mais, pour la première fois depuis son arrivée à Nazareth, la religieuse assistait à une scène qu'elle jugeait révoltante. Bien sûr, elle avait déjà vu la mère supérieure donner des coups de martinet à sept ou huit élèves indisciplinés, alignés, les mains tendues, le visage tordu par l'appréhension plus que par la douleur...

Enfant, elle aussi avait reçu la fessée quand, dans un accès de colère, elle avait lancé un vase à fleurs par terre. Quel âge avait-elle ? Quatre ans, cinq ans tout au plus. Son père l'avait intimée de monter à sa chambre. Là, il l'avait installée à plat ventre sur ses genoux, avait baissé sa culotte et l'avait frappée avec force. La leçon avait porté ses fruits puisqu'elle n'avait plus cassé quoi que ce soit intentionnellement. Par ailleurs, cette correction n'avait en rien enrayé sa propension à faire des colères.

— Je vous défends de recommencer pareille abjection, sœur Sainte-Judith.

— Vous n'avez rien à me défendre, sœur Beauchemin. Je ne vais pas me mêler de vos affaires en bas. Ne vous mêlez pas des miennes en haut.

Sans se soucier des conséquences, Anne se dirigea vers le bruit des ressorts. Trop occupée à affronter sa compagne, Sainte-Judith ne l'empêcha pas de s'approcher de ce qu'Anne avait déjà baptisé « la scène du crime ». Non, elle n'avait rien vu, mais son imagination avait suppléé. Elle comptait sur sœur Beauchemin pour tout lui raconter.

À tâtons, Anne repéra Emma et essaya de la câliner, mais, honteuse, la petite la repoussa pour remonter sa culotte. Puis, elle s'abandonna dans les bras d'Anne.

Cette enfant venait d'apprendre tout récemment que sa mère souffrait de tuberculose. Sœur Éloïse Boulanger, la supérieure, avait demandé à tous les pensionnaires de prier pour la guérison de cette femme. Quand elle avait été mise au courant de la situation, Anne s'était promis de protéger Emma, de l'aider, même si Florida en prenait bien soin toutes les fois où l'occasion se présentait. Vu l'état de santé de sa mère et le trop long trajet pour retourner aux Îles-de-la-Madeleine, la petite serait forcée de rester à Nazareth tout le temps des fêtes.

Anne n'aurait aucun mal à convaincre ses parents d'accueillir Emma dans leur modeste maison de Saint-Léon-le-Grand pendant le congé de Noël et, pourquoi pas, pendant les vacances estivales. « Quand y en a pour huit, y en a pour dix, et quand y en a pour dix, y en a pour douze », se plaisait à dire sa mère en servant la soupe aux visiteurs impromptus.

Sur un ton qui n'admettait pas la réplique, sœur Beauchemin déclara :

— Nous emmenons Emma avec nous. Si vous le voulez bien, mademoiselle Blais…

Emma cessa de sangloter d'un coup.

— Oh oui, oui, ma sœur ! Allez-vous m'enseigner la musique ?

— Si tel est votre désir, Emma, je m'en ferai une joie. Mais il vous faudra d'abord assimiler la lecture et l'écriture en braille.

Sœur Sainte-Judith marmonnait. Toutes trois la quittèrent sans remords.

Anne prit la main d'Emma et la guida vers le dortoir des grandes.

— Je m'en souviens maintenant, sœur Beauchemin. La partition se trouve dans le tiroir de ma table de nuit. Après l'avoir relue, je me suis endormie en fredonnant la mélodie dans ma tête.

La religieuse n'eut aucun mal à repérer le document recherché et, d'un bon pas, l'enfant, l'adolescente et l'adulte regagnèrent la salle de musique.

— Accepteriez-vous, ma sœur, d'écouter un petit instant la partie que je maîtrise ?

— Bien sûr. Par la suite, j'irai reconduire cette demoiselle à ses compagnes. Elles doivent s'en donner à cœur joie à cette heure dans la salle de récréation.

— Oh ! J'aimerais mieux m'asseoir ici avec Anne, ma sœur ! S'il vous plaît...

— Désolée, mademoiselle Blais ! Mademoiselle Alarie aura besoin de toute sa concentration dans l'heure qui vient... enfin, dans les quarante minutes restantes puisqu'une autre musicienne la délogera à neuf heures.

— On se reprendra, Emma, lui promit Anne en posant sa partition à sa gauche, tout près de son instrument, sur une minuscule table à longues pattes, à égalité avec le clavier.

Dans les jours précédents, elle avait déchiffré, mémorisé, puis joué les notes avec la main droite, une ligne à la fois. Elle s'était appliquée à faire de même avec la gauche. Puis, dans un moment d'extrême concentration, intégrant l'harmonie ou le contrepoint, elle avait interprété des deux mains, ligne après ligne, plusieurs mesures de la partition.

De mémoire, elle rejoua presque sans faute les deux premières phrases de la pièce. Les mains gauche et droite se partageaient la mélodie, particularité qui augmentait la difficulté puisqu'il ne fallait pas déceler le changement de main dans l'exécution. À la moitié de la troisième phrase, elle s'interrompit.

— Sœur Beauchemin ! Au secours ! Je bloque toujours ici ! À quoi a-t-il pensé, Franz Liszt, pour écrire quelque chose de si compliqué ? Pas à moi, en tout cas !

— Il a été inspiré, mademoiselle Alarie ! Au travail à présent. Vous reprendrez les premières mesures de cette partie tant et aussi longtemps que vous ne les jouerez pas avec une assurance inébranlable.

Songeuse, sœur Beauchemin observait son élève. À ce rythme, elle ne parviendrait pas à maîtriser la pièce à temps pour le 22 novembre prochain, fête de sainte Cécile. Le spectacle ne serait destiné qu'aux pensionnaires de Nazareth, mais il était malgré tout hors de question d'offrir une prestation décousue. Sans doute Anne Alarie participerait-elle au grand concert de mai, soit avec la chorale, soit avec la fanfare, probablement avec les deux groupes, mais elle aurait aimé lui confier un solo de piano lors de cet événement annuel. Puisque Anne s'obstinait dans son choix, l'enseignante se voyait confrontée à une impasse. Par tous les moyens, elle avait tenté de lui proposer une pièce plus facile, mais Anne avait refusé net. Quelle entêtée ! Au pire, elle attendrait le récital de 1896... si elle fréquentait toujours Nazareth.

Cette éventualité la peina. Une solution s'imposa en même temps qu'un sourire s'épanouissait sur ses lèvres.

— Dès que possible, je vous écris une partition adaptée dans laquelle je modifierai les cadences. Sachant qu'une cadence s'interprète comme une improvisation, je vais vous les rendre techniquement accessibles. Avant d'aborder ces traits, il vous faudra travailler gammes et arpèges avec une farouche détermination. En déliant vos doigts, vous viendrez à bout de ces nouveaux passages.

Anne poussa un soupir de soulagement.

— Ne vous inquiétez pas, mademoiselle Alarie. Si vous y consacrez le temps voulu, vous réussirez.

— Merci, ma sœur ! Je vais y arriver !

À treize heures tapantes, Barnabé Lanthier se présenta dans le portique de Nazareth, où Anne l'attendait avec impatience.

— Alors, mademoiselle Anne, vous êtes prête à vous joindre à nous pour l'après-midi ?

— Oui, monsieur ! Est-ce que votre femme est avec vous ?

— Elle est restée dans la voiture. Elle ménage ses pas à cause d'une vieille blessure. Faites-nous plaisir, appelez-la tante Elizabeth et moi, oncle Barnabé.

Réceptive à la suggestion, Anne rétorqua :

— Si je laisse tomber les titres de civilité, j'ai aussi droit à un Anne, tout court ?

— Bien sûr, Anne. Dans ce cas, je te tutoie. Prends mon bras, ma fille.

« Ma fille ! » Loin de la rebuter, cette dénomination la ravissait.

La glace avait été cassée deux semaines auparavant quand les Lanthier lui avaient rendu visite le dimanche 23 septembre, en après-midi. Anne avait d'abord planifié de les recevoir au cours de la première heure seulement, mais sœur Lemieux était venue annoncer la fin du parloir sans qu'elle ait vu les deux heures passer, et ses invités non plus, si elle se fiait à leur « pas déjà ? ».

Intéressée par la vie de pensionnat dans une institution catholique francophone, tante Elizabeth lui avait adressé mille et une questions. En aucun temps la conversation n'avait pris la tournure d'un interrogatoire ou d'une inquisition. La manière de s'exprimer de l'Irlandaise, son vocabulaire imagé, parfois assaisonné de mots anglais, et sa façon de lui toucher les mains à tout moment l'avaient rendue fort sympathique.

Aussitôt installée entre ses deux hôtes, Anne pouffa de rire.

— Je repense à votre anecdote de la semaine dernière, monsieur… enfin, oncle Barnabé.

Habitué à la loquacité de sa femme, Barnabé Lanthier avait coutume d'affirmer à de nouveaux interlocuteurs qu'il avait été dix ans sans parler à sa dame. « Pour quelle raison ? » s'était étonnée Anne. « Pour ne pas l'interrompre », avait répondu le notaire, pince-sans-rire.

Élizabeth tapota le bras d'Anne, qui appréciait cet effort d'entrer en contact.

— Ce n'est certainement pas un compliment, mais je la trouve bien bonne, *so*…

— Si la circulation n'est pas trop dense, nous arriverons à la maison dans une vingtaine de minutes. On a moins d'un mille et demi à parcourir.

Dans la rue Sainte-Catherine, l'animation s'entendait, même si la majorité des commerces étaient fermés le dimanche. Le glissement d'un tramway tout près attira l'attention d'Elizabeth.

— *Watch this*, Barnabé ! Ils ont attaché un wagon anciennement tiré par les chevaux à un tramway électrique. *What a strange marriage !*

— Les mariages mixtes ont de temps en temps la vie longue, pas vrai, ma chère ?

— *Right !*

Au bénéfice d'Anne, Elizabeth décrivit l'enchevêtrement au-dessus de leurs têtes. Aux fils des tramways s'ajoutaient les câbles téléphoniques apparus dans le ciel de Montréal en 1877, en plus des fils conducteurs dédiés à l'éclairage des rues et à l'alimentation de nombreuses résidences privées. Anne tentait de se les représenter. Son enseignante, sœur Poirier, leur avait expliqué ces fascinantes innovations !

— As-tu déjà circulé dans la rue Saint-Laurent, Anne ?

— Pas en voiture, mais à pied... pas plus tard qu'avant-hier.

— Que faisais-tu là ? s'exclama Barnabé.

— Avec plusieurs pensionnaires de Nazareth, je suis allée prier à la chapelle Notre-Dame-de-Bon-Secours.

Tante Elizabeth pressa la main d'Anne entre les siennes.

— Je suis très heureuse, *my dear*, d'apprendre que vous faites des sorties. Ça fait du bien, ça.

— Et toi, Anne, si curieuse, reprit Barnabé, tu savais que la rue Saint-Laurent est la plus vieille artère nord-sud de l'île de Montréal ?

— Hé non ! Je l'ignorais, oncle Barnabé.

En présence de sa femme, le notaire ne causait pas beaucoup, il était vrai, à moins qu'une situation ne requière des explications. Déjà, Anne connaissait sa propension à renseigner. Quel que soit le sujet abordé, il faisait preuve d'une vaste érudition. Anne l'écouta décrire le tracé du chemin Saint-Laurent au temps de la Nouvelle-France, à partir de la Grande Porte Saint-Laurent, côté nord des fortifications de Montréal. Sous le régime anglais, cette artère avait coupé l'île en deux du fleuve jusqu'à la rivière des Prairies.

— Nous, la rue Saint-Laurent, on l'appelle tout simplement la *Main*. Aussi nette qu'une tranchée, elle sépare deux mondes.

À l'est, en effet, on retrouvait les quartiers ouvriers francophones, un nombre impressionnant d'églises catholiques et d'usines. Les résidences cossues des anglophones, un centre-ville très britannique avec ses grands magasins et ses prestigieuses institutions comme l'Université McGill et la cathédrale anglicane Christ Church occupaient le côté ouest.

Brunette, la jument des Lanthier, s'arrêta devant la porte du cabinet du notaire. Pendant que Barnabé garait Brunette et la voiture à l'abri dans l'écurie, Elizabeth conduisit Anne à l'étage.

— Si tu savais, Anne, le plaisir que tu nous fais en venant chez nous ! J'espère que tu ne t'ennuieras pas ! Je te fais connaître les aires, ici. Commençons par le salon. Je te prends le bras ou toi le mien ?

— Je préfère tenir votre bras.

En confiance avec tante Elizabeth, Anne s'abandonna. Lorsque du bout des doigts elle effleura une immense fougère, elle s'exclama :

— Nous en avons de semblables dans presque toutes les pièces à Nazareth. Selon les sœurs, ça purifierait l'air. Je ne sais pas si elles ont raison, mais j'aime bien l'odeur subtile de ces plantes. Leur feuillage me rappelle une dentelle. Et vous, tante Elizabeth ?

Un bruit de conversation venant du vestibule les interrompit.

— Je crois reconnaître cette voix. *Come with me, darling.*

Anne ne comprenait pas tous les mots prononcés par son hôtesse, mais elle devinait sans mal leur signification. Il est vrai qu'à Saint-Léon-le-Grand, rares étaient les occasions d'entendre l'anglais. Elle se promit toutefois de redoubler d'efforts dans cette matière, une nouveauté dans sa formation. Tante Elizabeth accepterait-elle de l'aider si elle lui en faisait la demande ?

Déjà, l'Irlandaise s'était attachée à cette jeune fille d'apparence fragile, mais dotée d'une impressionnante force de caractère, similaire à celle pressentie chez Napoléon Alarie, lors de sa visite trois semaines auparavant.

— Venez voir qui je vous amène ! s'écria Barnabé.

Benjamin Ricard. Anne ne le connaissait qu'à travers ses parents. Son père était mort tragiquement au fond d'un puits, et sa mère avait épousé en secondes noces Paul Fortin, le propriétaire du magasin général de son village. Journaliste à *La Minerve*, marié à Célina Abbott et père d'un enfant de vingt-deux mois, Benjamin Ricard avait grandi à Saint-Léon-le-Grand et habitait Montréal depuis l'automne 1891.

— La fille de Napoléon Alarie ? Je n'en reviens pas ! s'exclama l'homme à l'aube de ses trente ans.

Les lunettes noires de la jeune fille lui rappelèrent son handicap. On lui apprit qu'elle fréquentait l'Institut Nazareth depuis septembre. Affable, il l'interrogea sur ses occupations et ses loisirs.

— *Please !* Venez vous attabler autour d'un bon thé et d'un goûter. J'ai aussi des scones tout frais.

— J'allais vous dire que je n'avais pas faim, mais comment résister à vos scones ?

— On n'y résiste pas, mon cher Benjamin, on y succombe. Où as-tu laissé Célina et le petit ?

— À la maison. Médéric couve un rhume. Il dormait lorsque je suis parti. Dans une heure, j'ai une réunion de l'Association Saint-Jean-Baptiste et j'ai pensé faire un saut ici auparavant.

— Tu as très bien fait, mon garçon.

Dans la bouche de cet homme sans enfant, « mon garçon », « ma fille » exprimaient tant de tendresse, tant d'affection. Sans intervenir, Anne écouta la conversation avec attention.

Comme elle aimait se sentir dans le vrai monde, en compagnie de voyants qui ne l'identifiaient pas à une « pauvre aveugle ». Être considérée comme une personne à part entière et non comme une gênante exception la comblait.

— Et toi, Anne, tu ne t'ennuies pas trop dans ce pensionnat ? demanda Benjamin.

— Pas du tout. Ma famille me manque, bien entendu, mais j'ai tellement à faire !

— Tellement à faire ? s'étonna Benjamin. Comme quoi ?

— En plus de mes cours et de mes travaux scolaires, j'apprends le piano, la théorie musicale, le solfège, le chant et je fais partie d'une fanfare. C'est rare, mais nous avons aussi des activités à l'extérieur de l'Institut. Parfois, il nous arrive des imprévus...

— Des imprévus ? *Little mischief*, lança Elizabeth, tu piques notre curiosité. Raconte.

— Voilà deux jours, on s'est rendues à la chapelle Notre-Dame-de-Bon-Secours et on a perdu deux filles sur le chemin du retour.

— *My God !* Les avez-vous retrouvées ?

Anne se fit un plaisir de relater la mésaventure, dont elle n'avait connu le dénouement qu'à la grande récréation du lendemain. Dans la rue Bonsecours, non loin de Notre-Dame, une mélodie inusitée et des odeurs enivrantes en provenance d'une habitation à proximité du trottoir avaient attisé la curiosité d'Azilda. Cette dernière avait convaincu Philomène de quitter les rangs en douce, le temps d'identifier l'origine de ces bonnes senteurs.

Dès que les filles eurent franchi la porte entrouverte, une femme était venue à leur rencontre et leur avait demandé ce qu'elles désiraient. Philomène et Azilda s'étaient introduites dans une herboristerie. Constatant leur handicap et leur intérêt pour le joueur de tam-tam, la marchande prénommée Judy les avait invitées à s'asseoir et leur avait présenté son mari. Ils habitaient près de la rivière Saint-François, non loin du village de Pierreville. Séduites par l'atmosphère et par la gentillesse de la dame, les filles n'avaient pas vu le temps passer.

Captivé plus qu'il ne voulait le laisser paraître, Benjamin ne perdait pas un mot du récit d'Anne. Il avait déjà rencontré cette Judy. Son ami, le Dr Antoine Peltier, lui avait confié qu'elle avait été sa maîtresse. Son regard croisa celui de tante Elizabeth. Connaissait-elle la liaison de son neveu avec Judy ?

À l'occasion, Benjamin se rendait à cette herboristerie. Les remèdes proposés s'étaient toujours révélés efficaces, que ce soit pour traiter un rhume, un mal d'estomac ou des douleurs musculaires. Depuis quelques mois, une inconnue y travaillait. Il avait bien tenté d'en savoir plus sur les absences de Judy, mais sa remplaçante s'était montrée peu loquace. « Je ne sais jamais quand elle revient ni pour combien de temps. »

Anne ne se fit pas prier pour développer.

— Les filles m'ont raconté que la dame vivait avec son mari tout l'été dans le campement abénaquis à proximité de La Saline, l'hôtel de mon village.

Philomène lui avait rapporté dans le détail sa visite à l'herboristerie.

— C'est dans le boisé de La Saline et sur les rives de la rivière Saint-François, où elle demeure le reste de l'année, que la dame cueille ses plantes et ses racines médicinales. Au milieu de l'automne, elle revient à Montréal pour approvisionner sa boutique.

— Le monde est bien petit, laissa tomber Elizabeth, tout ouïe. Je connais bien cette herboristerie. J'y vais souvent. Mais ton groupe devait être loin quand tes amies sont sorties de là ?

Anne s'abstint de préciser que l'une d'elles était son amie, mais l'autre pas.

— Bien oui ! Aucune des filles n'avait d'argent, donc impossible de monter dans le tramway. Comme on avait fait le chemin en marchant pour l'aller, elles ont donc résolu de revenir à pied. Mais, au crépuscule et encore moins dans l'obscurité,

Philomène ne voit presque pas. Azilda, elle, est complètement aveugle. Rue Saint-Laurent, pensant tourner à gauche sur Sainte-Catherine, elles ont emprunté Dorchester.

Philomène lui avait narré le fil des événements. À un certain moment, elle ne disposait plus d'aucune référence connue.

— Pourquoi n'a-t-elle pas demandé son chemin, de l'aide ?

— Elle avait trop peur qu'on rie d'elle ou qu'on la trompe, tante Elizabeth. Le monde est assez méchant, des fois.

— Oui, mais il y a du bon monde aussi.

Finalement, Octavie Dionne et sœur Jobin les avaient retrouvées non loin de l'intersection des rues Dorchester et Saint-Alexandre. Au total, Philomène et Azilda avaient mis plus de trois heures pour revenir à l'Institut.

— Oh ! J'imagine qu'elles se sont fait gronder à leur retour !

— Pas du tout, oncle Barnabé ! Mère supérieure en personne leur a ouvert la porte, soulagée de les voir saines et sauves. Philomène m'a raconté qu'elle s'était sentie comme le fils dans la parabole de l'enfant prodigue.

Visiblement, Benjamin Ricard désirait intervenir. Antoine était-il venu à Montréal récemment ? Il s'éclaircit la voix, hésita, puis se décida.

— As-tu eu beaucoup de visiteurs depuis ton arrivée au pensionnat ?

— Beaucoup ! Dimanche dernier, un ami de mon père, Zéphirin Lavergne, a passé l'après-midi avec moi au parloir. Il est drôle ! Il est typographe à *La Presse*. Vous gagnez votre vie à *La Minerve*, monsieur Ricard, vous connaissez son travail.

Devant la curiosité d'Anne, Lavergne lui avait expliqué les progrès de l'imprimerie depuis Gutenberg, puis les étapes précédant la parution d'un journal ou de tout autre document. En plus d'assembler les caractères mobiles dans le but de créer les mots et les phrases, le typographe utilisait des images en relief et les intégrait au texte à publier.

— À *La Minerve*, avez-vous aussi un linotypiste ?

— Dis donc, tu en connais des choses, Anne ! La linotypie, c'est tout nouveau ici.

Le visage de la jeune fille s'éclaira. Elle resservit les explications de Lavergne avec un plaisir non dissimulé.

Tante Elizabeth exceptée, chacun y alla de son commentaire. Anne alimentait la conversation avec entrain.

Dès que son débit ralentit, Benjamin s'interposa.

— As-tu eu d'autres visiteurs, à part tante Elizabeth et oncle Barnabé ?

— Mon père et son ami, le Dr Peltier, sont venus dimanche il y a trois semaines.

Du rouge colora les joues de Benjamin. Seule Elizabeth nota son bouleversement.

Peu après le couvre-feu de vingt et une heures trente, les sœurs Beauchemin et Lemieux quittèrent leur chambre sur la pointe des pieds et se retrouvèrent, comme elles en avaient l'habitude à deux ou trois reprises par semaine, dans une salle réservée à la communauté. Elles estimaient essentiel ce petit moment entre adultes. À part elles, personne ne semblait commettre pareille entorse au règlement.

Sœur Lemieux s'était vu confier la garde du dortoir des garçons pendant l'absence de sœur Jobin, en retraite fermée à la maison-mère.

D'ordinaire calme et discrète, l'hospitalière se laissa tomber sur une chaise.

— Enfin un peu de répit ! Quelle soirée, mais quelle soirée !

— Mon Dieu, qu'est-ce qui t'arrive, Clémentine ? Tu es pâle comme un linge !

Toutes les religieuses de la communauté se vouvoyaient et s'appelaient « sœur » suivi du patronyme. Au fil de leurs rencontres clandestines, sœur Lemieux et sœur Beauchemin avaient vite abandonné cette coutume.

— Jamais je n'aurais cru ça possible !

— Quoi, possible ? Mais parle ! Ne me laisse pas languir comme ça !

— C'est Rosario Godbout.

— Qu'a-t-il encore inventé, celui-là ?

— Tu ne pourras pas deviner…

À vingt heures trente, le lit de Rosario Godbout était toujours vide. Avait-il fait ses ablutions ? Inquiète, Clémentine s'était rendue à la salle de toilette. Quelle ne fut pas sa consternation d'entendre Rosario Godbout sangloter ! Il refusait d'ouvrir la porte. Pour le convaincre, elle l'avait menacé de le priver de solfège pendant trois jours, punition ultime pour cet enfant passionné de musique. Lorsqu'il avait finalement obtempéré, elle avait découvert qu'il avait introduit son pénis dans un contenant de sirop de gomme d'épinette de Gray. Bien entendu, plus elle tentait de dégager l'organe, plus il grossissait.

En dépit de toute son empathie pour sa compagne et le jeune homme, Angéline Beauchemin dut fournir un effort considérable pour ne pas s'esclaffer. Elle pinça les lèvres et réussit à demander :

— Mon Dieu ! As-tu résolu le problème en cassant la bouteille ?

— J'avais bien trop peur de le blesser. Tu sais comme ça saigne, ces affaires-là ! Rappelle-toi Ulric Charlebois !

Angéline hocha la tête. Elle se souvenait très bien de l'incident. L'année précédente, malgré une surveillance de presque tous les instants, Ulric Charlebois s'était masturbé avec tant de conviction que le frein de son prépuce s'était sectionné.

— C'est encore toi qui veillais, cette fois-là. Décidément… Mais là, si tu n'as pas cassé la bouteille, qu'as-tu fait ?

— J'ai appelé la sœur infirmière à mon secours. Elle a été incapable de délivrer Rosario. Elle s'en est remise à mère supérieure, qui a immédiatement demandé le médecin de garde de l'Institut ophtalmique.

— Lui, l'a-t-il cassée, la bouteille ?

— Je n'en ai aucune idée.

Depuis le début de la journée, Angéline Beauchemin tentait de se libérer de la pénible scène dont elle avait été témoin. Elle hésitait à se confier à Clémentine. Toutes deux n'éprouvaient aucun scrupule à discuter de leurs protégés. Néanmoins, quand il s'agissait de leurs compagnes, elles s'efforçaient de pratiquer la charité chrétienne, mais ce dimanche ferait exception.

— Sœur Sainte-Judith a battu une enfant ce matin. En temps normal, je n'aurais rien vu, or je me suis retrouvée à l'étage des dortoirs vers huit heures. J'ai bien tenté d'intervenir, mais je te dis qu'elle m'a remise à ma place. Si elle se contentait de donner un coup de martinet sur les doigts ou, mieux, d'exiger que la fautive s'agenouille dans un coin ou accomplisse une tâche supplémentaire, j'aurais moins de misère avec ses punitions. Mais là, Clémentine…

À demi-voix, Angéline décrivit la manière dont leur consœur avait corrigé Emma Blais.

— Pauvre enfant. Si on ne veut pas que cette expérience la marque pour la vie, il faut faire quelque chose, et vite.

Pensives, les deux femmes burent une gorgée de leur tisane.

— J'ai une idée ! s'exclama Clémentine. Tu es bien placée pour savoir combien Emma apprécie le chant et la récitation. Peut-être que tu pourrais…

L'année précédente, Angéline Beauchemin s'était vu confier la responsabilité de la petite chorale. Les voix d'enfants la ravissaient. Autant que les grands, sinon plus, les jeunes de cinq à dix ans adoraient chanter. Emma Blais comptait parmi les plus talentueuses de ses élèves.

— Tu as raison. Laisse-moi y penser.

Les deux amies se comprenaient à demi-mot. Comme elles occupaient les deux spectres de l'échelle sociale non officielle, mais bien sentie de la communauté, les hospitalières au bas et les musiciennes au sommet, leur complicité aurait étonné si elle avait été vécue au grand jour. Quant à elles, jamais elles ne s'étaient interrogées sur son origine. Leur connivence existait depuis leur première rencontre.

— Pour en revenir à sœur Sainte-Judith, il m'est souvent arrivé qu'une pensionnaire tente de me parler d'elle, et je me doute bien que ce n'était pas pour la complimenter. Je refuse de prêter l'oreille aux récriminations, surtout parce que je ne sais que répondre. Elle a peut-être fait bien d'autres horreurs qu'on ignore, mais si ses corrections ne laissent pas de marque, que pouvons-nous faire ?

12

Aveugle de naissance, Mlle Augustine Limoges dispensait avec grand talent les cours de solfège. Totalement dévouée, cette vieille fille d'allure revêche occupait le reste de son temps à copier des partitions en braille avec une patience et une application exemplaires. L'Institut Nazareth était sa seule famille, sa raison de vivre.

Aux leçons de solfège quotidiennes données par Mlle Limoges, sœur Beauchemin avait la tâche de s'asseoir sur une tribune surélevée, face aux élèves, d'imposer la discipline et, surtout, de s'assurer que les garçons gardent leurs mains sur leur pupitre. En effet, quelques-uns avaient la mauvaise habitude de toucher leurs parties intimes lorsqu'ils assistaient à une classe dirigée par une non-voyante.

Il lui faudrait prêter une attention spéciale à Ulric Charlebois, sans oublier Rosario Godbout, qui, semble-t-il, n'avait conservé aucune séquelle de sa mésaventure du dimanche précédent. Ni sœur Beauchemin ni sœur Lemieux ne surent comment le garnement avait été délivré de la bouteille de sirop de gomme d'épinette de Gray, mais, chose certaine, cet incident n'avait en rien diminué sa turbulence.

Lors de cette formation, l'on séparait les élèves débutants, moyens et avancés pour plus d'efficacité, mais également pour créer une émulation. Le passage d'un niveau au suivant suscitait une immense fierté.

Le cours de solfège commençait par de l'enseignement théorique et se continuait avec la dictée musicale. Dix minutes avant la fin du cours, Mlle Limoges distribuait les cahiers de solfège contenant les épaisses feuilles embossées de la notation musicale en braille où elle avait sélectionné un court numéro adapté à la théorie du jour. Les quatre voix s'y trouvaient à des pages différentes et bien identifiées afin de respecter le registre de chacun : soprano et alto pour les filles, ténor et basse pour les garçons dont la voix avait mué. Les doigts de plusieurs couraient déjà sur les notes et les mouvements de leurs lèvres témoignaient de leur compréhension.

Pas un seul mot ne serait chanté. Que des notes ! L'une après l'autre, les voix solfiaient leur partie, puis les quatre reprenaient ensemble en polyphonie. Personne ne connaissait la mélodie entière puisque le contenu des exercices ne correspondait à aucun air profane ou religieux. Cette méthode s'avérait éminemment efficace pour atteindre une rapide maîtrise de la lecture musicale, quelle qu'en soit la complexité.

Sœur Beauchemin nota qu'Azilda montrait des signes d'impatience. À dire vrai, la partition à solfier devait lui paraître simpliste. Comme elle avait changé au cours des deux dernières années ! On avait peine à la reconnaître. Cette enfant si douce jouait à la rebelle. Parfois, la religieuse la sentait si déprimée qu'elle craignait pour sa vie. Le comportement actuel d'Azilda lui rappelait à s'y méprendre celui d'Alexina Mailhot, une élève douée en tout, retrouvée pendue au grenier l'année précédente. Quel choc pour le personnel et les pensionnaires ! Par la suite, toutes les religieuses s'étaient mobilisées pour tenter de détecter, avant qu'il ne soit trop tard, les cas susceptibles de suivre les traces d'Alexina. Le suicide s'avérait une solution permanente à un problème temporaire. Tant de jeunes avaient redécouvert la beauté de la vie après quelques années difficiles !

Ainsi, lorsque Azilda avait été portée disparue, la semaine précédente, elle avait imaginé le pire… le fleuve, les roues du tramway, les voitures roulant à toute allure. Avec quel soulagement avait-elle appris son retour ! Étrange. Elle ne s'était pas du tout préoccupée de Philomène Marquis. Cette dernière, il était vrai, incarnait l'équilibre et la joie de vivre.

Sœur Beauchemin se promit de surveiller Azilda de près. Pourquoi ne pas lui confier un rôle important lors de la prochaine fête de la Saint-Raphaël ? La tenir occupée dans un domaine qui la passionnait lui parut le meilleur rempart au découragement. Elle conçut un double plan : l'un pour la Saint-Raphaël et le second où elle la confronterait à un véritable défi. Si son élève la plus talentueuse réussissait à le relever, le public au concert de fin d'année en serait sidéré. D'autant que, cette année encore, la grande salle du Monument-National avec ses mille six cent vingt sièges serait sans aucun doute pleine à craquer.

Les premières mesures de la *Fantaisie en* fa *mineur pour piano à quatre mains, opus 103* de Franz Schubert, avec ses *do do do, do fa do, do do do, do fa do…* se matérialisèrent avec une singulière netteté dans son esprit.

Azilda pourrait très bien tenir la mélodie thématique de ce duo en interprétant le piano *primo*. À qui confierait-elle le piano *secundo* ? Deux ou trois élèves avaient le potentiel et la sensibilité requise pour accompagner Azilda. Un choix judicieux s'imposait si elle voulait atteindre son objectif. Entretenir le suspense concernant l'identité de son ou de sa partenaire le plus longtemps possible maintiendrait peut-être son intérêt. Dans l'intervalle, sœur Beauchemin jouerait la partie complémentaire avec l'un ou l'autre des duettistes.

La religieuse sursauta. Ulric avait abandonné sa feuille sur son pupitre. Elle se leva sans bruit, s'approcha de lui et, comme elle s'y attendait, elle le surprit les mains dans les poches, les yeux révulsés. Le devant de son pantalon se soulevait à un rythme soutenu. Elle lui murmura à l'oreille :

— Monsieur Charlebois ! Reprenez votre exercice et concentrez-vous sur les notes, les notes de musique, monsieur Charlebois.

Le garçon obéit en rougissant.

Nonobstant les irritants, en dépit de la patience infinie dont elle devait faire preuve envers certains élèves moins doués ou plus indisciplinés, Angéline Beauchemin ne regrettait en rien son appartenance aux Sœurs grises de Montréal. Chacune de ses affectations la comblait. Son rêve brisé de devenir infirmière s'estompait avec le temps. Un sentiment de plénitude la gagna en embrassant la classe du regard. Ces enfants étaient les siens. Comme elle les aimait !

Sans crier gare, le souvenir du visage de Napoléon Alarie la nargua.

L'Institut connaissait une effervescence inhabituelle. Si aucun empêchement ne survenait, le chanoine Paul Bruchési se présenterait au 95, rue Sainte-Catherine Ouest pour la deuxième fois cette année. Le 19 janvier dernier, le titulaire de la cathédrale de Montréal avait entretenu les pensionnaires pendant plus d'une heure d'un sujet qu'ils n'étaient pas près d'oublier : l'Exposition universelle de Chicago. Le gouvernement de la province de Québec l'avait d'ailleurs nommé commissaire à ce prestigieux événement, tenu du 1er mai au 30 octobre 1893. Pour l'heure, nul ne connaissait l'objet de son propos.

À l'exception des religieuses responsables de la cuisine et du service aux tables, tous les élèves et les membres du personnel étaient réunis dans la plus vaste pièce de l'établissement, tantôt local de récréation des grandes filles, tantôt salle de rencontre ou de concert. Peu après le repas, les garçons avaient rapidement aligné avec une précision remarquable plus d'une centaine de chaises en bois.

Sur une estrade dressée pour l'événement, la chorale des aînés attendait l'arrivée du prestigieux visiteur pour entamer le chant de bienvenue. De l'index, Anne remonta ses lunettes sur son nez et lissa sa robe. Encadrée de Philomène et de Florida, elle se délectait de l'atmosphère électrique autour d'elle.

Assise au premier rang, sœur Beauchemin surveillait l'entrée de l'ecclésiastique. Son parcours atypique la fascinait. Né à Montréal, il avait suivi sa formation théologique à Rome avant d'être ordonné prêtre par le cardinal Monaco dans la basilique majeure de Saint-Jean-de-Latran.

On le disait intelligent et très attaché à la cause de l'Institut. Depuis le début de la semaine, on ne parlait que de cet invité de marque. Il avait en outre été une occasion de dispute entre sœur Beauchemin et sœur Sainte-Judith.

La relation entre les deux religieuses avait toujours été tendue, mais elle avait empiré depuis que sœur Beauchemin avait été témoin de la brutalité de sa consœur envers la petite Emma. Voilà une heure à peine, l'hospitalière l'avait apostrophée à la sortie du réfectoire, elle ne se souvenait plus sous quel prétexte. Ses paroles acides la secouaient encore : « Dans des occasions comme aujourd'hui, vous jouez les vedettes. Vous avez le beau rôle ! Un petit concert par-ci, une chorale par-là ! Vous récoltez les compliments alors que nous autres, on torche les enfants depuis le matin ! Vous êtes mises en évidence avec vos élèves, et nous on travaille dans l'ombre. Je ne suis qu'une servante ici, moi. Et les servantes, quand on reçoit du monde de l'extérieur, on ne daigne même pas les regarder. Elles n'existent pas, les servantes. De quoi auriez-vous l'air si vous aviez à présenter des musiciennes mal attriquées, les vêtements tachés, les têtes échevelées, hein ? »

Sans lui laisser le temps de riposter, sœur Sainte-Judith avait tourné les talons pour retourner au réfectoire, en marmonnant qu'elle avait oublié un sac. « Quelle chipie ! » songea Angéline Beauchemin. Pour contrer sa frustration, elle tenta de se concentrer sur l'enseignement du Christ. « Aimez votre prochain comme vous-même. N'empêche... Y en a qui s'ingénient à multiplier les embûches dans ma quête de sainteté. Il faut que j'oublie ce que dit ma malheureuse compagne si je ne veux pas gâcher l'incommensurable plaisir que me procure la présence du chanoine. »

Des bruits de pas énergiques, des froissements de vêtements, des voix étouffées, puis un mouvement de chaises à l'avant signalèrent l'arrivée des invités d'honneur. Escorté par la mère supérieure, le chanoine Bruchési prit place au milieu de la première rangée.

Dans un chuchotement inaudible de la salle, sœur Laviolette, debout devant le chœur, donna le départ de la chorale en scandant fermement « deux ».

Le chœur entonna *The Heavens are Telling,* chant qu'affectionnait Anne, notamment à cause du tempo joyeux et du rythme entraînant.

Sœur Laviolette avait traduit de l'anglais les paroles de la pièce de Haydn qui serait reprise lors du concert prévu à la Saint-Raphaël.

Les cieux nous racontent l'immense gloire de Dieu
Les merveilles de son œuvre visibles du firmament
Aujourd'hui, on nous entretient de sa grande bonté
La nuit venue, nous garderons espoir.

Azilda était au piano, fonction qu'Anne aurait bien aimé accomplir, mais, dut-elle s'avouer à regret, elle n'avait ni la technique ni la dextérité d'Azilda. Son admirable phrasé et son toucher sensible l'ébahirent et, l'espace d'un instant, une pointe d'envie gâcha son plaisir de chanter.

Aussitôt la pièce vocale terminée, sœur Boulanger invita le prélat à prendre la parole pendant que les membres de la chorale regagnaient leur place.

À la fin de la trentaine, ce prêtre présentait un visage fascinant, délicat, des lèvres bien dessinées, un regard direct et perçant derrière ses lunettes cerclées de métal argenté, accrochées à de toutes petites oreilles. Depuis une dizaine d'années, Nazareth avait l'insigne honneur de lui ouvrir les portes au moins deux fois l'an, au grand plaisir des religieuses qui jouaient du coude pour se tenir à ses côtés. Bien entendu, la supérieure détenait d'office ce privilège, mais elle n'occupait tout de même qu'un côté. À chacun de ses passages, les chants et les pièces musicales que lui offraient les élèves les plus talentueux le comblaient. À l'occasion, des journalistes reprenaient dans leur chronique ses élogieux commentaires sur l'Institut.

Habitué à tous les égards, le chanoine se présenta sur l'estrade, persuadé de susciter l'intérêt de tous. Il commença son allocution d'une voix empreinte de commisération.

— Mes chers enfants, je me retrouve parmi vous avec un bien grand plaisir. Non, je ne vous ai pas vus depuis janvier, mais je puis vous assurer que je n'ai cessé de penser à vous. Je plaide la cause des pensionnaires de Nazareth régulièrement et je vante vos talents et votre courage. Y en a-t-il qui se souviennent du sujet de mon discours lors de ma dernière visite ?

Anne n'était pas à l'Institut en janvier 1894. Du mouvement et des murmures autour d'elle la portèrent à croire que certains ou certaines connaissaient la réponse et levaient la main. Les siennes sur les genoux, les yeux clos, elle attendit.

Le prélat donna la parole au gaillard de la troisième rangée. Au premier mot, Anne reconnut Mathias Vézina. Il se trouvait juste derrière elle. Ce ne pouvait être arrangé. À n'en pas douter, il s'agissait d'une coïncidence.

— Vous nous avez parlé de l'Exposition universelle de Chicago qui célébrait, une année trop tard, le quatre centième anniversaire de l'arrivée de Christophe Colomb en Amérique. Vous nous avez décrit des palais, comme celui des femmes...

Les paroles de Mathias s'accompagnaient de caresses discrètes sur les épaules d'Anne. Une fois de plus, en dépit de l'imposante assistance, elle avait l'impression qu'il n'y avait qu'elle et lui dans la grande salle.

Anne constata avec consternation qu'il ne pouvait savoir où elle se trouvait. Il agissait donc ainsi avec n'importe qui. Compte tenu de la parfaite maîtrise de son discours, ressentait-il de l'émotion ? Incapable de supporter ce contact plus longtemps, mortifiée, elle s'avança sur sa chaise.

— ... où tous les travaux avaient été effectués par des femmes, y compris la reine Victoria, les princesses et les marquises. Vous avez vu des dentelles, des ornements d'église, des toilettes raffinées. Vous nous avez dépeint le palais de l'horticulture et celui des moyens de transport.

« Moi qui te croyais conquis par ma petite personne ! Moi qui me pensais unique ! Que j'ai été bête ! Mathias Vézina, je te déteste ! » aurait hurlé Anne.

— Vous avez raison sur toute la ligne, monsieur. Vous pouvez vous rasseoir. Maintenant, qui se souvient du contenu de cette exposition ?

Voisine d'Anne, Agnès Bérubé s'agitait sur sa chaise. Elle secouait la main avec l'énergie du désespoir. Elle capta enfin l'attention du chanoine, qui l'encouragea à prendre la parole.

Avec une étonnante précision, Agnès résuma l'évolution des types de véhicules dans l'histoire de l'humanité, de la simple brouette aux locomotives, et rappela la description de l'élégant wagon Pullman, semblable à un château sur roues, avec salle à manger, salle de bains, chambre et salon meublés avec luxe et apparat.

— Merci, mademoiselle, vous êtes dotée d'une mémoire surprenante. Permettez-moi d'introduire le sujet dont j'aimerais vous entretenir cet après-midi. Dans ce palais des transports, on y retrouvait une réplique de la nacelle dans laquelle Christophe Colomb avait gagné les plages de l'Amérique. Une image de la Sainte Vierge Marie ornait...

Un cri de panique interrompit l'élan oratoire du chanoine.

— Au secours ! J'ai perdu mon œil ! Qui peut m'aider à le trouver ?

Quelques enfants aveugles à Nazareth portaient des yeux de verre à la suite d'une énucléation. Ces prothèses remplaçaient les globes oculaires suppurants ou douloureux. Il s'agissait d'une intervention chirurgicale pratiquée couramment à l'Institut ophtalmique. Si un élève doté d'une telle prothèse penchait trop brusquement la tête ou chutait, celle-ci pouvait s'échapper de la cavité.

Agnès glissa à l'oreille d'Anne :

— Timothée Garceau ! Comment a-t-il fait son compte, là ? Dehors, à la récréation, je comprendrais mieux. Pourvu qu'on le retrouve en un seul morceau.

Âgé de huit ans, l'enfant n'en était pas à une première du genre.

— Depuis l'année dernière, l'œil a été piétiné à deux reprises, et à trois autres il l'a récupéré intact.

— Pauvre père, ça doit lui coûter cher !

La main devant la bouche, Agnès ricana.

— Bien, justement Anne, son père, il est loin d'être pauvre ! Il a un hôtel à la place Jacques-Cartier. C'est proche du port, alors c'est toujours plein et...

Anne attendait la suite, mais Agnès se tut quand le remue-ménage cessa. Le chanoine s'assura que le jeune homme avait récupéré son œil et il poursuivit à l'endroit exact où on l'avait interrompu.

— Je disais donc qu'une image de la très Sainte Vierge Marie ornait la proue de sorte que tous les étrangers, qu'ils soient catholiques ou protestants, étaient forcés de lui rendre hommage au passage. Oui, notre Sainte Mère a guidé nos fameux voyageurs aussi sûrement qu'elle vous guide, mes chers enfants, tel un phare illuminé...

Sœur Beauchemin sourit. Voilà que leur invité abordait un sujet pour lequel il s'était montré intarissable dans le passé. Pendant plus d'une heure, il partagea sa vénération pour Marie, perle de la création.

Remercié avec empressement par la supérieure, le chanoine Bruchési accepta, comme il en avait l'habitude, de se joindre à l'assemblée au réfectoire.

Parmi les bruits de chaises poussées et tirées, Anne entendit distinctement Mathias lui chuchoter à l'oreille :

— Ton odeur me rend fou, Anne Alarie.

Ainsi, il l'avait reconnue. Ainsi, ses caresses s'adressaient bien à elle. Un indicible soulagement la gagna. Elle ferma les yeux derrière ses lunettes et contint un sourire.

Au fait, qu'avait-elle de particulier, son odeur ? Tous les matins, elle se lavait avec un savon fabriqué par sa mère, un savon au miel, à la cire d'abeille et au lait de chèvre. Chaque semaine, elle l'utilisait pour ses cheveux. Elle promit d'utiliser le même sa vie durant.

Dès que sœur Beauchemin mit les pieds au réfectoire, elle se fit rabrouer par sœur Jobin, habituellement si gentille. La frustration de la religieuse provenait du fait que, comme toutes les hospitalières lorsque des invités se présentaient à Nazareth, elle avait fort à faire. En bref et en moins déplaisante, elle lui servit un discours similaire à celui de sœur Sainte-Judith. Décidément, on s'était donné le mot pour lui manifester du mécontentement.

Dans l'entrebâillement de la porte de la cuisine, sœur Albina Toupin, une autre qui travaillait dans l'ombre, réclamait sœur Beauchemin par des signes si désespérés que celle-ci s'empressa de la retrouver.

— Allez me chercher Octavie Dionne.

Sœur Beauchemin aurait préféré une demande et non un ordre. Mais la tension sur le visage de la cuisinière la retint de riposter.

— La vlimeuse ! Elle disparaît au moment où j'en ai le plus besoin ! Si vous saviez… Si vous saviez !

Mais oui, sœur Beauchemin savait. Elle aurait été capable de lui répéter mot à mot son discours habituel. Une collation où l'on mettait les petits plats dans les grands, du café pour les adultes, du lait pour les élèves, une présentation hors de l'ordinaire ; toutes ces tâches additionnelles occasionnaient à la cuisinière bien des soucis, des heures supplémentaires et un stress difficile à gérer, pour celles qui servaient le goûter également.

Oui, les enseignantes, les hospitalières et les auxiliaires considéraient comme plus que privilégiées les religieuses affectées à l'école de musique, et cela, sœur Beauchemin le savait très bien. Les tensions se manifestaient souvent entre elles à ce sujet, encore plus lors des récitals offerts aux visiteurs, dont plusieurs étaient des invités de marque. Par moments, même les exhortations à la charité chrétienne de la part de la supérieure ne parvenaient pas à calmer les esprits.

La présence du chanoine Bruchési attisait le mécontentement de celles qu'il ignorait. À quelques exceptions près, seules la mère supérieure, la directrice de l'école de musique et les enseignantes-musiciennes impliquées dans la tenue du concert de bienvenue avaient droit à une parole ou à un regard de l'illustre personnage.

Occupées à savourer l'inhabituel goûter, Anne et ses amies étaient bien loin des préoccupations des religieuses.

— En mangez-vous souvent de la crème en glace à Saint-Léon ? s'enquit Philomène.

— Une fois par année ! Maman en fait au jour de l'An, c'est une tradition chez nous. Comment ça se passe chez vous ?

— Moi, ma mère n'a jamais le temps pour ce genre de choses. Surtout maintenant... elle fréquente...

Anne eut du mal à entendre les derniers mots. Philomène avait tellement honte de sa situation familiale ! Sans être explicite, elle enviait celle d'Anne, en tout point conforme aux attentes sociétales.

— Ce que tu dis tout bas, Philomène Marquis, ose donc le dire tout haut !

Une fois de plus, le complexe de persécution d'Agnès Bérubé prenait le dessus. Incapable de lui manifester la moindre compassion, Philomène rétorqua, agacée :

— Tu n'es pas le centre de l'univers, Agnès Bérubé. Ça se peut qu'on ait d'autres intérêts que ta petite personne.

— T'es pas obligée d'être blessante...

Anne s'apprêtait à calmer le jeu quand sœur Lemieux s'interposa.

— Mademoiselle Alarie, cette jeune fille m'a demandé de la conduire à vous. Accepteriez-vous de me la ramener avant de nous quitter tout à l'heure ?

De sa voix flûtée, Emma Blais remercia la religieuse. Anne la reconnut aussitôt.

— Bien sûr, ma sœur, comptez sur moi.

Depuis sa dernière correction au dortoir, Emma l'avait prise en affection, un sentiment mutuel et réciproque. Loin de déplaire à Anne, la présence d'Emma lui rappelait celle de Sarah. Il lui tardait tant de retrouver sa petite sœur et de lui présenter Emma ! Elles n'avaient que quelques mois de différence, après tout.

— Viens, Emma, je vais te donner de la crème en glace.

Cette diversion fit diminuer d'un cran la tension entre les grandes. Agnès Bérubé conversait avec Florida. En dépit de ses indéniables aptitudes, Agnès ne se sentait jamais à sa place et croyait à tout instant qu'on parlait d'elle. Ce comportement expliquait en grande partie son exclusion.

Contre toute attente, le chanoine se présenta à leur table.

— Alors, mes enfants, ce goûter vous plaît ?

Son interrogation récolta un acquiescement unanime.

— Cette école regorge de talents, je l'ai toujours dit et je ne me gêne pas pour répandre la nouvelle où que je sois. À compter d'aujourd'hui, je pourrai ajouter à mes louanges de Nazareth la dextérité extraordinaire d'une pianiste et la voix exceptionnelle d'une mezzo-soprano. Je m'adresse à la soliste. Quel est votre nom ?

— Philomène Marquis, monsieur.

Le chanoine Bruchési mit aussi en valeur Azilda, dont l'indifférence détonnait avec l'enthousiasme de Philomène.

— Et vous, mademoiselle, vous portez de bien jolies lunettes.

— Merci, monseigneur.

Anne songea à ses parents, à sa mère surtout. Comment réagirait-elle quand elle saurait qu'un chanoine s'était intéressé à elle, en personne ?

Bon, rien de glorieux à se faire dire que l'on avait de jolies lunettes, mais au moins elle n'avait pas été invisible. Un sentiment d'intense fierté l'envahit. Un notable l'avait remarquée, une fillette réclamait sa présence, des amies se plaisaient en sa compagnie. Anne serra la main d'Emma et offrit au prélat son plus beau sourire, du moins elle l'espérait.

Jeudi. Déjà. Depuis qu'il avait ouvert l'œil, Napoléon avait sorti sa montre de poche à au moins dix reprises. Le temps le défiait à force de s'étirer. Enfin, à huit heures, il attela son cheval à un boghei et le lança en direction du bureau de poste.

Une lettre de l'Institut Nazareth l'attendait-elle comme il l'espérait ?

Par la grande vitre de la devanture, il vit le cordonnier penché sur son établi, un marteau à la main. Concentré sur sa tâche, il n'avait pas remarqué sa présence. Il lui tardait tant de lire sa fille qu'il choisit de gravir l'escalier menant au logis d'Aristide Peltier plutôt que d'entrer dans sa boutique.

La mine préoccupée de Rosanne contrastait avec son habituelle jovialité.

— Comment va notre postière ce matin ?

— Pas bien, Napoléon. Je n'ai pas encore eu de nouvelles de mon énergumène de Montréal. Pourtant, il m'avait promis que je recevrais ma marchandise au plus tard dans les quinze jours après la signature de la commande. Ça fait presque trois semaines, là. Je ne voulais pas te croire quand tu m'as apporté ton journal ! Bien là, je commence à perdre espoir.

Rosanne avait été victime d'une canaille, Napoléon en était convaincu. Lorsqu'il lui avait présenté la coupure de presse, elle l'avait d'abord traité d'oiseau de malheur et refusé de se rendre à l'évidence. Nul besoin aujourd'hui d'en rajouter.

— Maudite marde ! Vingt piastres chez le diable, tout probable. Un méchant trou dans mes finances ! Un bel homme pas fiable… Ça m'apprendra. Tu dis rien à M. Peltier, hein, Napoléon ?

— Je me répète, Rosanne : s'il est mis au courant, je ne serai pas en cause, tu peux en être sûre.

La postière devina aisément le but de la visite du ramancheur. Sans plus tarder, elle lui tendit une enveloppe en provenance de Montréal.

— Écriture inconnue, adresse du destinataire connue.

Napoléon saisit la précieuse missive.

— Merci, Rosanne. C'est choquant ce qui t'arrive, mais si ça peut te consoler, sache que tu n'es pas la seule à avoir été trompée par ce beau parleur.

— Ça ne me redonnera pas mes vingt piastres.

— Tu as raison. Tâche de ne pas te laisser abattre.

— Plus facile à dire qu'à faire, mais enfin… Bonne journée, et mes salutations à Pierrette.

À peine la limite du village dépassée, Napoléon arrêta son cheval en bordure de la route, sortit la lettre de sa poche et déchira l'enveloppe.

Bonjour, papa, bonjour, maman.
Comment allez-vous ? Comment vont mes frères et mes sœurs ?

Introduction identique à ses messages précédents. Dans sa réponse, il s'efforcerait de lui écrire au moins un paragraphe sur les activités de chacun de ses enfants.

Comme prévu dimanche, maître Lanthier et sa femme avaient emmené Anne dans leur demeure. Elle ne tarissait pas d'éloges à leur endroit, vantant leur gentillesse et la qualité de leur accueil. Tiens ! Une surprise. Benjamin Ricard s'y trouvait aussi. Il lui parut soudain étrange qu'un ancien de Saint-Léon-le-Grand travaille au quotidien qu'il dévorait. À son grand regret, les articles de *La Minerve* n'étaient pas signés, il lui était donc impossible de savoir lesquels rédigeait Benjamin.

L'auteure de la transcription en noir avait-elle censuré le récit d'Anne relatant leur sortie à Notre-Dame-de-Bon-Secours et la disparition de deux de ses compagnes ? Avec la curiosité qu'il lui connaissait, sa fille aurait très bien pu se laisser entraîner dans cette aventure. Napoléon reprit sa lecture quand il faillit s'étouffer. Le retour à Nazareth s'était fait en tramway. Son pouls s'accéléra. Exposer des aveugles à un tel danger, quelle imprudence !

Son estomac se noua. Pourtant, il n'avait mangé qu'un bol de gruau. D'un léger coup de fouet, il ordonna à son cheval de poursuivre la route. De loin, il n'aperçut qu'une voiture garée près de la maison d'Antoine, mais d'autres patients s'y étaient peut-être rendus à pied.

Napoléon poussa un soupir de soulagement en pénétrant dans la salle d'attente, vide, mais la porte du cabinet était fermée. Il se laissa tomber sur une chaise. Pourvu qu'Antoine puisse se libérer après cette consultation ! Il lui tardait de s'épancher. Pour tromper son impatience, il relut la lettre d'Anne et son inquiétude monta d'un cran.

La femme d'Hector Simard, le forgeron du village, sortit enfin. Soucieuse, Édouardina se contenta de le saluer d'un signe de tête. Son tour de taille ne changeait pas, qu'elle soit enceinte ou non, mais son visage tourmenté et son mutisme préoccupèrent le ramancheur. Antoine venait-il de lui annoncer une treizième grossesse ?

Hector ne perdait pas une occasion de rappeler à qui voulait l'entendre qu'il avait contribué généreusement au peuplement de la patrie, sans jamais nommer Édouardina, comme s'il avait conçu seul sa progéniture. Et la patrie l'avait bien récompensé. En juillet 1891, peu après la naissance de son douzième rejeton, le gouvernement provincial lui avait alloué cent acres de bonne terre grâce à une mesure instaurée sous l'administration d'Honoré Mercier dans le but d'encourager les grosses familles.

Désormais, Édouardina s'évadait de ses responsabilités maternelles et ménagères quelques heures tous les deux jours de la mi-mai à la mi-septembre pour entretenir son potager, beau temps, mauvais temps. Patiente et ingénieuse, Bérangère, sa fille aînée, tenait la maison et prenait soin des enfants aussi bien qu'elle. Devant ses belles rangées tracées avec amour et exemptes de mauvaises herbes, Édouardina éprouvait une incommensurable fierté. Frais l'été, ou le reste du temps en conserves, les légumes diversifiaient maintenant l'alimentation quotidienne des Simard.

Prénommé Antoine en signe de reconnaissance envers le médecin qui avait épargné à la mère les grosses douleurs de l'accouchement grâce à une légère anesthésie, le petit dernier des Simard avait fêté son troisième anniversaire en juillet. Qu'il soit toujours le benjamin de la famille en surprenait plus d'un.

La porte du cabinet ne s'ouvrit qu'une dizaine de minutes après le départ d'Édouardina. Vêtu de son pardessus, Antoine s'étonna de la présence du ramancheur à cette heure.

— Napoléon ? As-tu besoin d'un médecin ?

— Je n'ai pas besoin du docteur, mais de l'ami. Mais tu sortais, à ce que je vois. On se reprendra plus tard.

— J'ai promis à M. Philibert de l'aider à descendre des attelages et des traîneaux du grenier. Ce ne sera pas long. As-tu le temps de te joindre à moi ? Chemin faisant, tu m'expliqueras ce qui t'amène…

Aucune urgence, aucun rendez-vous n'obligeait Napoléon à retourner chez lui dans l'heure. Il monta dans le *Jumpseat* de son ami. Baptiste Philibert, le père de la première épouse d'Antoine, dirigeait une entreprise de location de voitures située à quelques arpents de là.

— Que t'arrive-t-il, Napoléon ?

Ce dernier lui résuma la lettre d'Anne et sa voix s'enfla quand il lui relata l'expédition de sa fille en tramway.

— Je me demande si les sœurs ne sont pas irresponsables. Elles n'étaient que deux pour surveiller tout un groupe de jeunes aveugles. D'ailleurs, au cours de cette randonnée, elles ont perdu la trace de deux pensionnaires. Anne aurait pu être de celles-là. Tu imagines ma petite fille écartée dans Montréal ?

— Les ont-elles retrouvées ?

— Trois heures plus tard. Le pire a été évité. Pour l'instant. Pas plus tard que cette semaine, deux accidents impliquant le tramway sont survenus à Montréal. Une charrette pleine de déchets ramassés dans les marchés a percuté un wagon et l'a fait dérailler !

— Y a-t-il eu des blessés ?

— Non, mais il aurait pu y en avoir ! Et si le train avait versé ! Le conducteur de la charrette, un jardinier de Maisonneuve, s'en est sorti indemne. Un véritable miracle, paraît-il, parce que sous la force de l'impact l'homme a été projeté dans les airs, puis a fait une culbute pour retomber sur son chargement renversé sur la voie ferrée de la rue Craig.

La maison et les bâtiments de Baptiste Philibert approchaient. Napoléon s'empressa d'exposer les faits du second accident.

— Le règlement fixe le nombre de passagers sur les passerelles, mais aucune loi ne tient compte des présences sur les marchepieds. Aux heures de pointe, de quinze à dix-huit personnes s'y entassent. Un jeune homme a tenté de sauter d'un wagon à un autre alors que le tramway circulait. Il a manqué son coup et a perdu la vie. C'est épouvantable. Quand je pense qu'Anne…

Pendant ses études à Montréal, Antoine avait emprunté le tramway à plusieurs reprises, mais il ne se souvenait pas d'un accident grave. À cette époque, des chevaux tiraient les wagons. L'électrification avait certes augmenté la vitesse des déplacements. Néanmoins, il s'expliquait mal cette mort affreuse.

— Je t'arrête tout de suite, Napoléon. Rien de fâcheux n'est arrivé à ta fille, pas vrai ?

— Pour l'instant ! Mais avoue avec moi que les nouvelles ne sont pas rassurantes.

Baptiste Philibert vint à leur rencontre.

— Tu nous amènes de la belle visite, Antoine.

— Je vous amène des bras.

Tout en déménageant les équipements, Napoléon les informa que l'ancien premier ministre Honoré Mercier avait été hospitalisé récemment à Notre-Dame pour des complications de son diabète.

Un journaliste de *La Minerve* a interviewé le Dr Rottot à son sujet. Ce dernier a admis que, de toute sa carrière, jamais il n'avait traité un patient si exceptionnel. Selon lui, quatre-vingt-dix-huit pour cent des gens souffrant d'une maladie similaire et rendus à ce stade seraient morts depuis longtemps. Pour résister ainsi, M. Mercier devait avoir une constitution de fer, avait-il déclaré. Il avait déjoué tous les pronostics des spécialistes.

— Peut-être y a-t-il de l'espoir ?

— Il faut bien un médecin pour parler comme ça. Je n'ai pas l'habitude de déblatérer, Antoine, mais Mercier ne mérite aucune sympathie. Je ne changerai pas d'idée, même après sa mort.

Du regard, Antoine et Napoléon convinrent de ne pas pousser la discussion. Contrairement à eux, Baptiste Philibert n'avait pas appuyé les discours autonomistes de Mercier avant son élection, pendant son règne ou après sa ruine. Mieux valait aborder un autre sujet.

13

Une mélodie céleste tira Anne du sommeil. Mais oui, on était bien le 24 octobre, jour anniversaire de l'archange Raphaël. Immobile, Anne se délectait. La flûte, les violons et le minuscule harmonium transporté sur un chariot de dortoir en dortoir soutenaient à merveille le chant des quelques élèves choisis dans la petite et la grande chorale pour participer à cette aurore magique. Elle ne sut discerner la voix de Philomène, mais reconnut d'emblée le beau vibrato de Mathias. Le visage souriant, elle prit conscience de sa chance, que dire, de son privilège de fréquenter un établissement où la musique occupait tant de place. Les violons, puis un piccolo, amorcèrent un air de Mozart. Anne connaissait cette pièce. Mais oui, il s'agissait du deuxième mouvement de la *Symphonie n° 40 en* sol *mineur*. Quelle douceur ! Un pur ravissement.

Même si ses compagnes lui avaient décrit le réveil lors de ce jour de congé tant attendu, jamais Anne ne l'aurait imaginé féerique à ce point. Dès que les accords s'estompèrent, elle sauta du lit, débordante d'énergie. À n'en pas douter, ses voisines de lavabo ressentaient comme elle une joyeuse fébrilité.

Anne arriva l'une des premières à la chapelle. Elle se dirigea vers le jubé d'où les choristes interpréteraient la *Prière du soir* de Gounod à la fin de la cérémonie. Une fois sa place repérée, elle soupira de contentement. Une prière du soir le matin ! Chaque jour depuis deux semaines, la chorale des grands répétait cette pièce, en plus du répertoire spécial offert en ce jour de la Saint-Raphaël.

Mathias occuperait la dernière rangée, à l'opposé de l'emplacement d'Anne. « Il s'insinue dans mes pensées au moment où je m'y attends le moins, trop souvent... » Néanmoins, au lendemain de sa confession, elle avait décidé de le tenir à distance, en elle et autour d'elle. Puis, après réflexion et discussion avec Philomène, elle avait mis en doute la pertinence de sa résolution. « Pourquoi renoncer à d'agréables moments ? lui avait chuchoté son amie. On est tout le temps dans le sacrifice. Crois-tu vraiment que le Bon Dieu te demande cette privation en plus ? Un Dieu méchant, oui, mais pas le Bon Dieu. » « Que de misères accablaient le monde créé par ce Bon Dieu », se dit Anne. Pourtant, elle le priait chaque jour avec conviction, persuadée qu'une explication aux maux de l'humanité devait bien exister même si elle n'en avait aucune pour l'instant.

Le bruissement des robes, le claquement des repose-pieds, le glissement des fidèles dans les bancs de la nef s'allièrent à l'écho des pas des chantres qui entraient dans le jubé. Ces derniers resteraient debout durant toute la cérémonie, sauf pendant le sermon.

À deux reprises, sœur Beauchemin frappa le lutrin de sa baguette, puis l'organiste donna la note. Tous se joignirent à la chorale, de l'introït à l'Évangile.

Du haut de la chaire, le chapelain invita ses ouailles à s'asseoir. Il commenta l'Évangile du jour, puis, d'une voix enjouée qu'Anne ne lui connaissait pas, il déclara : « Mes bien chers frères et sœurs, permettez-moi de vous rappeler l'histoire de Tobit, devenu aveugle, et de son fils Tobie », en insistant sur la terminaison des deux prénoms pour bien les distinguer. « Je vous rappellerai pourquoi l'archange Raphaël fut proclamé patron des aveugles. »

Pour la première fois, Anne entendait toute cette histoire d'une autre personne que sa mère. Pourquoi lui parut-elle plus crédible et plus romanesque, tout au moins dans la seconde section ? Lors de sa dernière partie de cartes, Anne avait appris les détails scatologiques du drame de Tobit, ce vieillard devenu aveugle et miséreux. Avec un intérêt renouvelé, elle apprécia les aventures de Tobie, envoyé par son père dans une lointaine contrée dans le but de récupérer une somme d'argent laissée chez un parent. Sous les traits d'Azarias, un frère de race, l'ange Raphaël proposa à Tobie de l'accompagner. Le premier soir de leur périple, Raphaël incita Tobie à pêcher. Avec une facilité déconcertante, le jeune homme captura un poisson qui leur servit de repas et fournit à Raphaël la base de deux remèdes mystérieux. À Ecbatane, les voyageurs s'arrêtèrent chez le parent détenant le sac de pièces de Tobit. Sara, la fille de leur hôte possédée par le démon Asmodée, se morfondait à la suite du décès de son septième mari, tué à l'instar des six précédents pendant la nuit de noces par le suppôt du diable.

Le chapelain avait le don de créer le suspense. Momifiée, Anne imaginait la rencontre providentielle de Tobie et de Sara. Amoureux fou de cette femme dès le premier regard, Tobie craignait d'y laisser sa vie lui aussi, mais son compagnon le rassura. Le démon fuirait s'il brûlait les entrailles du poisson devant Sara. Ce qui fut dit fut fait. Le mariage fut célébré. Tobie survécut à sa nuit de noces et Sara fut à jamais délivrée.

Le cas de Sara émut Anne autant que la guérison de Tobit au retour des voyageurs. Raphaël enseigna à Tobie comment servir le remède fabriqué avec le fiel du fameux poisson. Bref, Tobit recouvra la vue et son argent.

En conclusion, le chapelain leur ménagea une surprise.

— Avec mon accord et celui de notre directrice de l'école de musique, sœur Beauchemin a choisi de faire interpréter pendant l'Offertoire le *Laudate Dominum* de Gounod, pièce de coutume réservée aux vêpres. Quelle belle louange à la bonté de l'Éternel ! Nous l'avons donc jugée appropriée aux circonstances. L'accompagnement sera inhabituel.

En aucun temps Anne n'avait entendu d'instrument profane dans la chapelle. Et voilà que retentissaient les premières notes du *Laudate,* non à l'orgue, comme elle s'y attendait, mais au piano. Philomène se pencha à son oreille.

— Écoute bien ça. Notre amie Azilda s'en donne à cœur joie, hein ?

« Notre amie ? ronchonna Anne. Parle pour toi, Philomène Marquis ! » Azilda Labelle, encore l'accompagnatrice de la chorale ? Pourquoi pas Aurore Lanctôt, aussi talentueuse qu'Azilda, mais charmante, celle-là ?

En solo pendant une éternelle minute, Azilda rendit à la perfection cette musique sacrée qui semblait tout droit sortie du ciel.

Le cœur d'Anne se broya. Damnée jalousie ! L'élancement s'accentua lorsque, de sa voix puissante, Philomène entonna le premier verset du psaume, *Laudate Dominum Omnes gentes.*

« Envieuse ! Tu es envieuse, Anne Alarie ! Non seulement Azilda a plus de talent que toi, mais en plus elle accompagne Philomène ! Ah ! Mon Dieu ! Aidez-moi ! » Sans joie, elle reprit *Laudate eum, omnes populi* et les trois vers suivants.

Le chef-d'œuvre de Gounod lui permit de se ressaisir quelque peu. Le chœur débuta dans un murmure, puis résonna bientôt dans toute la chapelle. Quand les voix des ténors et des basses se joignirent à celles des sopranos et des altos, Anne tressaillit d'allégresse. Qui, à part elle, avait été privé du bonheur de ces chants sublimes dans son enfance ?

Le prêtre conclut la cérémonie avec emphase : « Je vous bénis, mes chers enfants, et vous souhaite d'endurer votre condition, quelle qu'elle soit, avec courage et bonne humeur. Amen. »

Anne avait retrouvé un semblant de paix et, dès qu'elle eut regagné le corridor, elle anticipa avec plaisir l'étape suivante. La tradition voulait qu'à cet endroit la petite chorale s'unisse à la grande pour chanter *a cappella* une chanson du folklore dédiée à toutes les religieuses, quelle que soit leur fonction, en guise de reconnaissance pour leur dévouement à leur égard.

Sœur Laviolette leva les bras et compta: un, deux.

V'là l'bon vent, v'là l'joli vent
V'là l'bon vent, ma mie m'appelle…

Quatre voix et en canon, *V'là l'bon vent* mit un baume bienfaisant sur tous ses irritants. Aucun sentiment négatif ne résista à la féerie. Les religieuses signifièrent leur appréciation par des applaudissements enthousiastes.

Exceptionnellement, le silence n'était pas de rigueur dans les corridors. Philomène, Florida et Anne descendirent ensemble au réfectoire.

Sœur Sainte-Judith leur offrit du pain grillé, du fromage d'Oka et de la confiture au lieu de la soupane et du pain sec. Même en leur proposant une surprise, Sainte-Judith ne parvenait pas à créer une atmosphère agréable, ce qui ne les empêcha pas de savourer ce déjeuner spécial.

— Ça, c'est digne d'une fête, les filles. Quand ça arrive, il faut en profiter !

— Tu as raison, Florida, acquiesça Anne. Mais vous ne trouvez pas que ce fromage a une odeur bizarre ?

Il n'était pas dans les habitudes de Pierrette Alarie de servir à table des produits « achetés tout faits ». Le gruau, les galettes de sarrasin, le pain de ménage, le porc frais et les fèves au lard constituaient l'essentiel des petits déjeuners chez les Alarie. Ce matin, Anne n'aurait changé sa place contre pas un de ses frères et sœurs. En dépit de son effluve, l'Oka s'avéra délicieux.

Au passage, sœur Poirier entendit Anne commenter le goût de l'Oka.

— Il s'agit du premier fromage commercial de chez nous, mademoiselle Alarie. Connaissiez-vous le village d'Oka ?

— Bien non, ma sœur, ni le village, ni le fromage.

L'enseignante s'empressa de résumer les origines du monastère des pères trappistes depuis leur expulsion de la France, sous la IIIe République, jusqu'à leur installation, en 1881, en bordure du village d'Oka près du lac des Deux-Montagnes. En un rien de temps, leur terrain en friche se transforma en vergers, en jardins et en pâturages luxuriants. Concurremment, ils se lancèrent dans la fabrication de leur fromage qui, en quelques années, devint un fleuron de la gastronomie au Québec, en plus de générer des revenus permettant aux religieux de subvenir à leurs besoins.

Un an auparavant, les moines avaient fondé l'École d'agriculture d'Oka. En accord avec les autorités ecclésiastiques, le gouvernement du Québec avait approuvé l'ouverture de ce centre d'enseignement. Ainsi, les Cisterciens de la Stricte Observance transmettaient désormais leur savoir à nombre de jeunes gens, de futurs agents multiplicateurs.

— N'est-ce pas extraordinaire de constater l'apport de ces hommes ?

Sans attendre la réponse, sœur Poirier conclut son discours comme en classe.

— Avez-vous des questions ?

— Non, ma sœur ! s'exclamèrent ses élèves en chœur.

La chaise entre Philomène et Anne restait vide. Où était passée Azilda ?

— Avez-vous apprécié l'interprétation d'Azilda tantôt, les filles ?

Toutes s'unirent à Philomène pour vanter le talent de la musicienne. Anne sentit le besoin d'en rajouter.

— Je vais être franche : je suis émerveillée. Elle joue aussi bien que sœur Beauchemin, ce n'est pas rien…

— Que c'est agréable quand on parle dans mon dos en ces termes ! Merci, mademoiselle Alarie !

Furieuse qu'Azilda ait compris ses éloges, Anne tenta de les tempérer.

— J'exagérais peut-être un peu…

— Ce qui est dit est dit ! Oublions nos différends, aujourd'hui ! Après tout, c'est un jour de fête !

D'une voix mal assurée, Emma intervint.

— Et bien, moi, en ce jour de fête, je me suis encore fait chicaner ce matin.

— Qui t'a chicanée ? demanda Florida, se doutant bien de la réponse de sa protégée.

— Sœur Sainte-Judith. Elle est toujours sur mon dos, pleurnicha la petite.

— Ah ! La Sainte-Judith ! Elle, elle ! pesta Florida, outrée. Et pourquoi, cette fois ?

— J'avais mal attaché ma robe. Quand c'est pas ma robe, c'est mes bas, quand c'est pas mes bas, c'est mes cheveux. Je suis jamais correcte. Elle est où, là ? Je ne voudrais pas qu'elle me surprenne à me plaindre.

— Elle ne t'a pas frappée, au moins ?

— Non, elle m'a juste brassée.

En présence d'Azilda et de Florida, Anne avait raconté à Philomène ce dont elles avaient été témoins, sœur Beauchemin et elle, quand Emma avait subi les foudres de la Sainte-Judith. Emma lui avait promis de l'aviser si l'hospitalière récidivait. Que ferait Anne en pareille situation ? Elle en informerait sur-le-champ son professeur de musique, qui saurait quelle attitude adopter.

Emma avait à peine terminé ses doléances qu'Anne entendit le roulement d'un chariot tout près, puis sentit l'odeur caractéristique de Sainte-Judith.

— Vous avez dévoré vos *toasts*, votre fromage et votre confiture, à ce que je vois. J'espère que vous avez apprécié, ajouta l'hospitalière d'une voix suave. Maintenant, au travail !

Les mains dans l'eau de vaisselle, Philomène suggéra à ses compagnes de se regrouper immédiatement après leur tâche à l'avant de la salle de récréation, où on leur proposerait des jeux.

— Comme ça, on sera assurées de rester toutes les quatre ensemble.

— Mais on est cinq ! objecta Emma.

De fait, elles étaient huit à leur table, mais les trois pensionnaires à l'autre bout ne se mêlaient jamais à leur conversation et personne ne s'en plaignait.

Florida caressa la tête d'Emma.

— C'est vrai, on est cinq avec toi, mais toi, tu dois te joindre aux filles de ton âge. Ce sera bien plus plaisant. Au moins, tu auras des chances de gagner ! Avec nous, tu ne serais pas de taille. Avec qui aimes-tu jouer dans ton groupe ?

Quelle incroyable journée ! Et la soirée n'était même pas entamée. Des menus spéciaux aux trois repas, des desserts fabuleux, de petites gâteries aux collations, les religieuses n'avaient rien épargné pour transformer cette commémoration en événement. Une rare liberté leur avait été accordée tout l'après-midi. Seule une répétition générale pour les participants au mini-concert prévu à vingt heures avait été imposée. Les membres de la fanfare amorceraient le spectacle. Mais auparavant, place aux jeux.

Réunies dans la salle de récréation des grandes, Anne et Philomène trépignaient d'impatience en attendant le signal du début de la partie de drapeau, une première dans la vie d'Anne. Vingt filles divisées en deux équipes de dix s'affronteraient dans quelques minutes.

Florida et Azilda appartenaient aux lionnes, Anne et Philomène aux louves. Le sort en avait voulu ainsi.

— On va vous manger tout rond ! les avait narguées Azilda.

Nullement impressionnée, Anne lui répondit du tac au tac :

— C'est ce qu'on verra, ma chère.

Philomène attendit d'être hors de portée de voix et souffla à l'oreille d'Anne :

— J'aime ta combativité. Tu fanfaronnes et tu n'as jamais joué à ça. Pas mal téméraire, Anne Alarie. Pour contrer le mauvais sort, on repasse les règles, d'accord ?

Ce jeu exigeait une concentration de tous les instants. Un carré de tissu en velours avait été déposé au centre, entre les deux rangées de filles distantes d'un mètre et demi. Chacune s'était vu attribuer un numéro d'un à dix, le un d'une équipe faisait face au dix de l'autre, le deux au neuf, et le reste. Anne affichait le deux et Philomène le trois.

Sœur Lemieux pigea les premiers numéros. Un coup de sifflet donna le signal du départ, puis la religieuse cria « quatre ». Deux filles se précipitèrent au centre, encouragées par les hurlements de leurs compagnes.

— Vite, Philomène, dis-moi qui a le dessus !

— Sapristi, je ne vois pas assez ! Il me semble que j'aperçois Aurore Lanctôt...

Une clameur provenant de l'équipe adverse leur enleva tout espoir. Le numéro quatre des lionnes avait réussi la première à regagner sa place avec le bout de tissu sans être touchée par l'adversaire. Tout l'après-midi, plusieurs d'entre elles s'étaient exercées à parcourir la distance entre différentes positions et le centre où avait été localisé le carré de velours, à compter et à recompter les pas. Même avec le meilleur entraînement, rien ne les protégeait d'une collision. Si elles déviaient de quelques pouces, elles risquaient de perdre le point.

Par chance, Anne n'aurait pas à chanter, ce soir. Sa gorge brûlait à force de crier. Après quinze minutes de jeu, les lionnes dominaient par un seul point.

Sœur Lemieux dut s'égosiller pour se faire entendre.

— Deux.

Anne se précipita, mais, heureusement, freina juste à temps pour s'emparer du drapeau. Étonnée de son succès, elle retrouva sa place, se demandant comment elle était parvenue à respecter toutes les règles.

— Égalité ! cria sœur Jobin, la responsable du pointage. Le prochain coup sera le dernier.

Puis, ce fut au tour des numéros sept. Bien plus vive que son adversaire, Florida remporta le point, et son équipe, la partie.

Qu'il n'y ait eu aucun impact au centre relevait du miracle ou d'un don. Selon Philomène, beaucoup d'aveugles possédaient un sixième sens. S'apparentant à de l'ésotérisme, cette doctrine les fascinait. Un troisième œil logé sur le front, entre les sourcils, leur révélait la présence d'un obstacle. Philomène avait-elle raison d'y croire quand, juchée sur des patins et lancée à grande vitesse, elle affirmait ressentir l'approche du danger et l'éviter à tout coup ? Anne ne rejetait pas d'emblée cette théorie. Néanmoins, sauf exception, elle conservait les bras tendus devant elle, quel que soit l'exercice.

À la fin de la partie, elle sut qu'elle avait affronté Agnès Bérubé, une fille courte sur pattes et un peu empâtée. Anne n'avait eu aucun mal à triompher.

Exultant, Florida et Azilda retrouvèrent Anne et Philomène.

— Je vous l'avais bien dit qu'on vous aurait, les défia Azilda.

Agacée, Anne rétorqua :

— Vous n'aviez qu'un point d'avance, ce n'est pas ce qu'on peut appeler « manger tout rond ».

— Bon, bon, pas de chicane, là, implora Florida. On s'est bien amusées, voilà l'important.

En dépit de ses réticences, Anne désirait parler à Azilda depuis la fin de la messe, mais lorsqu'elle s'apprêtait à passer à l'action, la coquine la narguait ou la provoquait. Cette fois, elle résolut d'oublier les sentiments négatifs et douloureux que cette fille lui inspirait.

— Azilda…

Un silence lui répondit.

— Azilda, tu es là ?

— Bien oui. Je t'écoute.

— Azilda, je tenais à te féliciter pour ta superbe interprétation du *Laudate Dominum* de ce matin. Tu m'as épatée.

Après un autre silence interminable, Azilda déclara, sans camoufler son émotion sous son habituel cynisme :

— Je te remercie, Anne. Sincèrement. C'est la première parole gentille que tu m'adresses depuis ton arrivée à Nazareth.

Une amabilité suivie d'un camouflet.

— Quoi ? Est-ce que j'ai bien entendu ? C'est toi qui me reproches de ne pas être gentille avec toi ? T'es aveugle ou quoi ?

Philomène posa la main sur le bras d'Anne, qui se calma d'un coup. Que venait-elle de dire ?

Azilda abandonna son naturel hargneux.

— Bien oui, je suis aveugle, Anne Alarie. Comme toi, d'ailleurs. Ça ne m'empêche pas de voir clair dans les sentiments d'autrui. Je me reprends. Je te remercie sincèrement d'avoir apprécié mon jeu.

Philomène poussa un soupir de soulagement et Florida s'empressa d'intervenir avant qu'une autre bataille éclate.

— J'aimerais bien me trouver un petit coin pour répéter mon texte avant le concert. Il me semble que j'ai tout oublié.

Heureuse que l'atmosphère se soit allégée, Anne se voulut apaisante.

— Tu le connais sur le bout de tes doigts ton poème, j'en sais quelque chose. Ne t'en fais pas, Florida. Tu es prête et, en plus, tu es celle parmi nous qui possède la mémoire la plus remarquable. Fais-toi confiance !

— Cinq grandes pages... Mille huit cent trente-sept mots...

— Hein ! Tu as compté les mots ?

La nervosité de Florida la peinait. Anne tenta de la réconforter une fois de plus, mais Mathias l'interrompit. Avec autant d'assurance que s'il la voyait, il s'adressa à elle à voix basse.

— J'ai lu le programme et je sais que tu joueras dans la fanfare. Quand ton numéro sera fini, si tu es d'accord, viens t'asseoir dans la quatrième rangée, allée latérale de droite, le deuxième siège t'attendra.

Elle ne songea même pas à s'opposer. Comment l'avait-il identifiée ? Encore son odeur ?

Le tintement d'une cloche stoppa sa réflexion. Sœur Laviolette réclama leur attention.

— Les filles de la fanfare, rendez-vous tout de suite à la classe de musique. Les autres, rassemblez-vous à l'avant de la salle. Notre spectacle commencera dans trente minutes. Dans l'intervalle, les garçons placeront les chaises et monteront l'estrade.

Dernière à se joindre aux membres de la fanfare, Anne s'empressa de trouver son xylophone. Sœur Deslauriers l'aida à attacher son harnais, dont une courroie lui enserrait la taille et la deuxième prenait appui sur l'épaule.

— Il y a deux temps importants dans la vie, mademoiselle Alarie. Tard et trop tard. Vous arrivez tard, mais pas trop, rien de dramatique.

— Merci de votre compréhension, ma sœur.

À l'instar de sœur Beauchemin, sœur Deslauriers faisait preuve de tolérance et d'affabilité. Cette attitude incitait ses élèves à se dépasser dans le plaisir.

— Mettez-vous en file. À mon signal, les petites caisses battront la mesure. Suivez le rythme pour monter sur scène.

Comme toutes les fanfares, celle de Nazareth présentait des cuivres à pistons, à valves ou à coulisse, tels les trompettes, les cors, les trombones, les euphoniums et les tubas. S'ajoutaient les percussions comme la grosse caisse, les petites caisses, les xylophones, les glockenspiels, les cymbales et le triangle.

Pour l'instant, Anne se faisait la main dans la fanfare, mais un jour elle se joindrait à un orchestre. Ce groupe greffait aux autres instruments les cordes, soit les violons, les violoncelles et la harpe, et des bois, tels la flûte, le hautbois, la clarinette et le basson.

La tête haute, le sourire aux lèvres, elle évoluait allègrement vers la scène. Pour ne pas accroître son stress, elle n'avait révélé à personne qu'elle jouerait un solo de quelques secondes, mais un solo tout de même. À de nombreuses reprises, elle l'avait répété en catimini sur le bord d'une table ou sur son pupitre.

Au signal de sœur Deslauriers, les musiciens de la fanfare attaquèrent *La Marche des prêtres* de Mendelssohn, une pièce rythmée où trompettes, trombones, tambours et cymbales dominaient.

De savoir Mathias dans la salle fit augmenter son trac d'un cran. Mathias ! Une place réservée à ses côtés... À cette pensée, son cœur s'affola. Mais comment échapperait-elle à ses amies ? Un plan s'imposa. Une fois débarrassée de son instrument, elle se séparerait du groupe sous prétexte d'aller à la toilette. Par la suite, il lui serait facile de retrouver Mathias. Quelqu'un l'en empêcherait-il ? Mathias ! Mathias ! Elle ne lui avait jamais vraiment adressé la parole. Auraient-ils enfin l'occasion de converser ?

Au moment de jouer son solo, elle prit une profonde inspiration et, à son grand soulagement, les mailloches tombèrent sans fausse note. Fière et satisfaite, Anne participa avec entrain à la finale, pendant laquelle l'ensemble provoqua l'emballement de l'assistance, qui marqua son appréciation par des applaudissements nourris.

Les musiciens de la fanfare regagnèrent la classe de musique pour y déposer leurs instruments, pendant que les petits montaient sur la scène. Impatiente, Anne se répétait : « Quatrième rangée, allée latérale de droite, deuxième siège, Mathias m'attend. » Il lui tardait de s'échapper.

Sœur Laviolette ruina son suspense.

— Tous les membres de la grande chorale, demeurez ici. Des places vous ont été réservées. Nous y retournerons tous ensemble. Les autres choristes nous y attendent. Ainsi, on gagnera du temps quand notre tour viendra.

Ses espoirs anéantis, Anne entra dans la salle de concert à l'instant où la petite chorale menée par sœur Beauchemin achevait un canon.

Comment veux-tu mon merle, mon merle,
Comment veux-tu mon merle chanter.

Les voix enfantines ne réussirent pas à égayer l'âme tourmentée d'Anne, aux prises avec un embarrassant dilemme. Était-elle déçue ou soulagée ? Autant elle aurait aimé sentir la présence de Mathias, autant elle craignait qu'une véritable discussion brise son rêve. En classe, il intervenait intelligemment, mais rien de personnel n'avait jamais transpiré.

Une main se posa sur son bras.

— Bravo pour ton solo ! Il était court, mais bien rendu.

— Oh ! Merci, Philomène.

Le hasard ne jouait pas toujours contre elle. Aucune place n'avait été établie au préalable et elle se retrouvait la voisine de sa précieuse amie.

On annonça une fable de La Fontaine récitée par Emma Blais.

D'une voix étouffée, Anne manifesta son étonnement. La timide Emma seule devant public ? Philomène lui glissa à l'oreille :

— Ça ne me surprendrait pas que sœur Lemieux soit intervenue auprès de sœur Beauchemin. Redonner confiance à quelqu'un en lui proposant de relever un défi, ça lui ressemble ça.

L'aisance avec laquelle Emma entama sa déclamation sidéra les deux filles.

Maître Corbeau, sur un arbre perché,
Tenait en son bec un fromage.
Maître Renard, par l'odeur alléché,
Lui tint à peu près ce langage :

Un lourd silence suivit et tous entendirent la souffleuse de derrière la scène.

« Hé ! Bonjour, monsieur du Corbeau,
Que vous êtes joli ! Que vous me semblez beau !

Plutôt que de répéter les strophes oubliées, Emma continua d'une voix d'abord chevrotante, puis plus assurée :

Sans mentir, si votre ramage
Se rapporte à votre plumage,
Vous êtes le Phénix des hôtes de ces bois. »

Au grand soulagement d'Anne, Emma poursuivit sans hésitation jusqu'à la fin, alors que le corbeau jura que l'on ne l'y reprendrait plus.

L'assistance battit des mains avec enthousiasme.

Sœur Laviolette jouait à merveille son rôle de maîtresse de cérémonie.

— Il n'est pas dans nos habitudes de présenter des textes issus du romantisme, mais ce soir nous faisons exception avec un extrait des *Harmonies poétiques et religieuses* d'Alphonse de Lamartine. Mlle Florida Jasmin interprétera pour vous *L'Infini dans les cieux*.

Que n'aurait donné Anne pour voir la tête de son amie Florida. « Son amie ? » Tiens ! Elle l'avait ainsi nommée en toute spontanéité. Avec Azilda, il en allait tout autrement. Plus que jamais, elle éprouvait un impérieux besoin de s'en protéger.

C'est une nuit d'été; nuit dont les vastes ailes
Font jaillir dans l'azur des milliers d'étincelles;
Qui, ravivant le ciel...

Anne sentit la chevelure de Philomène sur sa joue.

— Elle a une voix envoûtante, pas vrai ?

— Envoûtante et vibrante de vérité. On croirait entendre une diseuse professionnelle.

De multiples strophes se rapportaient à l'organe de la vue tant et si bien qu'Anne douta de l'accessibilité de cette poésie à la majorité des spectateurs de cette salle. Quant à elle, son imagination suppléait au sens manquant. Bien qu'il soit l'œuvre d'un romantique, sœur Laviolette ne s'était pas opposée à ce texte, empreint de rêveries et de nature, de gratitude et d'émerveillement, de piété et d'humilité. Au fait, Florida l'avait-elle choisi ou le lui avait-on proposé ? Elle avait entouré sa présentation d'un tel mystère ! Anne se promit de connaître le fin mot de l'histoire.

Le poème de Lamartine rendait un vibrant hommage à la Gloire de Dieu. Anne imagina son père à ses côtés. À n'en pas douter, ce lyrisme l'aurait ulcéré. Autant l'agnosticisme de son père insécurisait sa mère, autant il forçait son admiration. Son père refusait de se fondre dans le moule. Pourtant, Anne ne mettait pas en doute sa propre foi, mais que son père ose défier l'ordre établi ne lui déplaisait pas. Anne se concentra juste à temps pour entendre les dernières strophes.

Que cette humilité qui devant Lui m'abaisse
Soit un sublime hommage, et non une tristesse ;
Et que Sa Volonté, trop haute pour nos yeux,
Soit faite sur la terre, ainsi que dans les cieux !

Florida récolta les applaudissements les plus chaleureux. Elle demeura sur scène et les autres membres de la chorale des grands se joignirent à elle. Chemin faisant, Anne demanda à Philomène de regarder vers la quatrième rangée, côté droit.

— Dis-moi si le deuxième siège est vide ou si quelqu'un l'occupe.

Fait courant à Nazareth, tous les plafonniers alimentés à l'électricité depuis la fin des années 1880 restaient allumés pendant les concerts au bénéfice des demi-voyants. Philomène plissa les yeux et reconnut Mathias Vézina au bord de l'allée, repéra une place libre, puis Ubald Fortin sur la troisième chaise. Elle communiqua ses observations à Anne.

Le puzzle se reconstituait pièce par pièce. Avec la remarque de Philomène, Anne comprit qu'Ubald était le complice de Mathias. Demi-voyant, lui, il était en mesure d'identifier les gens.

Mathias conclurait-il à de l'indifférence de sa part ? Pour ne pas tuer son intérêt, Anne résolut de lui faire savoir pourquoi elle ne l'avait pas retrouvé avant le concert. Si l'occasion ne se présentait pas ce soir, elle lui poinçonnerait une courte note et la lui remettrait en arrivant en classe le lendemain.

Certes, Mathias serait sur scène avec elle, mais au moins trois rangées les sépareraient.

Sœur Beauchemin touchait l'harmonium. Bouillante d'ardeur, la chorale des grands reprit *The Heavens are Telling*, comme lors de la visite du chanoine Bruchési. Cette fois, le premier solo fut confié à Agnès Bérubé dont la voix chaleureuse, quoique moins spectaculaire que celle de Philomène, fit tout de même vibrer l'assistance. Pendant que Mathias interprétait de nouveau le second extrait, Anne se vit assise entre lui et Ubald. À cette pensée, une vive émotion la gagna, mais elle dut admettre qu'avoir échappé à cette troublante situation la soulageait. Le rêve valait-il mieux que la réalité ?

Aucun son, aucun mouvement n'étaient perceptibles au dortoir. Couchée sur le dos, les mains jointes sous la poitrine, Anne repensait aux activités de ce jour de fête, à l'intense connexion avec le divin pendant la messe du matin, à l'immense bonheur d'appartenir à un groupe. Elle songea d'abord à ses amies, à ses enseignantes, puis à la grande chorale et à la fanfare. Tout cela la comblait. La proposition de Mathias ne s'était pas concrétisée, mais elle valsait dans sa tête.

Avec une rare acuité, elle revécut les rires, les chants, les cris, écartant avec énergie les sentiments dérangeants qu'Azilda avait provoqués. « L'une de mes plus belles journées à vie », se dit-elle, le visage radieux. Puisque personne ne connaissait ses pensées, elle ne courait aucun risque de peiner sa famille, alors autant être honnête jusqu'au bout. « Je viens de vivre la plus belle journée de ma vie ! »

14

— Que diriez-vous d'ajouter deux heures de répétition ? Vous consacreriez dorénavant vingt-trois heures par semaine à votre piano.

Anne accepta. Une évidence criante s'imposa. La musique la transportait. Au piano, le temps s'arrêtait. Contrôler de plus en plus sa technique lui permettait d'anticiper un jeu plus fluide, libéré des difficultés. Cette montée graduelle vers une plus grande maîtrise de son instrument la comblait. Au point de lui consacrer sa vie ? Au souvenir des caresses de Mathias, sa volonté fléchit, et la seule évocation de sa dernière rencontre avec Arthur atténua son élan.

— Attaquons dès maintenant la première cadence simplifiée. Nous allons identifier les écueils et faire des exercices pour les aplanir, d'accord ?

Elle achoppait une fois de plus. À l'instar de son enseignante, elle constatait ses lacunes, voire le mur d'embûches contre lequel elle butait, mais elle refusait de le considérer comme infranchissable... Oui. Avec de l'entraînement, elle y parviendrait.

Ses récents progrès la confortèrent dans la conviction qu'elle cheminait dans la bonne direction.

De son côté, sœur Beauchemin échafaudait des plans afin de mieux conseiller son élève. Bien entendu, les exercices, les gammes et les arpèges déliaient les doigts et favorisaient le synchronisme des mains, mais il fallait autre chose pour améliorer ses déplacements.

À son arrivée à l'Institut, huit ans auparavant, Angéline Beauchemin avait eu l'insigne honneur de parfaire sa formation avec Paul Letondal, un musicien chevronné devenu aveugle dans son enfance. Artiste réputé, il avait fréquenté l'Institut des jeunes aveugles de Paris avant d'émigrer à Montréal à la demande des pères jésuites. En plus d'enseigner au collège Sainte-Marie, il s'était produit en concert à la salle Bonsecours.

Quels exercices spécifiques lui aurait-il suggérés si elle avait été confrontée aux difficultés d'Anne ? Elle claqua des doigts.

— À compter de maintenant, nous travaillerons par petite section. Avec différents rythmes, nous aborderons la suivante lorsque nous serons entièrement satisfaites. Il faut absolument revoir les doigtés et les déplacements. Commençons.

Les battements du métronome retentirent, lents, très lents.

— Aurez-vous la patience et surtout la persévérance de respecter ce tempo tant et aussi longtemps que vous n'aurez pas dompté les notes de ce trait ?

— De la patience et de la persévérance, je n'ai que ça à mon programme depuis que je suis en âge de comprendre.

— Dans ce cas, nous y arriverons.

Une toute nouvelle expérience attendait Anne en après-midi. Elle assisterait à une exposition d'œuvres d'art. Transformé pour l'occasion, le parloir était méconnaissable. Plusieurs tables habituellement placées au centre avaient été repoussées le long de deux des murs et les chaises déménagées hors de la pièce. Sœur Poirier, leur guide attitrée, avait divisé la classe par groupes de quatre.

Florida se tenait près d'Anne. Plus le temps passait et plus elle appréciait l'albinos. Sa générosité se manifestait chaque jour un peu plus et son attitude à l'égard d'Emma, entre autres choses, l'attendrissait. Cette Florida, elle gagnait à être connue !

Montée à l'intention des pensionnaires de Nazareth par quelques artistes amateurs de la communauté des Sœurs grises de Montréal, l'exposition était également ouverte au public le samedi. Les aveugles et les demi-voyants auraient la chance de palper les sculptures et les poteries, tandis que les tableaux leur seraient décrits par le menu.

Sœur Poirier regroupa ses élèves et transmit ses instructions.

— Nous resterons ensemble et communiquerons à voix basse afin de ne pas importuner les visiteurs de l'extérieur. Ils ne sont que trois en ce moment. Donnons-leur la possibilité d'examiner ces créations dans la quiétude. Je dois vous avouer en toute humilité que parmi les toiles exposées, trois sont de mon cru.

— Oh ! S'il vous plaît, ma sœur, présentez-nous votre préférée !

Charmée par la spontanéité d'Anne, sœur Poirier attira ses élèves dans le coin gauche, au fond de la salle.

— Je l'ai intitulée *Rêvasseries d'automne*. Vous avez déjà une image en tête, pas vrai ?

Seule demi-voyante présente, Florida osa s'exprimer.

— Je ne l'ai pas juste dans ma tête, l'image, je peux distinguer des feuilles multicolores au sol, sous un gros arbre à droite.

— Bien. Que remarquez-vous à l'arrière-plan ?

Florida s'avança et, perplexe, dut avouer son incapacité à discerner les détails. Aurore Lanctôt prit le relais.

— Même si je ne vois rien, il me semble qu'il doit y avoir une maisonnette blanche avec des portes et des fenêtres vertes.

— Exception faite des couleurs, vous avez tout à fait raison, preuve que votre créativité peut suppléer à votre cécité.

Anne esquissa une moue dubitative.

— Je peux imaginer n'importe quoi, ma sœur, et ça ne correspondrait aucunement à la réalité.

— C'est pourquoi, face à un tableau que vous ne voyez pas, il est utile qu'on vous le dépeigne. Il en sera tout autrement tantôt lorsque nous explorerons l'exposition des statues et des vases. Si vous le voulez bien, nous allons nous prêter à une expérience.

Sœur Poirier héla une visiteuse.

— Madame, au bénéfice de mes élèves non voyantes, accepteriez-vous de nous donner vos impressions spontanées sur cette peinture ?

— Avec plaisir, ma sœur.

La dame décrivit le paysage et la maisonnette en retrait, les couleurs et les formes. Soudain, Florida s'accrocha à l'épaule d'Anne.

— Je ne me sens pas bien.

Sœur Poirier se précipita et soutint Florida par le bras. Elle s'excusa auprès de la critique improvisée et l'invita à poursuivre son explication pendant qu'elle conduisait Florida au banc le plus proche.

— Croyez-vous être capable de rester ici un petit moment ?

— Je le pense bien, ma sœur. Assise, c'est déjà mieux. Ma tête tourne moins et j'ai moins mal au cœur. Désolée...

— Allons, allons, ne vous inquiétez pas, je vous aurai à l'œil.

La religieuse rattrapa le groupe au moment où la dame concluait son observation. Curieuse de connaître l'avis d'une personne ignorant qui était l'auteure du tableau, elle interrogea ses élèves. Agnès Bérubé s'empressa de répéter presque mot pour mot ce qu'elle venait d'entendre, sans rien omettre de la sévère critique.

— Ce dessin naïf, sans la moindre perspective, est à mon avis l'œuvre d'une enfant de moins de dix ans.

La voix chevrotante, sœur Poirier s'adressa à son bourreau.

— Mlle Bérubé a-t-elle bien résumé votre propos, madame ?

— Oui. Cette jeune fille est dotée d'une bonne mémoire.

« Bonne peut-être, mais pas très diplomate ! » fulmina Anne, qui ne savait quelle attitude adopter tant le malaise était palpable.

— Heu… Madame, avant de nous quitter, dites-moi pourquoi vous avez mentionné « une enfant » et non « un enfant ».

La réponse tomba tel un couperet de guillotine.

— Voyez au coin de la toile, on distingue très bien la signature de l'artiste, si je peux la désigner de la sorte.

Un long silence suivit le départ de la dame. Sœur Poirier éprouvait-elle du chagrin ? De la honte ? Comme Anne aurait voulu la consoler ! Mais cela aurait été inconvenant. La religieuse tant aimée réagirait-elle à cette désastreuse critique ?

Une autre personne fit son entrée. Les pas se rapprochaient. Avec un admirable courage, sœur Poirier requit son attention.

— Accepteriez-vous de commenter cette œuvre ? De cette façon, mes élèves se la représenteraient à travers vos yeux.

D'une voix à la fois grave et enjouée, l'homme acquiesça.

— D'entrée de jeu, je suis séduit par les couleurs chaudes et la variété des formes. Cette silhouette féminine appuyée sur le gros arbre à droite m'intrigue. Elle est davantage esquissée que dessinée. L'imagination de l'admirateur que je suis peut donc tout à loisir reconstituer une scène de rêverie… amoureuse ? Seul l'auteur de cette toile éclaircirait le mystère. J'aime l'évocation. Ainsi, ce tableau se différencie agréablement de la précision d'une photographie.

— Que pensez-vous de la perspective ?

— Asteure que vous le dites, je constate que la profondeur est presque inexistante, mais ce n'est pas ce qui m'a frappé de prime abord.

— Je vous remercie, monsieur.

Sœur Poirier hésita, puis se hâta d'ajouter :

— Monsieur ! J'espère que ma demande n'a pas gâché votre quiétude.

L'homme revint vers le groupe.

— Je suis désolé, je suis pas mal sourd. Quand on s'adresse à moi de face, je lis sur les lèvres, mais dès que j'ai le dos tourné…

Son intervention devenue inutile, sœur Poirier laissa entendre qu'elle lui avait tout bonnement souhaité une enrichissante visite.

« Voilà un vrai mensonge ! » présuma Anne, ragaillardie par les intonations enjouées de son enseignante. Mensonge joyeux ? Officieux ? Pernicieux ? Aucune des épithètes associées à ce manquement lors de l'examen de conscience du premier vendredi du mois ne convenait dans les circonstances. Avec un malin plaisir, l'adolescente le nomma « délicieux mensonge ».

Sœur Poirier regroupa ses élèves près du banc où elle avait installé Florida. Après s'être assurée que l'albinos n'avait besoin de rien, elle parla assez fort pour être entendue de toutes.

— Mesdemoiselles, vous venez de constater à quel point un tableau peut susciter des opinions différentes, voire opposées.

Essayait-elle de se faire entendre de son implacable juge ? Anne concevait mal que sœur Poirier s'abaisse de la sorte. L'idéalisait-elle comme elle l'avait fait avec sa mère avant de la descendre de son piédestal ?

Sœur Poirier leur exposa une hypothèse. Le voyant appréhendait un objet d'abord comme un tout, qu'il s'agisse d'une chose courante ou d'une œuvre d'art. Il la détaillerait par la suite s'il éprouvait le désir de mieux la connaître. Pour apprécier un tableau, le non-voyant avait besoin qu'on le lui dépeigne. Toutefois, l'on obtiendrait autant de descriptions que de témoins.

Malgré sa timidité, Aurore demanda la parole.

— Y a-t-il vraiment une silhouette adossée à l'arbre ?

— Hé oui !

— Heu… Cette fille rêvasse-t-elle pour vrai, et si oui, à qui ou à quoi ?

Le rire spontané de sœur Poirier embarrassa Aurore. Une vive chaleur embrasa ses joues.

— Je ne juge pas votre curiosité, mais je laisserai à votre imagination le soin d'élucider le mystère. C'est ça, l'art. Une perception. Même avec vos yeux, votre seconde question serait restée sans réponse. Vous avez déjà fait des casse-tête ?

Anne s'empressa d'intervenir.

— Souvent, ma sœur. Du plus loin que je me souvienne, ma mère m'en fabriquait un par semaine avec de la pâte à sel. Elle s'efforçait de compliquer les formes, mais je le reconstituais en quelques minutes. Ça lui prenait bien plus de temps à le concevoir. Ça l'a découragée à la fin.

— D'autres ont déjà fait des casse-tête ?

Toutes levèrent la main.

— Dans ce cas, vous comprendrez mon analogie. Lorsqu'un voyant se retrouve devant un tableau, par exemple, il remarque d'abord l'ensemble, puis les particularités si cela l'intéresse, bien entendu. Sinon, quelques instants plus tard, il en aura oublié plusieurs. Votre jugement se fait à l'opposé. En vous décrivant une œuvre, vous la reconstituez fragment par fragment, et le tout vous apparaît à la fin, comme dans le cas des casse-tête.

— Mais qui nous dit que notre représentation correspond à la réalité ?

— Quelle réalité, mademoiselle Bérubé ?

La voix de l'enseignante ne dégageait aucune acrimonie, aucun reproche. Si Anne avait subi l'humiliation de la religieuse quelques minutes auparavant, jamais elle n'aurait retrouvé un tel aplomb si vite. Elle admira cette capacité... à quoi ? À pardonner ? À faire abstraction de sa vexation ?

— Bien, la vérité vraie, laissa tomber Agnès.

— Comme je vous l'ai dit plus tôt, la vérité vraie n'existe pas, surtout en ce qui concerne une œuvre d'art, puisque chaque être bâtit sa propre perception selon sa personnalité, sa culture et son sens de l'observation. La sensibilité du témoin influencera de manière criante son jugement. Ses expériences passées aussi. N'oubliez pas le casse-tête !

Anne transposa cette similitude au casse-tête en comparaison avec l'écriture. Quand mille idées se bousculaient dans son cerveau, elle les couchait sur papier afin d'y voir plus clair, comme le lui avait si souvent suggéré son père. Prises individuellement, les pièces d'un casse-tête n'illustraient rien de précis, alors qu'assemblées elles donnaient naissance à un tout significatif, au même titre que les pensées traduites en mots, puis en phrases.

— Mademoiselle Jasmin, vous sentez-vous assez bien pour aborder avec nous la section des sculptures et des poteries ?

— Oui, ça va mieux, ma sœur.

En plus de ses tableaux, sœur Poirier exposait quelques céramiques montées au tour, puis glacées de couleur vive. Pourtant, elle n'en dit rien, incapable, pour l'instant, de prêter le flanc à de nouvelles critiques. Elle se promit de méditer sur le sujet.

Chacune eut le privilège de se familiariser avec les pièces en les tâtant. Avec application, Anne caressait le vase préféré de sœur Poirier.

— Que pensez-vous de cette céramique, mademoiselle Alarie ?

— En premier lieu, je suis conquise par sa douceur. On dirait de la nacre. Le seul bijou de ma mère a une texture similaire.

Tout en promenant la main sur l'objet, Anne décrivit la forme du corps, puis celle du col.

— Je vois un beau mouvement dans cette courbe inversée.

La religieuse retint un éclat de rire.

— Je reconnais bien la musicienne en vous ! Le mouvement, le rythme, vous êtes familière avec ça. Maintenant à vous, mademoiselle Bérubé.

Chacune y alla de ses réflexions. Puis sœur Poirier commenta à son tour, non pas les œuvres exposées, mais le processus mental par lequel ses élèves se les appropriaient.

— Si, après avoir saisi un objet, vous aviez gardé votre main immobile, vous auriez décelé sa dureté ou sa mollesse, sa froideur ou sa chaleur, mais, en la bougeant, vous avez découvert des formes et des textures grâce à votre organe du toucher.

À l'aide de toutes ces informations, vous vous êtes fabriqué une image. Ne me demandez pas si elle est exacte, dites-vous plutôt qu'elle l'est pour vous. Est-il possible à un voyant d'être convaincu que le bleu du ciel à un moment donné est identique pour lui et son voisin ?

Depuis quelques minutes, sœur Poirier était seule avec ses élèves. Le dernier visiteur de l'extérieur venait de franchir la porte. Elle s'empressa de les féliciter avec une émouvante emphase.

— Je vous observe tous les jours, et tous les jours croît mon admiration pour vous. Votre capacité de concentration dépasse largement celle de la plupart des voyants. Vos autres sens vous permettent de percevoir la réalité avec beaucoup de justesse, j'ai été souvent en mesure de m'en rendre compte. Faites-vous confiance.

Au dernier conseil d'établissement, la sœur économe avait déposé un inquiétant bilan. La mère supérieure avait demandé à sœur Laviolette et aux dames patronnesses d'organiser une représentation musicale spéciale pour amasser des fonds. Comme les religieuses ne réclamaient aux parents ni frais de pension ni frais de scolarité, il fallait obtenir par d'autres moyens l'argent nécessaire à la survie de Nazareth.

Depuis quelques années, la subvention du gouvernement provincial diminuait au lieu d'augmenter. L'État contribuait à la cause de Nazareth de manière dérisoire. En cette époque de libéralisme économique, il investissait bien peu en matière d'assistance sociale et donnait la priorité à l'initiative privée. Quant à l'administration de la Ville de Montréal, elle n'avait pas lésiné quand était venu le temps de soutenir la construction et la gestion de la prison ou de l'asile d'aliénés. Même si les aveugles ne présentaient pas de danger public comme les brigands ou les fous, les recueillir, les soigner, leur montrer un métier au lieu de les voir quêter méritait bien une aide digne de ce nom. Combien de demandes de subventions la mère supérieure avait-elle faites, sans succès ?

Cependant, l'Association de l'œuvre des aveugles de Nazareth amassait des fonds pour l'établissement, sans pour autant couvrir les charges d'exploitation. Par chance, les dames patronnesses dévouées à la cause des pensionnaires se réunissaient tous les mois et organisaient des activités, telles que parties de cartes, banquets, bazars et récitals. Les sommes ainsi engrangées excédaient de beaucoup l'octroi du gouvernement et, jointes aux autres revenus, permettaient à l'administration de l'Institut d'éviter le déficit, la plupart du temps.

Grandes organisatrices du volet social des événements, les dames patronnesses avaient fait des pieds et des mains pour publiciser ce concert et vendre les billets d'entrée, puisque le grand public y avait été convié.

Certains élèves, chanteurs et instrumentistes, et les membres des deux chorales s'apprêtaient donc à offrir une nouvelle prestation. La répétition générale s'achevait. Sœur Laviolette avait insisté sur l'importance de leur participation, à tous et à toutes. Avec énergie, elle les dirigea oralement jusqu'à la note finale. En présence d'un auditoire, elle devrait se contenter de chuchoter les consignes.

— Voilà ! Bravo ! Vous avez fait le maximum. Je m'attends à une prestation similaire tantôt. Vous avez droit maintenant à un petit répit. Le spectacle ne commence que dans quarante-cinq minutes.

Peu familiarisée au concept de collectes de fonds, Anne osa poser la question qui lui brûlait les lèvres.

— Ma sœur, je comprends qu'on n'a pas à toujours agir en ayant quelque chose en retour, mais pourquoi ces femmes se démènent-elles autant pour nous ? Elles ne nous connaissent pas personnellement…

— La bonté gratuite existe, j'en conviens, mais l'abbé Rousselot avait prévu accorder aux bienfaiteurs des avantages.

— Comme quoi, ma sœur ?

— Il avait institué des règles qui se sont perpétuées jusqu'à aujourd'hui. Il avait déterminé trois classes de donateurs. Pour récompenser les simples associés vivants, ceux qui offraient vingt-cinq sous par année, vous récitez cinq *Pater* et cinq *Ave* chaque jour, et pour les décédés, le *De Profundis*.

Demeurées aux côtés d'Anne, Florida et Philomène écoutaient aussi l'explication. Azilda ne s'était pas jointe à elles après le chant. Au cours des dernières semaines, Anne avait été forcée de reconnaître que celle-ci était la meilleure pianiste de Nazareth. Mieux valait se faire une raison. Ce constat lui éviterait peut-être de redevenir ombrageuse lors de la prochaine performance d'Azilda.

D'un signe de la main, Philomène demanda la parole.

— Mais pour qui récite-t-on le chapelet tous les jours ?

— Pour ceux qui donnent entre un et cinq dollars annuellement.

Au tour de Florida d'intervenir.

— Comment classez-vous les dames patronnesses et qu'ont-elles en échange de leurs bonnes actions ?

— Il y a longtemps que je me pose cette question, remarqua Azilda, que personne n'avait entendue approcher.

— J'y viens, mademoiselle Labelle. À l'instar des zélateurs, les dames patronnesses s'impliquent de leur personne en organisant des campagnes de financement ou en recueillant des aumônes à domicile. Une messe mensuelle est dite à leur intention, et une lampe brûle en permanence dans la chapelle pour tous les souscripteurs à notre œuvre. Sans eux, nous ne serions pas ici, et vous non plus !

En dehors de leurs activités philanthropiques, les dames patronnesses, la majorité épouses de magistrats, de médecins ou de politiciens, n'avaient que peu d'occasions d'exercer leurs compétences. La société ne les autorisait pas à évoluer dans la sphère publique tout comme on leur défendait de monnayer leurs talents. Les œuvres de bienfaisance demeuraient l'un des seuls exutoires à leur désœuvrement.

Bon an mal an, leur dîner de gala annuel réunissait près de mille personnes, parmi lesquelles les notables de la ville et plusieurs invités de marque. Au fil du temps, cette rencontre était devenue l'un des événements mondains les plus courus à Montréal.

— Ça répond à votre question, mademoiselle Alarie ?

— Très bien, ma sœur, je vous remercie. Il me semble que j'aurai encore plus de motivation pendant le concert.

Les filles s'éloignèrent et aussitôt hors de portée de voix de la directrice, Azilda attaqua.

— T'es une véritable lèche-cul, Anne Alarie.

— Et toi, une vraie casse-pieds.

— « Il me semble que j'aurai encore plus de motivation », minauda Azilda.

Philomène les implora de cesser leurs railleries.

« Damnée Azilda ! maugréa Anne en son for intérieur. Et moi qui étais prête à passer l'éponge sur toutes ses méchancetés. Non ! Je ne laisserai pas cette pisse-vinaigre saboter un si beau moment. Finie cette emprise sur ma sérénité ! » Anne considérait ce concert comme une source de joie. Plus jamais elle ne donnerait à Azilda le pouvoir de gâcher son plaisir.

Florida intercédait parfois en faveur d'Anne lors des nombreux différends qui l'opposaient à Azilda. Cette fois, elle ne put garder le silence.

— Pourquoi t'acharnes-tu sur Anne comme ça, Azilda ? Elle ne t'a rien fait. T'es méchante !

— Je ne m'adressais pas à toi, Florida.

— Non, mais on est là quand même, et ton attitude nous met mal à l'aise. Anne ne mérite pas tes sarcasmes, un point c'est tout.

— Tu prends sa défense, maintenant ? On aura tout vu. Tu as choisi ton camp, on dirait.

— Il ne s'agit pas de ça. Les camps, s'ils existent, ils sont dans ta tête, Azilda Labelle. Quelle mouche t'a piquée ? Depuis le début de l'année scolaire, tu n'arrêtes pas de monter sur tes grands chevaux, et puis…

Florida n'eut pas le temps de terminer sa plaidoirie qu'elle s'effondra. Le choc du corps sur le sol consterna les trois filles. Philomène et Anne s'agenouillèrent en vitesse. À tâtons, Anne repéra la tête de Florida, puis elle retira sa veste et la glissa sous l'épaisse chevelure de son amie. Elle avait agi d'instinct. Jamais auparavant on ne s'était évanoui en sa présence.

— Mon Dieu ! Florida ? Florida, réponds-moi !

La voix de Philomène s'éleva, méconnaissable.

— Sœur Laviolette, sœur Laviolette, au secours !

Un attroupement se forma, mais comme la majorité ne voyait pas la forme allongée sur le sol, on la heurta du pied.

Au tour de la religieuse de s'agenouiller.

— Mes enfants ! Pour l'amour du ciel, écartez-vous.

— Elle n'est pas morte, ma sœur ? Dites-moi qu'elle n'est pas morte, supplia Anne.

Sœur Laviolette souleva une paupière, puis l'autre. Florida avait les yeux révulsés, la cornée plus rougeâtre qu'à l'accoutumée. La blancheur sépulcrale de l'albinos s'était accentuée, si la chose était possible.

Paralysée, Azilda ne savait que faire.

— Vite, mademoiselle Labelle. Allez chercher l'infirmière et une hospitalière tout de suite. Demandez qu'on apporte une serviette humide.

Sans réfléchir, Anne ordonna :

— Pas Sainte-Judith, en tout cas.

— Qu'est-ce que c'est que ces propos, mademoiselle Alarie ? Ramenez-nous la première hospitalière que vous rencontrerez, mademoiselle Labelle, ouste !

15

L'absence de Florida à la messe dominicale alarma ses compagnes. Après son évanouissement de la veille, elle n'avait pas été revue. Avant de descendre au réfectoire, Anne résolut de retourner au dortoir avec Philomène. Les deux filles trouvèrent leur amie alitée.

Anne s'enquit de son état.

— T'es-tu levée depuis hier ?

— Juste pour me rendre à la toilette, et j'étais soutenue par une sœur. Je ne me sens pas bien du tout. C'est comme si un tonneau rempli de roches m'était passé dessus. J'aurais aimé aller à la messe tantôt, mais…

Florida baissa la voix.

— Pensez-vous que la Sainte-Judith est quelque part ici ?

— Non, et c'est certain. On l'a croisée tantôt. Elle surveille le déjeuner. On a rencontré sœur Lemieux. Elle arrive dans quelques minutes. Tu peux parler en paix. Qu'a-t-elle fait encore, la Sainte-Judith ?

Florida leur rapporta qu'à son réveil elle avait bien essayé de se lever, mais ses jambes s'étaient dérobées sous elle.

— Quand elle m'a vue regagner mon lit, elle m'a traitée de fainéante. Heureusement, sœur Lemieux a pris la relève et, elle, elle s'est rendu compte à quel point j'étais faible. Elle m'a obligée à rester au lit jusqu'à nouvel ordre. Elle m'a dit…

Florida n'eut pas le temps de terminer sa phrase que sœur Lemieux revint, la supérieure à ses côtés. Cette dernière posa la main sur le front de la malade.

— Vous êtes fiévreuse, mademoiselle Jasmin. Avant votre évanouissement hier, vous sentiez-vous bien ?

— Depuis deux ou trois semaines, je suis fatiguée et je n'ai pas faim. Peut-être que je couve une grippe ?

Au lieu de lui répondre, sœur Boulanger s'adressa à sa compagne.

— Si cette fièvre persiste demain, nous demanderons le docteur.

À Nazareth, quand une religieuse ou un pensionnaire gardait le lit plus de deux jours, un médecin de l'Institut ophtalmique était requis. Dans des circonstances similaires, peu de familles manifestaient cette diligence. À l'instar du Dr Desjardins, seuls quelques confrères possédaient une spécialité en ophtalmologie, mais tous ses collaborateurs omnipraticiens avaient été initiés aux techniques novatrices de cette branche de la médecine.

La supérieure se retira et sœur Lemieux demanda aux amies de Florida de la laisser se reposer. Elle leur tut son inquiétude. Pâle de nature, Florida lui parut cadavérique. Les joues creuses, les bras amaigris, l'état de cette grande fille la préoccupait.

— Oh ! Ma sœur, supplia Florida, j'aimerais que Philomène et Anne restent avec moi quelques minutes de plus.

— D'accord, mais quelques minutes, on s'entend ?

Sœur Lemieux se retira dans la chambrette au fond du dortoir.

— En tout cas, la Sainte-Judith n'aurait jamais eu cette délicatesse, murmura Philomène.

— On ne peut pas dire que la visite de la supérieure me rassure. D'abord qu'elle se déplace en personne jusqu'ici… et qu'elle songe à faire venir le médecin si vite…

— Tu aurais bien plus à t'inquiéter si personne ne s'occupait de toi !

— Vu de cette manière, Anne, tu as peut-être raison. J'ai tout oublié depuis hier ! Dites-moi ce qui m'est arrivé !

Philomène et Anne se relayèrent afin que Florida reconstitue la scène avec la répétition de la chorale et les réponses de sœur Laviolette à leurs questions au sujet des dames patronnesses. Puis Anne lui relata la mesquinerie d'Azilda à son égard.

— Tu as pris ma défense avec tant d'énergie, Florida, que j'en suis encore toute remuée. Il faut croire que ça ne t'a pas porté chance ! Tu t'es effondrée en plein milieu d'une phrase.

— Vide total ! Aucun souvenir ! Mais je suis bien contente de t'avoir soutenue. Azilda exagère trop souvent quand ça te concerne, ça me choque.

La voix de Florida s'amenuisait. Elle implora Philomène de prendre un papier dans le premier tiroir de son bureau, plaqué à la paroi de droite.

— J'y ai poinçonné le numéro de téléphone de ma tante. Demande la permission de l'appeler et informe-la que je suis à l'infirmerie, d'accord ? Comme je ne pourrai descendre au parloir, dis-lui que j'aimerais la voir. Qu'elle insiste pour qu'on l'autorise à monter. Que faites-vous, vous autres, cet après-midi ?

— Comme d'habitude. Ma mère viendra, et je me ferai coiffer.

— Moi, je vais chez oncle Barnabé et tante Elizabeth.

— Hé, les filles ! Pour Azilda… essayez de ne pas trop lui en vouloir…

Une fois de plus, Anne admira la générosité de Florida. Une bouffée d'affection la submergea. Saurait-elle le lui exprimer sans paraître « lèche-cul » ? La moquerie d'Azilda la veille l'avait ébranlée plus qu'elle ne l'aurait soupçonné.

Chaque dimanche matin après la grand-messe, le parvis de l'église de Saint-Léon-le-Grand s'animait. Le curé Joseph-Nazaire Côté s'empressait de se joindre à ses ouailles et de fraterniser. Toutes les occasions étaient bonnes pour mieux les connaître et se mettre au fait des dernières nouvelles. Son amicale curiosité le rendait encore plus sympathique. Autant son prédécesseur était hautain et glacial, autant le curé Côté se montrait affable avec ses paroissiens. Personne n'hésitait à lui ouvrir sa porte, pas même Napoléon Alarie. Le ramancheur appréciait cet homme charitable, honnête, dépourvu de l'habituelle ostentation de beaucoup de membres du clergé. Son regard n'avait rien de suffisant. En sa présence, tous se sentaient importants.

— Comment va la santé, aujourd'hui, madame Alarie ? Voyez-vous une petite amélioration à votre condition ?

Napoléon observa sa femme du coin de l'œil. Son appétit déclinait et sa résistance également. Depuis une semaine, il l'implorait de consulter Antoine, ce qu'elle refusait avec véhémence sous prétexte qu'elle n'avait rien de grave et qu'elle ne voulait pas lui faire perdre son temps. Pourtant, elle avait confessé ses malaises au prêtre.

— Toujours pareil, mon père. Vous continuez à prier pour moi ?

Délia Peltier, Lanthier de son nom de fille, mère du Dr Antoine Peltier et sœur du notaire Barnabé Lanthier, s'approcha du curé avec son Augustin. Désormais, criait-elle sur tous les toits, un saint homme résidait au presbytère.

— Si quelqu'un peut accomplir un miracle, à Saint-Léon, c'est bien vous, mon père. Êtes-vous branché en ligne directe avec le Bon Dieu, vous ?

Au lieu de s'opposer à un tel accès de confiance, le curé s'esclaffa.

— J'aimerais bien avoir ce pouvoir, ma bonne dame. Je demanderai au Seigneur d'intercéder en votre faveur.

Antoine Peltier et sa femme, Michelle, se joignirent au groupe.

— Alors, monsieur le curé, satisfait de votre logis ?

— Cher docteur et président du conseil des marguilliers, grâce à votre célérité et à votre efficacité, je ne gèlerai pas cet hiver.

Le nouveau presbytère, dont la construction venait tout juste de se terminer, voisinait fièrement la belle église inaugurée en 1823. Vu la qualité des matériaux originaux de l'édifice démoli, on les avait récupérés afin d'ériger l'école du village.

Depuis plus d'un an, Antoine avait cédé aux pressions de Me Vallée. Le notaire avait été dans l'obligation de se retirer, car, selon les statuts et règlements de la Fabrique, le marguillier ne devait pas solliciter plus de deux mandats consécutifs complets. Le secrétaire, Roméo Comeau, convoitait le poste du démissionnaire, mais, de l'avis de Me Vallée, Comeau ne possédait ni le prestige ni les qualifications requises pour aspirer à la présidence. Antoine, oui. Ce dernier avait d'abord tenté de se disculper sous prétexte que sa profession lui prenait tout son temps, mais le notaire lui avait certifié que les gens les plus occupés étaient les plus disponibles, parce que mieux organisés.

Le troisième membre de l'équipe, Michel Boisclair, tonnelier et menuisier de métier, n'avait pu offrir ses services lors de la construction du presbytère puisqu'il était défendu à un marguillier de faire des affaires avec la Fabrique.

Au seuil de la trentaine, le Dr Peltier était le benjamin du conseil, et ses collègues appréciaient ses qualités de meneur et de gestionnaire.

Antoine et son épouse venaient à peine de terminer les salutations d'usage qu'Adèle, l'aînée de la famille Peltier, sortit de l'église au bras de son mari.

Étonnée, Délia observa sa fille, inquiète de sa pâleur.

— Ça fait un bon dix minutes que la cérémonie est finie ! Qu'est-ce qui vous a retardés, pour l'amour du saint ciel ? Vas-tu bien, Adèle ?

— Mais oui. On tenait à faire une prière d'action de grâces, pas vrai, Étienne ?

Timide de nature, Étienne Ricard ne s'exprimait pas facilement, surtout devant des gens bien éduqués, comme le curé ou son beau-frère, le médecin. Il se contenta d'arborer un éloquent sourire.

Antoine déglutit. Il aurait dû insister auprès de sa sœur afin qu'elle attende leur traditionnelle rencontre dominicale chez leurs parents pour divulguer son secret. Il aurait aimé en informer Michelle entre l'église et la maison paternelle, dans le rang Saint-Charles.

— J'ai une grande nouvelle à vous annoncer.

Empressée, Délia entoura les épaules de sa fille et s'exclama :

— Non, tu ne me dis pas ! Enfin !

Vers la mi-juillet 1895, le petit Emmanuel, âgé de deux ans, aurait donc un frère ou une sœur. Cet écart inhabituel de près de trois ans entre deux enfants avait tourmenté Adèle au point de consulter son frère à répétition ces derniers temps. N'était-il pas coutumier de concevoir dès la fin de l'allaitement de son bébé ? L'attitude de l'abbé Côté n'avait qu'amplifié sa hantise de l'anormalité. À chacune de ses visites, il l'interrogeait sur sa santé, s'assurait qu'elle s'acquittait de son devoir conjugal avec régularité, puis lui promettait de prier pour elle.

Le « enfin » de Délia n'avait rien à voir avec les préoccupations du curé, puisqu'elle-même s'était efforcée de conserver entre chacun de ses enfants une distance jugée suspecte par les représentants de l'Église. Le « enfin » de Délia signifiait plutôt qu'Adèle cesserait de s'inquiéter, qu'« enfin » elle aborderait un autre sujet lorsqu'elles se retrouveraient et qu'« enfin » elle renoncerait à tourmenter Étienne en insinuant qu'elle ou lui était peut-être devenu infertile. Délia affectionnait Étienne, surtout depuis qu'il était sobre. À son grand soulagement, jamais Adèle ne faisait allusion à l'alcoolisme de son mari. Qu'en était-il dans l'intimité ? Sa fille lui avait-elle pardonné ? L'attitude de son gendre la confortait dans cette hypothèse puisqu'il était épanoui, visiblement heureux avec femme et enfant, et si productif dans son entreprise de fabrication de meubles artisanaux.

Depuis qu'il avait examiné sa sœur la veille, Antoine craignait ce moment. Tous les paroissiens présents savaient maintenant qu'Adèle attendait du nouveau. Autour des futurs parents, les félicitations fusaient de toutes parts. Michelle planta ses ongles dans le bras d'Antoine, contint une lamentation et murmura à son oreille :

— Pourquoi pas moi ? Quand je pense à Édouardina qui en a un treizième en route, ça me fait dire qu'il n'y a pas de justice dans le monde.

La femme du forgeron accoucherait en effet en juin prochain. L'allaitement prolongé de son petit dernier ne l'avait pas empêchée de concevoir son treizième enfant. Lorsque Antoine lui avait confirmé la nouvelle, Édouardina avait piqué une telle colère qu'elle avait condamné son mari, en l'absence de celui-ci cependant, à l'abstinence à vie. Que feraitelle quand Hector la confronterait à son devoir conjugal ? Comment résoudrait-elle son problème de conscience ? Antoine n'avait pas à s'immiscer dans ce dédale quoique, plus souvent qu'à son tour, on lui demandait de se substituer au confesseur.

Au fait de la situation, Napoléon n'avait rien perdu de la scène. Il entraîna Pierrette dans la direction des Peltier.

— Où avez-vous caché votre Loulou ? Depuis quelques mois, on a l'habitude de la voir avec vous deux à la messe.

Antoine salua les Alarie.

— Je pense qu'elle nous couve une petite maladie. On l'a confiée à mon frère Alfred. Depuis qu'il aide grand-père à la cordonnerie le samedi, Alfred reste avec nous jusqu'au dimanche midi.

— Bien moi, j'ai peur que ma femme couve une grosse maladie.

Comme pour lui donner raison, Pierrette Alarie fut secouée par une quinte de toux sèche. Alerté, Antoine la scruta.

— Ça dure depuis quand, ça, madame Alarie ?

— Une dizaine de jours, docteur.

— Si demain matin vous ne voyez pas d'amélioration, j'aimerais vous examiner. Ne laissez pas dégénérer ça !

Oppressée, Pierrette consentit d'un signe de tête.

Napoléon s'excusa, saisit le bras de sa femme et prit la direction de leur maison.

Comme les gens commençaient à se disperser, le curé s'adressa à Michelle d'une voix empreinte de commisération.

— Rien de nouveau, madame Peltier ?

Elle lui jeta un coup d'œil à mi-chemin entre la colère et le découragement.

— Bien non ! Que faut-il faire pour obtenir un miracle, nous autres aussi ? Si je dois gravir les marches de cette église à genoux, je le ferai. Si vous me demandez de réciter un rosaire tous les jours, je trouverai le temps, si…

Sa voix se brisa. Conscient de sa désespérance, le curé l'enveloppa d'un regard bienveillant.

— Les voies du Seigneur sont impénétrables…

Retenant ses larmes à grand-peine, Michelle l'interrompit dans un murmure.

— C'est bien dommage, monsieur l'abbé.

— J'aurais tant aimé vous réconforter, chère madame Peltier.

À son arrivée chez les Lanthier, quelle ne fut pas la surprise d'Anne d'être conduite directement au fond du salon par tante Elizabeth ! Elle lui saisit les mains et les déposa sur un clavier.

— Quoi ? Vous avez un piano ? Depuis quand ?

Anne repéra le tabouret dont le ressort s'ajustait à la longueur de ses jambes. Elle s'y assit, tout excitée.

S'extirpant de son fauteuil, Barnabé s'approcha et toucha l'épaule de la musicienne.

— Tu vas arrêter de nous entretenir de ton répertoire et tu nous l'interpréteras à la place.

Les larmes aux yeux, Anne égrena quelques notes.

— Bien, voyons, ça n'a pas de bon sens ! Vous ne jouez même pas de piano !

— Non, mais toi tu en joues ! Le message là-dedans est simple. On veut que tu viennes chez nous souvent. Disons que c'est ton cadeau de Noël par anticipation.

Tante Elizabeth s'assit près d'elle sur le banc rectangulaire assez grand pour deux personnes. En extase, Anne étendit les mains de part et d'autre du clavier. Il comptait bien les sept octaves et un quart de l'instrument conventionnel. À l'époque de Mozart, il n'y en avait que cinq. Elle se leva et tâta la devanture du piano droit, pleine dimension, identique à ceux des salles d'exercices de Nazareth. Elle souleva la partie avant et put apprécier la solidité des cordes en acier. Les marteaux étaient bien tapissés de feutre et non de cuir comme ceux de la génération précédente.

— On m'a vanté la sonorité de ce piano. Qu'en penses-tu ?

De fait, Barnabé s'était rendu à l'église du Gésu, où il avait consulté l'organiste Dominique Ducharme, un ancien élève de M. Paul Letondal, longtemps professeur à l'Institut Nazareth. M. Ducharme lui avait recommandé les pianos L.E.N. Pratte fabriqués et vendus rue Notre-Dame, à Montréal, pour lesquels il n'avait que des éloges. Aux dires de Ducharme, Louis-Étienne-Napoléon Pratte, grâce aux compétences et aux habiletés de ses frères Antonio et Évariste, produisait des pianos d'une qualité supérieure à ceux des Américains et des Européens.

En guise de réponse, Anne enchaîna gammes et arpèges, un sourire aux lèvres.

— J'adore son toucher ! Le mécanisme répond bien, ce qui me permet de répéter une note rapidement. Il a un aigu velouté, et le grave me fait vibrer.

Sous le coup de l'émotion, Anne effleura le bras de tante Elizabeth.

— Comment vous remercier ?

— Bien justement ! Je caresse un rêve, *my dear*. Accepterais-tu de me montrer ce que tu apprends ? Tu m'as déjà dit que tu aimerais enseigner le piano, plus tard, *well*, tu pourrais te faire la main avec moi, qu'en penses-tu ? J'ai eu des leçons de solfège à l'école, mais c'est loin. Je suis capable de bien lire les notes, *you know*.

Anne eut à peine le temps d'accepter la demande de tante Elizabeth que des coups à la porte interrompirent son élan.

— Voulez-vous ouvrir, *my dear* ? Je crois deviner qui est là.

Accompagné de sa famille, Benjamin Ricard présenta à Anne sa femme, Célina, et son fils, Médéric. Tout heureuse de se retrouver en compagnie d'un tout-petit, Anne le réclama près d'elle. Curieuse de connaître les traits de son visage, elle posa sa main tout doucement sur son nez d'abord, puis glissa les doigts sur ses joues. L'exploration avait à peine commencé que l'enfant se mit à hurler.

Peinée, bien plus, mortifiée, Anne ne savait quelle attitude adopter. Célina s'empressa de serrer Médéric dans ses bras.

— Je suis désolée, mademoiselle Alarie. Médéric est devenu sauvage depuis quelques semaines, presque du jour au lendemain. Depuis ses deux ans, son caractère s'est transformé du tout au tout. C'était un bambin si facile, avant !

Anne retenait ses larmes.

— C'est moi qui suis désolée. Vous savez, j'avais l'habitude de toucher Loulou, la petite fille du Dr Peltier, et elle aimait ça. Je ne pouvais pas me douter... Mais je vous en prie, appelez-moi Anne.

L'allusion au Dr Peltier fit tiquer Benjamin. Elizabeth nota son changement d'attitude. Il fixait Anne.

— Tu connais bien le Dr Peltier ?

— C'est un bon ami de mon père. Je suis souvent allée chez lui. J'espère bien y retourner pendant mes congés.

— Mais pourquoi ?

— Nous n'avons pas de piano chez nous, et c'est là que je vais m'exercer.

— Mme Peltier doit être bien gentille…

— Oh, oui ! Je l'adore.

La curiosité de Benjamin à l'égard du Dr Peltier et de sa famille semblait insatiable. Bientôt, Célina jeta des coups d'œil gênés en direction d'Elizabeth.

Sans savoir ce qui se passait, Barnabé devinait un malaise. Dans le but de le dissiper, il pria Anne d'interpréter une pièce de son choix. La musicienne prévint ses auditeurs.

— Ce n'est pas tout à fait au point… soyez indulgents, s'il vous plaît !

— *Go, sweetheart !* De toute manière, de nous tous, tu es la plus experte. Que vas-tu nous jouer ?

— Le début d'une œuvre de Franz Schubert.

Elle osait. La musique de la première page de *Rêve d'amour* coula de source. Arrivée à la première cadence, Anne ralentit le rythme, le métronome intégré dans sa mémoire, et réussit à enchaîner la totalité du trait. Elle termina avec un decrescendo, comme si la pièce prenait fin à cet endroit. De vifs applaudissements saluèrent sa prestation. Même le petit Médéric, des larmes encore plein les yeux, imita ses parents et tapa des mains. L'oreille avertie de la musicienne en capta les sons. Se tournant vers l'enfant, elle s'adressa à lui tout en douceur.

— Je suis enchantée que tu aimes cette mélodie, Médéric. Quand je t'aurai apprivoisé, tu viendras la jouer avec moi.

Parviendrait-elle un jour à le prendre sans provoquer ses pleurs ? Son joyeux babillage lui redonna espoir.

Silencieuse jusqu'alors, Célina s'approcha d'Anne.

— Médéric ne cesse de vous observer. Je crois qu'il est intimidé par vos lunettes foncées. Pour lui, c'est une première. Je suis persuadée qu'il s'y habituera… Anne, dites-moi, connaissez-vous sœur Sophie Laviolette ?

« Une personne dotée d'une voix aussi harmonieuse doit être incapable de colère ou de mesquinerie », songea Anne. Elle lui dessina un visage comparable à celui de sa sœur Ève, la seule belle personne dont elle se souvenait du temps où elle voyait clair.

— Mais oui, c'est la directrice des classes de musique à Nazareth. Vous la connaissez ?

— Elle m'a enseigné le piano quand j'avais à peu près votre âge. Elle était novice. Malheureusement, je n'ai pas persévéré.

— Dans mon cas, vous comprendrez que j'ai une chance inouïe de me spécialiser en musique. La semaine dernière, sœur Laviolette nous a justement fait un genre d'inventaire des postes occupés par les musiciens aveugles en ce moment. Beaucoup enseignent un instrument et le solfège dans des collèges ou des pensionnats dirigés par des communautés religieuses ici, dans la province de Québec, en Ontario, jusqu'aux États-Unis. Certains gagnent leur vie en donnant des cours particuliers chez eux. Enfin, des paroisses en engagent comme organiste ou chantre d'église.

— Belles perspectives, Anne.

— Vous reprochez-vous de ne pas avoir persévéré, madame Ricard ?

— Quand la page est tournée, je m'efforce de n'avoir ni remords ni regrets.

Les cris d'impatience de Médéric la rappelèrent à sa tâche de maman. Elle s'excusa et enlaça son fils.

Comme elle en avait l'habitude, tante Elizabeth les invita tous à passer à la salle à manger et leur servit ses traditionnels scones arrosés d'un thé noir. Médéric, quant à lui, eut droit à un verre de lait pour accompagner un biscuit à peine refroidi. L'Irlandaise vouait à cet enfant une tendre affection.

— Vous nous aviez raconté, *my dear*, l'aventure de vos compagnes disparues lors d'une sortie. Avez-vous d'autres nouvelles du genre pour nous ?

— Non, mais mon amie Florida Jasmin est malade au lit. Elle m'inquiète.

— Je suis désolé, pour vous et pour elle… Dans un autre ordre d'idée, as-tu revu M. Lavergne ? s'enquit oncle Barnabé, soucieux de cerner les motivations de ce veuf à rendre visite à sa protégée deux fois par mois.

Heureuse de satisfaire la curiosité du notaire, Anne déploya sa verve. Lors de leur dernier entretien, le typographe avait très peu parlé de ses occupations et de sa personne. À la place, il l'avait interrogée sur ses goûts, ses matières scolaires, ses activités musicales et ses ateliers ménagers et récréatifs.

— Des ateliers ménagers ? s'étonna tante Elizabeth. Vous y faites quoi ?

— Nous, les grandes, on est initiées à la couture, au tricot, à la cuisine et aux différents travaux ménagers. On veut faire de nous de bonnes maîtresses de maison au cas où un homme daignerait s'intéresser à nous, conclut-elle, sarcastique.

Un silence gêné accueillit sa remarque. Barnabé tenta de faire diversion.

— Là où il y a de la vie, il y a de l'espoir, ma fille. Toi, tu as tout un avenir devant toi. Certains n'ont pas cette chance... Ce matin, à la sortie de la messe, on m'a raconté les funérailles d'Honoré Mercier, qui ont eu lieu vendredi dernier. Quel dommage que de perdre un tel politicien !

Barnabé rappela les hauts faits de Mercier. Anne ne raffolait pas de la politique et elle n'éprouva aucune culpabilité à se retirer dans ses pensées, comme elle le faisait souvent le soir venu dans la quiétude du dortoir. Dans ces moments-là, elle s'inventait aisément un brillant avenir. Arthur ne devenait plus avocat, mais médecin. Que de contradictions dans ses égarements imaginaires ! Son préféré ? Se projeter dans quinze ans et personnifier Mme Arthur Peltier, mère de cinq enfants, en parfaite santé, beaux et intelligents, surtout sans handicap visuel. Elle imaginait une maison à soigner, des repas à préparer dans l'abondance et, depuis qu'elle avait appris à repasser, elle avait ajouté à son emploi du temps fictif l'entretien des vêtements du Dr Arthur Peltier : chemises, pantalons, redingote, mouchoirs et plastrons. Dans cette affabulation, elle touchait l'harmonium à l'église de Saint-Léon-le-Grand chaque dimanche et lors des cérémonies spéciales la semaine. Comme elle aurait aimé trouver le sommeil dans cette félicité ! Mais ses yeux croches, ses lunettes noires et ses limitations prenaient immanquablement le dessus. La dure réalité broyait ses chimères. Pourtant, elle demeurait fidèle à ses rêveries.

Et Mathias ? Quelle place occupait-il dans sa vie ? Chose certaine, le grand ténor n'habitait pas ses lendemains. Au cours des derniers jours, il n'avait tenté aucune approche, aucun contact. Au lendemain de la Saint-Raphaël, elle lui avait remis un billet sur lequel elle avait poinçonné, laconique : « Il me fut impossible d'accepter ton invitation, mais je t'en remercie. » Lui en voulait-il ?

Oncle Barnabé venait de prononcer le nom de son père. Anne redevint attentive à la conversation.

— … comme Antoine, Napoléon Alarie est un fervent défenseur de Mercier, j'ai pu le constater lors de sa dernière visite. Toi, Benjamin, tu travailles à *La Minerve*, journal qui de tout temps a ouvertement été contre l'ancien premier ministre, et je sais que tu partages l'opinion de mon neveu. Comment peux-tu vivre dans une telle incohérence ?

Benjamin se mit à rire.

— En apparence, vous avez raison. Toutefois, comme je n'écris aucun article sur la politique provinciale ou nationale, je ne vais donc pas à l'encontre de mes convictions.

Habituellement, tante Elizabeth ne tolérait pas que l'on discute d'affaires publiques à sa table, mais l'intérêt de Célina pour la fin de l'Honorable Mercier et le grandiose de ses funérailles la rendit plus conciliante. Évidemment, elle n'avait jamais voté pour cet homme, le défenseur acharné de Louis Riel, traître à sa patrie pour une majorité d'anglophones, héros chez les Canadiens français. Quant à Honoré Mercier, il ne faisait même pas l'unanimité chez ceux de sa race puisqu'il y comptait autant d'admirateurs que de détracteurs. Elizabeth fut impressionnée d'apprendre que Mercier avait eu droit aux plus imposantes funérailles depuis celles, en 1873, de sir George-Étienne Cartier, l'un des Pères de la Confédération.

Célina intervint en douceur.

— Comment peut-on expliquer que deux journaux comme *La Patrie* et *La Minerve* aient des opinions diamétralement opposées sur Mercier ? Je comprends que l'un appuie les libéraux et l'autre, les conservateurs, mais...

Benjamin leva le sourcil, stupéfait que sa femme lui adresse la parole sur un ton aussi conciliant. Depuis des mois, ils étaient à couteaux tirés.

— Quoi ? Vous lisez la concurrence, Célina ?

— Certainement, oncle Barnabé, et je ne m'en cache pas.

— Deux points de vue s'affrontent dans le cas de l'Honorable Mercier. Comme vous l'avez mentionné, Célina, d'une part *La Minerve* n'a jamais soutenu le Parti national de M. Mercier et, plutôt que de rappeler au public les bons coups de son gouvernement comme s'applique à le faire *La Patrie*, mon journal tape sur le clou de la malversation et du scandale de la fin de son règne. L'un et l'autre ne présentent qu'un seul côté de la médaille.

— Je ne comprends pas votre point de vue, Benjamin. Comment faites-vous pour donner votre appui à un homme si corrompu ?

— Vous mettez le doigt au cœur du problème, chère épouse. Si vous avez lu *La Patrie* d'hier, vous n'avez pu manquer l'article de Louis Fréchette en première page. Il y affirme que Mercier a été victime de nos mœurs politiques. Tant que nous ne les modifierons pas en profondeur, les détournements de fonds et le favoritisme feront partie de notre quotidien. À mon avis et de l'avis de plusieurs, Mercier n'a pas trempé dans des transactions malhonnêtes. Son grand argentier, Ernest Pacaud, oui.

Barnabé s'avança sur le bord de la chaise, son thé à la main.

— Il en fallait du culot à ce Pacaud pour enfourner dans les caisses du parti 100 000 des 175 000 dollars que le gouvernement avait supposément versés à l'entrepreneur des chemins de fer Armstrong. Tout ça est sorti au grand jour à la Commission royale d'enquête de l'automne 1891. En réalité, Armstrong n'a obtenu que 75 000 dollars. Mercier a toujours nié avoir été au courant de la transaction, alors que Pacaud a avoué d'emblée.

Elizabeth resservit des scones à tous. Non, elle n'avait pas eu d'enfant, mais elle savait fort bien que, sauf exception, un petit reste sage tant qu'il a la bouche pleine.

— *Please excuse me,* Benjamin, *but* je ne lis pas en français. Si vous ne touchez pas aux affaires de la Province, que faites-vous à *La Minerve* ?

Benjamin s'étonna qu'Elizabeth ignore encore sa promotion. Puis, il se rappela que, chez les Lanthier, les discussions professionnelles et politiques avaient lieu entre hommes, dans le fumoir de Barnabé, autour d'un cognac ou d'un scotch.

— Je me concentre sur les événements internationaux et, tant que je me consacrerai à ce créneau, je me sentirai en paix avec mes convictions, même si elles sont en marge de la ligne éditoriale de *La Minerve*.

Le mot « internationaux » interpella Anne.

— Comme quoi, par exemple ?

— Mon dernier article traitait du décès du tsar de Russie, Alexandre III, survenu ce jeudi.

— Excellent papier, soit dit en passant.

— Merci, oncle Barnabé.

« Tiens, M. Ricard aussi l'appelle oncle, et lui non plus n'a aucun lien de parenté avec lui », se dit Anne.

— A-t-il été bon pour son peuple ?

— Oui, il l'a aimé. D'après mes recherches, il aurait accompli ses tâches royales avec minutie, bien qu'il ait toujours considéré sa fonction de chef d'État comme un véritable fardeau. Il n'avait pas été préparé à de telles responsabilités. Son frère aîné devait succéder à leur père, Alexandre II, mais il est mort d'une méningite avant d'accéder au trône. Alexandre III a accepté la couronne avec résignation. Il a régné juste treize ans, mais on lui doit, entre autres, une alliance avec la France, à la base de l'industrialisation de son pays.

— On laisse planer la menace d'une guerre sous le règne de son fils. Qu'en penses-tu ? s'inquiéta Barnabé.

— J'en ai bien peur, mon oncle, mais pas à courte échéance. Toute l'Europe est dans l'expectative, et les Bourses ont déjà commencé à chuter. Mauvais signe. On dit que l'héritier est un homme faible. Ses opinions et sympathies nous sont inconnues tandis que son défunt père était définitivement un ami de la paix.

Les cris et les pleurs de Médéric mirent fin aux explications de Benjamin. S'il s'était agi de Loulou Peltier, Anne se serait empressée de consoler l'enfant. La crainte d'un nouveau rabrouement l'en empêcha.

Célina le prit dans ses bras, et Médéric se calma sur-le-champ. Elle remercia ses hôtes, puis se tourna vers son mari.

— Le petit a besoin de son lit. On y va, Benjamin ?

16

Plus Anne participait à l'atelier de cuisine du jeudi, plus cette activité l'ennuyait. Elle avait l'impression de perdre son temps et aurait préféré consacrer ces précieuses minutes à son piano, même si elle avait déjà à son actif deux heures d'exercices depuis son lever. En fin d'après-midi, elle aurait une leçon. L'attente lui paraissait interminable !

Son ronchonnement attira l'attention de sa voisine.

— Qu'est-ce qui te prend ? On est chanceuses d'apprendre à se débrouiller comme ça. Pourquoi tu n'apprécies pas ? Tu auras besoin de savoir tout ça quand tu te marieras.

Pour lui clouer le bec, Anne rétorqua avec détermination :

— J'aurai une servante...

Philomène s'esclaffa.

— Ah bon ! Madame la docteur n'y va pas par quatre chemins. Madame la docteur ne mettra pas la main à la pâte ? Madame la docteur se contentera de donner des ordres ?

Anne regrettait de lui avoir confié ses rêveries. Depuis, son amie ne perdait pas une occasion de la taquiner.

— Arrête, Philomène ! Je ne veux plus que tu m'appelles « madame la docteur », ça m'irrite, ça me frustre, et parce que c'est si peu probable, ça me fait de la peine...

Anne venait de prononcer la formule magique. Philomène s'excusa. Elle était bien prête à plaisanter, mais pas à lui causer du chagrin.

— D'accord, d'accord. On n'en parle plus.

Sœur Eugénie Jobin invita sa dizaine d'élèves à prendre place autour d'une grande table et à se regrouper par deux. Anne s'était hâtée de devancer Azilda auprès de Philomène. Comme Florida était encore clouée au lit, la revêche dut se jumeler à Aurore Lanctôt. Sœur Jobin réclama le silence.

— Notre tâche, aujourd'hui, consistera à préparer une pâte à biscuits que nous dégusterons tous au souper. Grâce à vous, nous nous régalerons. Vous trouverez tous les ingrédients requis devant chaque équipe. L'élève de gauche repérera l'œuf déposé dans un petit contenant, celle de droite le gros plat dans lequel se fera le mélange.

Les mains s'activèrent au-dessus du plan de travail. Comme Anne n'avait jamais cassé d'œuf de sa vie, elle changea de place si discrètement que sœur Jobin ne sembla pas l'avoir remarqué.

Une fois l'œuf débarrassé de sa coquille et reposant au fond du grand bol, Philomène y ajouta une pincée de sel, le sucre et l'essence de vanille pendant qu'Anne malaxait le tout à l'aide d'une cuiller de bois. Guidée par les directives de la religieuse, Philomène incorpora la farine et mélangea avec les doigts. Ce fut ensuite au tour d'Anne de mettre le beurre et de pétrir la pâte jusqu'à homogénéité.

Tout en lançant la pâte d'une main à l'autre afin d'obtenir une sphère régulière, Anne songeait à la lettre de son père, parcourue en vitesse avant l'atelier. Il lui tardait de la lire à tête reposée. Pour l'instant, elle l'avait mise dans la poche de son tablier. Peut-être à la récréation, avant sa répétition de piano ? L'état de sa mère l'inquiétait. Du plus loin qu'Anne se souvienne, Pierrette Alarie avait toujours joui d'une bonne santé.

Afin de rendre la pâte plus ferme, Anne suivit le conseil de sœur Jobin et y ajouta un peu de farine. Satisfaite du résultat, elle glissa à l'oreille de Philomène :

— Pas besoin de servante pour ça ! C'est trop amusant !

Une fois le mélange prêt, sœur Jobin réclama des volontaires pour porter les boules de pâte dans l'une des glacières du réfectoire dans le but de les laisser reposer une quinzaine de minutes. Agnès Bérubé et Aurore Lanctôt devancèrent tout le monde.

Pendant ce temps d'attente, les autres filles nettoyèrent la table, les bols et les instruments.

— Bien là, murmura Anne, je réembaucherais ma servante !

Philomène étouffa un rire.

— Tu sauras qu'il y a un prix à payer pour tout. Ta musique, par exemple. Pour jouer convenablement une mélodie, pense à toutes les heures que tu y consacres.

Sœur Jobin leur ordonna d'enfariner leur surface de travail et distribua à chaque équipe un rouleau à pâtisserie, deux verres et une tôle à beurrer. Le babillage de ses élèves ne l'incommodait pas pourvu que les choses se fassent. Ainsi, elle défendait le principe qu'une mère de famille doit savoir accomplir plus d'une tâche à la fois, soit s'affairer avec efficacité tout en surveillant ses enfants et en répondant à leurs questions.

— Tu vois, ces heures de pratique ne représentent que du bonheur pour moi.

— C'est faux ! Pas plus tard que la semaine dernière, tu as frappé un mur avec ta partition ! Tu n'avais pas l'air particulièrement heureuse à ce moment, je peux te l'assurer !

— Tu as raison. J'ai tendance à oublier mes frustrations quand il s'agit de musique. Pour être honnête, si je chiffrais mon pourcentage de découragement et de satisfaction dans ce domaine, j'obtiendrais cinq pour cent d'une part et quatre-vingt-dix pour cent d'autre part.

— Petite erreur de calcul, Anne. Ton total ne fait pas cent pour cent !

Anne contint son fou rire à grand-peine.

— Je me garde un cinq pour cent de flottement, de neutralité, si tu préfères.

Les boules refroidies avaient été récupérées au réfectoire sans que les deux amies n'en aient connaissance. Sœur Jobin en déposa une devant chaque équipe.

— Surtout, enfarinez votre rouleau et la pâte. Étalez-la jusqu'à l'obtention d'une belle galette d'environ un quart de pouce d'épaisseur. À l'aide de vos verres, découpez la pâte.

Philomène termina sa tâche la première et beurra la tôle. Les deux filles y disposèrent leurs rondelles.

La fin de l'atelier approchait.

— Une fois la table, la vaisselle et les ustensiles bien nettoyés, descendez au réfectoire et remettez vos futurs biscuits à sœur Toupin. L'une de vous peut-elle lui rappeler la durée de la cuisson ?

Un lourd silence s'installa.

— Votre enthousiasme délirant m'oblige à nommer... une volontaire.

Puis, sœur Jobin emprunta une voix aussi enjouée que si elle annonçait une récompense.

— Anne Alarie, pour la première fois depuis le début de ces ateliers, vous avez manifesté un intérêt soutenu, alors je vous désigne.

À ce temps-ci de l'année, plus personne ne se déplaçait les mains devant pour éviter une collision. Toutes avaient apprivoisé les aires de l'Institut, de la cave au grenier. D'un pas déterminé, les filles descendirent les escaliers avec leur plateau.

Arrivées à destination, elles se mirent en file, Anne la première, compte tenu de sa mission.

Personne ne s'attendait à des effusions ou à des remerciements de la cuisinière. Fidèle à elle-même, sœur Toupin aboya ses directives, puis leur ordonna de disposer au plus vite.

Une fois dans le corridor, Philomène s'épancha, excédée.

— Que c'est donc de valeur ! Incapable de la moindre gentillesse, celle-là. Je me demande pourquoi elle est entrée en religion. Comme la Sainte-Judith, d'ailleurs. Pour avoir un toit ? Pour être assurée de manger trois fois par jour ? Pour échapper à un homme tyrannique ? Parce que aucun homme ne voulait d'elle ? Pour toutes ces raisons ? En tout cas, certainement pas pour prendre soin de son prochain. La mission de sa communauté est une mission d'amour, de respect et de compassion envers les personnes démunies. J'enrage quand je vois du monde de même.

— Une chance qu'elles ne sont pas toutes comme elles !

Anne mourait d'envie de relire la lettre de son père. Cependant, elle proposa à Philomène de se rendre à l'infirmerie. On y avait transporté Florida trois jours après son évanouissement. Comme leur amie devait se languir toute seule dans cet espace exigu ! La fièvre avait empiré les jours suivants, mais depuis une semaine elle s'était stabilisée, sans toutefois disparaître.

Anne sentit une présence à proximité. D'une voix méconnaissable tant elle était empreinte de douceur, Azilda demanda à se joindre à elles.

— Je ne veux pas m'imposer, mais, en raison de ce qui s'est passé, j'aimerais bien être avec vous pour aller la voir une première fois !

Ainsi, en douze jours, Azilda ne lui aurait pas rendu visite ? Serait-elle capable de regrets, ou mieux, de remords ?

Philomène réagit la première. Elle se retint de lui asséner : « Et tâche de retenir ta langue ! » Elle se contenta d'un :

— Allez, viens !

Anne ne ressentait pas l'habituelle acrimonie d'Azilda, même si cette dernière semblait l'ignorer.

Les trois filles parvinrent à l'infirmerie en silence. Sœur Lemieux remplaçait l'infirmière de garde occupée à une consultation externe. Elle les accueillit sans son entrain coutumier.

Empreinte de gravité, l'atmosphère rappelait celle d'une veillée funèbre. La faible vue de Philomène ne lui permettait pas de constater à quel point leur amie avait changé. Sa maigreur excessive laissait craindre le pire. Un des médecins de l'Institut l'examinait dorénavant tous les deux jours.

— Qui est là, ma sœur ? Je distingue trois ombres près de vous !

Le filet de voix de Florida sidéra Anne. Quel mal l'affligeait au point de la transformer en si peu de temps ? L'anémie, comme l'avait suggéré l'infirmière ? Florida paraissait à bout de forces.

Philomène s'approcha du lit la première.

— Salut, Florida ! Les trois ombres, bien c'est nous autres. Ça ne va pas, on dirait ?

Sœur Lemieux répondit à sa place.

— Mlle Jasmin vient tout juste d'avoir une prise de sang.

— Faible comme elle est, on lui a enlevé du sang en plus ? s'indigna Azilda.

— Le médecin a jugé qu'il s'agissait du meilleur moyen de connaître la cause de ses malaises. Il a essayé de nombreux traitements et médicaments avant d'en arriver là. N'oubliez pas que notre établissement compte les plus éminents spécialistes du pays. Vous, Florida, faites-vous confiance à votre docteur ?

— Oui, ma sœur.

La réponse de Florida n'était que murmure.

— Mesdemoiselles, vous avez sans nul doute fait un grand plaisir à votre amie en venant à son chevet, mais je crois qu'étant donné son état, il serait préférable de la laisser se reposer. Désirez-vous lui adresser un petit mot avant de partir ?

La religieuse se retira dans le corridor, une attention appréciée des filles.

— J'espère que tu vas aller mieux, Florida. J'aimerais que tu oublies nos différends… Si c'est possible. J'y ai souvent repensé et… je les regrette.

À peine audibles, ses dernières paroles étonnèrent par leur sincérité.

— Oui, moi, je peux passer l'éponge, mais c'est plutôt Anne qui a été malmenée par ton attitude.

— Compte sur moi. Me permets-tu de revenir te voir bientôt ?

— C'est bien certain, voyons donc…

La voix de Florida n'était plus qu'un souffle. Azilda céda sa place à Philomène, qui se contenta d'effleurer le bras de la malade du revers de la main. Pour sa part, Anne se pencha à son oreille.

— Florida, je vais prier pour toi très fort. Guéris vite, tu nous manques !

Autant Anne craignait une nouvelle explosion de hargne de la part d'Azilda, autant elle anticipait l'instant où elle s'amenderait, comme elle l'avait laissé entendre à Florida peu auparavant.

Les trois filles quittèrent l'infirmerie sur la pointe des pieds, puis se rendirent à la salle de récréation où elles s'installèrent à la première table libre.

Philomène poussa un soupir à fendre l'âme.

— J'ai touché le bras de Florida. Elle n'a plus que la peau et les os. C'est effrayant ! Comment peut-on fondre comme ça en si peu de temps ?

— Peut-être qu'elle maigrit depuis belle lurette ! Comme on ne voit rien ou pas beaucoup, ça a pu nous échapper.

— Tu as raison, Anne, admit Azilda. Euh...

Anne coupa son élan.

— Il va falloir m'excuser, les filles. Je me retire. J'ai reçu une lettre tantôt et je n'en peux plus d'attendre. On se retrouve au souper.

Enfin seule avec sa missive, elle la relut du début.

Bonjour ma chère enfant,
J'espère bien avoir de tes nouvelles d'ici vendredi !
Les miennes ne sont pas très bonnes. Ta mère est malade au lit. Depuis deux semaines, elle souffre d'une bien mauvaise toux. Lundi, elle s'est décidée à consulter le Dr Peltier. Il pense qu'elle a une pneumonie. Tu connais comme moi toutes les complications que ça peut engendrer.

Mais non, elle ne les connaissait pas, ces complications ! Peut-on mourir d'une pneumonie ?

Éva a pris la maison en charge, et tout le monde met l'épaule à la roue, même ta petite sœur Sarah. Il me semble que ta mère a perdu ses forces bien trop vite, mais, selon le Dr Peltier, ce serait l'évolution normale de la maladie. Si tu la voyais, toute en sueur, fiévreuse, elle n'est pas reconnaissable.

Son amie Florida souffrait-elle aussi d'une pneumonie ? Les symptômes lui parurent similaires, sauf que Florida ne toussait pas et son père ne parlait pas de l'amaigrissement de sa mère. Les deux présentaient des signes d'affaiblissement, caractéristique commune à bien des affections.

Ton frère Jean…

Napoléon trouva le moyen de décrire les activités de chacun de ses enfants. Il conclut sa lettre en sollicitant les prières de sa fille, signe incontestable de sa grande inquiétude. Il l'implora également de demander aux religieuses de Nazareth de réciter un rosaire pour la guérison de Pierrette.

Anne sentit le besoin de partager ses appréhensions. Sœur Beauchemin aurait-elle le temps de l'écouter ? À la hâte, elle descendit à l'étage des salles de musique.

Anne se retrouva nez à nez avec un inconnu.

— Oh ! Pardonnez-moi, je suis un peu en avance.

— Vous êtes plus que pardonnée, chère mademoiselle Alarie. Le hasard fait bien les choses ! J'ai occupé cette salle parce qu'un dégât d'eau rendait la mienne inutilisable, sinon, jamais on ne se serait croisés. Le passé en fait foi.

Pompeux plus qu'à l'accoutumée, Mathias Vézina lui bloquait l'entrée. Au moment où il posait les mains sur ses épaules, sœur Sainte-Judith aboya :

— Mademoiselle Alarie ! Vous n'êtes qu'une immonde occasion de péché et un mauvais esprit !

Mathias fila en douce.

L'injustice de la situation laissa Anne sans voix. Qu'avait-elle fait sinon se trouver là, à cet instant ? Pourquoi cette harpie s'en prenait-elle à elle ? Le souvenir d'Emma battue sans pitié s'imposa. Elle était à la merci de cette femme. Voilà pourquoi elle demeura muette, le cœur battant. La senteur de Sainte-Judith imprégnait l'air ambiant. Comment se sortir de cette embarrassante situation ? Et que faisait donc l'hospitalière dans cette section du sous-sol réservée aux studios de musique ? Évidemment, ils étaient en droite ligne avec les réfectoires à l'extrémité opposée du corridor.

Un froissement de tissu attira l'attention d'Anne. Quelqu'un approchait.

Les ongles de la Sainte-Judith s'enfoncèrent dans son bras.

— Que je ne vous reprenne plus à séduire ce jeune homme, sans quoi...

La menace plana, lourde de sous-entendus.

Un parfum de lavande se substitua à la désagréable odeur de transpiration. Anne respira à pleins poumons. L'atmosphère oppressante se dissipa.

— En avance, mademoiselle Alarie ? demanda sœur Beauchemin.

— J'aimerais vous parler avant la leçon.

— Bien sûr, entrez. Notre salle est libre.

Anne fut tentée de lui faire part de la malveillance dont elle venait d'être victime, mais elle y renonça puisque sœur Beauchemin refusait d'écouter ses doléances contre la Sainte-Judith. Elle lui partagea plutôt son angoisse.

— Ma mère est très malade, ma sœur. Je suis tellement inquiète !

Anne lui rapporta les nouvelles. Par chance, elle ne pouvait lire les pensées de la religieuse. Sœur Beauchemin détailla le visage de son élève. À qui ressemblait-elle le plus ? À son père ? À sa mère ? À une lointaine grand-mère ? Si ce n'était ses yeux, elle qualifierait l'adolescente d'assez jolie. Un nez droit et fin, des joues à fossettes, un front haut et fier, des lèvres bien dessinées, une agréable silhouette, tout chez cette fille lui parut harmonieux. À bien y penser, elle tenait de son père. Quelques minutes en présence du ramancheur lui avaient suffi pour éprouver envers lui une attirance spontanée, voire une fascination.

S'il devenait veuf, qui prendrait soin de ses enfants ? Avec une remarquable célérité, sœur Beauchemin caressa un fantasme. Elle irait aux funérailles de Mme Alarie. Le mari constaterait à quel point sa fille bien-aimée estimait son enseignante. Sympathie et compassion imprégneraient ses propos. Une fois la période de deuil terminée, elle ferait en sorte de se rappeler à lui.

Que lui arrivait-il ? Pour la première fois, elle se surprenait à imaginer partager la vie d'un homme. « Un peu tard », songea-t-elle. Elle lissa les plis de sa robe. À compter de l'instant où elle avait endossé cet habit, elle n'avait plus le choix. Jusqu'à sa mort, elle serait l'épouse du Christ. Jusqu'à sa mort ?

À moins qu'elle n'ose quitter la communauté, comme l'avait fait deux ans plus tôt sœur Amanda Dufour. Désirait-elle endurer les tourments de sa compagne ? Sa décision avait été accueillie par un tollé.

Pour avoir été sa confidente, sœur Beauchemin connaissait les souffrances morales d'Amanda. Après mûre réflexion, celle-ci avait résolu de partir même si elle n'avait pas encore reçu de la sœur générale l'indult d'exclaustration, soit l'autorisation de vivre hors de la communauté pendant quelques mois, le temps de retomber sur ses pieds. Selon le droit canon, cette période ne devait pas dépasser trois ans. Sans l'appui de sa supérieure, Amanda désespérait d'obtenir l'indult de sécularisation, acte par lequel elle se libérerait de ses vœux de chasteté, de pauvreté et d'obéissance. Son dossier, semblait-il, n'avait pas avancé d'un iota.

Par l'intermédiaire de l'une des dames patronnesses dévouées à la cause de Nazareth, Angéline Beauchemin recevait des nouvelles d'Amanda une fois par mois. Récemment, un homme avait demandé sa main, mais sans l'indult de sécularisation, jamais elle ne serait autorisée à se marier religieusement. Pour l'heure, l'Église la considérait comme une infidèle à ses promesses à l'instar des divorcés. Malgré toutes les embûches, Amanda conservait une intense ferveur spirituelle comme à l'époque de son noviciat.

— ... pour le temps des fêtes. C'est si compliqué ! Que pensez-vous de cela, ma sœur ?

Anne se prit la tête à deux mains, toute à son questionnement. Par son silence, son professeur venait de lui témoigner une fois de plus sa sollicitude attentive.

Angéline Beauchemin n'avait pas saisi un traître mot des confidences de son élève. Elle s'en voulut de s'être laissée emporter dans une rêverie aussi saugrenue. Son directeur de conscience ne s'ennuierait pas à leur prochaine rencontre.

— Dites-moi d'abord ce que vous pensez, vous.

— Je ne sais plus. Il reste cinq semaines et quelques jours avant les vacances. Si ma mère n'est pas rétablie à ce moment, je me vois mal imposer Emma à ma famille dans ces conditions. En plus, personne n'aura le cœur à la fête. J'aurais tant aimé offrir à Emma un Noël heureux.

Voilà le problème à résoudre ! Emma.

— Avez-vous parlé de votre projet à Emma ?

— Bien non ! Il me faut d'abord obtenir la permission de mon père.

— Dans ce cas, j'ai une suggestion. Pourquoi ne pas attendre au début de la semaine précédant votre départ en vacances avant d'inviter Emma ? Vous saurez mieux comment va votre mère, et il vous sera plus facile de prendre une décision éclairée. Ne bougez pas...

Sœur Beauchemin consulta le calendrier accroché au mur.

— M. Alarie a-t-il accès à un téléphone ?

— Euh... Il y en a un au presbytère de Louiseville, ça, j'en suis certaine. Mon père connaît bien le curé là-bas. Il était à Saint-Léon avant d'être muté à Louiseville. À la fin de l'été, les marguilliers de notre paroisse avaient songé à en installer un dans le nouveau presbytère, mais j'ignore si ça a été fait...

— Voilà ma suggestion. Vous aurez l'autorisation de faire un longue distance à partir d'ici, vers le 20 décembre. Vous en aviserez votre père par lettre d'ici là, et il s'organisera en conséquence. Vous vous entendrez en tenant compte de l'état de votre mère. Si sa santé s'améliore et si vos parents sont d'accord pour accueillir Emma, nous demanderons l'accord de la mère d'Emma. La maison de repos où elle séjourne a un service téléphonique.

Tout s'arrangeait. Sœur Beauchemin avait résolu son problème de prime abord insoluble. Anne redressa les épaules.

— Je savais bien qu'en vous exposant mon affaire, vous m'aideriez. Merci ! Vous êtes un ange !

Sœur Beauchemin se mordilla la lèvre. Peu auparavant, elle avait fait mourir sa mère pour mieux séduire son père. Si Anne Alarie avait lu ses pensées, le démon aurait certes supplanté l'ange.

— Allez ! Au travail maintenant. En parallèle avec *Rêve d'amour*, je vous propose d'entreprendre une mélodie de Noël, un chant inspirant, mais qui ne demande pas de prouesses techniques. Voici trois partitions. Je vous offre le choix entre *Les Anges dans nos campagnes*, *Ça, bergers* et *Dans cette étable*.

— Je les veux toutes, ma sœur !

— On commence par laquelle ?

Anne achevait sa grande toilette du soir. Ses yeux tuméfiés la mettaient au supplice. Elle les tâta. Derrière ses lunettes fumées, personne ne pouvait deviner leur état. Depuis une semaine, elle souffrait le martyre à cause de ses oreilles. Non, elle n'allait pas bien. Sachant Florida très malade, elle n'avait pas osé se plaindre, espérant que tout rentrerait dans l'ordre sans qu'elle ait à déranger qui que ce soit.

Soudain, un liquide chaud jaillit de son nez. D'instinct, elle y porta la main. Elle gémit. Ses jambes se dérobaient sous elle.

Sœur Lemieux arriva juste à temps pour la soutenir avant qu'elle ne s'affaisse.

— Penchez votre tête en arrière et pressez cette serviette sur votre nez. Calmez-vous. Je m'occupe de vous.

17

Au grand étonnement du Dr Peltier, le ramancheur n'assistait pas à la grand-messe en ce quatrième dimanche de l'Avent. Immédiatement après la fin de l'office, il proposa à Michelle de se rendre à la maison paternelle avec ses parents. Ils s'y retrouveraient dès que possible. Si Napoléon avait senti le besoin de rester avec sa femme, la situation n'augurait rien de bon. L'état de Pierrette Alarie avait-il empiré ? Pourquoi son ami n'était-il pas allé le quérir ?

Quelle que soit sa destination, il emportait sa trousse lorsqu'il quittait son foyer. Une fois de plus, il bénit cette habitude.

Arrivé à destination, il fut accueilli par Èva, qui le conduisit à la chambre principale. Encore plus livide que le vendredi précédent, Pierrette suait à grosses gouttes. Elle souleva les paupières, puis referma les yeux comme si cette simple action requérait trop d'efforts. Le visage tourmenté de Napoléon faisait peine à voir.

Antoine prit les signes vitaux de sa malade. La température se maintenait au-dessus des trente-neuf degrés, mais le pouls tapait fort sous ses doigts, plus de cent pulsations à la minute.

Devant l'état comateux de Pierrette Alarie, il craignit qu'elle souffre d'un abcès au poumon. La plupart du temps, cette complication ne se voyait malheureusement qu'à l'autopsie, puisque sa présence conduit le plus souvent à la septicémie, puis à la mort. Même s'il n'avait aucune certitude, il était hors de question de procéder à une intervention chirurgicale tant que la pneumonie n'était pas guérie. Sinon, une rupture de l'abcès dans des organes importants comme le péricarde, la plèvre ou le foie pourrait répandre l'infection. Opérer signifiait une résection costale, puis l'ouverture du poumon au thermocautère. Une sueur froide perla au front du médecin. En avait-il les compétences, surtout en dehors du milieu hospitalier ?

Jusqu'à maintenant, il avait traité sa malade avec de l'antipyrine, du sulfate de quinine, du bromure de potassium et des sudorifiques.

Soudain, Pierrette se mit à cracher du sang. En provenance du canal aérien, il remontait sans effort. Les tuyaux bronchiques paraissaient si congestionnés qu'Antoine craignit la suffocation.

La médecine moderne contestait l'efficacité des saignées. Néanmoins, il n'envisagea que cette solution pour sauver Pierrette d'une mort certaine.

— Napoléon, vite, aide-moi à la redresser. Va me chercher au moins trois bols à soupe et dépose-les sur cette table.

Antoine recueillit le sang expectoré dans une serviette, puis repéra la veine du bras la plus facile à entailler. Napoléon revint avec les bols. Le médecin en plaça un sous le bras gauche de Pierrette et procéda à la section de la veine céphalique. Du sang s'écoula aussitôt.

Napoléon promenait son regard du bol au visage d'Antoine, priant tous les saints du ciel de venir au secours de sa chère Pierrette. Existaient-ils, ces saints ? Au cas où, il réitéra ses supplications. Craindre pour la vie de sa femme lui avait fait prendre conscience à quel point elle lui était précieuse et nécessaire. Son ami semblait sûr de lui. Pourtant, Antoine n'était pas un adepte de la saignée, ils en avaient discuté à maintes reprises.

— Change de contenant, Napoléon, on continue.

Le doigt sur la jugulaire de sa patiente, Antoine surveillait le pouls. Pierrette cessa de vomir du sang et sa respiration devint plus aisée.

Une fois le deuxième bol presque plein, Pierrette ouvrit les yeux et, loin d'être apeurée par la vue du sang jaillissant de son bras, elle déclara, la voix raffermie :

— Ça me fait du bien.

Incrédule, Napoléon observait se remplir un troisième bol, d'une capacité de cinq onces, comme les autres.

— Ça ira comme ça, hein, Antoine ?

— Laisse couler, Poléon, je me sens revivre !

Le ton implorant de Napoléon contrastait fort avec celui de Pierrette, plein d'optimisme. En dépit de l'exhortation de sa patiente, Antoine referma le vaisseau sanguin et apposa un coton retenu par un bon pansement. L'opération avait duré moins d'une heure.

Alors que la saignée constituait un traitement courant chez les médecins d'antan, on l'utilisait de moins en moins depuis la découverte des micro-organismes, responsables de la plupart des maladies. Convaincu que cette méthode désengorgeait les tissus mieux que n'importe quels antiseptiques ou microbicides de la nouvelle vague, le vieux Dr Lebel attribuait l'abandon de cette technique à la faiblesse des tempéraments de ses jeunes collègues.

La température avait chuté à moins de trente-neuf. Le visage souriant de Pierrette rosissait. Antoine avait procédé à la saignée en désespoir de cause, mais jamais il n'aurait escompté des résultats aussi prodigieux.

Napoléon présenta une chaise au médecin. Antoine se retint de s'y laisser tomber. En toute humilité, il raconterait au Dr Lebel le miracle dont il venait d'être témoin. Pourvu que le bien-être de sa patiente persiste !

— Anne arrivera en fin d'après-midi, ma femme. Quelle belle surprise elle aura en te voyant dans cet état ! Je lui ai écrit la semaine passée et, à ce moment, tu n'en menais pas large. Encore moins quand on s'est parlé au téléphone avant-hier. Sans lui donner trop de détails pour ne pas l'inquiéter outre mesure, j'ai dit à Anne que tu combattais un vilain microbe.

— J'ai bien hâte de retrouver ma grande fille ! En attendant, Poléon, va me chercher Èva. Avec tout le travail dont elle a hérité, ça lui fera du bien de voir sa mère ressuscitée !

Le train fuyait Montréal, plein à craquer de passagers en route vers Trois-Rivières et les villages environnants. Assise entre Elizabeth et Barnabé, Anne semblait sommeiller. À dire vrai, elle s'était retirée dans ses pensées. Mettre de l'ordre dans ses idées devint impérieux. La première à s'imposer fut reléguée *ipso facto* à l'arrière-plan tant elle lui était pénible.

Il s'en était fallu de peu qu'Anne ne puisse être du voyage. Les maux de gorge et d'oreilles à répétition qui l'avaient tant incommodée au cours des semaines précédentes dépendaient, selon les spécialistes de l'Institut ophtalmique, d'une infection majeure aux yeux. On lui avait d'abord prescrit des gouttes confectionnées à partir d'une solution d'acide borique associées à des compresses d'eau froide, des frictions mercurielles sur les pariétaux en plus d'un lavage des yeux au cyanure de mercure. Devant l'insuccès du traitement, on lui avait insufflé dans le nez des poudres médicamenteuses, puis, en désespoir de cause, l'ophtalmologiste avait demandé aux religieuses de lui faire inhaler de l'acide carbonique et de l'acide sulfureux. Lors de son dernier examen, le médecin lui avait fait part de ses craintes, soit une inflammation du cerveau, et lui avait laissé entendre que, si à son retour de vacances son état ne s'était pas amélioré de manière significative, il envisagerait l'énucléation, seul moyen à son avis pour enrayer ces infections persistantes.

De l'avis des quelques pensionnaires consultés à la récréation de l'après-midi, l'évidement de l'œil représentait une solution des plus efficaces contre la douleur. La chirurgie entraînait beaucoup plus de peur que de mal. Une fois le globe oculaire extirpé, il fallait attendre la cicatrisation complète avant d'installer les prothèses. Ces sphères en verre, dont la partie antérieure imitait l'œil véritable, offraient des pupilles et des iris peints de la couleur désirée. Enfin, si son père consentait aux opérations, idéalement séparées de quelques semaines, elle n'aurait plus à subir ces douleurs lancinantes, et ses yeux croches deviendraient chose du passé. Anne ne put retenir un sourire.

Anne avait suivi à la lettre les conseils de sœur Beauchemin. Quelques jours auparavant, elle s'était entretenue au téléphone avec son père. De Louiseville, sa voix lui avait paru triste et lointaine. Sa mère alitée s'affaiblissait de jour en jour, et il serait dans l'impossibilité d'aller la chercher à Montréal. Heureusement, son ami Antoine avait obtenu l'accord des Lanthier pour la ramener avec eux à Saint-Léon-le-Grand. Année après année, ils réveillonnaient chez les parents d'Antoine.

La couverture d'Anne glissa par terre. Elle sursauta. Barnabé s'empressa de la lui remettre sur les jambes.

— Tu as bien dormi, Anne ?

— J'ai sommeillé, se contenta-t-elle de répondre, à l'aise avec sa dissimulation.

— Tu souriais, *my dear. So,* voudrais-tu me dire à quoi tu rêvais ?

Tante Elizabeth et oncle Barnabé connaissaient tout de ses déboires de santé, sauf les résultats de l'examen de la veille. Elle avait d'abord songé à accorder la primeur à ses parents, mais elle résolut de s'ouvrir. La bienveillance de ces gens l'émouvait. Ils avaient pris la peine de se déplacer à Nazareth deux fois cette semaine, la première pour solliciter la permission des religieuses afin qu'elle fasse le voyage avec eux de Montréal à Saint-Léon et, en matinée, menés par un chauffeur, ils avaient fait la route de l'Institut jusqu'à la gare Windsor. Un instant, elle craignit de rencontrer le malotru qui l'avait tant blessée à son arrivée, mais comme ses lunettes noires ne la quittaient plus, elle avait chassé ce mauvais souvenir. Désormais, les mots « yeux croches » l'atteignaient de moins en moins.

Tante Elizabeth et oncle Barnabé écoutèrent sans l'interrompre son récit, mais les questions plurent dès qu'elle prononça un « Et voilà » en guise de conclusion.

— Ta réaction m'étonne, Anne. *My God!* Comment peux-tu rester aussi calme à la pensée qu'on va t'enlever les yeux ?

Anne leur raconta les témoignages des pensionnaires énucléés et les suites de l'intervention chirurgicale, puis leur parla de leur vie métamorphosée grâce aux prothèses.

— C'est nouveau, ça ? Je n'ai jamais vu quelqu'un avec des yeux de vitre. S'il fallait que ça casse !

— D'abord, on m'a appris que depuis toujours, enfin, depuis les Égyptiens, on remplace un œil ou les yeux manquants. On a déjà utilisé des pierres précieuses ou du verre peint. C'est sûr qu'il y a une centaine d'années, on changeait les prothèses tous les six mois, mais, grâce aux progrès de la science, nous avons maintenant un verre plus résistant à la corrosion. Il paraît que ça donne un effet assez naturel. Vous me direz la franche vérité... enfin, si papa accepte de payer pour l'opération.

Barnabé s'interposa avec vivacité.

— Si ton père ne peut pas, moi, je pourrai. Tu peux compter sur moi.

Le visage d'Anne se figea.

— Pourquoi faites-vous tout ça pour moi ?

— *Because now*, nous te considérons comme notre fille, *my dear* ! Si tu savais à quel point tu nous rends heureux, tu ne poserais même pas la question.

— Je vous remercie du fond du cœur. Votre générosité me touche. Et vous êtes toujours de bon conseil.

— Je sens de l'inquiétude dans ta voix, Anne. Que se passe-t-il ?

Anne hésitait. Oserait-elle leur révéler son plus gros tracas ? Et puis, pourquoi pas ? Elle n'avait pas à se sentir coupable dans cette affaire, qu'on ne vienne pas lui faire croire le contraire. Personne n'avait reçu cette confidence. Une poignante angoisse la saisit. Ces gens disaient l'aimer. Conserverait-elle leur sympathie si elle leur partageait son secret ?

Les vannes s'ouvrirent, en larmes et en paroles.

— M. Lavergne m'a demandée en mariage.

— Hein ? Le scélérat ! Je m'interrogeais justement sur les motivations de cet homme.

Soulagée d'être écoutée sans condamnation, Anne s'épancha, tout en se réservant certains détails, par pudeur et par crainte de les choquer.

— Quel âge a-t-il, ce typographe ?

À la question de Barnabé, les pleurs d'Anne redoublèrent.

— Il a l'âge de mon grand-père paternel.

Quand Lavergne lui avait révélé ses intentions, Anne s'était remémoré une récente conversation avec Philomène à propos du devoir conjugal et des enfants. La manière dont son amie lui avait présenté LA chose ne l'avait pas rebutée comme cela avait été le cas pour Florida, au contraire. Sauf qu'elle s'était imaginée dans les bras d'Arthur et non entre ceux d'un vieillard.

— *My God !* Te demander en mariage alors que vous ne vous êtes même pas fréquentés. Y as-tu réfléchi ? Que décides-tu ?

Barnabé Lanthier s'avança sur son siège.

— Il n'y a pas de réflexion qui tienne ! Cette proposition n'a pas de bon sens !

— Pourquoi, oncle Barnabé ? Parce que je suis aveugle ?

L'interrogation d'Anne, et surtout son ton de défi, dérouta les Lanthier. Si elle n'avait souffert d'aucun handicap, le notaire réagirait-il avec autant de véhémence ?

— Non, ma fille. Pas parce que tu es aveugle, mais parce que tu as seize ans et que ce Lavergne est un petit vieux. Il me semble que tu mérites mieux.

En prononçant ces paroles, Barnabé se rendit compte de l'absurdité d'une partie de son intervention. Pour être honnête, oui, il lui serait difficile de rencontrer un bon parti, parce qu'elle était aveugle, mais un tel constat était inavouable.

Elizabeth tenta de sauver la situation.

— Toi, Anne, que penses-tu de la proposition de M. Lavergne ?

Anne essuya ses larmes, résolue à faire face à ce désagrément. Sa vive réaction à la réflexion d'oncle Barnabé lui avait enlevé toute envie de pleurer sur son sort. Elle aurait eu au moins une demande en mariage dans sa vie.

— M. Lavergne n'aura pas ma main. Je ne sais pas où j'ai trouvé la force de l'affronter et de refuser net son offre, mais, en plus, je l'ai avisé qu'il était inutile d'en parler à mon père, car il n'accepterait jamais de consentir à une union contre ma volonté.

Sa voix s'était métamorphosée. Son aplomb avait repris le dessus.

— Raconteras-tu à ton père ce que tu viens de nous révéler ?

— Oui, oncle Barnabé. J'y compte bien, à moins que l'état de ma mère ne le préoccupe trop.

Que de malheurs l'accablaient ! La santé de sa mère, celle de Florida, la sienne, avec ses yeux infectés, et, pour couronner cette suite de catastrophes, Zéphirin Lavergne…

Comme convenu, Albé Peltier vint les quérir à la gare de Louiseville. Le frère d'Antoine et fiancé d'Èva Alarie accueillit sa tante et son oncle avec effusion, et Anne, avec gentillesse.

À l'instant où les bagages furent rangés à l'arrière et le traîneau lancé, Anne s'enquit de l'état de santé de sa mère.

— Pour être franc, Anne, elle ne va pas bien. Ce matin, le Dr Peltier entrait chez vous à la minute où j'en sortais. On en saura plus à notre retour.

S'il fallait qu'il lui arrive un malheur ! Anne refusa cette éventualité.

— C'est toi qui aides ton père à la ferme, Albé, pas vrai ?

Soudain, Anne prit conscience de sa métamorphose. Avant son passage à Nazareth, jamais elle n'osait prendre l'initiative d'une conversation. Elle aurait attendu qu'on s'adresse à elle et, comme elle ne sortait pas de chez elle, il lui était rarissime de se retrouver parmi des gens qui ne connaissaient pas tout d'elle. D'invisible, elle était devenue présente à son entourage, de nulle et inhibée par son handicap, elle avait acquis, sinon une assurance inébranlable, à tout le moins une confortable aisance.

— Oui, et j'aime mon travail, Anne ! C'est sûr que l'hiver, on a bien moins à faire, mais on ne se lève pas plus tard et on ne se couche pas plus tôt. Le froid et la neige nous donnent un répit pour les cultures, mais nos bêtes ont besoin de soins sept jours sur sept, douze mois par année. Plusieurs de nos vaches mettront bas au printemps. Pour qu'on obtienne de beaux veaux en santé, on doit protéger notre bétail du froid ces temps-ci.

— Alors la terre ne t'occupe pas beaucoup ?

Anne préparait le terrain pour éviter que la question lui brûlant les lèvres paraisse suspecte.

— Beaucoup moins que dans les autres saisons, mais n'empêche... Tu vois, ce matin, j'ai étendu du fumier, hier, j'ai fait du bois de chauffage, réparé la faux et refait un dessus de chaise... Mais dis-moi, toi, Anne, tu ne t'ennuies pas trop à Montréal ?

— Jamais de la vie !

Son empressement fit sursauter Albé.

— Bien, ma famille me manque, c'est sûr, mais j'ai tant à faire chaque jour avec mon travail scolaire et ma musique ! Et puis, ton oncle et ta tante sont merveilleux avec moi. Une chance que je les ai.

Le notaire Lanthier expliqua à son neveu leur humble contribution, et sa femme insista sur leur plaisir d'accueillir Anne chez eux au moins deux fois par mois.

Si Anne maintenait sa décision, Zéphirin Lavergne ne serait plus autorisé à la visiter. Les Lanthier lui ouvriraient leur porte aussi souvent qu'elle le désirerait.

— Peut-être qu'après les fêtes Anne viendra avec nous chaque semaine. J'aimerais donc ça ! Et toi, Anne ?

Assise sur le banc derrière le conducteur, Anne appuya la tête contre l'épaule de tante Elizabeth. La main gantée de l'Irlandaise recouvra la sienne, protégée par une épaisse moufle. À travers les couches de laine, Anne ressentit chaleur et bienveillance ! Des larmes mouillèrent ses yeux, de plus en plus douloureux.

— Dans ce cas, tante Elizabeth, il n'y a plus de peut-être. Ce sera comme vous le souhaiterez.

De fait, Anne ne désirait entendre parler que d'une seule personne. Pourtant, elle requit d'Albé des nouvelles de sa famille. Le notaire s'interposa.

— Commence par Délia. Ma chère sœur m'a paru bien soucieuse dans sa dernière lettre.

— Pour dire vrai, elle est très fatiguée ces jours-ci. C'est en partie à cause de ma sœur Adèle. Pendant des mois, elle a craint d'être stérile, puis au début de novembre, elle nous a appris qu'elle était en famille. Comme ma mère a dû vous l'écrire, elle a failli faire une fausse couche. Ma mère est restée à son chevet jusqu'à ce que les choses se replacent, puis elle a gardé son petit Emmanuel chez nous. Là, on dirait bien que tout est rentré dans l'ordre, enfin.

Albé décrivit ensuite les maux de dos de son père, les malades qui affluaient au cabinet d'Antoine et l'ardeur d'Alfred à aider son grand-père à la cordonnerie au point d'être prêt à prendre la relève dès que le vieillard en manifesterait le désir. Pour sa part, Anita aidait sa mère dans les travaux ménagers et elle s'était fait un cavalier récemment. Son empressement à parler mariage préoccupait ses parents.

— Et Aurèle ? Tu l'as oublié, celui-là !

« Et Arthur ? aurait voulu hurler Anne. Arthur ? Que lui arrive-t-il ? »

— Aurèle a coupé les ponts. Il ne vient plus à Saint-Léon. Si mes parents n'allaient pas voir leurs petits-enfants à Saint-Paulin de temps en temps, ils ne les reconnaîtraient pas.

— Tu oublies votre benjamin, Albé !

— Arthur est revenu à la maison vendredi. Je le trouve songeur, mon petit frère, et bien silencieux. Ça ne lui ressemble pas. Je ne sais pas ce qui se passe au séminaire de Trois-Rivières, mais il m'inquiète.

Les paroles d'Albé bouleversèrent Anne. Qu'est-ce qui troublait son Arthur de la sorte ? Son Arthur... quelle audace ! Auraient-ils l'occasion de se rencontrer pendant les fêtes ? Séance tenante, Anne planifia quelques répétitions de piano chez le Dr Peltier. Toutefois, elle n'avait aucune certitude qu'Arthur et elle y seraient allés ensemble.

Désireuse de se montrer agréable, elle interrogea Albé sur sa relation avec sa sœur Èva.

— Si ta mère n'était pas si malade, j'aurais officiellement demandé sa main à Noël. S'il n'y a pas de changement, je me reprendrai à Pâques.

De possibles fiançailles à Noël ? L'événement réunirait à coup sûr les deux familles... L'éventualité de passer de longues heures en compagnie d'Arthur réjouit Anne et l'épouvantait tout autant.

Quand Albé gara le traîneau derrière la maison des Alarie, Napoléon attendait sur le seuil de la porte.

— Entrez, tout le monde ! On a une surprise, ici dedans !

Sa voix joyeuse allégea quelque peu l'angoisse d'Anne. D'emblée, Èva leur proposa de s'asseoir à la table de la cuisine et de déguster une tisane à la menthe et à la camomille, sa spécialité. Débarrassée de ses vêtements chauds et de ses couvre-chaussures, Anne implora plutôt son père de la conduire à sa mère.

— Je boirai la tisane plus tard. Là, j'ai trop hâte de voir maman. Tu me comprends, Èva ?

— Je ferais pareil si j'étais toi ! Va !

À sa grande surprise, Anne fut accueillie par sa mère, bien installée dans son fauteuil. D'une voix assurée, elle l'invita à s'approcher.

— Viens, viens, Anne, que je t'admire ! Comme c'est étrange de ne pas voir tes yeux ! Elles te vont bien, ces lunettes ! As-tu encore grandi ? Ah ! Ma petite fille, enfin de retour !

Anne aurait aimé qu'elle lui fasse un câlin, mais ce genre d'effusion n'était pas de mise dans sa famille.

— Vous paraissez bien, maman.

Napoléon entoura de son bras les épaules d'Anne.

— Crois-le ou non, ta mère était à l'article de la mort à midi.

— Ton père n'exagère pas, je t'en passe un papier. Antoine, je veux dire le Dr Peltier, m'a bel et bien ressuscitée. Un vrai miracle ! Un peu plus, et tu n'avais plus de mère ! Là, ne t'en fais pas. Je ne me sens pas tout à fait guérie, mais sur la pente remontante.

Anne respirait mieux. Une pensée des plus égoïstes lui traversa l'esprit. Si, dans les prochains jours, l'état de santé de sa mère s'améliorait encore, peut-être célébrerait-on les fiançailles d'Èva et d'Albé prochainement ?

Un miaulement insistant retentit à l'entrée de la chambre. Anne s'y précipita et s'accroupit. Son chat lui sauta dans les bras. Elle le serra contre son cœur.

— Hé ! Minou-Grisou, tu me reconnais, je le sais, je le sens ! murmura-t-elle, le nez dans sa fourrure.

Le lendemain de l'arrivée d'Anne à Saint-Léon, Pierrette s'était habillée pour la première fois en trois semaines et, entourée de sa famille, elle avait dîné à la cuisine. Bien sûr, Èva avait tout préparé. L'étonnant rétablissement de sa mère permit à la jeune femme et à son cavalier d'entrevoir la situation autrement. Ce soir-là, dans le plus pur respect de la tradition, Albé avait demandé la main d'Èva. Napoléon s'était empressé d'accepter, soulagé que ces longues fréquentations s'achèvent enfin.

Cependant, Pierrette n'avait pas la force d'organiser une réception, même si Èva se chargeait de la préparation et du service. En présence d'Antoine, Albé avait parlé à sa mère de la possibilité d'offrir le souper, mais Antoine s'y était opposé. Les dernières semaines avaient été particulièrement exténuantes pour Délia. Prendre soin d'Adèle, au bord de la fausse couche, et du petit Emmanuel, un enfant plein de vie, gentil comme tout mais épuisant à surveiller, n'était pas étranger au fait que la pression de Délia ait grimpé en flèche.

Finalement, au grand soulagement d'Èva et d'Albé, la femme d'Antoine, Michelle Peltier, leur avait proposé de recevoir les deux familles pour leurs fiançailles.

Le retour d'Anne correspondait donc à une période heureuse tout en contraste avec un automne gris et pluvieux durant lequel Napoléon s'était langui en l'absence de sa fille, puis morfondu en raison de la pneumonie de Pierrette.

Assis dans la pièce qu'il nommait, théâtral, son cabinet, il s'y était retiré dans le but d'avoir la paix, loin du babillage des enfants et des femmes. Un coup à la porte sonna le glas de son court moment de solitude.

— Papa, je peux vous parler ?

— Bien sûr, Anne, entre. Installe-toi à côté de moi.

Les gestes répétitifs d'Anne le mirent en alerte. De l'index, elle poussait et repoussait ses lunettes sur son nez, puis lissait sa robe sur ses cuisses. Il n'aimait pas la voir déglutir de la sorte.

Curieux et inquiet, il la pria de lui révéler sans tarder ce qui la tracassait.

— Allez, ma fille, raconte à ton père ce qui te préoccupe.

— Papa, franchement... M. Lavergne vous a-t-il déjà expliqué pourquoi il me rendait visite ?

— Mais bien sûr ! Et je t'en ai informée ! Il s'ennuie à mourir depuis le décès de sa femme. En allant à Nazareth, il espérait briser sa solitude et t'aider à supporter la tienne. Pourquoi cette question ?

— Ne vous a-t-il rien dit d'autre ?

— Qu'est-ce que c'est que ces mystères ?

— Parce qu'il avait une raison, papa...

— Qu'est-ce que tu essaies de me faire comprendre ?

— Comme je devais partir vendredi, le 21 décembre, M. Lavergne a demandé à oncle Barnabé de changer de dimanche avec lui le 16. À son arrivée, il m'a offert une boîte et m'a priée de l'ouvrir devant lui. Elle était pleine de noix de Grenoble et d'amandes du Jourdain. D'une voix mystérieuse, il m'a expliqué que ces amandes représentaient un symbole important. J'ai su plus tard ce qu'il voulait dire... J'ai à peine eu le temps d'y goûter qu'il m'a saisi les mains. Il les serrait si fort que j'avais mal et peur aussi. Il les a gardées prisonnières malgré mes supplications. Finalement, la Sainte-Judith s'est approchée de nous, et il m'a lâchée...

Tâchant de demeurer calme, Anne racontait son histoire avec les yeux secs.

— Il veut m'épouser, papa ! Il m'a dit qu'il se morfondait dans son grand logis tout seul...

Napoléon demeura sans voix. Qu'en pensait Anne ? Pour sa part, il entrevit cette demande en mariage comme une bénédiction du ciel. Même si Zéphirin Lavergne mourait d'ici quelques années, le statut de veuve lui paraissait bien plus enviable que celui de vieille fille. La question monétaire prit soudain toute son importance. Lavergne avait d'appréciables économies, il le lui avait confié. Qui plus est, le typographe était sans enfant. Anne serait donc assurée d'un intéressant pécule sa vie durant. Combien de fois s'était-il demandé comment sa fille subviendrait à ses besoins après son décès ? Il n'avait que la maison et les bâtiments de ferme à son actif et, selon la tradition, son fils aîné hériterait de tout. La demande de Lavergne le soulageait d'un poids immense.

Étonnée du silence de son père, Anne demeura perplexe. Elle s'attendait plutôt à une réaction comparable à celle d'oncle Barnabé.

— Il m'a dit qu'il m'aimait, papa, qu'il l'a su dès le départ. Lorsqu'il vous a proposé de venir me voir, il m'a affirmé que c'était désintéressé. Mais, bien vite, il a constaté que de nouveaux sentiments l'animaient. À chacune de ses visites, il me questionnait sur mes occupations, mes passe-temps, mais surtout sur les ateliers donnés par les sœurs pour nous rendre autonomes dans une maison.

— Continue, Anne. Que lui as-tu répondu ?

— J'étais paralysée, papa. En plus, je me sentais trahie. Mon silence l'encourageait-il ? Lui, il multipliait les promesses.

— Quel genre de promesses ?

— Par exemple, de m'acheter un poêle neuf, dernier cri, pour lui préparer de bons petits plats...

Dans son désarroi, Anne avait failli lui avouer son aversion pour la cuisine, à moins qu'il accepte de se nourrir de biscuits tous les jours, mais le tragique de la situation l'avait muselée. L'énumération de promesses atteignit son apothéose dans les détails de leur voyage de noces.

— Il voulait m'amener en Terre sainte... en février prochain. Quand il m'a donné les amandes du Jourdain, c'était pour me rappeler cette destination.

— Te paraissait-il sérieux ? T'amener en Terre sainte en février ! On sera enseveli sous trois pieds de neige...

— Nous aurions pris le train de Montréal à New York. Il attendait mon accord pour réserver deux places sur un transatlantique.

Incapable de le faire taire, Anne l'avait laissé lui décrire le voyage qu'il avait déjà tout planifié. Chaque parole, chaque intonation étaient gravées dans sa mémoire. Au quai de New York, ils se seraient embarqués sur *La Touraine*, le plus grand des paquebots français. Leur itinéraire les aurait conduits aux îles Açores, au Portugal, en Espagne, en Italie, en France, en Sicile, en Égypte, en Palestine, en Tunisie, en Grèce, sur l'île de Malte et en Algérie, pour enfin regagner New York le 6 avril. Anne dut s'avouer qu'il l'avait ébranlée en énumérant toutes ces contrées où elle rêvait de mettre le pied, à défaut de les voir, mais à l'instant où le mot « cabine » fut prononcé, elle réprima un haut-le-cœur.

N'y tenant plus, Napoléon s'exclama :

— C'est fantastique, ma fille ! Je suis tellement heureux que l'on t'offre de vivre des expériences aussi extraordinaires !

Anne en eut le souffle coupé. Pareille réaction l'obligea à une désagréable équation. À n'en pas douter, son père désirait se débarrasser d'elle !

— Vous n'êtes pas sérieux, papa ? Je ne veux pas marier cet homme ! Je ne l'aime pas et il est bien trop vieux pour moi !

— Anne, Anne, ne prends pas de décision avant d'y avoir bien réfléchi. Pour beaucoup de couples, la différence d'âge n'a pas d'importance, ou si peu. Pense à Rosanne et à Aristide Peltier ! Rosanne ne m'a jamais paru si heureuse. Ces deux-là rayonnent. De toute manière, le mariage est un coup de dés, et, quel que soit le promis, jeune ou vieux, tu ne peux avoir aucune certitude de bonheur. Au moins, avec lui, ton avenir est assuré. Accepte sa proposition, Anne. Une telle occasion ne courra pas les rues, je te le garantis. Je te parle ainsi parce que je me préoccupe de toi.

— Papa ! Non !

Son cri retentit, horrifié. Son père bien-aimé, son héros, était prêt à la vendre. Secouée par les sanglots, elle se remémora toutes les déceptions, toutes les peines dont elle se guérissait en pensant à l'amour indéfectible de ses parents, de son père surtout, à son appui inconditionnel.

La colère supplanta bien vite le désespoir. Non ! Non et non ! Elle n'épouserait pas cet homme pour devenir sa servante. Zéphirin Lavergne personnifiait le quelconque tant honni. S'il s'agissait de sa seule demande en mariage, la musique lui tiendrait compagnie. À travers elle, elle exprimerait ses états d'âme. La musique la comblerait. Et les enfants ? Elle aimait tant les enfants…

À seize ans, tous les espoirs étaient encore permis. Pas tous, dut-elle s'avouer. Son handicap en rebuterait plus d'un. Qui accepterait une femme dont les yeux se retrouveraient chaque soir dans un petit plat d'eau déposé sur une table près du lit conjugal ?

Lorsque le médecin de l'Institut ophtalmique avait établi son diagnostic tout en spécifiant que l'intervention n'occasionnait que peu de douleurs, Anne avait surtout pensé à être enfin libérée de son strabisme. Le trempage de ses prothèses la nuit ne lui avait même pas effleuré l'esprit, mais maintenant elle en mesurait tout l'odieux si l'opération se faisait en présence d'un témoin doté de la vue. À moins qu'il n'observe la scène avec les yeux de l'amour. L'amour ne rendait-il pas aveugle ?

Arthur serait-il de ceux-là ? Des Mathias, il n'en pleuvait pas non plus.

— Je te conseille de réévaluer ta décision, ma fille.

La voix douce de son père l'agressait.

— C'est hors de question.

Inflexible, elle se leva d'un bond, buta contre le chambranle, lui asséna un coup de poing rageur et quitta la pièce exiguë, le cœur broyé.

18

À dix-sept heures, en ce 25 décembre, les Alarie et les Peltier s'étaient retrouvés chez le Dr Antoine Peltier et sa dame. Comme le nombre d'invités dépassait la capacité de la salle à manger, les meubles du boudoir avaient été déplacés, et une seconde table avait été montée, autour de laquelle les plus jeunes des deux familles s'étaient regroupés.

Sarah, la cadette des Alarie, conduisait Anne par la main. La petite salle de séjour des Peltier lui était familière puisque, pendant deux ans, elle s'y était exercée au piano, mais, encombrée comme ce soir, chaque pas recelait un piège pour l'aveugle. Depuis son entrée chez le Dr Peltier, attentive aux voix, Anne en recherchait une en particulier.

Sans avertissement, une main se posa sur son bras.

— Anne, c'est Arthur. Tu me reconnais ?

Quelle question ! En pensée, il ne l'avait pas quittée des cent quinze derniers jours ! Les jambes en chiffon, mais, par quel miracle, la voix assurée, Anne répondit avec un peu trop de précipitation.

— Mais bien sûr. Comme ça, tu es aussi en vacances ?

L'imbécillité de son intervention la sidéra. Arthur ne sembla pas lui en tenir rigueur. Sa présence d'esprit si vive lors de leurs multiples conversations inventées depuis l'été s'était évanouie.

— Hé oui, jusqu'au 8 janvier. Et toi ?

— Moi, je dois retourner à Montréal le 7, on recommence nos cours le 8. Ça nous fera un bon deux semaines parmi les nôtres, pas vrai ?

Même dans ses rêves les plus fous, Anne n'avait pas imaginé cette douceur dans la voix d'Arthur, cette sollicitude attentive.

— Accepterais-tu de t'asseoir à côté de moi ?

Avait-elle bien compris ? Le bouquet ! Le soulèvement de sa poitrine était-il visible ? Son cœur battait si fort. Elle s'ordonna de se calmer les nerfs.

Sarah intervint avec autorité.

— À la condition que je m'installe de l'autre côté d'Anne. C'est moi qui la conduis, ce soir. Ça fait assez longtemps que j'attends qu'elle revienne !

Son ton sans réplique provoqua le rire. Au risque de devoir se plier à la volonté de tout un chacun, son rang dans la famille avait obligé Sarah à prendre sa place. Du haut de ses sept ans, elle ne s'en laissait pas imposer. Arthur réitéra sa demande. Anne y consentit, s'efforçant de contenir sa joie.

En compagnie de Philippe Guertin, petit-fils de la sage-femme attitrée du village, Anita Peltier pénétra dans le boudoir en maugréant. La table de la salle à manger ne pouvait accueillir plus de quatorze convives. Comme elle était accompagnée, elle avait cru y être admise d'office. Pour la première fois de sa vie, elle participait à une rencontre familiale au bras de son cavalier et elle se retrouvait encore avec les enfants. Quelle injustice !

Une petite voix la hélait.

— Ma tante Anita ! Aidez-moi dans ma construction !

Comme toujours, sa nièce lui redonna sa bonne humeur. Elle abandonna son compagnon, déjà en discussion avec Jean Alarie et Alfred Peltier. Tous avaient en commun l'amour du hockey, sport qu'ils pratiquaient dès qu'une glace se formait au village.

— Comment se fait-il, ma Loulou, que tu parles de construction et non de tes poupées ? En voilà des manières pour une petite fille de docteur.

La maîtresse de maison vint s'assurer que tous avaient une place à la table secondaire. Loulou se hâta de s'asseoir auprès d'Anita. Michelle en profita pour lui demander gentiment de la surveiller pendant le repas, proposition qu'Anita accepta avec empressement.

Anne se remémora l'atelier où Philomène l'avait taquinée avec « la servante de madame la docteur ». Bien que Michelle soit femme de médecin, aucune domestique ne la soulageait de ses tâches exceptionnelles en ce jour de fête, pas plus qu'elle n'avait une aide extérieure au jour le jour.

Au cœur de ce brouhaha, Anne avait du mal à se concentrer. Une voix familière l'interpella.

— Ah bien ! Une revenante ! Bonjour, Anne !

Nulle autre que Rosanne Peltier ne possédait cet entrain.

— Madame Rosanne ! Quel plaisir de vous entendre ! Comment allez-vous ?

— Bien, bien. Moi, c'est toujours pareil parmi mes lettres, mes chapeaux, avec mes enfants et mon cordonnier. Mais toi, aimes-tu ta nouvelle vie à Montréal ?

— Oh oui ! Si vous saviez comme j'en apprends, et j'adore apprendre ! Mais je suis bien contente, là, de retrouver tout mon monde, surtout pour une occasion aussi heureuse.

— Ton père m'a dit que tu prenais des leçons de piano dans ton école ?

Son cœur se serra. Son père… Comme elle lui en voulait ! Comme elle se sentait trahie ! Face à cette demande en mariage si inconvenante, s'il avait manifesté la moitié de l'indignation d'oncle Barnabé, elle ne lui en aurait pas tenu rigueur. Mais là…

— En plus du piano, je fais partie de la chorale et de la fanfare. Un jour, j'aimerais enseigner le piano.

Aucun commentaire ne suivit sa réponse. La postière avait-elle déjà quitté la pièce ? Anne avait-elle parlé dans le vide ?

— Quelle est ta matière préférée à part la musique ?

Heureuse d'entendre Arthur, elle se tourna vers lui.

La conversation se poursuivit, aisée. À son tour, elle l'interrogea sur ses activités au séminaire Saint-Joseph. Elle désirait tout connaître de son milieu de vie et, en apparence, lui aussi.

Douze personnes occupaient le boudoir, mais seule la voix d'Arthur l'atteignait.

De la salle à manger, Napoléon était incapable d'apercevoir Anne. Au moment où il s'y attendait le moins, il réentendait son cri scandalisé. Quand il tentait de l'approcher, elle se rebiffait ou le fuyait.

Comment se débrouillait-elle, ce soir ? Son séjour à l'Institut Nazareth lui avait permis d'acquérir une remarquable confiance en elle. Jamais auparavant elle n'avait participé à des réunions familiales ou sociales à l'extérieur de leur maison. Pour la première fois de sa vie, elle les avait accompagnés à la messe de minuit. Elle l'avait exigé avec une telle vigueur que ni lui ni sa femme n'avaient osé s'y opposer.

Pierrette se tourna vers lui, les joues creuses, mais le regard radieux. Son état ne cessait de s'améliorer depuis qu'Antoine avait procédé à la saignée.

Voisin de Barnabé Lanthier, Napoléon se pencha à son oreille, mais parla pour que tous l'entendent.

— Votre neveu, le Dr Antoine Peltier ici présent, a sauvé la vie de ma femme voilà à peine quatre jours. Vous devinez ma reconnaissance !

Le notaire réclama des détails, ce que Napoléon lui livra avec jubilation. Assis à un bout de la table, le médecin souriait.

— J'ai appliqué une vieille méthode en désespoir de cause, mon oncle, mais les résultats ont été, je dois l'avouer, étonnants. Ce qui prouve qu'il ne faut pas toujours balayer du revers de la main le savoir de nos prédécesseurs. Allier l'expérience et les nouvelles découvertes en matière d'asepsie et de bactériologie m'apparaît une formule gagnante.

Michelle présenta les plats fumants et réclama la participation de son mari pour dépecer la dinde et la répartir dans les assiettes, alors qu'Adèle, complètement remise de ses malaises de début de grossesse, procédait au service des pommes de terre. Armé d'un couteau de boucher, Antoine s'exécuta avec dextérité.

— Ça paraît que t'es habitué de découper les chairs, blagua son grand-père.

— Le docteur taille la chair, à l'occasion, et le cordonnier le cuir, presque tous les jours. Ça fait des mains habiles, ça. Vous êtes d'accord, madame Peltier ?

L'intervention de Rosanne suscita une levée de sourcils chez les femmes et un sourire retenu chez les hommes. Pour dissiper le malaise, Michelle s'empressa d'offrir de la sauce aux atocas.

— Dites-nous la franche vérité, madame Alarie, vous sentez-vous vraiment mieux ?

Délia n'appréciait pas les remarques trop souvent gaillardes de sa jeune belle-mère. Une diversion s'imposait.

— J'ai encore du chemin à faire pour retrouver la grande forme, madame Peltier. Il faut que vous sachiez que, dans mon enfer, j'ai frappé aux portes du paradis. Oui, j'ai bien cru ma dernière heure arrivée. Si votre fils n'était pas intervenu, je ne serais plus là. Je ne l'oublierai jamais.

Assis côte à côte entre leurs parents respectifs, Èva et Albé attendaient le dessert pour officialiser leur union devant témoins. Malgré tout, Albé craignait encore une volte-face d'Èva. Avec un mélange d'appréhension et de tendresse, il contempla sa promise. Une autre Mme Peltier bientôt !

Anita s'était chargée du service à la table des plus jeunes, au grand soulagement de Michelle. Le contenu des assiettes se fit engloutir en un temps record. Seule Anne n'avait pas terminé son repas.

Arthur s'interposa en douceur.

— Si tu n'as plus faim, Anne…

— Je mange plus lentement que vous, je le sais. Tu m'observes ?

— Pour être franc, oui. Je te trouve très habile.

Anne n'était pas de cet avis. Chaque fois qu'elle portait sa fourchette vide à la bouche, elle se sentait mortifiée. Par chance, ce soir, les mets avaient tous une pesanteur aisément perceptible, et son couteau lui servait à repérer et à pousser les aliments sur son ustensile.

Le moment tant attendu approchait. Les jeunes furent conviés à la salle à manger. Sarah s'acquitta de sa tâche avec discrétion. Maintenant avec fermeté la main d'Anne dans la sienne, elle lui imprimait une légère pression vers la droite pour lui indiquer de tourner en ce sens. Si un seuil de porte se présentait, la cadette soulevait la main de son aînée, signe d'un obstacle à franchir. De cette manière, les deux filles se déplaçaient sans que personne de l'entourage ne soupçonne les directives de Sarah. Anne appréciait cette discrétion. Depuis son plus jeune âge, Sarah se proposait comme guide dès qu'Anne mettait les pieds dehors, car, chez elle, bien malin celui qui aurait deviné sa cécité tant elle circulait avec aisance. À Nazareth, son deuxième foyer, elle affichait la même décontraction.

Sarah la conduisit derrière le siège de leur aînée et Èva lui adressa quelques mots afin de bien la situer. Il lui avait fallu partir de la maison pour se rendre compte à quel point tous les membres de sa famille avaient développé ce genre d'automatisme en sa présence. Elle leur en savait gré.

Une petite main tirait sur la robe d'Anne.

— Anne, Anne, prends-moi.

Loulou, sa chère Loulou ! Anne se pencha et lui tendit les bras. Contrairement à Médéric, le fils de Benjamin et de Célina, Loulou s'y précipita. La petite se blottit contre son épaule et lui serra le cou au point de l'étouffer. Anne riait. Les enfants ! Quelle richesse, quel puits de tendresse ! Arthur la surveillait-il ? Comment s'y prenait-il, lui, le cadet des Peltier ? Pourquoi Loulou l'avait-elle choisie, elle, et non lui ou un membre de sa famille ? Elle posa les lèvres dans la chevelure de Loulou. Comme elle sentait bon ! En balançant son corps de gauche à droite, elle la berça.

D'un signe de la tête, Antoine donna à son frère le signal convenu. Fébrile, Albé se leva avec tant d'énergie que sa chaise se renversa. Son père, Augustin, la redressa et mit la main sur l'épaule de son fils en signe d'encouragement.

— Vous connaissez tout le monde la raison de notre réunion aujourd'hui. Èva et moi, on se fiance.

Il inclina la tête en direction de Napoléon.

— Mon futur beau-père a approuvé ma grande demande hier soir. C'était écrit dans le ciel depuis longtemps qu'Èva et moi on se marierait. Je suis soulagé qu'elle ait accepté avant de coiffer sainte Catherine.

Anne tapota le bras d'Èva et rit de bon cœur.

Èva ne put s'empêcher de préciser qu'elle avait encore trois ans devant elle avant que se matérialise le spectre de la vieille fille, réflexion qui suscita l'hilarité des convives.

Albé jeta un œil amusé à Èva.

— Mais ce que vous ne savez pas, c'est la date de notre mariage. Je vous annonce que nous unirons nos vies le 27 juillet... 1895, soit dans exactement deux cent quatorze jours.

— Cré Albé ! T'as compté les jours, ou peut-être les nuits ? ricana Rosanne.

— Disons que ça me donnera le temps de finir la petite maison que je me propose de bâtir à côté de celle de mes parents. Mon père m'a promis son aide, mais j'accepte tous les bras disponibles. Une couple d'heures avec bien du monde, ça peut faire toute la différence.

Des applaudissements retentirent autant pour féliciter les futurs mariés que pour appuyer le projet d'Albé.

Solennel, le fiancé invita Èva à se lever et lui enfila à l'annulaire gauche la bague qu'il avait lui-même sculptée dans du bel érable. Aussitôt les poignées de main et les embrassades terminées, Arthur se racla la gorge et osa formuler une proposition qui rallia l'assemblée.

— Que diriez-vous si Anne nous jouait quelque chose au piano ?

— Quelle bonne idée ! s'exclama Michelle. Connais-tu des airs de Noël, Anne ?

— Quelques-uns, oui.

Se produire à la demande d'Arthur, son Arthur ! En pensée, elle bénit sœur Beauchemin de lui avoir suggéré d'enrichir son répertoire. Le trac la gagnerait-elle ? Jamais encore elle n'avait joué du piano en solo devant public. La fanfare lui avait permis de vivre une telle expérience au xylophone, mais ces quelques mesures frappées à la mailloche n'avaient rien à voir avec ce qui l'attendait.

Sarah la conduisit au piano. Une carpette sous le banc l'empêchait de rouler. Anne releva le couvercle du clavier, repéra le centre et prit le temps de placer ses mains sur les premiers accords avant d'enfoncer les touches. Aux premières notes, elle entendit dans un murmure : « Ça, bergers ! Ça, bergers ! »

Les voix des hommes, des femmes et des enfants s'élevèrent avec une joie évidente. À peine la strophe finale terminée avec un éclatant « Ô sort digne d'enviiie » qu'on lui réclamait une autre mélodie. Trop heureuse de mener le bal, Anne joua les premières mesures de *Dans cette étable*, et le chœur repartit de plus belle.

Un peu en retrait, Napoléon observait sa fille. Des sentiments aux antipodes l'animaient. La fierté d'abord. Que de chemin elle avait parcouru en moins de quatre mois ! Non loin derrière, la crainte et l'inquiétude le secouaient. Antoine lui glissa à l'oreille :

— Tu as bien fait, mon ami, de la laisser voler de ses propres ailes ! Vois l'émergence du plus beau des papillons !

Antoine approuverait-il son désir de marier Anne à Zéphirin Lavergne ? Anne fléchirait-elle ? Connaissant la détermination de sa fille, il en douta. Il ferait une ultime tentative tout en s'assurant de regagner sa confiance, quelle que soit sa décision.

Au moment où Anne amorçait son troisième morceau, elle se mit à saigner du nez de manière spectaculaire. Arthur lui glissa un mouchoir dans la main et, humiliée, Anne le porta à son visage. L'odeur d'Arthur en était imprégnée. Le côté droit de son nez faisait encore des siennes.

L'atmosphère s'alourdit d'un coup. Alertée, Pierrette s'avança près d'Anne et, au grand désespoir de Napoléon, mort d'inquiétude, elle s'exclama :

— Mon Dieu ! Tu as tout taché ta belle robe neuve.

— Vite, Anne, lève les bras, ordonna Rosanne.

— Non, non ! Penche la tête en arrière, suggéra Barnabé.

L'abondance du saignement alarma Antoine. Plutôt que d'encourager Anne à tenir compte de ces conseils désuets, il pria la jeune fille de l'accompagner dans son cabinet en maintenant le mouchoir sans trop de pression, la tête inclinée vers l'avant.

Il s'agissait d'un cas flagrant d'épistaxis, puisque cette hémorragie n'advenait pas après une intervention chirurgicale. À coup sûr, une artériole avait cédé.

— Je suis vraiment désolée, docteur. J'ai gâché la fête ! Est-ce que j'ai taché le tapis ?

— Défense de t'en faire avec ça. Parle le moins possible. Voyons voir ce nez. Mais d'abord, je t'enlève tes lunettes.

Antoine retint de justesse une exclamation horrifiée. Les yeux de sa patiente étaient méconnaissables, tuméfiés, infectés comme jamais il n'en avait vu auparavant.

— Anne, tes yeux te font-ils souffrir ?

La réponse allait de soi.

— Énormément, docteur, mes oreilles aussi. C'est comme ça depuis plus d'un mois.

— On s'en occupera plus tard. Pour l'instant, soignons ce nez.

D'urgence, il résolut de localiser le point hémorragique. Pour ce faire, il attrapa un spéculum et déposa une lampe à huile sur la tablette à proximité. Une fois les bords du nez nettoyés, il repéra la narine d'où venait l'afflux de sang. Côté droit. Il trempa quatre petits tampons dans quelques gouttes d'une solution de cocaïne. À l'aide du spéculum, il les appliqua, guidé par la lumière. S'il avait été à Montréal, il aurait l'électricité ! L'ampoule l'aurait bien mieux servi que cette mèche enflammée.

Il regroupa à portée de main les instruments et les médicaments requis.

— Pas trop de douleur, Anne ?

— Non, docteur, ça va.

— Te sens-tu assez bien pour m'aider ?

— De quelle manière ?

Depuis le début de son malaise, elle s'en voulait tellement d'avoir gâché la fête et d'avoir privé le Dr Peltier de ses invités qu'elle éprouva un réel soulagement à l'idée de participer à son traitement. À la demande d'Antoine, elle saisit un stylet sur lequel il avait fait fondre une perle de nitrate d'argent.

Sachant que les explications désamorcent souvent la tension, Antoine décortiqua en mots ses actions.

Tout doucement, il enleva les tampons et repéra le point hémorragique devenu noir.

— Très bien, Anne, passe-moi le stylet. Je vais badigeonner sans trop de pression la région responsable de tes désagréments. Je provoquerai la formation d'une escarre... une petite gale, si tu préfères, et, à moins d'une malchance, ça réglera ton problème. Tu verras !

Antoine scruta les yeux d'Anne et devina sans peine son calvaire. Les mieux placés pour lui venir en aide travaillaient à l'Institut ophtalmique de Nazareth. Dans l'immédiat, il tenterait de soulager ses douleurs par des compresses d'acide borique, mais elle devrait regagner Montréal sans tarder.

19

Dimanche de Pâques, 14 avril 1895

— Vous allez y arriver, tante Elizabeth. Ne vous découragez pas. On recommence la dernière mesure ? Vous voyez bien votre partition ?

Anne avait obtenu de sœur Beauchemin une copie en noir du *Menuet en* ré *mineur* de Mozart. Pour sa part, elle suivait l'évolution de son élève à l'aide de son document en braille.

— *My God !* Je croyais que ce serait plus facile ! Toi, tu joues cette mélodie avec tant d'aisance, Anne !

— Avec des exercices et de la patience, ma tante, n'ayez crainte, vous y parviendrez, je vous le garantis.

— Pourquoi ne me donnes-tu pas un congé en ce jour de Pâques ?

Anne s'efforça de répondre avec fermeté.

— Je me suis engagée à vous enseigner chaque dimanche. Jour de Pâques ou pas, on est dimanche.

Lorsque Elizabeth recevait sa leçon de piano, Barnabé Lanthier avait l'habitude de se faire discret. Toutefois, la mention de la fête de Pâques, juste au moment où il passait devant le boudoir, l'autorisa à intervenir.

— Si vous aviez été avec moi ce matin, à l'église Notre-Dame-de-Bon-Secours, mesdames, vous auriez entendu la meilleure chorale en ville.

Taquine, Anne rétorqua du tac au tac.

— Si vous aviez été à la chapelle de Nazareth ce matin, monsieur, vous auriez entendu la véritable meilleure chorale en ville.

— Si vous aviez été avec moi ce matin dans mon église, vous auriez entendu la chorale la plus affreuse en ville. *Oh ! My gosh !*

Désormais, Anne rencontrait les Lanthier tous les dimanches puisque, grâce au concours d'oncle Barnabé, Zéphirin Lavergne ne se présentait plus à Nazareth. Elle aurait préféré, et de loin, que son père intervienne, mais jusqu'à la dernière minute il l'avait priée de reconsidérer sa décision. « Tu dédaignes un bon parti, qui sait s'il s'en présentera d'autres ? » lui avait-il répété. À son grand désespoir, une corde s'était brisée en elle. La confiance qu'elle vouait à son papa avait été ébranlée dans ses fondements.

— Tu crois sincèrement que je réussirai avant ma mort à jouer cette mélodie du début à la fin ?

— J'en suis convaincue !

— Tu parais bien sûre de toi…

— Je le suis, ma tante. Observez vos progrès et pas juste vos difficultés.

Elizabeth contint un rire. Les sages commentaires de cette fille de seize ans lui rappelaient ceux de sa grand-mère maternelle.

— Tu as raison… *But it's breaktime now,* pas vrai ? Allons prendre une bouchée et un bon thé.

Au fil des semaines, Anne avait apprivoisé les expressions anglaises dont Elizabeth émaillait son discours.

— D'accord, on s'arrête, mais pas plus d'un quart d'heure.

Le sérieux d'Anne amusait Elizabeth. Trois mois de cours et d'exercices et, déjà, elle était sur le point, si Anne disait vrai, de maîtriser toutes les mesures de la partition. Elle se tourna vers Anne, fascinée, admira une fois de plus ses yeux tout neufs. Bien sûr, de près, la texture différait des naturels, mais de loin on s'y méprenait. Le notaire avait insisté pour payer les prothèses. Napoléon Alarie y avait toutefois mis une condition : il s'agissait d'un prêt et non d'un don. Il comptait bien rembourser sa dette d'ici à septembre.

Devant l'énormité de l'inflammation des globes oculaires qui, au cours de l'automne, s'était communiquée aux oreilles, au nez et à la gorge, les médecins de l'Institut ophtalmique n'avaient pas hésité à procéder à une double énucléation peu après le retour précipité d'Anne de Saint-Léon-le-Grand. Sous anesthésie générale à l'éther, Anne n'avait rien senti pendant la chirurgie. Au réveil, un certain inconfort l'avait malmenée, mais rien de comparable aux douleurs éprouvées dans les semaines précédant l'opération. Il avait fallu attendre la cicatrisation complète avant d'installer les prothèses orbitaires. Heureusement, aucune complication n'était survenue. Chaque jour, elle remerciait le ciel pour la réussite de l'intervention.

Anne conservait ses lunettes noires dans le tiroir de sa table de nuit, au cas où ses yeux artificiels perdraient leur parallélisme, sa phobie. En conséquence, elle éprouvait encore de la nervosité à côtoyer des voyants.

— Faites-moi penser de vous donner des exercices pour les deux semaines à venir, ma tante.

— Pourquoi donc ? Tu ne viendras pas dimanche prochain ?

— Nous avons une importante répétition en vue de notre grand concert du 24 avril, je vous en avais parlé, il me semble.

— J'avais oublié. Comme le temps passe vite ! Ton oncle a déjà acheté nos billets. J'adore aller à des spectacles au Monument-National, mais celui-ci sera bien spécial puisque tu y participeras. Joueras-tu du piano finalement ?

Deux semaines auparavant, sœur Beauchemin lui avait annoncé que, compte tenu de ses progrès remarquables, elle pourrait être du nombre des quelques pianistes au programme avec *Rêve d'amour*. Pour contrer le mauvais sort, elle avait gardé secrète cette possibilité.

— Vous me verrez avec la fanfare et la chorale.

— Quoi qu'il advienne, je suis bien fière de toi, *my dear* ! Mais dis-moi, tu ne m'as pas donné de nouvelles de ton amie Florida. Comment va-t-elle ?

Sa chère Florida ! Combien de temps survivrait-elle ? D'après sœur Jobin, sa fin était imminente. Anne étouffa un sanglot.

— Mal, ma tante, elle va très mal. Depuis qu'on lui a diagnostiqué la leucémie, elle ne cesse de dépérir. On m'a dit qu'elle a le corps couvert de taches rouges, ses gencives saignent et elle a plein de bosses dans le cou et sous les bras. C'est terrible la leucémie, ma tante ! Ça ne pardonne pas.

La veille, en compagnie de Philomène et d'Azilda, Anne lui avait rendu visite à l'infirmerie. Quand Anne lui avait pris la main, Florida avait étouffé un cri de douleur.

— Elle a tellement mal, ma tante, qu'on ne peut plus la toucher. Je l'ai surprise à supplier le Bon Dieu de venir la chercher.

— Que c'est triste, *my dear*.

— J'irai la voir à mon retour. En attendant...

De la salle à manger où elle dégustait sa collation, Anne entendit frapper à la porte. Oncle Barnabé accueillit Benjamin Ricard et sa famille. Dès leur arrivée, tous ressentirent une pénible tension entre les époux. Exceptionnellement, le petit Médéric demeurait silencieux et refusait de quitter les bras de sa mère.

— *Take a seat !* Nous avons suffisamment de *cookies* pour nourrir une armée, lança joyeusement Elizabeth.

Elle fit tinter une clochette et requit de la bonne une ration de thé supplémentaire.

— Le grand jour approche, Anne. Tu dois avoir le trac ?

À l'instar d'Elizabeth, Benjamin tentait d'alléger l'atmosphère.

— Beaucoup.

Anne lui fournit la même explication quant à sa contribution.

— Tu fréquentes Nazareth depuis quelques mois seulement, Anne. Je trouve extraordinaire que, déjà, tu sois de ce prestigieux concert.

— Ton père et ta mère y assisteront-ils ?

— Ma mère, sûrement pas, elle a trop peur du train. Mon père, lui, je crois bien qu'il sera là.

— Le Dr Peltier l'accompagnera-t-il ?

— Peut-être.

Une fois de plus, Elizabeth nota de l'émotion dans la voix de Benjamin quand il prononça le nom d'Antoine. La prochaine fois qu'elle les verrait tous les deux ensemble, elle se concentrerait sur les réactions de son neveu. Partageaient-ils une amitié particulière ? Si Antoine assistait au concert, sa curiosité serait bientôt satisfaite.

— Avez-vous su, Benjamin, que les fiançailles de ma sœur Èva avec Albé Peltier ont été célébrées chez lui le soir de Noël ?

Que de merveilleux souvenirs affluèrent ! Arthur, si gentil, si prévenant, si présent, occupait ses pensées depuis ce temps. Comme personne ne le lui avait réclamé, elle avait conservé son mouchoir, l'avait nettoyé du sang qui l'engluait et le gardait sous son oreiller nuit après nuit.

Son ambivalence envers Mathias n'avait fait que croître après les fêtes. Autant elle aurait aimé qu'il se manifeste, autant elle le fuyait. Désirait-elle être fidèle à Arthur, même en pensée ? On disait Mathias fort occupé, car il était assuré de participer au grand concert en tant que pianiste. Une rumeur courait selon laquelle il jouerait en duo. Comme aucun autre garçon n'avait la capacité d'interpréter la partie complémentaire de la pièce, tout le monde s'interrogeait sur l'identité de l'élue. Quelques filles étaient aussi bonnes ou meilleures que lui, dont Azilda. Toutefois, compte tenu de son indéniable supériorité, elle se verrait certainement confier un solo. Sans rien comprendre à sa réaction, Anne enviait la chanceuse assise aux côtés de Mathias durant les répétitions qui se multiplieraient à l'approche du concert.

Anne posa la main sur celle d'Elizabeth.

— Mais mon oncle et ma tante assisteront au spectacle, ils me l'ont confirmé.

— Hé bien ! J'y serai. Les présentations offertes au Monument-National se transforment souvent en événements. Nul doute qu'il en sera ainsi de votre soirée.

Quelques années plus tôt, Benjamin s'était impliqué dans la construction de l'édifice, premier centre culturel d'expression française en Amérique, un projet colossal mis en œuvre par l'Association Saint-Jean-Baptiste de Montréal. Il avait été du nombre des invités lors de son inauguration, le 24 juin 1893.

D'une voix méconnaissable, Célina apostropha son mari sans ménagement.

— Tous les soirs, sauf le samedi, tu es en réunion à cause de cela, la Saint-Jean-Baptiste ou le Monument-National. Je me demande parfois si tu n'es pas à ériger un monument à quelqu'un en chair et en os !

— Je t'en prie, Célina, calme-toi.

Ignorant la répartie de son mari, Célina prit Elizabeth à témoin.

— Madame Lanthier, je suis désolée de vous ennuyer avec nos affaires, mais je n'en peux plus ! Si, au cours de ce mois, Benjamin a passé deux heures d'affilée à la maison en semaine, mis à part quand il dort, c'est beau.

Médéric repoussa sa mère, trottina derrière les chaises et agrippa la robe d'Anne. Sans réfléchir, elle lui tendit les bras. Contre toute attente, il les saisit. Le petit garçon se lova contre son épaule à la manière de Loulou. Anne sentait battre le cœur de l'enfant. Sa peur l'émut. D'une main, elle lui maintint la tête contre elle et, de l'autre, lui caressa le dos. Il sursauta lorsque la voix de Benjamin retentit, menaçante.

— Je te ferai remarquer que je subviens à tes besoins et à ceux de Médéric. Il faut que je travaille pour cela. M'impliquer dans l'Association Saint-Jean-Baptiste me permet de partager mes valeurs…

Célina cria :

— Tu m'as dit que tu étais en réunion, vendredi soir. On t'a suivi, Benjamin Ricard, et…

— Ça suffit, Célina. Attendons d'être en famille pour laver notre linge sale. Prépare Médéric, nous rentrons. Veuillez excuser cette scène disgracieuse, mon oncle, ma tante. Nous nous reverrons probablement au concert mercredi prochain.

Philomène l'attendait dans le portique. Juste à la manière dont elle lui prit le bras, Anne la sut bouleversée.

— Vite ! Florida nous a fait demander. Je t'emmène à l'infirmerie. Azilda s'en vient.

Alarmée, Anne murmura :

— Ça ne va pas, là, hein ?

— Pire que ça.

— Ne me dis pas que c'est terminé ?

Anne s'arrêta net. Elle avait failli ajouter « Philou », le diminutif si cher à Florida lorsqu'elle s'adressait à Philomène.

— J'en ai bien peur, répondit Azilda, d'un ton méconnaissable.

Cette épreuve avait transformé la revêche Azilda. Depuis le concert organisé par les dames patronnesses en novembre, Azilda avait de moins en moins critiqué ou vilipendé Anne, qui demeurait tout de même sur ses gardes, craignant encore d'être accueillie avec une brique et un fanal.

— On est arrivées, les filles.

Philomène entrouvrit la porte. Sœur Imelda Taschereau, l'infirmière de service, les pria de se rapprocher.

Une respiration sifflante et irrégulière les alerta. Anne et Philomène se placèrent de part et d'autre de Florida, et Azilda se posta au pied du lit.

D'une voix à peine audible, Florida réclama Azilda à ses côtés.

— J'aimerais toutes vous voir, mes amies… peut-être une dernière fois…

Depuis longtemps, Anne redoutait cet instant. Elle s'apprêtait à saisir la main de Florida, mais se ravisa. Florida avait mal aux os, mal à la peau, mal partout.

— Non ! Oh non, Florida ! Ce ne sera pas la dernière fois...

— Je me sens aller... et, malgré tout, je veux pas mourir ! Je peux pas croire que je me marierai jamais ! Je n'aurais pas fait la difficile, vous le savez, mes amies ! Un quelconque aurait suffi...

À bout de souffle, Florida leva la main.

— Et les enfants, les filles, j'aime tant les enfants ! J'en aurais bien pris soin.

Les trois amies contenaient leurs sanglots à grand-peine. Anne aurait aimé la serrer dans ses bras, lui dire que son amitié lui était précieuse, mais impossible de prononcer un mot, de faire un geste. Ses larmes coulaient comme avant son opération.

— Les filles, j'ai tellement peur !

Ces paroles de Florida fusèrent avec force.

Azilda hésita, puis se pencha au-dessus de la mourante.

— Je te comprends, Florida... Je te comprends... Mais j'ose te demander... me pardonnes-tu, Florida ?

— Te pardonner quoi ? Tu es avec moi, et c'est tout ce qui compte en ce moment. On est amies toutes les quatre... Quand je ne serai plus là, pensez un peu à moi, de temps en temps, mais pas trop, là...

La respiration haletante, Florida dut s'interrompre. Sa toux grasse alerta sœur Taschereau. Elle les pria de s'éloigner du lit. Les gencives de Florida saignaient. Ça se produisait de plus en plus souvent, de plus en plus abondamment. L'étouffement la guettait, et il était problématique de la déplacer, à cause de ses vives douleurs au moindre contact.

— Pourquoi ne pas réciter le chapelet ? Implorez Dieu d'abréger ses souffrances, leur chuchota-t-elle.

Impuissantes, les trois filles gagnèrent les chaises alignées au mur et acquiescèrent à la suggestion de la religieuse quant au chapelet, mais aucune d'elles ne put se résoudre à demander la fin de Florida.

Anne entama les *Ave* avec une réelle ferveur, mais bien vite son esprit dériva. Sa première rencontre avec Florida, en apparence si fantasque, lui revint en mémoire. Privée de camarade depuis toujours, Anne désirait l'amitié exclusive de Philomène ! Florida, l'intruse, l'empêcheuse de tourner en rond, s'était imposée. Puis, à force de gentillesses et d'attentions, elle avait gagné son cœur. Anne avait finalement reconnu que Philomène ne l'appréciait pas moins en partageant son temps avec d'autres. À bien y penser, Anne avait ressenti une émotion similaire avec sa mère.

Combien de fois avait-elle dit ou insinué qu'elle était moins aimée que ses frères et sœurs à cause de son handicap ? Chaque fois, sa mère la rabrouait, réaction qui la confortait dans sa conviction. Puis, un jour, Pierrette Alarie s'était assise en plein cœur de l'après-midi, situation pour le moins inusitée, et avait forcé sa fille à l'écouter. Ses paroles s'étaient gravées à jamais dans les souvenirs d'Anne. « J'aime tous mes enfants. Que tu sois aveugle n'y change rien. Que vous soyez cinq ou dix n'y change rien. L'arrivée de Sarah n'a pas diminué mon amour pour chacun de vous. Je n'ai pas une certaine quantité d'amour à partager. Je vous aime tous également, mais de manière différente, parce que vous êtes différents. » Pourquoi n'avait-elle pas transposé ce principe d'emblée en amitié ?

Au fil des jours, Anne avait découvert en Florida une fille dévouée, prête d'instinct à protéger. Emma Blais en était un bel exemple. Elle aussi, d'ailleurs. Combien de fois Florida avait-elle pris sa défense devant l'intraitable Azilda ?

Des bruits de pas précipités en provenance du corridor les alertèrent. La porte de l'infirmerie s'ouvrit brusquement. Les éclats de voix d'une femme détonnaient avec le recueillement du lieu. La nouvelle venue accourut près du lit et écarta la religieuse sans ménagement.

— Florida, ma Florida ! Tu ne peux pas me faire ça ! Tu es mon unique raison de vivre ! Tu m'avais promis de guérir !

Florida émit une longue plainte, comme si pleurer exigeait trop d'énergie.

— Ma tante... je suis désolée.

La femme sanglotait sans retenue.

— Tu m'avais promis, Florida... tu m'avais promis...

Sœur Taschereau s'interposa.

— Calmez-vous, madame, pour l'amour de Dieu et de Florida, calmez-vous. La condition de votre nièce...

— De ma filleule, cria la dame, de ma fille en Jésus-Christ ! Comment peut-il permettre pareille abomination, celui-là ?

Sœur Taschereau éloigna la femme du lit et lui murmura :

— Votre filleule n'est pas responsable de son état, madame. Plus que jamais, elle a besoin de votre soutien et non de vos reproches.

Soudain, la respiration de Florida devint saccadée, puis imperceptible. Les filles retenaient la leur, dans l'expectative. Après une attente interminable, Florida inspira et émit un bruit rauque. Quelques minutes plus tard, le silence à nouveau, un silence inquiétant qui s'éternisait.

— Je place un miroir sous ses narines, expliqua sœur Taschereau.

Assise entre Philomène et Azilda, Anne saisit la main de ses amies et, affolée, les pressa avec force. Le temps se figea.

Un sanglot dans la voix, l'infirmière déclara :

— C'est fini...

La marraine de Florida hoquetait.

Les trois amies s'approchèrent du lit et laissèrent libre cours à leur chagrin.

Sœur Taschereau les invita à rester à proximité et à prier Dieu pour le repos de l'âme de Florida. Comme beaucoup d'habitués dans l'accompagnement des mourants, la religieuse était convaincue que l'esprit errait autour du cadavre deux à trois heures après le décès. Pour symboliser sa croyance, elle alluma un cierge près de la dépouille.

Anne pleurait sur sa vie sans Florida, mais, plus que tout, elle anticipait sa propre mort. Quand et surtout comment viendrait-elle ? En sournoise ou avec les affres de l'agonie, comme dans le cas de Florida ?

La main d'Azilda serrait convulsivement la sienne. Un élan de sympathie poussa Anne à lui murmurer :

— Au moins, elle n'a plus mal, c'est bien notre seule consolation, pas vrai ?

La marraine de Florida se moucha bruyamment.

— Le Bon Dieu n'a pas voulu me donner d'enfants, mais il m'avait fait la grâce de mettre Florida sur mon chemin. Comment vais-je survivre à ce malheur ?

— Demandons au Seigneur de recevoir à ses côtés Florida, son enfant. Puissions-nous avoir la force de passer à travers cette épreuve, suggéra sœur Taschereau. Unissons nos voix dans la prière. *Notre Père qui êtes aux cieux…*

Anne ressentit un urgent besoin de se retrouver seule. La salle de répétition s'imposait. Puisque l'heure du couvre-feu était passée, plus personne ne circulerait.

Sur la pointe des pieds, elle se glissa dans la pièce, se laissa tomber sur le banc du piano, releva le couvercle de l'instrument, posa les mains sur le clavier et plaqua un sinistre accord.

Morte. Florida, morte ! Un vent de révolte la secoua. On venait de lui arracher un morceau de son être. Chère Florida… À travers ses sanglots, Anne soliloquait, assurée de l'insonorité du lieu.

— Jamais je n'aurais cru possible de m'attacher à toi comme je l'ai fait, Florida Jasmin. Au début de l'année, je ne désirais qu'une chose : que tu débarrasses le plancher, en fait, que tu me laisses Philomène à moi toute seule. J'ai appris à supporter ta présence, puis à l'apprécier. J'en étais venue à la rechercher. Ta gentillesse a brisé toutes mes barrières, Florida. Au moment où tu me deviens indispensable, tu m'abandonnes ! C'est pas juste ! Tout à l'heure, pour consoler Azilda, j'ai dit : « Au moins, elle n'a plus mal. » Mais j'aurais eu envie de crier : « Pourquoi tant de souffrances ? » À quoi ça sert, la souffrance ? Ne venez pas me dire que le Bon Dieu aime ça parce que je vais virer du bord de mon père.

Déchirée, Anne plaqua une suite d'accords dissonants.

L'âme de Florida pourrait-elle faire un détour par cette salle avant de monter au ciel ? Une irrésistible envie la saisit.

Avec une rare douceur, elle lui offrit de mémoire les premières mesures de *Rêve d'amour*. Puis, sans même penser aux difficultés de la seconde partie avec ses cadences complexes, Anne la rendit sans faute. Les dernières notes résonnaient encore tandis qu'une voix singulière faillit lui arrêter le cœur.

— Bravo, Anne ! Belle exécution !

L'espace d'un instant, Anne se demanda si Florida ne se manifestait pas de l'au-delà. Muette, elle porta les mains à sa poitrine.

— Ton interprétation m'apparaît presque comparable à la mienne, ce n'est pas peu dire !

— Azilda Labelle ! Tu as manqué me faire mourir !

— Ne me joue pas ce tour-là, toi !

Ses oreilles la bernaient-elles ? Était-ce concevable qu'Azilda tienne à elle ?

— On en a perdu une aujourd'hui et c'est déjà insupportable… Penses-tu que Florida m'a pardonné ?

— C'est bien certain ! Rappelle-toi, elle nous a dit : « On est amies toutes les quatre. » Toutes les quatre !

Anne résolut d'abandonner sa rancœur envers Azilda et de respecter le désir de Florida, à tout le moins d'essayer de toutes ses forces puisque nul ne pouvait prédire les réactions de l'imprévisible Azilda.

Anne entendit glisser une chaise. Azilda s'asseyait près d'elle.

— Je savais que tu serais ici. La Sainte-Judith te cherche. J'ai quitté le dortoir quand elle en est sortie pour vérifier les salles de toilettes. Je ne pense pas qu'elle viendra ici.

L'attitude bienveillante d'Azilda la laissa sans voix. Incapable de bouger ou de parler, Anne se triturait les mains. Cette soudaine gentillesse la rendait perplexe.

— Comment c'était, Anne, chez toi, dans ton enfance ?

Contre toute attente, Azilda voulait mieux connaître son souffre-douleur. Anne mit un temps avant de répondre. Azilda feignait-elle l'intérêt ? Se servirait-elle de ses confidences pour la torturer par la suite ?

Le désir de respecter le vœu de Florida l'emporta. Malgré ses craintes et ses réserves, une irrésistible envie de s'épancher lui délia la langue. Sans préambule et pêle-mêle, Anne lui décrivit l'amour de ses parents, le dévouement de sa mère, la complicité de son père. Paradoxalement, elle prit conscience à quel point leurs constantes attentions l'avaient écrasée. En dépit de tous les règlements à Nazareth, jamais elle ne s'était sentie aussi libre, aussi légère.

— Tu vois, ici, je suis comme tout le monde, alors que chez moi j'étais la seule à ne pas assister à la messe, la seule à ne pas jouer dehors, la seule à ne pas aller à l'école, la seule à me faire garder à seize ans quand mes parents s'absentaient. Ma petite sœur Sarah a plus de liberté que moi ! Imagine ! Je comprends leur inquiétude, mais bon sang que ça me pèse.

Le sentiment d'exclusion et sa résultante directe, la solitude, l'avaient marquée au fer rouge encore plus que la méchanceté dont elle était parfois l'objet.

— Tu me parles de méchanceté, peux-tu me donner un exemple ?

L'accusation de la vieille femme du cordonnier au magasin général remonta la première. Après toutes ces années, ce « Comment osez-vous parader en public avec votre aveugle ? » résonnait à ses oreilles.

— Oh ! Ça, c'est vraiment cruel, je te l'accorde.

— En plus, il y a eu des blagues de mauvais goût. Je me revois à six ans, assise dans une berceuse sur notre perron. Je respire le bon air de la mi-mai. Mon père m'explique comment la nature renaît et, moi, j'imagine tout ça à partir des senteurs tout autour. Il s'excuse et me promet de revenir peu après. Mon grand frère arrive tout essoufflé et m'ordonne de tendre les mains, car il a une surprise pour moi. Et là, il me lance quelque chose. C'était froid, gluant, grouillant. Je hurle de peur et de dégoût. Une couleuvre ! Tu parles d'une surprise !

— Et moi qui ai toujours rêvé d'avoir un grand frère pour me protéger...

— Pour être honnête, reprit Anne, la plupart du temps Jean est gentil avec moi. Je lui dois mon premier chaton. Aussitôt qu'on m'a appris sa couleur, je l'ai appelé Minou-Grisou. Il était mon seul confident avant mon entrée ici. Quand j'ai eu mon chat, il avait trois semaines, et moi, trois ans.

Azilda accueillait les épanchements d'Anne avec une étonnante empathie. Quelques mots d'encouragement de sa part suffisaient à relancer Anne.

— Il me suit partout, sauf dans la cuisine. Ma mère n'endure aucun animal à proximité de ses chaudrons. Et Minou-Grisou le sait... J'ai bien peur qu'il meure bientôt. C'est vieux, treize ans, pour un chat ! Et toi, Azilda, tu as un chat ?

— Non, moi j'ai un chien, un beau labrador. Même si je suis un poids pour mes parents, ils ne me refusent rien, et mon père en a les moyens.

— Où demeures-tu ?

— À Westmount. Dans une maison en pierre de quatre étages, comme ici à Nazareth, sauf que chez moi, mis à part les domestiques, on est seulement quatre à y habiter, cinq avec mon chien. L'année dernière, mon père a fait l'acquisition d'une voiture sans cheval, et son cocher s'est métamorphosé en chauffeur. Je le soupçonne d'ailleurs d'avoir influencé le choix de mon père. Si je lui demandais de me conduire à Québec, il le ferait, et mon père ne s'y opposerait pas à la condition d'être certain que je sois reçue convenablement quelque part.

— Ma foi, que fait ton père pour être aussi riche ?

— Il importe et exporte du thé et des épices. Je sais que je suis privilégiée, mais malheureusement mon état le dérange au point qu'il répète à tout vent : « Si ce n'était Azilda, l'épreuve de notre vie, on aurait tout pour être heureux. »

Anne éprouva un élan de sympathie. Si ses parents pensaient ainsi, ils avaient au moins la décence de se taire devant elle.

— Ton père, ta mère, toi, le chien... Qui est le cinquième pensionnaire à vivre chez vous ?

— Ma sœur, Hortense. Je peux t'assurer que mon chien est pas mal moins chien qu'elle. Elle a un an de plus que moi et elle m'a toujours traitée comme une dégénérée. Si tu crois que j'ai été méchante avec toi...

Anne serra les dents. Non, elle n'avait pas à subir les frustrations d'Azilda et à souffrir à cause de ses blessures. Oui, elle ferait un effort pour la comprendre, sans pour autant passer l'éponge sur ses comportements malfaisants, quelle qu'en soit la cause.

— Comme toi avec ton Minou-Grisou, mon chien, c'est mon ami, mais en plus il est mes yeux. Tu devrais songer à avoir un chien. Un chat, c'est mignon, mais pas très utile pour te guider.

— Comment se nomme-t-il ?

— Charlot. Quand tu viendras chez moi, je te le présenterai...

— Chez toi ? Tu m'inviterais chez toi ?

— Mais oui ! Et je suis sincère, Anne. Je sais maintenant que tu ne m'enlèveras rien, que tu veux juste prendre ta place. J'ai mis du temps à l'accepter, mais, là, c'est correct. Mes récentes conversations avec Florida m'ont ouvert les yeux... façon de parler. Je me suis vraiment demandé si elle m'avait pardonné. Mais, comme moi, tu as entendu sa réponse tantôt.

— Chère Florida... elle me manque déjà. Donne-moi ton bras...

Unies dans une étrange communion, les deux filles pleurèrent en silence. Anne se ressaisit la première et posa la main d'Azilda sur le clavier.

— S'il te plaît, joue-moi quelque chose.

Dès les premières mesures, Anne devina l'émotion de la pianiste. Nostalgie, douceur, plainte, cri de l'âme, légèreté, justesse des sons, Azilda lui offrait un jeu proche de la perfection.

L'une et l'autre goûtaient le sel de leurs larmes. Tandis qu'Azilda enchaînait les notes de la finale avec un admirable phrasé, Anne s'exclama :

— Comme c'est beau ! C'est du Chopin, ça ?

— Exact. *Nocturne, Opus 72, numéro 1.* Quand je suis triste, cette pièce me réconforte.

Azilda paraissait hésiter.

— J'ai un secret à te confier, Anne. Personne n'est au courant, à part sœur Beauchemin.

— Je suis touchée.

Pour ajouter au suspense, Azilda pianota quelques notes.

— Au concert de mercredi prochain, j'interpréterai en duo l'opus 103 en *fa* mineur de Franz Schubert !

La gorge sèche, Anne réussit à articuler :

— En duo ? J'étais sûre que tu te produirais en solo !

Une soudaine angoisse l'étreignit. Azilda l'attisa.

— Hé non ! Sais-tu avec qui ? Chaque fin d'après-midi, on se retrouve dans ma salle de pratique pendant au moins deux heures.

— Avec Aurore Lanctôt ? s'empressa de répondre Anne, pleine d'espoir.

— Tu n'y es pas du tout.

— Ne me fais pas languir ! Qui jouera avec la plus talentueuse musicienne de l'école ? Qui est l'heureuse élue ?

— Pas l'heureuse, mais l'heureux, enfin, il m'a l'air heureux…

Seul Mathias Vézina avait la capacité d'endosser le rôle.

20

— Ah, la vache ! La vache !

— Anne, tu la traites de vache depuis dix jours, et la principale intéressée l'ignore. Encore hier, elle me demandait pourquoi tu la fuyais. Je te ferai remarquer qu'elle ne savait et ne sait rien de ton histoire avec Mathias…

— Il n'existe pas d'histoire avec Mathias !

— S'il n'y a pas d'histoire, pourquoi réagis-tu de cette manière ?

Anne exprima son exaspération.

— Hé ! Que je suis mêlée, Philomène ! J'avoue qu'Arthur m'obsède, mais je suis incapable d'imaginer cette intimité entre Azilda et Mathias.

— Intimité, intimité… ils occupent le même banc de piano quelques heures par jour, pas le même lit.

— Ça m'est insupportable !

— Je ne te comprends pas.

— Moi non plus !

À l'instant où Azilda lui avait révélé le nom du duettiste, l'arrivée de sœur Beauchemin avait mis fin à leur tête-à-tête. Cette perspective avait quelque peu occulté son chagrin, mais anéanti à jamais sa sympathie naissante pour Azilda.

Consciente de leur deuil, mais ignorant tout de leur conversation, la religieuse les avait priées de regagner le dortoir où sœur Sainte-Judith les attendait. L'hospitalière connaissait la raison de leur indiscipline et ne leur en tiendrait pas rigueur, sœur Beauchemin s'en était portée garante.

La récréation tirait à sa fin. Par chance, les deux filles avaient réussi à s'isoler dans un coin de la salle.

— Ça fait dix jours déjà que Florida… Je m'ennuie d'elle, Anne !

— Moi aussi ! Si tu savais… Florida ignorait tout de mes sentiments pour Mathias !

— Ah ! Tu l'admets, là ! Tu éprouves des sentiments pour lui.

— Une histoire, non. Des sentiments, oui. Le problème ? Je ne peux pas les nommer ! Penses-tu que Florida nous entend ?

— C'est possible. De là à y croire dur comme fer…

— À ses funérailles, pendant tout le temps où tu as interprété l'*Ave Maria*, je l'ai sentie assise à côté de moi.

— Pour te demander de te réconcilier avec Azilda ?

À contrecœur, la marraine de Florida avait consenti que la cérémonie d'adieu de sa chère filleule ait lieu à Nazareth, permettant ainsi à toutes ses compagnes d'y assister. Philomène avait chanté, Azilda l'avait accompagnée et Anne, isolée parmi la foule, accablée par le chagrin, avait nourri un incommensurable ressentiment à l'égard d'Azilda. Si Florida avait connu les tenants et les aboutissants de son différend, que lui aurait-elle suggéré ?

— Philomène… as-tu le trac pour ce soir ?

— Et toi ?

— Oh oui ! Mon petit solo de xylophone avec la fanfare ne m'inquiète pas, mais, au piano, seule sur scène avec mon *Rêve d'amour*… j'en ai la chair de poule !

— Pour être franche, oui, j'ai le trac. Tu penseras à moi, et moi, je penserai à toi, promis.

Tout comme aux funérailles de Florida, Philomène interpréterait l'*Ave Maria* de Cherubini.

— J'espère que je le rendrai sans pleurer.

Le tintement de la cloche leur ordonnait de poursuivre les répétitions, le piano en après-midi, mais d'abord, la fanfare.

Ce soir, qu'ils participent au grand concert de fin d'année ou non, tous les élèves quitteraient Nazareth pour le Monument-National. Anne ignorait encore si son père allait faire le voyage. Quelle attitude adopterait-elle en sa présence ? Sa déception demeurait vive. Pourquoi avait-il tant insisté pour qu'elle accepte la proposition de Lavergne ? Comment lui pardonner ?

Sœur Maria Deslauriers la tira de ses désagréables réflexions.

— On reprend tout de la première à la dernière note. Ce soir, je veux une interprétation parfaite. Concentrez-vous !

Par quelle coïncidence Napoléon Alarie, le Dr Antoine Peltier et Benjamin Ricard se retrouvèrent-ils devant le Monument-National en même temps ? En apparence, la joie des deux habitants de Saint-Léon-le-Grand égalait celle du Montréalais d'adoption. Qu'aurait pensé le médecin s'il avait entendu battre et s'emballer le cœur de son ami lors de leur chaleureuse poignée de main ?

Une foule impatiente attendait comme eux l'ouverture des portes de ce fabuleux théâtre. Napoléon et Antoine s'étaient présentés à l'Institut Nazareth pour cueillir et payer leur billet. D'un commun accord, ils avaient opté pour les meilleures places à soixante-quinze cents, les autres se vendaient cinquante cents.

Napoléon avait demandé à voir sa fille, mais on l'avait informé que les participants au concert avaient quitté l'établissement à pied une heure auparavant pour regagner le Monument-National.

Après les salutations d'usage et la quête des nouvelles de leur conjointe respective, les trois hommes se remémorèrent leurs traditionnelles rencontres à la forge l'hiver ou au magasin général le reste de l'année. Benjamin s'efforçait de calmer son émoi et de respirer normalement.

— C'est un drôle d'adon qu'on se retrouve à Montréal, justement un mercredi soir, s'étonna Napoléon.

Antoine opina de la tête, puis recula d'un pas pour contempler la façade.

— Le style est bien différent de celui des gros bâtiments de Montréal, tu ne trouves pas, Benjamin ?

— Tu as parfaitement raison. Au lieu de l'architecture si chère aux Anglais, on a choisi un style néo-renaissance. Vous avez devant vous l'une des plus importantes constructions de toute la métropole, si ce n'est la plus importante, et la première dotée d'une structure d'acier.

— T'as l'air de t'y connaître, mon Benjamin ? reprit Napoléon.

— Il y a trois ans, un de mes compagnons de travail m'a recruté dans l'Association Saint-Jean-Baptiste, le maître d'œuvre de ce grand projet.

— Impressionnant, laissa tomber Antoine, séduit.

Benjamin se rapprocha de lui au point de le toucher.

— Si tout se passe comme prévu, vous foulez l'extrémité de ce qui deviendra nos Champs-Élysées. À un bout le Monument-National et à l'opposé, l'Opéra-National. Entre les deux, un majestueux boulevard réunira les rues Saint-Laurent et Saint-Denis. À l'Association, on travaille d'arrache-pied à la réalisation de cette grandiose entreprise.

Recouverte d'imposantes pierres grises provenant d'une des carrières de Montréal, la bâtisse de quatre étages constituait une attraction en soi.

— Tu viens souvent ici, Benjamin ?

— Le plus souvent possible depuis son inauguration... Mais ce soir, c'est spécialement pour Anne. Je la vois régulièrement chez ton oncle Barnabé, Antoine. T'a-t-elle raconté notre rencontre du dimanche de Pâques, Napoléon ?

Benjamin avait lancé sa question en s'efforçant de ne pas trahir son embarras. De son côté, Napoléon s'obligea à ne rien laisser paraître de son chagrin. Pourtant, un coup de dague lui transperça le cœur en se remémorant la fin de sa dernière conversation avec Anne. « Quand donc retrouverai-je ma petite fille confiante et bien-aimée ? » Du tac au tac, elle avait articulé entre les dents : « Quand je serai sûre que mon bonheur vous importe plus que de me caser. » Il ne comprenait pas son entêtement à refuser la main de Zéphirin Lavergne, un homme âgé, soit, mais combien sympathique et généreux. Devant son mutisme, il avait renoncé à lui faire entendre raison et n'avait plus soulevé le sujet dans ses lettres. Dans celles d'Anne, Napoléon n'y décelait plus son habituelle affection ni son enthousiasme.

— Je n'ai pas eu l'occasion de parler à Anne depuis les fêtes. Je t'envie ! Tu la vois souvent, toi, Benjamin ! Chaque semaine, dis-tu ?

— Presque. Je l'aime bien, ta fille. Ma famille aussi l'aime bien.

Ainsi, personne en dehors des témoins directs n'avait eu vent de sa querelle conjugale et des embarrassantes allusions de Célina. Quel soulagement !

— Anne a apprivoisé mon Médéric, et ça, croyez-moi, ça relève de l'exploit ! Il se comporte comme un vrai petit sauvage avec tout le monde, ces temps-ci, sauf avec nous et Anne.

Peu avant dix-neuf heures trente, Elizabeth et Barnabé Lanthier se joignirent à eux en jouant du coude.

Elizabeth frôla Benjamin.

— Comment va Célina ? chuchota-t-elle.

— Comme ci, comme ça.

Entraînés par la foule, ils franchirent le tourniquet, se promettant de se retrouver à la fin du spectacle.

Regroupés à l'arrière-scène, les membres de la fanfare trépignaient. Ils avaient l'honneur d'ouvrir le concert avec *The Heavens are Telling*, une œuvre de Haydn interprétée à quelques reprises par la chorale, lors de mini-concerts.

— Monsieur Vézina, je vous vois.

La voix condescendante de sœur Deslauriers encouragea Mathias à poursuivre son approche.

— Toi, Anne Alarie, je ne te vois pas, mais je te respire...

— Laisse-moi. Je veux me concentrer !

Anne aurait aimé plus de conviction dans sa riposte. Pourquoi ces paroles la troublaient-elles tant ? Pourquoi ?

L'imminence de la prestation de Mathias et d'Azilda la déstabilisait. Par chance, la sienne la précéderait. Bénis soient le ciel et surtout sœur Beauchemin, qui avait insisté auprès de sœur Laviolette pour qu'il en soit ainsi. Anne n'aurait pas voulu se présenter devant ce public après eux. Une odeur de lavande se matérialisa. Anne se tourna vers elle.

— Dites-moi, sœur Beauchemin, y a-t-il beaucoup de monde d'arrivé ?

— Ne bougez pas, mademoiselle, je reviens.

Cachée par un pan de rideau des coulisses, Angéline Beauchemin jeta un coup d'œil dans la salle. Son cœur s'arrêta. Napoléon Alarie remontait l'allée suivi de trois hommes et d'une femme. Cette dernière n'était pas la sienne puisqu'elle tenait le bras de l'aîné du trio. « Angéline Beauchemin ! se tança-t-elle. Sa femme est guérie ! Tu dois tuer ce désir fou ! Mon Dieu ! Mon Dieu ! Venez à mon secours ! »

L'intensité de sa réaction la stupéfia. Elle dut se faire violence pour s'éloigner du rideau. Les deux mains sur la bouche, la religieuse inspira un bon coup. Avec un semblant d'assurance, elle se dirigea vers Anne.

— À n'en pas douter, nous ferons salle comble, mademoiselle Alarie. Je viens d'apercevoir votre papa.

Encore sous le choc, sœur Beauchemin s'efforçait de juguler son émotion.

Quant à Anne, elle fit de son mieux avec la fanfare, puis avec la chorale, incapable de se distancier de son imminent solo de piano.

Pendant l'interprétation de Philomène, Anne trembla de tous ses membres. Sœur Beauchemin, qui ne la quittait pas des yeux, saisit les mains glacées de son élève. Consciente de son état de panique, elle déposa un châle sur ses épaules et l'invita à mettre des gants de laine.

Anne accueillit son amie à sa sortie de scène.

— Tu étais tellement bonne, Philomène Marquis, que j'en ai oublié *Rêve d'amour*, Mathias et Azilda.

— Ah ! Bien là, tu me fais plaisir ! À ton tour, maintenant. Tu es prête, j'en suis certaine !

— Oui, mais j'ai si peur que j'en tremble !

Excitation ou affolement, Anne ne savait plus quelle émotion la dominait. Sœur Beauchemin entoura ses épaules d'un bras rassurant.

— Retirez vos gants, mademoiselle Alarie. Quoi qu'il arrive, poursuivez. N'oubliez pas. Conservez le tempo de vos répétitions. Concentrez-vous. C'est le secret !

L'enseignante tâta les mains d'Anne.

— Elles sont toutes chaudes maintenant. Votre corps vous parle : tout ira bien.

L'animatrice nomma Anne et le titre de sa pièce. Napoléon retenait son souffle pendant qu'une grande fille conduisait son trésor jusqu'à l'énorme piano à queue.

Conscient de la nervosité de Napoléon, Antoine lui tapota le bras. Elizabeth surprit l'air furibond de Benjamin. Ses sentiments à l'égard de son neveu ne soulevaient plus de doute. Pourvu qu'Antoine ne les partage pas ! Le matin même, Barnabé lui avait lu l'article en première page de *La Patrie* relatant l'affaire Oscar Wilde. Le célèbre écrivain irlandais avait été accusé par le grand jury de grossière indécence et de sodomie. Avec moult détails, on y rappelait la disgrâce et la honte qui accablaient la mère de Wilde, sa femme et leurs deux enfants.

Le vendredi suivant, il comparaîtrait devant le tribunal d'Old Bailey. Elizabeth s'efforça de détacher son regard de Benjamin, qui ne quittait pas Antoine des yeux. « *For goodness sake, make sure this will never happen to them !* »

Anne s'installa au piano. Le silence se fit. Aussitôt, les battements du cœur de Napoléon s'accélérèrent. Il cessa de respirer quelques secondes, puis tenta de se calmer. « Tout ce que je peux faire, c'est de lui faire confiance et de me croiser les doigts », songea-t-il.

Dès les premières notes de la mélodie, il se laissa transporter dans l'univers d'Anne, puis savoura l'émotion et la sensibilité qu'elle communiquait. Lors d'un passage plus mouvementé, il s'émerveilla de son savoir-faire. Il s'en fallut de peu que, séance tenante, il se lève et lui crie sa fierté.

Un bonheur incommensurable habitait la musicienne. À la pensée de ces quelque mille six cents spectateurs attentifs, un doux vertige la saisit. Dès les premières mesures, la sonorité du Steinway l'enchanta. Bien vite, elle oublia l'instrument et se concentra sur la mélodie sous ses doigts, quand elle s'empêtra, l'espace de quelques notes. « Tout va bien, tout va bien, se répéta-t-elle, tout va bien. »

L'incantation calma son anxiété et, bientôt, elle ne fit qu'un avec Liszt. Seule ou en présence d'un public, qu'importait, ce devait être ça, le ciel : jouer du piano.

À l'approche de la cadence, sœur Beauchemin ressentit une pointe d'inquiétude. Cependant, lorsqu'elle aperçut le sourire d'Anne et constata le degré de contrôle de son élève, elle apprécia enfin sa prestation.

Déjà l'accord final. Les cinq minutes de l'interprétation lui avaient paru à la fois un instant et une éternité. Tandis que ses mains se séparaient du clavier, le trac la reprit. Anne contourna le banc sous les applaudissements chaleureux de la foule, salua bien bas, comme on le lui avait enseigné et, au bras de Philomène, quitta à regret cette scène qui l'avait terrorisée peu auparavant.

Sœur Beauchemin l'attendait derrière le rideau.

— Bravo, mademoiselle Alarie. Mission accomplie !

— Malgré mes quelques fausses notes ?

— Plutôt grâce à toutes les autres rendues avec tant de justesse et d'émotion.

— Elle a raison, Anne ! Tu as réussi ! renchérit Philomène.

Peut-être pour la première fois de toute sa vie, Anne se pardonna sa petite maladresse pour songer à la qualité de l'ensemble de son interprétation et, le cœur léger, alla retrouver les membres de la fanfare dans le coin gauche de l'arrière-scène. Ils clôtureraient le concert avec la *Marche nuptiale* de Mendelssohn. *Romance,* œuvre de Saint-Saëns pour violon, piano et orgue, s'achevait. Mathias et Azilda s'apprêtaient à entrer en scène.

À l'ouverture de l'opus 103 en *fa* mineur de Franz Schubert, tous retenaient leur souffle. À n'en pas douter, il s'agissait du clou de la soirée. Sous les doigts d'Azilda, les notes de la mélodie résonnaient avec tant de pureté, tant de sensibilité qu'à son grand étonnement Anne en fut émue.

Le duo eut droit à une véritable ovation. Incapable de se joindre à l'hommage, Anne dut reconnaître l'exceptionnelle qualité du jeu des musiciens. Jusqu'à quel point la perfide Azilda avait-elle manigancé pour convaincre sœur Beauchemin de cautionner une telle présentation ?

La fin du concert arriva trop vite. La fanfare était à peine sortie de scène que déjà des spectateurs se mêlaient aux artistes. Tante Elizabeth, la première, posa la main sur son épaule, puis Anne détecta l'odeur de l'eau de Cologne de son oncle et, enfin, elle ressentit la présence bienveillante de son père avant même qu'il prononce un mot.

— Ma pianiste préférée ! Si tu savais comme ton père est fier de toi !

Son héros l'honorait, mais il l'avait trahie. Que dire qui ne soit pas acide ? Sœur Beauchemin la tira d'embarras.

— Monsieur Alarie ! Quel plaisir pour moi de vous revoir en d'aussi agréables circonstances ! Votre fille a fait des progrès inouïs cette année. Je peux vous assurer que sa détermination a contribué à son succès tout autant que son talent.

— Pour ma part, je suis convaincu que l'influence de son professeur de piano a contribué à son succès autant que son talent, sans vouloir minimiser quoi que ce soit !

« Quel homme charmant ! Vite ! Éloigne-toi, Angéline Beauchemin ! »

Au moment où Antoine et Benjamin offraient leurs félicitations à la pianiste, deux garçons s'approchèrent du groupe. Ubald Fortin conduisait Mathias Vézina par des pressions du bras, de sorte qu'à moins d'un œil averti on ne devinait pas d'emblée la cécité du grand bonhomme.

— Excusez-moi. Excusez-moi, répétait-il en jouant du coude.

Il s'arrêta net devant Anne, inspira un bon coup et débita d'un trait :

— Je tenais à te féliciter, Anne. En toute franchise, ton interprétation m'a subjugué ce soir. Voilà ! C'est dit !

Anne recula d'un pas.

— Bien… merci !

Un tel compliment venant d'un artiste de sa trempe la laissa sans voix. Mathias se retira aussi vite qu'il était arrivé.

— Qui c'est, celui-là ? maugréa Napoléon.

21

La dernière journée de classe s'annonçait chargée. La vadrouille à la main, Anne se tâta la tête. Bon sang ! Elle avait oublié de se peigner. Au retour des vacances de Noël, elle avait pris l'habitude de tresser ses cheveux chaque matin, car elle avait résolu de ne plus les couper. Depuis son jeune âge qu'elle désirait les porter longs, mais sa mère s'y était toujours opposée. Elle avait suffisamment de travail sans être dans l'obligation de la coiffer, en plus.

De peur d'encourir des reproches, elle retourna sans délai au dortoir une fois son ménage terminé. Elle se précipita à son lit. Mais où avait-elle rangé sa brosse ? Fébrile, elle fouilla le tiroir de son bureau, puis l'armoire dessous. Rien. Peut-être sur le lit ? Elle le tâta d'un bout à l'autre, sans succès.

— Que faites-vous ici, à cette heure, mademoiselle Alarie ?

La voix cassante de la Sainte-Judith la fit sursauter. Agacée, Anne lui résuma la situation.

— Où aviez-vous la tête ce matin ?

— Ma sœur, je ne voudrais pas être en retard en classe.

Elle pila sur son orgueil et ajouta :

— M'aideriez-vous à retrouver ma brosse à cheveux, s'il vous plaît ?

La Sainte-Judith demeura muette et s'éloigna dans un bruissement de tissu.

La rage au cœur, Anne allait renoncer lorsqu'elle reçut un coup sec sur le revers de la main. La Sainte-Judith la frappait avec sa précieuse brosse au manche de nacre.

— Ça vous apprendra à laisser traîner vos effets. Vous l'aviez oubliée sur la tablette au-dessus du lavabo, mauvais esprit.

Non sans mal, Anne parvint à se maîtriser et à la remercier. Des mots d'injure et de révolte se bousculaient à ses lèvres. Les grandes vacances de l'été tombaient à point. Elle n'en pouvait plus de subir ce monstre.

En vitesse, elle se contenta d'attacher ses cheveux. Elle arriverait à temps pour le ménage des pupitres prévu à neuf heures. Tous les objets personnels, cahiers et crayons devaient être rapportés à la maison de même que le poinçon d'écriture, un cadeau de Nazareth. Les livres reprendraient leur place dans l'armoire à l'arrière de la classe. Quant aux tablettes de calcul et d'écriture, elles resteraient à l'Institut.

La veille, les petits avaient clos leur année scolaire, et tous avaient regagné leur foyer, sauf Emma Blais. La mère de l'enfant avait consenti par écrit à la laisser séjourner chez les Alarie pendant le congé estival. Pourvu que Sarah lui facilite la vie !

Anne se fit violence pour ne pas courir dans les escaliers menant des combles au troisième étage. Des hurlements affolés lui parvinrent du corridor. Incroyable ! Voilà que sœur Poirier, un modèle de sérénité, criait à tue-tête ! Quelque chose d'anormal se passait. Aussitôt entrée en classe, elle fut prise à part par Philomène. Cette dernière l'informa qu'Azilda, debout sur le rebord extérieur de la fenêtre, menaçait de se lancer en bas.

— Hier, elle m'a suppliée de lui révéler ce qui te tourmentait, et j'ai cédé. Anne, je lui ai expliqué pourquoi tu la fuyais. Là, tu dois lui dire que tu ne lui en veux plus.

Le comportement d'Azilda à son égard avait certes été déplorable, mais pas au point de se donner la mort !

— Mademoiselle Labelle, rentrez tout de suite, je vous en prie ! À tout problème il y a une solution, croyez-moi ! Venez, nous en discuterons à tête reposée, conjurait l'enseignante.

— Je ne suis qu'un paquet de troubles pour tout le monde. Autant en finir !

— Non ! Attendez !

Sœur Poirier se tourna vers Philomène.

— Mademoiselle Marquis, vous êtes sa meilleure amie. Tentez de la raisonner !

Philomène tremblait de tous ses membres. Elle saisit la main d'Anne et l'entraîna à la fenêtre.

— Parle-lui. Toi, elle t'écoutera.

L'imminence de la tragédie retint Anne de s'opposer. Mais que dire en pareille circonstance ?

— Azilda, c'est Anne...

— Je le sais que c'est toi ! Je reconnaîtrais ta voix entre mille.

Estomaquée par la brusquerie d'Azilda en dépit de la précarité de sa situation, Anne se ressaisit.

— Je t'en supplie, Azilda, viens avec moi. Comme te l'a dit Philomène, je ne t'en veux plus.

— Tu n'avais aucune raison de m'en vouloir !

Baissant le ton pour n'être entendue que d'Anne, Azilda débita à toute allure :

— Sœur Beauchemin m'a imposé ce partenaire et, en plus, il n'arrêtait pas de me parler de toi chaque fois qu'il ouvrait la bouche : « Trouves-tu qu'Anne sent bon ? Trouves-tu qu'elle est intelligente ? » Il n'arrêtait pas avec ses « trouves-tu ».

En d'autres temps, ces paroles de Mathias auraient comblé Anne, mais pour l'instant elles l'horripilaient.

— Azilda, rien de cela ne peut justifier ton geste...

— Qu'en sais-tu ? Ce n'est pas à cause de ce qui vient de se passer. De toute manière, Mathias ne m'intéresse pas. Plus rien ne m'intéresse. C'est fini. Plus que tout, je vais libérer mes parents de leur épreuve.

Azilda ne nommait que la fondation de sa désespérance. En un éclair, elle se remémora toutes les frustrations accumulées pendant sa courte vie, en premier lieu au sein de sa famille, puis à Nazareth, où rien ne se déroulait comme elle le désirait. Tant d'irritations, tant de déceptions émaillaient son quotidien !

Cette année en particulier, elle avait été victime de rejet autant de la part de ses compagnes que des religieuses, sœur Beauchemin exceptée, malgré qu'elle aussi lui manifestait parfois de l'exaspération. Même celles qui se disaient ses amies éprouvaient de l'aversion pour elle. Une seule issue s'offrait à elle.

Anne étendit la main et toucha la jambe d'Azilda.

— Je t'en supplie, mon amie, rentre !

Sans un mot, sans un cri, Azilda s'élança dans le vide.

Désespérée, Anne hurla un interminable NON. Les élèves s'agitaient autour d'elle dans une totale confusion. D'une voix forte, sœur Poirier les somma de regagner leur place et d'y rester en silence jusqu'à son retour. Dès que les pas de l'enseignante devinrent inaudibles, tous et toutes se mirent à parler à la fois. Anne se leva et heurta Mathias, qui s'était avancé à la hauteur de son pupitre. Elle l'écarta avec impatience.

— Pas maintenant, Mathias !

Un urgent besoin de s'épancher la guida vers Philomène. Plutôt que de les apaiser, le contact de leurs mains attisa leur chagrin. Aucune d'elles ne trouvait de mots pour traduire sa détresse. Elles se contentèrent de s'agripper l'une à l'autre en sanglotant.

Sœur Poirier retrouva ses élèves au cœur d'un bruyant désordre. L'heure n'était pas aux reproches. Elle éleva la voix pour couvrir le tumulte et leur expliqua la situation en toute franchise.

22

Pendant une semaine entière, Anne avait délaissé le piano et s'était consacrée à sa famille et à Emma.

À la suite d'un tête-à-tête décrété par son père peu après son retour au village, elle avait enfin compris les raisons de son insistance à accepter l'offre de Zéphirin Lavergne. Seule son obsession de la savoir à l'abri de l'indigence après son décès et celui de sa femme l'avait motivé. Loin de lui le désir de se débarrasser d'elle à tout prix. Depuis, le père et la fille avaient repris leurs conversations complices.

Assise dans le boudoir des Peltier, Loulou sur les genoux, Anne répondait de bonne grâce aux questions de Michelle, avide de tout connaître de ses occupations à Montréal.

— Antoine m'a tellement vanté la qualité et la diversité du concert au Monument-National que j'ai regretté de ne pas m'y être rendue. Tu comprends, on était au cœur de la semaine, et mes gardiens réguliers allaient tous à l'école le lendemain.

« Et Arthur, pensionnaire à Trois-Rivières… » aurait-elle voulu ajouter, pour le seul plaisir de prononcer le nom bien-aimé. Plus le temps passait et plus son espoir de le rencontrer ce matin s'amenuisait.

— Ta petite invitée s'adapte-t-elle bien à l'air de la campagne ?

— Emma ? Je pense bien ! Sarah l'a adoptée dès son arrivée. Les deux filles sont devenues inséparables.

Avec ses petits doigts, Loulou força Anne à tourner la tête vers elle.

— S'il te plaît, Anne, joue ma mélodie préférée, juste pour moi, d'accord ?

— Si tu savais le nombre de fois où elle t'a demandée depuis les fêtes ! s'exclama Michelle, amusée.

— Conduis-moi au piano, Loulou.

La petite saisit la main d'Anne et, rendue à proximité du banc, l'implora de la prendre. Anne s'exécuta avec un plaisir non dissimulé !

— Rappelle-moi l'air, Loulou.

— Lalalalalalala, lalalalalalala.

— Tu chantes juste, ma chérie !

Écrite par Mozart, avec les douze variations qui en découlèrent, la mélodie fut d'abord associée à une « bergerie », poème à saveur champêtre. Par la suite, on l'adapta à une comptine que fredonnèrent des générations d'enfants.

— Attention, Loulou, un, deux.

De sa voix cristalline, la petite entonna *Ah ! Vous dirais-je maman*... Accompagnée par Anne, Loulou chantait avec conviction.

Au moment où Anne désespérait, une porte s'ouvrit. Arthur se manifesterait-il enfin ?

— Oh ! De la belle visite. Bienvenue chez nous, Anne. Ça fait plaisir de te revoir.

D'humeur enjouée, le Dr Peltier demanda à Anne si sa femme lui avait annoncé les deux grandes nouvelles.

— Pas encore, Antoine. Mais c'est bien que tu sois là...

— La première changera notre vie. Allez, madame Peltier, à vous l'honneur !

Anne ne vit pas le visage de Michelle s'empourprer et ses mains nerveuses lisser son tablier.

— Anne, Loulou aura un petit frère ou une petite sœur en cadeau de Noël ou dans ces eaux-là.

Consciente de l'importance de cette grossesse pour le couple, Anne les félicita avec entrain.

— À toi d'annoncer la seconde, Antoine.

— Je t'ai vu discuter avec Arthur au souper de fiançailles d'Èva et d'Albé. T'a-t-il confié ce qu'il aimerait faire plus tard ?

— Nous n'avons pas abordé le sujet, mais vous m'en aviez glissé un mot lors de votre passage à Nazareth, en septembre dernier. Il veut devenir avocat, non ?

— Il a encore changé d'idée. Là, il désire embrasser la prêtrise.

Devant l'air ahuri d'Anne, le médecin poursuivit.

— Ça t'étonne, pas vrai ? Et moi, alors ! Il a le temps de se raviser d'ici à la fin de son cours classique, me diras-tu, mais il m'a pris au dépourvu avec cette nouvelle. Je crains parfois qu'il ne subisse trop de pression de ses enseignants, tous des clercs, il va sans dire.

Tant bien que mal, Anne retenait ses larmes. Malgré son handicap, en dépit de toutes les objections que soulevait son intellect, elle avait nourri en secret l'ultime espoir qu'Arthur tombe amoureux d'elle, surtout depuis les fêtes. Il s'était montré si gentil ! S'il avait démontré de l'intérêt pour une autre fille, elle aurait peut-être osé se battre, mais le sacerdoce représentait à ses yeux une barrière infranchissable. Connaissant la volonté et la détermination d'Arthur, Anne savait, contrairement au Dr Peltier, qu'il serait ordonné. Voilà son beau rêve anéanti. Madame la docteur ne serait pas.

Arthur aurait-il à mener un combat, du genre « J'aime une fille, mais l'appel de Dieu est plus fort... » ou l'inverse ? Si combat il y avait, Dieu en sortirait vainqueur, Anne n'en avait aucun doute.

Elle n'eut pas le temps de fouiller la question, on la demandait à la porte. Comme convenu, son père venait la chercher, mais il n'était pas seul. Anne faillit tomber à la renverse. Philomène et Azilda l'accompagnaient.

Azilda ! Anne avait eu si peur de la perdre, elle aussi ! Au départ, elle aurait aimé que ni elle ni Florida n'existent afin de garder pour elle seule l'amitié de Philomène. Avec le temps, les épreuves et les partages, ses deux rivales avaient mérité son affection. Florida les avait quittées pour toujours, et Azilda était passée tout près de la suivre dans la tombe.

Par quel miracle, en ce matin du 20 juin, le jardinier avait-il entassé branchages et herbes folles sous la fenêtre d'où Azilda s'était jetée ? Par quel miracle Azilda était-elle sortie indemne de sa chute ? Pas de cassure, à peine quelques égratignures, les avait-on informés. Personne ne l'avait croisée après son grand saut. M. Labelle était venu chercher sa fille chérie immédiatement après l'appel téléphonique logé par la supérieure de Nazareth lui apprenant le drame.

À peine montée dans l'humble voiture de Napoléon, Anne s'exclama :

— Qu'est-ce que vous faites ici, les filles ? Je pensais qu'on ne se retrouverait pas avant septembre ! Quelle belle surprise !

Azilda prit les devants.

— On s'ennuyait de toi. Maintenant, je vois pas mal d'avantages à avoir un chauffeur à demeure.

L'employé du père d'Azilda devait s'assurer que les parents d'Anne hébergeraient ses protégées jusqu'au lendemain, ce qui fut confirmé sur-le-champ. Le conducteur avait déjà quitté le village en direction de Louiseville, où logeait son cousin germain.

— Papa, j'aimerais que maman nous prépare un goûter. Accepteriez-vous de nous emmener près de la rivière Chacoura, là où nous allions si souvent quand j'étais petite ?

— Ça te plairait, ma fille ?

Habitée par le bonheur de retrouver ses amies, et par un chagrin équivalent à la pensée de Florida, Anne choisit de s'investir dans l'instant présent, même si l'annonce du Dr Peltier la malmenait. Au moins, elle aurait la possibilité de vider son sac. Tiens ! Azilda découvrirait l'existence d'Arthur au moment où, selon toute probabilité, elle n'avait plus aucune chance d'en faire son amoureux. Elle ravala un sanglot et se força à prendre un ton enjoué.

— Toi, Philomène, tu as intérêt à te fixer de bonnes balises puisque c'est toi qui nous raccompagneras à la maison lorsqu'on aura terminé notre discussion.

La demi-voyante s'esclaffa.

— Lorsqu'on aura terminé notre papotage et nos confidences, tu veux dire ? Ne devrait-on pas prévoir une tente pour la nuit ?

Remerciements

À toi, Pierre, toujours « Compagnon », ma dénomination la plus élevée pour un amoureux, merci de ton appui moral, logistique et expérientiel, au jour le jour, sans faillir. Je t'aime !

À Monique H. Messier, mon éditrice pendant treize ans, bougie d'allumage de ce projet de cinq livres qu'elle avait nommé « les *sequels* de *La Saline* », le premier étant *La Jeune Fille au piano*. Devant mon chagrin de mettre un point final à la trilogie *La Saline*, elle m'a déclaré de sa voix douce, mais assurée : « Tu as des personnages secondaires forts, pourquoi ne pas... » Grâce à la complicité de l'équipe éditoriale de Librex chapeautée par Johanne Guay, je vivrai avec mes personnages tant aimés encore quelques années. Au-delà de la mort, chère Monique, reçois toute ma gratitude.

À Nadine Lauzon, un immense merci ! Jamais je n'aurais cru possible de vivre ces corrections éditoriales avec autant d'aisance, voire de plaisir. J'ai vite apprécié ta compétence. Lors de notre première rencontre, ton « Je n'ai pas la prétention de remplacer Monique » m'a donné la mesure de ton humanité.

À Laurette Laurin, à toi qui as enseigné le piano et le chant aux enfants aveugles de Nazareth pendant dix ans, un énorme merci pour ton aide inestimable et tes judicieux conseils.

À mes triplettes de Delray adorées, Nathalie De Cristofaro, Gisèle et Huguette Fréchette, toutes trois musiciennes chevronnées qui, avec Laurette, m'ont « instrumentée » pour tout ce qui concerne la musique, vous méritez toute ma reconnaissance.

À mes fidèles lecteurs : Marie-Claude Brasseur, Nathalie De Cristofaro, Dr Yves Demers, Gisèle Fréchette, Huguette Fréchette, Gérald Gaudet, Jacques Lacoursière, Madeleine Lacoursière, Laurette Laurin, Pierre Martel, Alain Revil et Dr Maurice Roy. Merci ! Merci ! Merci !

Pour leur collaboration : Marie-Paule Arsenault, Marie-Claude Caron-Larose, Véronique Cayer, Ghislain Charrette, Hélène Desaulniers, Réal et Yolande Goulet, Mylène Laurendeau, Laurette Laurin, Jeanne-Mance Lavoie, Claire Lebrun, Marie-Céline Leclerc, Huguette Théberge, Micheline Théberge, Nicole Trudeau, Isabelle Dumais (Tout va bien, tout va bien !) et Jeannine Vanier, vous avez toute ma reconnaissance.

Je remercie également toutes les personnes qui m'ont généreusement aidée et qui ont tenu à conserver l'anonymat.

Enfin, un énorme merci à Johanne Guay et au personnel des Éditions Libre Expression impliqué dans cette publication.

L'auteure vous convie à visiter son site
www.louiselacoursiere.com et à communiquer avec elle
en cliquant sur l'onglet « Contact »

Suivez les Éditions Libre Expression sur le Web :
www.edlibreexpression.com

Cet ouvrage a été composé en Cochin 12,25/14,7
et achevé d'imprimer en septembre 2015 sur les presses de
Marquis imprimeur, Québec, Canada.

certifié | procédé sans chlore | 100 % post-consommation | archives permanentes | énergie biogaz

Imprimé sur du papier 100 % postconsommation,
traité sans chlore, accrédité Éco-Logo et fait à partir de biogaz.